sofia soter

o Legado das Águas

Copyright © 2024 by Editora Globo S.A
Copyright do texto © 2024 by Sofia Soter

Todos os direitos reservados. Nenhuma parte desta edição pode ser utilizada ou reproduzida — em qualquer meio ou forma, seja mecânico ou eletrônico, fotocópia, gravação etc. — nem apropriada ou estocada em sistema de banco de dados sem a expressa autorização da editora.

Editora responsável **Paula Drummond**
Editora de produção **Agatha Machado**
Assistentes editoriais **Giselle Brito e Mariana Gonçalves**
Preparação de texto **Bárbara Morais**
Revisão **Paula Prata e João Pedroso**
Diagramação **Guilherme Peres**
Projeto gráfico original **Laboratório Secreto**
Ilustração e design de capa **Maria Carvalho | mariabcarvalho.com.br**

Texto fixado conforme as regras do Acordo Ortográfico da Língua Portuguesa (Decreto Legislativo nº 54, de 1995)

CIP-BRASIL. CATALOGAÇÃO NA PUBLICAÇÃO
SINDICATO NACIONAL DOS EDITORES DE LIVROS, RJ

S693L   Soter, Sofia
        O legado das águas / Sofia Soter. - 1. ed. - Rio de Janeiro : Globo Alt, 2024.

        ISBN 978-65-85348-61-4

        1. Ficção brasileira. I. Título.

24-89053   CDD: 869.3
                                CDU: 82-3(81)

Gabriela Faray Ferreira Lopes - Bibliotecária - CRB-7/6643

1ª edição, 2024

Direitos de edição em língua portuguesa para o Brasil adquiridos por Editora Globo S.A.
R. Marquês de Pombal, 25
20.230-240 – Rio de Janeiro – RJ – Brasil
www.globolivros.com.br

Para Teresa,
porque primeira dedicatória é que nem
primeiro pedaço de bolo

Capítulo 1

Lara

O chão era traiçoeiro, fugia dos pés, das mãos, da pele toda, era impossível se firmar. Lara engasgou, engolindo água doce, água fresca, a água limpa que deveria refrescá-la nos dias de marasmo quente do verão. Ela lutou para se segurar a alguma coisa, se levantar, mas tinha sido carregada e não sabia mais o que era chão, o que era margem, o que era superfície; tudo a seu redor escorregava, e Lara sufocou, as mãos rasgadas, as unhas quebradas, as pernas rígidas.

Acordou, ofegante, respirando com desespero, agarrando as cobertas e sacudindo as pernas, se afogando em ar até perceber que estava em casa, na cama. Era um pesadelo. Outro. Como o da semana anterior, o do mês que passara, os de anos e anos antes. O mesmo pesadelo que lhe acometia desde que se dera por gente, tão vívido que parecia uma lembrança e que, em dias especialmente difíceis, fazia ela sentir que até a chuva a levaria embora.

Uma chuva como a que batia nas janelas naquela noite, torrencial e passageira, lavando as terras de Catarina para amanhecerem iguais a todos os outros dias.

Duda

Duda normalmente dormia com facilidade, mas não estava conseguindo pegar no sono. Fazia pouco mais de uma semana desde a mudança, e ela ainda não se habituara aos ruídos da casa nova. Em comparação com o urbanismo exacerbado que tinha embalado sua vida até ali — as buzinas, os ônibus de madrugada, as músicas dos bares, os sons e as luzes dos apartamentos empilhados um em cima do outro —, a vastidão da montanha era muito esquisita.

Chovia, e a água corria por árvores, empapava a terra e as áreas descampadas. Parecia engolir a casa, tão diferente do som das gotas gordas batendo em inúmeras janelas de vidro, do assobio da umidade que evaporava imediatamente no calor do asfalto no auge do verão. Se fechasse os olhos, Duda quase acreditava estar em alto-mar, embalada por um ritmo revolto e flutuante que demoraria para se dissipar quando pisasse em terra firme.

Acendeu a luz perto da cama, iluminando o quarto ainda parcialmente tomado por caixas. A casa era uma construção antiga, e ela tinha uma sensação de incongruência ao ver as vigas expostas do teto, o assoalho de tábuas um pouco tortas e a janela descascada misturados às coisas que já desempacotara. Duda pegou o celular da caixa fechada que estava servindo de mesa de cabeceira, mas era inútil — o sinal mal pegava por ali, em especial com aquela tempestade. A internet ainda não tinha sido instalada, e, honestamente, não era nem como se ela tivesse muito o que ver. Suspirou, frustrada, e folheou um livro meio chato que tinha comprado para o ano letivo que ia começar, cogitando ler e ver se o sono viria por puro tédio.

Antes de passar do primeiro parágrafo, a porta do quarto se abriu. À luz fraca da luminária, viu Mari. A irmã usava um pijama combinando. Duda, por sua vez, preferia dormir com uma camiseta puída do pai que lhe servia de camisola.

— Acordada a essa hora? — perguntou Mari, disfarçando um bocejo.

— E você? — resmungou Duda, sem nem fechar o livro.

Mari se aproximou e se sentou na ponta da cama da irmã, alisando distraidamente o edredom com estampa da Barbie que Duda tinha, sem sucesso, tentado dar um jeito de "perder" na mudança. Outra coisa estranha naquela nova cidade era precisarem dormir de cobertor em pleno fevereiro, por mais calor que fizesse durante o dia. A serra da Mantiqueira era muito diferente do Rio de Janeiro.

— Está preocupada?

Duda deu de ombros. Não sabia o que responder. Não sabia o que Mari queria que respondesse. Conhecendo ela, talvez estivesse esperando um desabafo emocionado, um momento de conexão que a deixaria comovida e que depois descreveria em detalhes no diário que trancava com cadeado e escondia debaixo do colchão. Talvez quisesse que Duda reclamasse da mudança, confessasse estar tão triste e furiosa quanto Mari por ter a vida virada de cabeça para baixo. Mas não era o que Duda sentia; ela estava principalmente cansada, incomodada com o som da chuva forte e insistente na janela, doida para dormir e não pensar tanto no que vinha a seguir.

— Sei lá — acabou respondendo, dando de ombros.

Mari acenou com a cabeça devagar, com uma expressão um pouco triste, um pouco distante.

Elas sempre foram parecidas: quase a mesma altura, muita para os quatorze anos da mais nova, mas não tanta para os dezessete da mais velha, o mesmo cabelo preto, pesado, ondulado, a mesma pele branca, mas constantemente bronzeada, resultado de esportes ao ar livre (no caso de Duda) e excesso de banhos de sol (no caso de Mari). Também tinham os mesmos olhos redondos, castanhos e grandes. Mesmo assim, Duda via a diferença com nitidez. Enquanto ela se enxergava quadrada, de músculos fortes e largos, com um nariz desproporcional ao rosto e certo inchaço ao redor dos olhos, as feições de Mari eram mais suaves, sua silhueta, mais arredondada, e ela se mexia com uma tranquilidade que Duda acreditava ser incapaz de sentir. Mari parecia pronta, enquanto Duda se sentia arrancada do forno antes de terminar de assar.

Desde a notícia da mudança, Duda se sentia ainda mais distante da irmã, sem conseguir alinhar as emoções com as

O Legado das Águas **11**

expectativas dela. A cidade nova lhe trazia preocupações e apreensões, sim, mas ela não vivia o mesmo luto pela vida antiga. No entanto, aquele momento tão familiar a trouxe de volta para a tranquilidade conhecida do convívio entre as duas. Como se outra luz, outra cama, outra cor na parede, outro cheiro entrando pela janela, outra temperatura no pé que escapava da coberta acordassem o cérebro para o mesmo corpo, a mesma cara, o mesmo pijama velho, o mesmo chinelo gasto.

— Você veio fazer o que aqui? — perguntou Duda, enfim, diante do silêncio da irmã, que a fitava como se também, talvez, estivesse percebendo alguma coisa.

— Nada — respondeu Mari. — Ia ao banheiro e vi sua luz acesa.

— Então pode ir. Vou só ler um pouquinho e dormir.

Para insistir na dispensa, Duda fingiu um bocejo, que no meio virou bocejo de verdade, a respiração obedecendo à deixa da boca.

Mari olhou para o livro nas mãos de Duda, nitidamente incrédula, mas deu de ombros e se levantou.

— Tá bom. Boa noite, Dudinha.

O apelido carinhoso da infância a alfinetou, mais uma pontada de chateação.

— Boa noite, Marinoca — resmungou em resposta, e abriu o livro bem na frente da cara, para não ver a irmã reagir.

Escutou a porta ser encostada e se entregou ao tédio do material escolar. Aquela implicância familiar entre irmãs poderia, quem sabe, ser suficiente para convencê-la de que a vida não tinha mudado tanto assim e que era seguro pegar no sono.

Mari

A cidade inteira parecia adormecida enquanto Mari, sentada na cama e embrulhada em uma bagunça de lençol, manta e edredom, escrevia no diário à luz fraca da luminária. Ela bocejou, lutando contra o sono, sem querer interromper o momento de tranquilidade, a hora que tinha para tentar se sentir à vontade naquele lugar estranho ao qual fora levada a contragosto.

A rápida visita ao quarto de Duda acrescentara preocupação com a irmã à lista de motivos para a irritação constante que Mari sentia fervilhar no fundo do peito desde a mudança — na verdade, desde o dia em que a mudança lhe fora decretada. Duda normalmente dormia bem, Duda normalmente ficava do seu lado em qualquer conflito com os pais, Duda normalmente implicava com ela, sim, mas não resmungava daquele jeito, não respondia com tanta impaciência. Mas nada naquele novo lar era normal. Não parecia justo que, além de perder sua vida inteira no Rio de Janeiro, seus amigos, seu namorado, sua escola, sua sorveteria preferida, sua barraca predileta na praia, seus dias e tardes e noites conhecidos, aquilo ainda fosse lhe custar a boa relação com a irmã.

Mari coçou os olhos, que começavam a arder com o peso do cansaço, rabiscou o ponto final no diário, trancou o cadeado e o escondeu debaixo do colchão. Sabia que o "esconderijo" era conhecido por todos e que o cadeado era praticamente de brinquedo, mas, em um momento em que se sentia tão desterrada, mesmo os hábitos mais bobos faziam com que ela se sentisse mais segura. Ela se aninhou melhor entre as cobertas e apagou a luz ao lado da cama. Pegou o celular da mesa de cabeceira e, por costume, foi olhar as redes sociais, mas logo recebeu um aviso de que a conexão era impossível.

— Ah, tomar no cu — reclamou, e a irritação se sobrepôs novamente à preocupação.

Capítulo 2

Gabriel

Gabriel deu um trago no baseado e o passou para a direita, soprando uma nuvem de fumaça e fechando os olhos. Em dias ruins, ele achava entediante aquele ritual de sexta-feira, fumar e beber escondido no estacionamento do supermercado. Em dias ruins, ele xingava a cidade de Catarina e seus habitantes, xingava os professores medíocres do colégio, xingava a mãe controladora, a irmã silenciosa e a casa tão vazia, xingava os colegas que se contentavam com tão pouco.

Mas aquele era um dia bom.

E em dias bons — ah, em dias bons... O poder corria pelas veias como se fosse eletricidade e ele acreditava que, se olhasse no espelho, estaria brilhando. Em dias bons, a fumaça doce e grudenta fazia cócegas na garganta, o álcool roubado dos pais de alguém ardia no estômago e cada toque reverberava no corpo inteiro. Em dias bons, ele agradecia aos céus por ter nascido em Catarina, por ter nascido em sua família, por ser forte e saudável e poder fazer o que quisesse sem ninguém questionar.

O baseado fez a volta na roda de cinco pessoas e Tiago, à esquerda de Gabriel, o empurrou de leve com o ombro para avisar. Gabriel, ainda de olhos fechados, com a cabeça jogada para trás, encostado no capô de uma lata velha, abriu de leve os lábios, um convite. Tiago entendeu o recado e obedeceu, colocando o baseado na boca de Gabriel, que puxou e deixou a fumaça sair aos poucos, escapando pelo canto do sorriso. Uma mão vinda da direita roçou de leve sua bochecha, fazendo o baseado seguir seu caminho.

O grupo conversava principalmente em cochichos e risadas, às vezes uma ou outra exclamação mais alta, em meio ao som do rádio ligado no máximo no carro velho. Gabriel se deixou levar pela onda, quieto. Perdeu a noção do tempo, a dimensão de se o baseado tinha acabado ou ia voltar para ele, a percepção do espaço ao seu redor. Infelizmente, o clima foi cortado pela vibração insistente do celular no bolso. Com um resmungo, pegou o aparelho, endireitou a postura e abriu os olhos, esperando ver "MÃE" piscando na tela.

No entanto, não era uma ligação, só uma sequência de mensagens — nenhuma da mãe, e só uma da irmã, Lara, dizendo "já fomos dormir, é bom ter saído com chave". O outro nome que piscava nas mensagens era muito mais interessante, e Gabriel voltou a sorrir.

23:19

Felipe
oi ;)

curtindo a sexta?

nem apareceu na aula essa semana né

deve estar bem chapado aí que eu sei hahaha

tô passando aqui na rua de trás da escola

pertinho do estacionamento

Gabriel
tô chapadaço mesmo hahahahaha

ainda tá por aí?

Felipe
tô sim

Gabriel
espera um segundo

já chego

Felipe
lugar de sempre?

Gabriel
de sempre

;)

Chamar de rua o que havia atrás da escola era um exagero. Beco talvez fosse a descrição mais apropriada, uma ruela estreita com pouco além de latas de lixo. Quando Gabriel virou a esquina, carregando uma garrafinha, logo viu Felipe apoiado no único poste, iluminado pela luz vacilante. Porque era um dia bom, Gabriel se permitiu andar devagar e observar Felipe fumando um cigarro, balançando um pouco um dos pés calçados em botas, as pernas cobertas por uma calça jeans gasta demais, com rasgos em lugares inesperados, levantando o braço para passar a mão livre no cabelo raspado, a camiseta branca e larga demais no corpo magro subindo para revelar um pedaço de pele escura da barriga.

Gabriel não tirou o olhar daquele pedaço de pele até chegar perto o suficiente para pegar o cigarro da boca de Felipe, que recebeu o gesto com um meio sorriso. Enquanto tragava, Gabriel ofereceu a garrafa para Felipe em troca. O garoto fez que não com a cabeça, pegou o cigarro de volta, deu um último trago e jogou a guimba no chão, soltando uma baforada bem na cara de Gabriel, que tossiu um pouco e riu.

Gabriel percebeu que Felipe tinha notado a direção de seu olhar o caminho inteiro, porque levantou os dois braços, se espreguiçando e erguendo uma sobrancelha. O recado estava dado. Gabriel avançou mais um passo, encostando a frente de um dos tênis na bota de Felipe. Em resposta, Felipe acrescentou um suspiro à espreguiçada. Mais um passo à frente, mais aberto, um pé de cada lado de Felipe, as mãos segurando com força o pedaço de quadril exposto, um beijo direto no ponto em que a mandíbula de Felipe encontrava o pescoço comprido.

Gabriel fechou os olhos e sentiu com alívio as mãos de Felipe segurando sua nuca, puxando-o mais para perto, se enroscando em seu cabelo. Ergueu o rosto e, ao encontrar a boca de Felipe com a sua, soltou o ar em um beijo. Gabriel não precisava voltar para casa tão cedo, já que todo mundo estava dormindo, nem precisava voltar para os amigos no estacionamento, porque tinha dado a desculpa de que ia para casa. Estava seguro no espaço sem responsabilidades que a mentira abria. Ali, beijando Felipe na rua que mal merecia tal título, a língua com gosto de cigarro, maconha, bebida e garoto, Gabriel se sentia além do mundo, além da realidade, além dos confins de Catarina.

Era mesmo um bom dia.

Felipe

O céu já começava a mudar de cor quando Felipe se despediu de Gabriel, puxou mais um cigarro do maço deformado no bolso de trás da calça e começou a andar para casa. Fumou soltando baforadas dramáticas, sorrindo com as lembranças da noite — a boca de Gabriel, as mãos de Gabriel, o corpo de Gabriel — e de todas as noites anteriores.

Aquela situação, aquele relacionamento, aqueles encontros, qualquer que fosse o nome mais adequado, tinha começado no final do ano letivo anterior.

Havia sido em uma sexta-feira difícil: Felipe tinha chegado em casa de uma prova e encontrado o pai com a mão arrebentada e sangrando, chorando aos berros, a sala devastada como se tivesse passado um furacão. A tentativa de levar o pai para o posto de saúde dera totalmente errado, porque ele se recusava a andar, eles não tinham carro e os três motoristas estilo Uber da cidade já tinham jurado que nunca mais atenderiam ele, depois de uma série de incidentes desagradáveis. Então Felipe tinha cuidado da mão do pai o melhor que podia, esperado que ele se acalmasse, e arrumado a sala por horas, indo de tempos em tempos ao quarto para se certificar de que estava tudo bem. Quando o pai finalmente adormecera, Felipe saíra de casa, desesperado para respirar, relaxar; saíra de fininho e andara a esmo, seguindo primeiro o barulho de uma festa, depois as luzes de uma rua, até ir parar no estacionamento rotativo atrás do supermercado. Se fosse um dia normal, se ele estivesse pensando direito, teria evitado o caminho a todo custo — todo mundo sabia que sexta à noite era o horário da panelinha popular do colégio se encontrar no estacionamento, e Felipe faria de tudo para evitar Gabriel e seu pessoal; mas não era um dia normal, e Felipe gravitara na direção do grupo de seis adolescentes rindo no canto.

Conforme ele se aproximava, o grupo foi ficando quieto, olhando para ele com um misto de desprezo e apreensão. Não estavam acostumados a intrusões, a mudanças na dinâmica social já tão bem estabelecida. O único que ousara falar (claro, como não ousaria?) fora Gabriel, sorrindo como se fosse uma ameaça, deixando fumaça escapar por entre os dentes:

— E aí, moleque.

O cumprimento tinha tons de advertência — "e aí, moleque, *não se meta*", "e aí, moleque, *vá embora*", "e aí, moleque, *você é um, nós somos seis*" —, mas, na voz de Gabriel, tudo era metade ofensa, metade elogio, simplesmente por ele ter se dirigido a você. Felipe, contrário a todos seus instintos, soltara uma gargalhada. Por um instante, temera a reação de Gabriel (não dos outros, que eram do tipo que late, mas não morde, mas Gabriel às vezes olhava para o mundo como se estivesse prestes a dar uma dentada), porém se surpreendera com a risada de resposta. Mais que isso, com o tapinha no capô do carro no qual Gabriel estava sentado, um convite.

Felipe, sentindo a desconexão da realidade e da ordem natural das coisas que só surgia em momentos de exaustão profunda, dera de ombros e fora até lá, se sentara ao lado de Gabriel, aceitara a oferta de baseado. O grupo tinha tentado voltar aos assuntos normais, mas todos estavam meio sem jeito — e Felipe sabia que o convite de Gabriel era uma ameaça para os outros garotos, um desafio, uma tentativa de ver quem ousaria questionar sua autoridade, mesmo que envolvesse trazer o garoto mais esquisito da cidade para o círculo. Todos falharam, dando desculpas para ir embora, e o grupo se dissipou nem quinze minutos depois da chegada de Felipe.

No final, restaram apenas os dois, um esperando o outro fazer alguma coisa: proferir um insulto, cumprir a ameaça, desistir e ir embora. Em vez disso, Gabriel aumentara o valor da aposta, o que não deveria ter surpreendido Felipe tanto assim. Em gestos lentos e deliberados, Gabriel apagara o baseado, estalara o pescoço e deslizara para a direita, até ele e Felipe estarem grudados, lado a lado. Por fim, segurara o queixo de Felipe, o virara para si e, sem reação negativa, o beijara. Naquela noite, também tinham ficado lá até quase de manhã.

Na sexta-feira seguinte, último dia de aula do ano, Felipe estava saindo do banheiro do colégio quando dera de cara com Gabriel, que lhe entregara um bilhete, com um breve cumprimento. O número dele e o recado *mesma hora, atrás da escola, manda mensagem*. Felipe nunca mais tinha se juntado ao grupo do estacionamento, mas os dois se encontraram quase toda sexta-feira desde então.

E quase todas as noites terminavam do mesmo jeito: uma volta para casa tranquila e exausta, nas ruas vazias da madrugada com a cidade adormecida. Felipe entrou em casa tomando cuidado para não fazer barulho, olhou pela fresta da porta do quarto do pai para garantir que ele estava dormindo e entrou no próprio quarto, no fim do corredor. Tirou as botas e a calça jeans, se jogou na cama de camiseta e pegou no sono quase imediatamente. Sonhou com ruas escuras, um garoto em preto e branco, o som de gargalhadas, o cheiro de fumaça e uma marca arroxeada e dolorida feita pela pressão de um dedo em seu quadril.

Capítulo 3

Lara

Rebecca, a mãe de Lara, era uma mulher de hábitos: se levantava ao raiar do sol e colocava a água do café para ferver antes de acordar os filhos para a escola, sempre na mesma hora, primeiro Gabriel (que demorava mais para se arrumar), depois Lara. Eles tomavam café da manhã juntos, assim como todas as outras refeições, sempre com a mesa posta. Durante o dia, ela cuidava do jardim, da casa, da cozinha. Duas vezes por semana, saía para fazer compras e aproveitava para fazer uma ronda pela cidade, se atualizando dos acontecimentos dos vizinhos. Aos domingos, ia à missa e arrastava os filhos junto, apesar de, no dia a dia, ser pouco devota.

Rebecca era, também, uma mulher de caprichos: se lhe ocorresse uma ideia, uma cisma, uma teima, era impossível tirar aquilo de sua cabeça. Se ela tivesse uma vontade, moveria montanhas para realizá-la. E, às vezes, seus caprichos tinham contornos mais sombrios.

Lara tinha lembranças claras dos hematomas que provavam aquela tendência: a força dos dedos da mãe quando a arrastava pelo braço para testemunhar algo que aparentemente fizera errado; o estalo da palmada que quase a envergonhava mais pela infantilidade do que pela dor; o aperto na parte de trás do pescoço ou o puxão de cabelo para obrigá-la a levantar o rosto e olhar a mãe de frente.

Gabriel, ela sabia, tinha lembranças semelhantes, mas as dele não eram tão recentes, nem continuavam sendo renovadas. O irmão crescera demais para a mãe se impor. Lara, em certas manhãs, se olhava no espelho e desejava crescer mais rápido, ganhar centímetros e músculos, se preencher e ficar maior do que a mãe, tão maior que seria impossível alcançá-la. Infelizmente, dia após dia, acordava igualmente baixa, magra, mirrada, uma menina em um corpo de fantasma.

Era bom, então, que naquela manhã o capricho da mãe fosse mais simples e benigno: ela acordara decidida a sair de casa, apesar de ser sábado, um dos dias em que não tinha o costume de ir além do portão de ferro eternamente emperrado. E acordara decidida a ir à cachoeira.

— Vamos fazer um piquenique, vai ser gostoso — dissera a mãe, já escancarando a porta do armário de Lara e tirando uma roupa, desenhando o dia em sua totalidade por conta própria. — Agora que voltaram as aulas, aí é que vocês não querem mais saber de mim mesmo.

Foi assim que Lara se viu caminhando pelo mercado, arrastando os passos sonolentos e incomodada com a alça do vestido que a mãe escolhera para ela, que não parava de escorregar. Carregava uma cesta, e a mãe a enchia com uma seleção aparentemente aleatória de produtos das prateleiras. Gabriel andava atrás delas, mexendo no celular e rindo de vez em quando, sem nem olhar ao redor.

Depois de uma volta completa no pequeno mercado, Rebecca pareceu se dar por satisfeita, e Lara levou a cesta na direção do caixa com pressa, antes que a mãe mudasse de ideia ou decidisse escolher mais alguma coisa. A fila, como sempre, era praticamente inexistente.

Enquanto Lara colocava as compras em sacos plásticos e a mãe pagava a conta, Gabriel se apoiou no balcão para puxar assunto com o caixa. Rebecca já não dava atenção, mas Lara percebeu exatamente o que o irmão estava fazendo, o que significavam os cochichos, o papel que ele marcava de caneta, as notas de dinheiro dobradas colocadas dentro de uma caixinha: era o bolão da cidade, o vício mais marcante dos moradores de Catarina, um jogo com mais emoção do que o do bicho e mais importância do que as apostas esportivas — o bolão do tempo de sobrevivência dos novos moradores.

Lara sabia duas coisas — a aposta da vez era sobre a família que se mudara recentemente para a casa na frente da deles, um casal com duas filhas, aparentemente de idades parecidas com Lara e Gabriel. E, independentemente de quem ganhasse o bolão, assim como os moradores anteriores daquela casa, e os de antes deles, os dias daquela família por ali estavam contados.

Duda

No pouco tempo desde a mudança, Duda já sentia conhecer razoavelmente bem a geografia de Catarina. Parte disso se devia aos pais, que nos primeiros dias levaram as filhas para caminhar um pouco mais, tentando se familiarizar com o lugar novo; e parte era graças ao tamanho mínimo da cidade, um centro que se percorria inteiro em uma tarde, cercado de mata, mata e mais mata.

A mata, porém, ela ainda não conhecia tão bem. A mata que era o motivo pelo qual, supostamente, tinham se mudado. O cansaço da correria da capital, intensificado pelos anos de pandemia, tinha levado ao dia em que Julia e Oscar chamaram as filhas para conversar e anunciaram que, para o ano letivo seguinte, empacotariam a vida inteira e se mudariam de mala e cuia para a serra. Queriam morar na natureza, botar o pé no chão, viver com mais calma e sentir "energias melhores". Tinham vontade de ir para algum lugar naquela área que os lembrava da juventude, e acabaram, os dois, conseguindo trabalho em uma agência de turismo em Penedo. Na hora de buscar moradia, finalmente souberam de uma cidade próxima, cujo custo de vida era muito mais baixo (a casa tinha sido alugada, nas palavras deles, "a preço de banana") e da qual conseguiriam ir e vir do trabalho todos os dias em apenas um curto trajeto de carro.

Duda e Mari tinham sido informadas com todos os fatos decididos, sem espaço para discussão. Mari, mesmo assim, discutira bastante — com choro, súplica, barganha, ameaça, argumentação e muitas portas batidas com força. Ela tinha amigos no Rio, um namorado, gostava da escola, da rotina, da praia todo final de semana. Duda, por outro lado, estava secretamente (porque não ousaria admitir, diante do sofrimento da irmã) aliviada com a mudança. Quem sabe em outra cidade ela conseguisse de fato fazer amigos de verdade.

— Não, Oscar, a placa dizia que era para cá — insistiu a mãe de Duda, parada diante da bifurcação na trilha que cortava a vegetação.

Estavam os quatro caminhando pela trilha que, supostamente, levaria a uma cachoeira muito bonita, na tentativa de passar a explorar também as belezas naturais da área. *Supostamente*, porque, a bem da verdade, Duda estava começando a desconfiar que estavam mesmo era perdidos.

— Eu já falei, Julia, é para cá — retrucou o pai, apontando o outro lado. — Eu conferi na internet antes de sair.

— Então confere de novo agora — rebateu a mãe.

— Não tem sinal nesse fim de mundo — murmurou Mari, ao lado de Duda. — Da próxima vez, vê se não desenham logo um mapa no papel, que nem os australopitecos — propôs, mais alto.

Duda bateu na perna para esmagar um mosquito.

— Não tem sinal aqui — disse o pai, que não tinha ouvido a reclamação de Mari, e levantou o celular para ver se alguma coisa mudava. — Vamos para cá e, se estiver errado, voltamos e fazemos o outro caminho — declarou, por fim, e começou a andar sem conferir se o restante da família o seguia.

Infelizmente, o pai estava errado. Depois de uns quinze minutos por aquele caminho, ele aceitou o engano. Voltaram.

Naquele momento, Duda percebeu que não estava assim tão incomodada de o trajeto à cachoeira estar levando tanto tempo. A caminhada aquecia o corpo, mas o frescor da serra a impedia de suar como na cidade, e ela estava gostando da mata, do cheiro de terra e das árvores, das raízes antigas que se cruzavam e sobrepunham. Perdida ali, o mundo lhe parecia ao mesmo tempo pequeno e imenso — só os quatro, e toda a vastidão da natureza.

Finalmente, ao avançar na trilha que a mãe indicara na bifurcação, eles chegaram à cachoeira. Uma queda d'água forte formava uma vasta piscina natural, com uma rocha no meio que servia de plataforma. Do outro lado, a água da piscina se afunilava e levava a uma segunda queda d'água, mais curta e brusca, que se conectava a um córrego. Nas pedras lisas e no gramado encharcado que as cercavam, outras pessoas aproveitavam o sábado ensolarado: famílias, jovens rindo alto, casais apaixonados, turistas posando para fotos na pedra-plataforma no meio da piscina.

Ao saírem de entre as árvores, o mau humor que pesava nos pais de Duda, e mesmo um pouco do de Mari, se aliviou. Os quatro escolheram um canto agradável para se instalar e estenderam cangas. Oscar e Julia se sentaram, e Mari rapidamente tirou a roupa que usava por cima do biquíni, pôs os óculos escuros e se deitou de barriga para cima para aproveitar o sol, mas Duda continuou de pé. Tirou a bermuda e a camiseta, ficando só de maiô, deixou o boné no chão, prendeu o cabelo em uma trança rápida para não atrapalhar e se aproximou da água.

Molhou os pés primeiro, sentindo o frescor que lhe causou um calafrio. Ao considerar a melhor opção entre mergulhar de uma vez e arriscar bater a cabeça em uma pedra ou ir entrando aos pouquinhos e prolongar o frio, preferiu o choque térmico repentino de entrar debaixo da cachoeira em si.

Duda foi notando o caminho que uma garota a sua frente fazia, as pedras em que pisava e as que pulava para atravessar, e

O Legado das Águas **25**

a imitou. Esperou a garota passar por baixo da água forte, soltar um grito meio gargalhada e sair, se sacudindo. Respirou fundo e fez o mesmo.

Duda também sentiu vontade de gritar. Primeiro, pelo frio. Segundo, pela pura força da água esmurrando seus ombros, sua cabeça, seus pés. Terceiro, pela estranheza da sensação de estar debaixo de uma potência tão grande, tão ruidosa, tão caudalosa, que enchia seus olhos, seus ouvidos, envolvia seu corpo inteiro, quase um portal para uma existência separada. Contou um, dois, três, quatro, cinco, prendendo a respiração, e saiu, sentindo-se limpa, refrescada, renovada, transformada. Até o brilho do sol era diferente depois daquele banho.

Ela olhou para cima, para o céu e a copa das árvores, e sorriu. Enquanto o fazia, cometeu um erro: distraída pela lavagem de alma da cachoeira, não prestara atenção no caminho que a outra garota tomara para sair dali; e, atraída pelo azul do céu e pelo verde das folhas, não viu onde pisava.

Um passo em falso e, ao mesmo tempo acelerada e em câmera lenta, Duda caiu.

Lara

Lara não conseguia parar de olhar. Encontrar os vizinhos na cachoeira tão logo depois da aposta de Gabriel tinha sido um pouco surpreendente. Provavelmente era só por isso que estava desconcertada, hipnotizada por aquele momento que normalmente lhe seria tão irrelevante. Normalmente, não prestava atenção alguma a forasteiros. Aprendera desde cedo que não valia a pena, pois eles não duravam nada, seria um desperdício de tempo e energia.

Mesmo assim, Lara não conseguia desviar o olhar daquela garota de trança escura, olhos brilhantes e braços fortes enquanto ela escorregava, caía na água, afundava. Sentiu dentro de si que o tempo parou e, quando a menina rompeu a superfície,

Lara quase arfou com ela, tomada pelo sufocamento de que se lembrava tão bem dos sonhos cotidianos. A menina a encarou por um momento, encontrou seu olhar com uma curiosidade que sentia ser sua própria, espelhada, e finalmente lhe deu as costas.

O feitiço do momento suspenso foi quebrado. Porém, Lara não conseguia se livrar de um incômodo estranho, de uma sensação familiar que não sabia nomear, de um empuxo que fazia ela querer acompanhar os passos da menina com um olho e a correnteza da cachoeira com o outro. Ela se perguntou, por um momento passageiro, se o irmão tinha notado a cena e criado esperanças por um segundo. Se teria se decepcionado ao ver a vizinha sair sã e salva da água. Sabia, no fundo, que desejar um acidente, esperar pela morte de alguém, não era correto.

Mas eram forasteiros. Iam morrer de qualquer jeito. Era a maldição de Catarina.

Capítulo 4

Mari

O único colégio de ensino fundamental e médio em Catarina era, como todo o resto da cidade, menor do que Mari estava acostumada. Em teoria, os moradores teriam acesso à escola estadual no município vizinho, mas a maioria das famílias parecia mandar os filhos de todas as idades para o Colégio Santa Olga, uma casa antiga com anexos mais modernos, uma mistura arquitetônica que refletia o resto do município.

O corpo docente não era muito grande e, em alguns aspectos, a disciplina era valorizada, com muita ênfase no respeito aos professores. Por outro lado, o rigor nos estudos não parecia ter objetivo além da escola — apesar de estar no terceiro ano, Mari mal ouvia falarem de vestibular ou faculdade.

Quanto aos alunos, em uma semana de aula lá, Mari já tinha entendido tudo.

Tal qual em sua escola anterior, as panelinhas eram bem demarcadas e reconhecíveis por hábitos e aparência. Um grupinho em especial, no topo da cadeia alimentar social, se destacava: em vez de fazer como a maior parte dos alunos e recombinar as peças do uniforme para dar a elas um toque particular, vestiam sempre a roupa mais tradicional do colégio, tornando-os todos ainda mais homogêneos do que a massa de alunos que ia e vinha entre as salas. Eles não se misturavam a quem estivesse de fora daquela patota; na verdade, mal se dignavam a olhar ou falar com as outras pessoas, nem mesmo para pedir um lápis emprestado.

Mari se recusava a se subjugar a tal vergonha. Ela nem queria estar ali, para começo de conversa, e não tinha interesse algum em se misturar com quem não queria saber dela. Assim que percebeu como as coisas funcionavam, decidiu se dedicar a ir à escola o mais diferente possível deles, das garotas de camisa de botão bem passada e tão branca que brilhava, de saia plissada preta até o joelho, de sapatilha preta tão reluzente que parecia ter acabado de sair da loja. Mari iria aparecer todos os dias nas portas da escola com um penteado diferente, com brincos coloridos, com as unhas pintadas de glitter. Mari iria se sentar todos os dias no lugar marcado, com a coluna ereta, o cabelo reluzente, o pescoço perfumado, e jogar todo o seu eu colorido-chamativo-espalhafatoso na cara daquela gente metida até que soubessem que não eram superiores a ela.

Na segunda-feira da segunda semana, entrou na sala de aula no primeiro tempo — de xuxinha cor-de-rosa no rabo de cavalo, cinto combinando por cima da saia, e meia estampada no lugar da soquete branca que normalmente acompanhava a sapatilha — e se instalou no lugar marcado. Jogou a mochila na cadeira da frente, como tinha começado a fazer no meio da semana anterior, depois de notar que aquela carteira estava sempre vazia.

A professora de português entrou em sala no instante em que o sinal tocou e prontamente começou a escrever no quadro. Durante o primeiro tempo, Mari se dedicou a prestar atenção à aula e ao ritmo reconfortante e quase tedioso de copiar a matéria em sua letra redonda e caprichada. Nem teria reparado que o segundo tempo da aula dupla começara, se não fosse pela porta da sala bruscamente escancarada.

Toda a turma se virou para a figura que entrava, como era comum quando chegava um aluno atrasado, mas, ao ver o menino, Mari pensou que provavelmente ele estava habituado a ser o centro das atenções em qualquer circunstância. Ele tinha a pele branca e lisa, como se nunca tivesse nem ouvido falar de espinhas, e cabelo muito escuro, escovado minuciosamente para trás como se saído de um filme dos anos 1950. Nitidamente se via que pertencia ao grupinho popular e metido à besta, pois usava o uniforme mais impecável que Mari já vira em alguém e andava com uma espécie de tranquilidade na postura que ela atribuía apenas a cenas em câmera lenta na televisão. E Mari o conhecia. Pelo menos, de longe: era o garoto que vira na cachoeira, que morava na casa na frente da dela, que ela já tinha visto na rua pela janela.

O menino veio andando pelo corredor entre as carteiras e parou bem na frente de Mari. Ela o viu olhar a mochila dela, franzir a testa e esperar. Não perguntou de quem era, não mexeu na bolsa, não olhou ao redor, não se virou para ela e pediu que tirasse a mochila dali. Ficou apenas parado, como se aguardasse que a cadeira dele — pois ficara óbvio que era dele, e que ele simplesmente faltara os primeiros dias de aula — fosse liberada apenas sob a força de seu olhar.

Mari apertou os punhos e engoliu o impulso educado de se desculpar e tirar a mochila. Ela não cederia, se recusava a fazer um gesto simpático para acolher a arrogância daquele menino que nem se dignava a olhá-la. A professora tinha se calado, e a turma inteira assistia à cena, mas Mari não se apressaria para resolver a situação. Se ele quisesse que ela tirasse a mochila dali, teria que virar aqueles olhos grandes e escuros para ela, abrir aquela boca rosada e pedir *por favor*. Ela cruzou os braços em cima da mesa e se forçou a desviar o olhar dele, de queixo erguido.

— Mariana? — chamou a professora, folheando a chamada para conferir seu nome. — Tire a mochila do lugar do Gabriel. Que eu saiba, você não tem nenhum direito especial a duas carteiras — falou, seca, sem sorrir.

Mari mordeu o lábio. Cogitou obedecer. Ela não era de criar confusão na escola, de responder a professores e atrapalhar a aula. No entanto, sentiu a centelha de raiva que carregava desde que fora informada da mudança se acender em uma chama mais forte. Ela não queria estar ali, em Catarina, no Santa Olga, na carteira atrás de um menino arrogante, diante de uma professora que não lhe transmitia simpatia alguma.

— Só se ele pedir — retrucou Mari, então, e se virou da professora para Gabriel.

O menino finalmente a olhava, dirigindo a ela a mesma testa franzida que antes direcionava à mochila, como se ela estar ali fosse igualmente surpreendente. Mari sustentou o olhar dele, apertando os punhos com mais força para segurar o impulso de recuar.

— Mariana! — ralhou a professora. — Tire a mochila *já*.

Mari sentiu aquele fogo da raiva dentro dela se transformar. O coração batia rápido, de nervosismo, de frustração, mas também com a adrenalina de cometer um pequeno ato de rebeldia. Ela continuou a sustentar o olhar de Gabriel, e precisou morder a bochecha por dentro para conter uma vontade repentina de sorrir.

Ele levantou a mão para a professora, que começava a repetir a ordem, e a mulher imediatamente se calou.

— Mariana — disse ele, com ironia ácida na voz grave —, pode tirar a mochila da minha cadeira?

Mari não sabia se estava imaginando ou escutando de fato os ruídos de espanto dos colegas.

Ela deveria tirar a mochila. Deveria dizer que sim. Deveria voltar a anotar a matéria de português. Deveria seguir com o dia normalmente.

— E as palavrinhas mágicas? — foi o que falou, carregando a voz de tanta ironia quanto a dele, e, dessa vez, incapaz de segurar o sorriso de leve triunfo, a leveza no coração que vinha ao passar de um limite.

— Mariana! Pegue a mochila e saia de sala! *Já!* — vociferou a professora.

O Legado das Águas 31

Mari nem se incomodou. Se levantou, recolheu o material da mesa e, ainda olhando para Gabriel, tirou a mochila do lugar.

— E agora, como é que agradece? — provocou ela, mais baixo, ao passar por ele, levantando o rosto para que ele a olhasse de volta.

Gabriel riu um pouco, uma gargalhada que vibrava no peito e mal saía pela boca. Quando ele se sentou, ela já tinha avançado alguns passos, e não olharia para trás. Mesmo assim, escutou a voz grave vindo da cadeira recém-desocupada:

— Obrigado, Mariana.

Gabriel

8:32

Gabriel
reclamou que eu tava matando aula

aí apareci e é VOCÊ que não vem???

você perdeu uma ceninha e tanto

a menina nova me mandou pedir por favor

parecia até você

Gabriel tinha matado a primeira semana de aula por pura preguiça, sabendo que era sempre a mesma lengalenga, e só se obrigara a ir para o colégio em vez de dar uma volta porque os amigos estavam dizendo sentir sua falta. E porque tinha uma menina do segundo ano que andava dando mole para ele por mensagem, e ele tinha ficado de encontrá-la. A energia que o levara a rumar à escola, mesmo que atrasado, definitivamente não era resquício dos toques de Felipe na sexta-feira, nem das mensagens que tinham trocado na madrugada anterior.

Mas a verdade era que aquela aula de português já era um tédio insuportável e não fazia nem meia hora que ele estava lá.

32 sofia soter

Dona Vitória continuava tão chata quanto no segundo ano, o texto no quadro-negro se misturava em uma massa sem sentido quando ele pensava que nada daquilo lhe teria serventia nunca, e o dia lá fora estava lindo, ensolarado, pedindo por um banho de cachoeira. Além do mais, Felipe não estava lá para ele observar discretamente, tentar ver se estava olhando para ele de volta e provocá-lo se espreguiçando com exagero para mostrar bem os braços.

A única coisa interessante tinha sido aquela menina da cadeira de trás, aquela vizinha, a forasteira. Mariana, que tinha enfrentado ele, cheia de marra e bravata, e até disfarçado bem o quanto estava corada. Já que Felipe não tinha aparecido, talvez ela pelo menos fosse gostar de olhar os braços dele.

Mari

Expulsa de sala pela primeira vez na vida, Mari tinha ficado um pouco perdida. Andara pelos corredores até encontrar um inspetor, a quem explicara por que estava vagando pelo colégio, e recebera uma bronca de que "ser expulso de sala não era recreio", junto à ordem de se dirigir à sala de recepção da diretoria.

Chegando lá, bateu na porta, espreitou pela janelinha, e entrou. A sala consistia em uma bancada e dois bancos, um de cada lado, sob luz branca e forte. O ambiente tinha um cheiro desagradável de mofo e desinfetante, que fez Mari espirrar no mesmo instante.

— Saúde — disse o único ocupante daquela salinha.

Mari se virou para agradecer. Era um garoto da idade dela, bem magro, de pele marrom, cabeça raspada e óculos, e ele não a olhava. Estava de pernas cruzadas, com um caderno e o livro didático de português abertos no colo, e mordia a tampa de uma caneta enquanto puxava a gola da camisa do uniforme, amarrotada e larga demais, para coçar o pescoço. Ela o reconhecia vagamente — era da turma dela, mas sentava na última

O Legado das Águas **33**

fileira, e não falava nunca, nem ninguém falava com ele. Para ser sincera, ela nem lembrava como ele se chamava.

— Obrigada — respondeu, se sentando no banco na frente do garoto.

Estando ali, ela não sabia o que fazer. Tinha quase o segundo tempo inteiro para matar, e a energia um pouco furiosa e um pouco eufórica da pequena rebelião em sala estava se esvaindo, deixando para trás apenas a sensação de ter sido um pouco boba. O ano letivo acabara de começar, e ela já tinha chamado a atenção desnecessariamente, tanto dos alunos quanto da professora. Por que insistira tanto com uma coisa de tão pouca importância? Por que fazia tanta questão de confrontar aquela gente besta do colégio? Por que não se concentrava em terminar o ano, passar no vestibular e viver a própria vida? Por que pensar na voz grave e debochada de Gabriel fazia ela sentir aquela vontade de arrancar o sorriso metido da cara dele com as próprias...

— A dona Vitória te expulsou de sala? — perguntou o garoto, levantando o olhar do caderno.

— É — Mari respondeu, um pouco distraída, sacudindo a cabeça de leve para afastar os pensamentos.

— Relaxa, não vai dar em nada. Ela adora expulsar gente de sala à toa, mas depois nem lembra de anotar na caderneta — disse ele, abanando a mão com a caneta. — Ela deu aula pra gente no segundo ano também, não é como se tivessem tantos professores de português por aqui.

— Hm, valeu — disse Mari, um pouco desconcertada.

Era a primeira vez naquele colégio que outro aluno se comunicava voluntariamente com ela, e estava sendo difícil conciliar o comportamento daquele colega com o que acabara de suportar vindo de Gabriel na sala de aula.

— E você? — continuou ela, forçando um sorriso amigável apesar de ainda estar um pouco confusa, pois queria retribuir o gesto de simpatia. — Por que está aqui, e não na aula?

— Cheguei depois do sinal do segundo tempo — explicou ele, com a voz tranquila de quem já estava acostumado. — Não me deixaram entrar.

— Achei que quem chegava depois do segundo tempo era mandado direto para casa.

— É. Mas, mesmo que eu não possa assistir às aulas hoje, me deixaram ficar aqui.

Ela franziu a testa.

— Você vai ficar aqui a manhã toda? — perguntou. — Nessa salinha abafada? Não é melhor voltar para casa logo?

A ideia de ficar à toa na diretoria até o fim das aulas era tão sufocante que Mari até sentiu mais intensamente o calor da manhã. Por causa das divisórias, a recepção não tinha janelas, e o ventilador de pé jurássico mais fazia guinchar e espalhar ferrugem do que refrescar.

— Vou — respondeu ele, simplesmente.

Mais uma vez, ele coçou o pescoço, e Mari viu que uma gota de suor escorria ali. Então o incômodo com o calor não era só coisa da cabeça dela. Ela franziu ainda mais a testa, sem entender por que alguém preferiria estar ali a sair da escola, a voltar para ver televisão em casa, ou ir passear.

— Estou acostumado — acrescentou ele, com um sorriso que deveria ser tranquilizador, mas passava o desconforto de alguém que não esperava precisar se explicar.

Mari conteve a vontade de insistir. Ele era simpático, e deveria ter seus motivos para escolher aquilo. Quem ela era, afinal, para questionar as decisões de alguém naquele dia? Por isso, jogou um pouco mais de sinceridade no sorriso, e deixou para lá.

— Qual é seu nome mesmo? — perguntou ela.

— Felipe — disse o menino, tamborilando com a caneta no joelho. — E você é a Mariana, né?

Ela se envergonhou um pouco de não saber o nome dele, se ele já sabia o dela. Desvantagens de ser a aluna nova, provavelmente.

O Legado das Águas **35**

— Isso. Mas meus amigos me chamam só de Mari.

O sorriso de Felipe relaxou em resposta, e Mari percebeu que, sem a tensão de antes, ele tinha um sorriso lindo. Dava vontade de fazer ele sorrir mais.

— Então você pode me chamar de Mari à vontade se topar jogar adedanha comigo até eu ser liberada para a próxima aula — continuou.

Valeu a pena. Ele riu um pouco, e a risada era ainda mais bonita do que o sorriso.

— Fechado, Mari.

Felipe

Quando seus pais se casaram, eram jovens, apaixonados, e estavam prestes a ter um filho. Dezessete anos depois, Felipe não fazia ideia de onde no mundo a mãe estava e, às vezes, preferiria não saber onde o pai estava também.

Ao chegar da escola, Felipe colocou a chave na fechadura e abriu a porta de casa com cuidado. Infelizmente, o barulho de vidro se espatifando do outro lado da porta deixara bem claro que o pai estava bêbado na sala. De novo. A falta de barulhos além de resmungos o fez acreditar que era seguro, então entrou. Apesar de já ser fim de tarde, o pai estava jogado no sofá, com a camiseta e a samba-canção que tinha usado para dormir. A barba não era feita havia uns dois dias, mas ele ainda notava dois cortes feitos pela lâmina de barbear na lateral da mandíbula.

— Oi, pai. Como foi o dia hoje? — cumprimentou, mais por hábito do que por expectativa de resposta. Nos últimos tempos, o pai praticamente não conversava com ele.

Felipe largou a mochila no chão perto da porta e se abaixou para catar os cacos do copo que o pai tinha quebrado, em silêncio. O pai não se mexeu para ajudar, nem para atrapalhar, apenas se voltou para a televisão, ligada em algum filme de ação dublado. Quando o chão estava livre de vidro e, portanto,

36 sofia soter

seguro para o pai andar descalço, Felipe pegou na cozinha um copo d'água e levou até ele, que mal reagiu.

Ele precisava fazer os trabalhos de casa — aquela menina nova, Mari, o surpreendera ao aparecer de novo na diretoria no fim do dia apenas para passar as tarefas para ele —, e adoraria aproveitar a relativa paz enquanto o pai estava mais catatônico do que agitado. Porém, percebeu que o pai não tinha almoçado, e se arrependeu de ter comido na cantina depois de ser liberado da diretoria, apenas por querer passar mais tempo fora de casa. Ele deveria ter voltado logo que fora impedido de entrar, ou nem ter saído ao notar que não chegaria na aula a tempo; deveria ter preparado o almoço do pai, ter dado um jeito na casa, ter lavado a pilha de roupas que só fazia crescer no cesto do banheiro.

Quando era mais novo, Felipe achava que aquilo ia passar, que o pai só estava assim porque a esposa tinha ido embora. Depois, inverteu a equação, e passou a acreditar que o comportamento do pai era a razão da mãe ter sumido sem deixar rastros. Por fim, chegara à conclusão de que as duas coisas eram igualmente verdadeiras, e igualmente incompletas. A verdade é que era tudo culpa da cidade.

Catarina era responsável por sua mãe ter feito as malas no meio da madrugada quando ele ainda era um bebê, escrito um bilhete de despedida e saído porta afora para nunca mais voltar. Catarina era responsável por seu pai viver à base de cachaça, dormir o dia inteiro, e mal organizar frases ou pensamentos completos. Catarina era responsável por Felipe ter que cuidar do pai e de si próprio sozinho, desde pequeno. Assim como Catarina era responsável por outras mortes, outros sumiços, outras doenças, outras famílias despedaçadas.

E ele estava preso para sempre naquela cidade maldita.

O Legado das Águas **37**

Capítulo 5

Lara

Se não tivesse uma boa noite de sono logo, Lara enlouqueceria.

Acordou de mais um pesadelo e, no segundo antes de despertar completamente, sentiu a pele toda arder. Quando levantou a cabeça do travesseiro, percebeu que suara muito, e o cabelo estava grudado no pescoço e na testa. Percebeu também que não fora despertada apenas pelo sonho — pela parede que dividia com o quarto de Gabriel, ela o ouvia ao telefone: as risadas altas, os silêncios pontuados por meias palavras enquanto a outra pessoa falava, a voz forçada para soar mais grave, porque ele achava que assim pareceria mais atraente, mais misterioso.

Ela olhou a hora no celular, já tinha passado das duas da manhã. Lara não sabia com quem ele estava falando, mas as conversas do irmão no telefone fixo instalado no quarto para burlar o sinal de celular instável eram frequentes e variadas. Durante a tarde, amigos para marcar de sair; à noite, as pretendentes apaixonadas, para quem ele jogava charme e falava cafonices que Lara adoraria não escutar; e às vezes, na madrugada, as namoradas, as garotas com quem Gabriel passava algum tempo, até mudar de ideia, e que exigiam a intimidade do meio da noite e a privacidade da porta fechada.

Gabriel parecia esquecer que Lara ouvia pelo outro lado da parede, como frequentemente parecia esquecer da existência de Lara como um todo. Ela não se ofendia. Tinha aprendido a se tornar invisível em casa, e o superpoder se espalhara para as outras áreas da vida. Na escola, apesar de ter um grupinho de amigas que conhecia desde pequena, usava como escudo o fato de ser quieta demais, pequena demais, apagada demais. Assim como era melhor não se apegar a forasteiros, porque eles logo partiriam, era melhor não se apegar a Catarina, porque a cidade não deixava esquecer as fronteiras que sempre a traziam de volta.

Lara, então, não se incomodava de ser meio invisível. Porém, naquele momento, queria que Gabriel lembrasse que ela estava ali, que desligasse o telefone, que só mandasse mensagens quando o sinal permitisse, que nem um garoto normal, que ficasse quieto, que a deixasse dormir. Entre os pesadelos, que andava tendo com frequência, e os telefonemas do irmão, que parecia fingir ainda estar de férias, fazia dias que Lara não dormia direito, e a cada manhã chegava no colégio mais exausta, cada movimento era mais cansativo, até sentir que estava, realmente, desaparecendo.

Irritada, juntou toda a força que conseguia e socou a parede, tentando chamar a atenção de Gabriel. A força foi maior do que imaginava — a pancada reverberou na parede, e ela sentiu uma dor que ecoou pelo braço inteiro. Quando se recuperou, sentiu o alívio de saber que a mãe dormia do outro lado do corredor e não acordaria com o som; despertá-la nunca era boa ideia.

Valeu a pena quando ouviu a reação de Gabriel do outro lado, primeiro uma exclamação brusca de susto, depois uma série de xingamentos direcionados a Lara, sem a concentração necessária para manter a voz grave e ridícula, e finalmente um "minha irmã é maluca, te ligo amanhã" ao telefone, trazendo a perspectiva de silêncio pelo resto da noite.

Lara virou o lado do travesseiro para aproveitar a fronha menos suada, empurrou o cobertor para ficar apenas de lençol, e, embalada por resmungos do irmão do outro lado da parede, conseguiu pegar no sono, exausta.

Duda

Duda sabia, depois de ouvir Mari repetir incontáveis vezes, que o único objetivo da irmã desde a mudança era aguentar até o fim do ano e dar no pé assim que possível. Sua própria intenção, porém, era ao mesmo tempo mais simples e mais difícil, principalmente considerando que já começara mal com o tombo vergonhoso na cachoeira: Duda queria fazer amigos.

Dizendo assim, parecia que ela nunca tivera amigo algum, que era sumariamente excluída da vida social na escola anterior, ou que sofria de uma timidez intratável. Não era bem assim. A questão era mais que Duda nunca sentira ter amigos *de verdade*. Pior ainda, os anos de aulas online, atividades interrompidas e isolamento em casa não tinham ajudado a criar conexões. Quando os pais contaram da mudança, ela demorara muito a lembrar que deveria sentir saudade daquelas pessoas que tinham crescido com ela e lhe feito companhia, e, quando a ideia lhe ocorrera, não causara o impacto desejado. Ela via Mari chorar, espernear e sofrer de verdade por precisar deixar para trás os laços profundos que tinha no Rio, e não entendia bem o que ela estava sentindo.

Pior — tinha certa inveja do sofrimento da irmã.

Viviam dizendo a ela que aquela fase da vida era quando se fazia amizades de verdade, e, observando Mari, parecia mesmo ser o caso. Mas Duda sentia que não tinha nada a ver com as meninas da sua turma. Nos últimos tempos, passara a sentir certo receio da amizade de meninos, porque pareciam vir com expectativas — fossem deles ou das pessoas de fora — de coisa que lhe era ainda mais estrangeira do que a amizade íntima: o namoro. Quando as meninas com quem andava tinham começado a falar desse interesse por meninos, de perder o BV, de ficar com o crush, de quem era gato e quem era feio, Duda sentira a distância virar um fosso quase intransponível. Por mais que tentasse arranjar crushes, olhar bem os meninos que sabia serem bonitos e ver se mexia alguma coisa por dentro, e até beijar um ou outro, a emoção que as outras meninas descreviam não surgia nela. Então ela fingia.

Em uma cidade nova, talvez pudesse resolver aquilo tudo. Talvez pudesse conhecer gente com quem se desse melhor. Talvez fizesse boas amizades, daquelas de que doeria se afastar, daquelas com declarações de amor escritas na camiseta no fim do ano, daquelas que durariam a vida toda. Talvez até se apaixonasse. Talvez pudesse parar de fingir.

Ainda não tinha acontecido. As primeiras semanas de aula iam passando, e a escola não era nada convidativa, com alunos bem fechados em suas próprias panelinhas. Além do mais, os valores da cidade lhe pareciam peculiares: o colégio era católico, e ela sabia que a igreja tinha muito movimento no domingo (apesar dos próprios pais não serem de frequentar a missa), mas um dos comércios principais no centro era uma lojinha de artigos esotéricos, com sessões para leituras de destino, muitas das pessoas que via na rua tinham um estilo mais para hippie, e vez ou outra passavam por ali turistas cheios de papos sobre fontes energéticas e terapias holísticas.

Então tudo bem, ela ainda precisava se adaptar, e não tinha sido acolhida de braços abertos por um monte de almas gêmeas, mas Duda tinha tempo: mal tinha começado o nono ano, e teria o ensino médio todo pela frente.

Era só manter a esperança.

Lara

— Elas são suas vizinhas, né, Lara?

Lara coçou os olhos para despertar. Estava exausta, e só não tinha pegado no sono porque estavam caminhando na saída do colégio.

— Hm? — perguntou para Nicole, tentando retomar o fio da conversa que claramente tinha perdido.

— Aquela menina nova da nossa turma — explicou Bruna.
— É sua vizinha, né?

— A irmã dela tá na sala da minha irmã — acrescentou Nicole. — A Maiara falou que ela é a maior encrenqueira.

Lara fez uma careta. A presença da menina não deixava de incomodá-la, desde aquele dia na cachoeira. Estava na turma dela, na rua dela, na casa na frente da dela. Lara às vezes até a via pela janela, pois seus quartos eram alinhados em altura e posição na fachada, um em cada calçada. Era uma presença intrusiva, que a cutucava diariamente, diferente de todos os outros forasteiros que iam e vinham da cidade e passavam por ela sem se fixar na memória.

Aonde quer que Lara fosse, lá estava aquela garota alta, forte, de olhos escuros e sorriso tímido.

Lá estava um lembrete da existência daquelas pessoas que, apesar de compartilharem o ambiente com ela, estariam sempre separadas por uma redoma invisível; um lembrete de que existia vida fora de Catarina, uma vida que Lara nunca poderia ter.

Lá estava Duda.

— São minhas vizinhas, sim.

Como Lara não disse mais nada, Nicole insistiu:

— E aí? Como elas são? Quais são as fofocas?

Lara deu de ombros. Nicole tinha uma curiosidade mórbida por forasteiros, e gostava de acompanhar a vida dos novos moradores como capítulos de uma novela.

Bruna não tinha nenhum interesse tão específico, era só fofoqueira mesmo.

Lara supunha que era parte do motivo das três serem amigas, apesar de saber que as duas eram mais próximas entre si do que eram dela: Bruna e Nicole dominavam as conversas e se responsabilizavam por toda situação social; Lara, desde que estivesse com elas, podia ficar quieta.

— Não reparei em nada — respondeu.

Era mentira. Tinha reparado que Duda ia e voltava para a escola de bicicleta, mesmo que a distância fosse fácil de fazer a pé. Tinha reparado que ela andava sempre de cabelo preso, fosse em rabo de cavalo ou em trança. Tinha reparado que ela era tímida na escola, mas que, com a família, relaxava e dava gargalhadas altas. Tinha reparado que ela, em algumas tardes, ia sozinha ao quintal e treinava chutar uma bola de futebol contra o muro de casa. Tinha reparado que ela sempre deixava uma fresta de cortina aberta na hora de dormir, em vez de fechar o blecaute completamente.

Mas nada disso era interessante.

— Blé, você é muito sem graça — comentou Bruna. — Não notou nadica de nada *mesmo*?

Lara deu de ombros de novo.

— Bom, a Maiara falou que a mais velha, acho que é Mariana o nome, já foi expulsa de sala — disse Nicole, catalogando o que sabia. — Parece que ela tretou com seu irmão, Lara.

— Pelo menos finalmente não sou só eu — respondeu Lara, desinteressada.

Bruna riu um pouco alto e rápido demais. Ela era, muito para vergonha alheia de Lara, meio apaixonadinha por Gabriel desde pequena.

— Tá, mas ela também tá andando com o esquisitão do colégio agora — continuou Nicole, insistente em criar algum tipo de retrato da garota.

— Quem é? — perguntou Bruna.

— Aquele moleque do terceiro ano — disse Nicole, querendo deixar para lá os detalhes que não tinham a ver com as forasteiras recém-chegadas.

— Não sei quem é. Qual é a dele? — insistiu Bruna.

Diferente de Nicole e Lara, Bruna só tinha irmãos mais novos e seus pais não eram de se envolver na boataria da cidade, o que a fazia ficar constantemente por fora da vida social dos mais velhos. Não que estivesse perdendo muita coisa. Na

O Legado das Águas **43**

opinião de Lara, a vida de Gabriel era um tédio, e aquele tal "esquisitão" era só mais um garoto com alguma história trágica qualquer.

— Ah, é que a mãe dele era forasteira — respondeu Nicole, abanando a mão como se quisesse mudar de assunto —, mas foi embora, sei lá, antes da gente nascer.

— Hmmm — disse Bruna, só parcialmente satisfeita. — Mas o Renan tinha pai forasteiro e a gente trata ele até normal, né? Que diferença tem esse garoto?

Nicole parou de andar de repente e olhou ao redor, com cara de quem conferia se tinha alguém ouvindo. Logo se deu por satisfeita, certamente percebendo que estavam em uma rua bastante vazia, e voltou a caminhar, apertando o passo para alcançar as amigas, e abaixou a voz em um cochicho.

— Tá, tá, então — começou —, não contem pra ninguém isso que vou falar, tá? A Maiara só me contou como recompensa por eu não ter falado pra ninguém que ela ficou com o Luan naquela festa ano passado.

— Mas você falou pra gente assim que descobriu — argumentou Lara, que, apesar de não ter nada a ver com a vida de Maiara nem de Luan, tinha sido obrigada a ouvir um monte sobre as ramificações e consequências daquela ficada.

— Tá, mas ela não *sabe* — respondeu Nicole, como se fosse óbvio. — Enfim, como eu *não contei para ninguém*, fui chantagear ela de leve para ver se ela convencia minha mãe a deixar…

— Pula essa parte, conta a fofoca — interrompeu Bruna, quase esganiçada de tanta afobação.

Lara, normalmente alheia àquelas histórias das amigas, ficou agradecida pela interrupção. O mistério todo estava deixando até ela curiosa.

— Que grossa! — repreendeu Nicole, mas continuou, nitidamente tão ávida para contar o segredo quanto Bruna estava por ouvi-lo. — Enfim, a Maiara falou que uns anos atrás o pessoal achava que esse moleque era uma *exceção*.

44 sofia soter

Nicole fez silêncio e arregalou os olhos, como se a frase devesse ter algum impacto. Lara franziu a testa e olhou para ela, e então para Bruna, vendo na amiga uma expressão espelhada.

— Exceção *do quê?* — perguntou Bruna, incrédula.

— Da... Do... De Catarina! — exclamou Nicole, e logo mordeu o lábio e olhou ao redor de novo, antes de abaixar a voz.

— Tipo, diziam que não era só a mãe dele que era forasteira. Ele *também era.*

Dessa vez, ela teve a resposta desejada. Bruna soltou um gritinho, cobriu a boca com a mão, arregalou os olhos e deu um pulinho no lugar.

Lara não reagiu da mesma forma. Porém, sentiu o coração bater mais rápido. Nunca tinha lhe ocorrido que pudesse existir uma exceção à regra. Era fantástico e impensável — uma possibilidade tão clara e contraditória que a deixava meio tonta.

— Que besteira — foi o que falou em voz alta, e percebeu que o tom saíra um pouco trêmulo.

— Bom, parece que é besteira mesmo, e acabaram descobrindo que ele nasceu aqui, sim — concordou Nicole, com a voz de quem ainda tinha algo a dizer. — *Mas...*

Dessa vez, o suspense funcionou. Bruna ainda estava praticamente saltitando, e Lara precisou fechar a boca com força para não pedir para Nicole contar logo. Não queria encorajar aquele hábito.

— Mas o quêêêêê? — praticamente choramingou Bruna, que não tinha o mesmo pudor.

Nicole tentou estender o mistério, parando na esquina da casa de Bruna, e esperando que passasse um casal que andava por ali.

— Mas *existe* uma exceção — declarou, com a voz grave de quem conta histórias de terror no meio da madrugada e a risadinha nervosa que acompanhava a satisfação de assustar as amigas. — A Maiara me disse que, tipo, todo mundo sabe, mas ninguém gosta de falar. É a Cátia, aquela velha que vende artesanato esotérico no centro.

O Legado das Águas **45**

— Eu sei quem é — disse Lara, mais abrupta do que pretendia.

Ela não sabia se queria acreditar.

— Mas por que ela é uma exceção? — perguntou Bruna. — Ela é tia da Luna do oitavo, né? Então é de Catarina, né? Então não tem como ser exceção, né? — insistiu, oscilando entre a incredulidade e a curiosidade.

Lara não sabia se Bruna estava mais interessada em saber, ou frustrada de ter ficado por fora daquela informação tão valiosa.

— Então, é. Mas a Cátia *foi embora* — continuou Nicole.

— Eu vi ela semana passada no centro — retrucou Lara.

— Ela voltou uns anos atrás, quando a gente era mais nova — explicou Nicole, já perdendo a paciência. — Mas antes disso ela foi embora. Ela fugiu de casa quando adolescente, e só... foi. Sumiu. Por *décadas*. E, tipo, voltou *bem*.

Lara sentiu que a onda da exaustão acumulada tinha vindo quebrar na cabeça dela de uma só vez. Ficou tonta de repente, o chão girando sob seus pés, o coração batendo tão forte que perigava escapar pela boca. Ela levou uma das mãos ao peito, a outra ao muro da casa ao lado da qual estavam conversando.

Devia ser o cansaço.

Mas...

Existia uma exceção, que tinha ido embora.

Existia uma *exceção*, que tinha ido embora.

Existia uma exceção, que tinha *ido embora*.

Perdidas em mais cochichos agitados, Nicole e Bruna não notaram sua reação. Lara respirou fundo, soltou o muro. Torceu para a voz sair firme quando falasse, mesmo sabendo que era em vão.

— Que besteira — repetiu, fazendo, por fora, pouco caso do que sentia por dentro. — Agora que acabou esse mistério, eu vou é embora. Até amanhã.

Sem esperar resposta, Lara apertou o passo a caminho de casa.

Capítulo 6

Gabriel

08:10

Felipe
essa gola levantada não tá enganando ninguém

Gabriel
ha-ha-ha

muito engraçado

e a culpa é de quem?

Felipe
não lembro de você reclamar na hora

Gabriel
teria reclamado se eu soubesse que você era um vampiro!

Felipe
você que é todo pálido e misterioso e arrogante

claro que o vampiro é você

Gabriel
ha-ha-ha

grande piadista

pelo menos eu não deixo marcas enormes no pescoço das pessoas

Felipe
e qual é o problema?

acha que alguém ia descobrir que era eu se visse?

Gabriel
não

mas poderia deixar c e r t a s pessoas com ciúme

Felipe
c e r t a s pessoas = todas as garotas da turma

ou só as que você deu trela essa semana

?

Gabriel
ah felipe vsf

vai ficar você de ciuminho agora???

Felipe
eu?

nunca

se eu fosse de ter ciúmes não ficava com
o cara mais galinha do colégio

Gabriel
falou mesmo como uma pessoa naaaada ciumenta

Felipe
🖕

Felipe

— Quem tanto te manda mensagem no meio da aula? — perguntou Mari, abaixando e levantando as sobrancelhas sugestivamente, assim que saíram da sala.

Ao que tudo indicava, aquela hora passada na diretoria tinha dado margem para uma amizade — e Mari, Felipe percebeu, sabia ser muito amigável. Como ele, ela parecia nutrir certo desprezo pela cidade; mas, diferente dele, tinha toda a experiência de uma vida passada em outro lugar, uma vida na qual ela aparentemente tinha vários amigos, dias ocupados, grandes dramas emocionais. Enquanto isso, a última vez em que Felipe tivera amigos certamente fora quando ele ainda não sabia ler e comia massinha de modelar.

— Ninguém.

Ao notar que a resposta tinha sido brusca — ele estava sem prática de conversar com alguém que estivesse genuinamente interessado —, abriu um sorriso, querendo indicar que não estava chateado.

— Hmmm, quanto mistério — brincou ela, esbarrando o ombro no dele enquanto se dirigiam à cantina. — Seu celular tava vibrando tanto que nem sei como o Seu Fábio não te tirou de sala.

Felipe deu de ombros.

O interesse de Mari até era genuíno, mas ela às vezes fazia perguntas demais.

— Tá, eu não pergunto mais — declarou ela, com um gesto decidido da cabeça, que fez balançar os brincos compridos de continhas coloridas. — *Hoje*, pelo menos.

Felipe riu um pouco, sacudindo a cabeça.

— E aquela história que você ia me contar? — disse ele, querendo mudar de assunto, quando chegaram à fila da cantina. — Antes de bater o sinal?

Mari se animou, imediatamente distraída do mistério das mensagens de Felipe.

— Aaaah, é. Do meu ex traíra! — falou, com um toque de veneno na voz. — Então, onde eu parei mesmo?

— Vocês decidiram terminar porque você ia se mudar...

— Bom, foi o Kevin que decidiu terminar porque eu ia me mudar, mas eu concordei, porque, né, mais sensato. Ele nunca viria para esse cafundó do Judas me ver, então... — resmungou ela. — Mas enfim, a gente terminou logo antes de eu vir pra cá. Eu fiquei péssima. A gente era amigo e namorou mais de um ano, minha primeira vez foi com ele e tudo... Enfim, eu já tava péssima por me mudar, então foi todo um combo, sabe?

— Uhum — concordou Felipe, apesar de, na verdade, não fazer a mais vaga ideia.

Ele nunca tinha se mudado. Nunca se mudaria. Ele também nunca tinha terminado com ninguém, porque nunca tinha namorado ninguém. A história de Mari era para ele, de certa forma, como uma narrativa da televisão, uma versão da vida que existia em uma realidade paralela.

— Mas o que mais acabou comigo... — começou Mari, e se interrompeu de repente porque tinham chegado à frente da fila da cantina. — Coca-Cola e pão de queijo?

— Por favor.

— Então uma Coca, dois pães de queijo e um suco de laranja, por favor — pediu na cantina, e pagou antes que Felipe conseguisse tirar a mão do bolso.

— Obrigado — Felipe murmurou, aceitando o lanche, e seguindo com ela para o banquinho perto da quadra que tinha, de algum modo, virado parte da rotina deles.

Era esquisito ter uma rotina com alguém. Ou pelo menos uma rotina cotidiana, e não limitada a encontros implicitamente marcados nas madrugadas do final de semana.

— Enfim, o que mais acabou comigo — retomou Mari, tomando um gole do suco de laranja — foi que três dias depois da mudança... juro pra você, *três dias*! Eu aproveitei um breve e milagroso momento de sinal de celular pegando direito no buraco no mato que é minha casa, e quando abri o Instagram tinha uma foto melosa dele com… atenção… minha melhor amiga!

— Eita — reagiu Felipe, no silêncio que Mari tinha deixado para esse fim específico. — Que merda.

— Pois *é*! Nojento. Sério, tem coisa pior?

— Tem — respondeu Felipe, distraído.

Ela se virou para ele com um olhar furioso, e ele quase engasgou com a Coca-Cola.

— Desculpa! — se corrigiu. — É um horror mesmo.

— Pois é.

Mari deu uma dentada violenta no pão de queijo, e Felipe a olhou de soslaio, esperando ela mastigar, pois percebeu que ela ainda tinha o que dizer.

— Mas foda-se — declarou ela, depois de engolir a comida. — Bloqueei os dois, é até bom que aqui eu não consiga entrar direito no Instagram. Acabou, águas passadas, ficaram para trás, blablablá. Agora preciso olhar para a *frente*, superar isso aí, quem sabe ficar com outra pessoa.

— Pfff, boa sorte com isso aí — respondeu ele.

Mari o encarou, com certo choque e um pouco de fúria.

— Está tentando me ofender hoje, é? — perguntou ela, meio de brincadeira, mas meio magoada.

— Não, não é nada pessoal — disse ele, apressado. — É que os garotos aqui de Catarina… Não sei como você vai arranjar algum que preste. Nem uma garota, honestamente — acrescentou, lhe ocorrendo que talvez Mari também fosse bi.

— Todo mundo aqui ou é um babaca metido à besta, ou… Tá, na verdade é todo mundo babaca metido à besta mesmo.

Mari suspirou.

— É, eu tenho reparado. Nunca tinha visto uma escola com panelinhas tão fechadas.

Felipe olhou para Mari, tão sinceramente envolvida naquele drama de ex-namorado, pensando em panelinhas e

O Legado das Águas 51

novos ficantes. Olhou para Mari, que trazia tanta experiência de vida que Felipe nem era capaz de imaginar, tanta coisa de fora dali, tanta história que ele tinha curiosidade de ouvir. Mas que, ao mesmo tempo, em momentos como aquele parecia a ele uma figura ingênua, quase uma mocinha da literatura. Ela nem imaginava o que se passava em Catarina, o que estava por trás daquelas "panelinhas", o que as pessoas diziam e pensavam de gente que nem ela, o que, se ele acreditasse piamente nas lendas por aí, a esperava no futuro.

Ele sentiu uma pontada de angústia repentina no peito. Felipe preferia não acreditar nas histórias que fundavam e percorriam Catarina, mas se fossem verdade — um questionamento que voltava a ele vez ou outra, uma voz se infiltrando quando ele não prestava atenção —, ele perderia Mari. Finalmente encontrara mais alguém de quem gostava por ali, alguém com quem podia compartilhar seu dia a dia, e não poderia continuar a contar com ela.

É um erro se meter com forasteiras, ressoou a voz embriagada do pai na memória, arrastada de dor e crueldade.

— A cidade toda é assim — ele disse, por fim, querendo oferecer para ela pelo menos um leve conforto ou um sinal de verdade; não sabia bem o que seria melhor. — Uma besteira total, essa história dos catarinenses "de verdade", que não se misturam com "forasteiros" — falou, fazendo aspas com os dedos para dar ênfase. — Você e sua família, no caso.

Mari franziu a testa, nitidamente estranhando o que ele dizia.

— Jura que chamam as pessoas assim? — perguntou. — Parece troço de filme de bangue-bangue.

— Pois é.

— E você, então? Chegou em Catarina quando?

— Na real, eu nasci aqui

Ela franziu ainda mais a testa, o encarando como se analisasse um quebra-cabeça.

— Então por que... Por que não anda com esse pessoal "catarinense de verdade", como você falou?
Felipe suspirou, deu de ombros. Tomou o último gole ruidoso de Coca-Cola, enrolando para responder.
— Longa história — acabou dizendo.
— Eu tenho tempo — rebateu Mari, de novo interessada, atraída por uma chance de fofoca.
Antes que Felipe abrisse a boca para desviar do assunto, o sinal de fim do intervalo tocou, o som estridente chegando a doer no ouvido. Quando o barulho finalmente parou, ele apontou para cima, querendo indicar a origem do ruído.
— Não temos, não.
E respirou aliviado.

10:54

Gabriel
vi que você anda fazendo amizade

quem diria

Felipe
olha quem tá com ciúme agora

Gabriel

A aspereza da parede arranhava as costas de Gabriel na parte exposta pela camiseta meio levantada. No começo, o incômodo era leve, e as costas raladas no cimento eram um preço baixo a se pagar por ser pressionado contra a parede por todo o peso de Felipe, pela mão no seu quadril e a outra no pescoço, pelos beijos tão longos que tiravam o fôlego e, em leve delírio, faziam com que ele acreditasse que podiam virar mergulhadores de profundidade. Mas Felipe pressionou o quadril contra o dele e a dor ficou forte demais.

Sem se deixar abalar, Gabriel pegou Felipe pelo quadril e levou a outra mão à nuca, empurrando e puxando ele para inverter a posição. Livre do incômodo do arranhão, sentiu a energia renovada, e o beijou, passando a mão no cabelo raspado. Continuaram por alguns minutos, Gabriel perdendo a noção do tempo, perdido no cheiro, no gosto e no toque de Felipe.

— Ai. Peraí — resmungou Felipe, a voz falhando depois das horas de usos diferentes da boca, e empurrou Gabriel de leve.

A contragosto, Gabriel aceitou ser afastado, mas não soltou Felipe.

— O que foi? — perguntou, em voz baixa, tentando se reaproximar. — Ainda tá cedo...

Felipe soltou uma risada rouca e o empurrou mais um pouco.

— Já devem ser quase quatro da manhã!

— Então a gente ainda tem umas duas horas — respondeu Gabriel, se aproximando outra vez, com um beijo molhado no pescoço de Felipe.

— Eu sei, eu sei, só... Peraí.

Gabriel suspirou e deu um passo para trás, soltando Felipe. Viu ele se endireitar, passar a mão em um trecho da lombar e ajeitar a cintura da calça e a camiseta para se cobrir melhor.

— A gente tinha combinado que dessa vez era você quem ia ficar contra essa parede desconfortável — resmungou Felipe.

— Verdade, eu tinha esquecido — mentiu Gabriel, com um sorriso de desculpas que sabia funcionar quase invariavelmente, e se reaproximou, pronto para retomar os beijos.

Felipe levantou uma sobrancelha e apoiou a mão no peito de Gabriel, mantendo ele afastado.

Gabriel suspirou. Resignado, se apoiou na parede, ao lado de onde Felipe estivera. Ajeitou a camiseta para tentar cobrir melhor a pele do quadril. Seria melhor se estivesse de cinto, para segurar a posição da calça jeans, mas afivelar e desafivelar cinto sempre dava trabalho, e ele preferia eficiência nessas horas.

— Valeu a tentativa? — falou, repetindo o sorriso de desculpas. — Agora vem cá — pediu, esticando a mão para pegar o quadril de Felipe de novo e puxá-lo para si.

Felipe riu baixinho e veio, retomando os beijos de onde tinham parado.

— Você é assim como todo mundo, ou é só comigo? — murmurou Felipe, em meio a um beijo.

Gabriel mal escutou a pergunta, demorando a processar as palavras, distraído com o toque de Felipe em sua costela. Em vez de responder, o beijou outra vez, e sentiu Felipe se deixar levar pelo momento.

— Você ouviu? — insistiu Felipe, a boca ainda encostada na de Gabriel, o sussurro da voz reverberando pela pele. — Você é assim com...

— Ouvi, ouvi — respondeu Gabriel, ainda distraído da conversa, passando a mão no pescoço de Felipe outra vez, querendo sentir o arrepio nos fios curtos de cabelo na nuca.

— Era uma pergunta séria — continuou Felipe, se afastando um pouquinho.

Gabriel parou de beijá-lo, mas não soltou a mão possessiva no pescoço dele. Queria mantê-lo assim, próximo, mantê-lo naquela bolha de sensações que, para ele, diziam muito mais do que palavras.

— Assim como? — retrucou, cedendo à conversa. — Como eu sou com você?

Felipe deu de ombros, gesto que fez Gabriel mexer o próprio braço. Descendo um dedo pela lateral do tronco de Gabriel devagar, ele continuou:

— Madrugadas secretas no beco, me empurrar na parede que arranha as costas... É só comigo? Ou você tem tara pelo cheiro de lixo e por ficar em pé a noite toda?

O Legado das Águas **55**

Gabriel franziu a testa. Não entendia bem de onde vinha a pergunta, o que tinha acontecido para mudar aquela noite, para gerar aquela dúvida.

— Eu achei que você gostasse das madrugadas secretas no beco — respondeu, sincero. — E de ser empurrado na parede... — acrescentou, com um toque de malícia, apertando o quadril de Felipe.

Infelizmente, foi a jogada errada. Felipe recuou um passo, e Gabriel teve que abaixar a mão que ainda estava em seu pescoço, mantendo o contato apenas com a mão no quadril. Sentiu imediatamente a perda do calor dos corpos encostados.

— Eu gosto — confirmou Felipe, mas o tom levemente frustrado da voz não permitiu que Gabriel sentisse o alívio que esperava. — Não tô dizendo que não gosto. É só que, sei lá... uma cama cairia bem agora.

Gabriel riu de leve. Era verdade que uma cama cairia bem — mas era um luxo tão raro que chegava a ser quase inimaginável. As únicas ficantes de Gabriel que tinham fornecido acesso a camas com portas fechadas tinham sido Andreza, porque os pais nunca estavam em casa, e Maiara, porque o quarto dela era no térreo e ele conseguia pular a janela de madrugada.

— É, mas que cama? Quer me levar pra sua casa, por acaso?

Era provocação. A indústria de fofocas da cidade cumpria bem sua função: Gabriel sabia que o pai de Felipe era alcoólatra, que estava longe de ser tolerante, e a situação não era das mais fáceis. Mas Felipe não falava muito daquilo, e Gabriel não perguntava; afinal, não era como se ele também contasse muito da vida com a mãe, das semelhanças que poderiam ter.

Felipe, porém, apenas deu de ombros.

— Sei lá. Você não quer me levar para casa?

Gabriel riu de novo, dessa vez um pouco nervoso. Diferente da situação familiar de Felipe, o que acontecia entre as quatro paredes da família Borges não era de conhecimento comum na cidade. Rebecca tinha fama de excêntrica, de reservada, de

56 sofia soter

misteriosa, mas era, aos olhos de Catarina, uma figura levemente trágica desde a morte do marido, quando Gabriel ainda era pequeno. Além do mais, os Borges traçavam suas origens com clareza até a fundação da cidade, e em Catarina esse tipo de linhagem garantia certo respeito e, com ele, certa privacidade.

Felipe devia conhecer Gabriel suficientemente bem para saber que a sugestão era absurda. Afinal, naquelas madrugadas os dois estavam sempre ali, evitando como podiam voltar para casa.

— Felipe — falou, meio rindo. — Imagina eu te levar pra casa? Primeiro que a parede do meu quarto parece de papel, e minha irmã escuta tudo — argumentou, a desculpa mais simples, que estava habituado a dar para outras pessoas. — E minha mãe... Imagina se minha mãe visse você lá em casa!

Ele não diria mais. Esperava não precisar dizer mais. Felipe podia interpretar a frase como quisesse — que a mãe era homofóbica e não gostaria de vê-los juntos; que a mãe era racista e não gostaria de vê-los juntos; que a mãe era puritana e não gostaria de vê-los juntos; que a mãe sabia toda a história familiar de Felipe e não gostaria de vê-los juntos. Tudo era verdade, em certo nível. A verdade maior, porém, a que não diria, era que ele não queria que Felipe visse a mãe, que ninguém enxergasse o que acontecia dentro daquela casa.

Felipe ficou pensativo. Gabriel não sabia se ele imaginava ir a sua casa ou o inverso. Não fazia tanta diferença. Viu, no rosto dele, a clareza da compreensão de que aquela sugestão — uma cama, privacidade, a calma do tempo e do conforto — podia ser uma linda fantasia, mas não passaria disso.

— É, eu sei, eu sei — soltou Felipe, por fim.

Mais uma vez, a frustração na voz impediu o alívio de Gabriel.

Felipe puxou um cigarro do bolso, recuou mais um pouco e ofereceu o maço. Gabriel recusou — não gostava tanto de tabaco, preferia maconha —, mas finalmente o soltou, o braço já esticado demais para manter o único ponto de contato.

O Legado das Águas 57

Viu Felipe acender o cigarro, dar um trago, soltar a baforada para cima.

— Acho que eu vou pra casa — disse Felipe, com um tom distante que fez Gabriel sentir uma pontada no peito. — Tá tarde.

Gabriel abriu a boca, pensando em responder. Não sabia o que dizer, como pedir para ele ficar sem que soasse como uma súplica. E Gabriel se recusava a suplicar. Fez que sim com a cabeça, forçando o rosto e a voz à máscara distante que usava com todo mundo, que gostava tanto de não precisar usar com Felipe.

— Beleza. A gente se vê — se despediu, mal reconhecendo a própria voz.

Felipe deu um sorriso triste, acenou com o cigarro entre os dedos, deu as costas para Gabriel e foi embora. Gabriel o observou se afastar até virar a esquina e ficou mais uns segundos vendo o beco vazio, sentindo, de repente, a realidade do ambiente se assentar sem a névoa gostosa da sedução. Que lugar sujo, que lugar triste, que lugar desconfortável. Torceu o nariz e, pela primeira vez em meses, voltou para casa em uma sexta-feira ainda escura.

Capítulo 7

Lara

Desde que Nicole tinha contado a fofoca sobre Cátia, Lara achava difícil pensar em outra coisa. As regras que regiam sua vida — a vida de todos ali, nascidos e criados naquela cidadezinha no meio do nada, fadados a morrer e ser enterrados no mesmo lugar — tinham sido ensinadas e seguidas com tanta clareza que nunca tinha ocorrido a ela a possibilidade real de outra coisa.

Não que deixassem de especular. Em festas do pijama e em cochichos rebeldes na cachoeira, sempre tinha alguém para dizer "imagina se fosse tudo mentira?", ou "dane-se, um dia eu vou só fugir, e não vai acontecer nada", mas era tudo bravata, papo furado, besteiras que faziam todo mundo rir de nervoso e que tinham tanta seriedade quanto quando alguém dizia que acreditava em alienígenas, ou quando ameaçavam fugir de casa e morar acampados na mata. Era uma brincadeira transgressora, uma história que se inventava em voz alta em desafio à cidade, que viria esmagar a ousadia com as mãos pesadas da consequência.

Mas, em seus quatorze anos de vida, Lara nunca ouvira falar de uma exceção, de alguém que tivesse quebrado as regras e sobrevivido incólume. Nicole e Bruna não pareciam tão abaladas quanto ela pelo fato — continuavam o blablablá de sempre no colégio, como se a fofoca já tivesse perdido a graça.

Para elas, era mais uma história.

O Legado das Águas **59**

Para Lara, era uma rachadura no muro que cercava sua vida desde que se dava por gente.

O que Cátia tinha de especial, que a permitira passar anos, *décadas*, vivendo outra vida, longe de Catarina? O que acontecera com ela, para sobreviver às tragédias que sempre acometiam os que iam embora? Qual era o custo daquilo? E — o mais crucial — será que Lara poderia fazer o mesmo?

Por outro lado, uma voz mais baixa na sua cabeça perguntava: *E se for só uma lenda, uma invenção de Maiara para assustar a irmã? Pare de criar esperança com uma história boba, em que só uma menina ingênua que nem você acreditaria.*

Depois de alguns dias perdida em reflexão, um coro de *exceção exceção exceção* vibrando no fundo da cabeça a todo instante, chegou a uma conclusão: antes de se perder ainda mais naquela vereda, ela precisava confirmar.

Insistir com Nicole e Bruna não tinha adiantado, perguntar para Maiara não serviria também, e questionar a mãe estava fora de cogitação. Poderia criar coragem e falar diretamente com Cátia, mas, se a história fosse pura mentira, a conversa seria constrangedora, e possivelmente ofensiva. Além do mais, Cátia a deixava um pouco intimidada. Apesar do estilo hippie e da aura carregada de incenso, a mulher mais velha tinha aparência severa e mantinha uma expressão fechada e de poucos amigos ao circular pelo centro.

Lara estava batendo a cabeça com essa questão, encostada no portão da escola, quando Gabriel finalmente apareceu.

— Aqui sua chave, otário — disse ela, esticando a mão com o chaveiro que estava rodando no dedo.

— Não precisa dessa grosseria toda — retrucou ele, pegando a chave e botando no bolso. — Cheguei aqui pronto para agradecer minha irmã gentil e generosa, e você vem na ignorância?

Lara suspirou. Não era a primeira vez que Gabriel saía sem chave, apesar da intenção de voltar tarde para casa, e pedia para Lara emprestar a dela — sabendo muito bem que a mãe não

60 sofia soter

gostava nada que tocassem a campainha depois de determinada hora. Não era a primeira, e não seria a última, mas às vezes ela perdia a paciência.

— De nada.

— Obrigado — disse Gabriel, com formalidade exagerada e um sorriso satisfeito.

Ele logo se virou para se juntar ao grupinho de amigos que andava a caminho da esquina, mas Lara o deteve de repente.

— Ei, Gabriel — chamou, puxando o braço dele.

— Que foi? — perguntou ele, a gratidão já dando lugar à impaciência mais costumeira.

— Deixa eu te perguntar um negócio? — começou Lara, a ideia tomando forma na cabeça dela com um lampejo de clareza repentina.

Gabriel, que era tão sociável, que era tão enturmado, que era tão envolvido nos hábitos e rotinas da cidade, certamente saberia se a exceção era verdade.

— Vai demorar? — retrucou Gabriel, olhando os amigos que se afastavam.

— Lembra que você estava muito agradecido à sua irmã gentil e generosa?

Gabriel a fitou por alguns instantes e, percebendo que ela não ia deixar para lá, acenou para os amigos, indicando que logo os encontraria. Finalmente, se voltou para ela.

— Manda bala.

Lara mordeu o lábio, pensando no melhor jeito de começar.

— Sabe a Cátia?

— Aquela velha bizarra? Sei, claro — respondeu Gabriel, franzindo a testa. — Que tem ela?

— A Nicole me contou uma parada meio esquisita sobre ela…

— Tudo nela é esquisito, Lara — interrompeu Gabriel. — Que novidade tem isso?

— Tá, é, mas é que a Nicole tava conversando com a Maiara… E ela falou umas histórias meio estranhas…

— Lara, você vai chegar em algum lugar com isso?

Apesar de ter passado os últimos dias pensando naquilo incessantemente, era difícil botar em palavras. Quando saíam da boca, as frases soavam bobas, um tal de disse-me-disse que não significava nada. Ela tentou recuar um pouco, formar uma sequência lógica de informações.

— Então, a Nicole falou que a Maiara tava contando daquela Mariana da sua turma... — começou de novo.

— O que ela tem a ver com Cátia? — cortou Gabriel.

— Nada! Espera. É que, por causa disso, ela foi falar daquele garoto da sua sala que todo mundo acha meio esquisito. Que é amigo dela, parece?

— O Felipe? — disse o irmão, com uma pontada de irritação a mais.

— Não sei o nome dele.

— Nem tem que saber — respondeu Gabriel, brusco.

Lara franziu a testa de leve, tentando entender o mau-humor crescente do irmão. Seria só impaciência pela história demorada?

— A Nicole falou que tinha meio que um boato rolando sobre ele... — continuou Lara.

A expressão de Gabriel mudou de repente. Lara não sabia interpretar — foi algo de um sobressalto, os olhos momentaneamente arregalados, antes de fechar a cara.

— E desde quando você dá ouvido pra fofoca, Lara?

— Não dou! E a Nicole disse que nem é verdade, mas...

— Lara, sério, desembucha logo. Que boato é esse? — interrompeu Gabriel, e Lara percebeu um toque de curiosidade sincera na impaciência.

Ela franziu a testa ainda mais. Para Gabriel estar reagindo de jeito tão estranho, era porque ali tinha coisa. Com o coração acelerado, ela respirou fundo e falou de uma vez:

— Que ele é forasteiro. Que é uma exceção a, sabe...

Ela abanou a mão no ar para indicar todo o não dito.

Gabriel se sobressaltou de novo, o rosto tomando um ar de alívio antes de cair na gargalhada.

— Ai, Lara, que besteira — disse, ainda rindo. — O moleque só é caladão, isso aí é tudo história que inventaram. Por que você encucou com isso?

— Não, eu sei que é boato, mas aí a Nicole falou da Cátia... — se justificou, começando a sentir um pouco de vergonha diante das gargalhadas do irmão.

— Sério, Lara, deixa isso para lá — Gabriel a interrompeu de novo, sacudindo a cabeça. — Tudo história para boi dormir. A Maiara é a maior caozeira, só pode. Esquece isso, tá? Posso ir agora? O pessoal já deve estar lá do outro lado da cidade depois dessa demora toda.

— Mas é que...

Lara fechou a boca. Era mesmo tudo besteira. Ela tinha criado aquela esperança boba à toa, e o irmão só confirmara que ela era uma menina ingênua que acreditava em qualquer coisa. Que bom que não tinha perguntado para mais ninguém, não tinha abordado Cátia, não tinha nem falado daquilo perto da mãe. Olhou ao redor, com medo de algum colega estar escutando a conversa e, por dentro, rindo dela também, mas felizmente o sinal já tinha tocado fazia um tempo, e quase ninguém saía da escola naquele momento.

— Pode ir — falou, por fim.

— Finalmente — suspirou Gabriel. — Valeu pela chave.

Ele se virou e saiu correndo para alcançar os amigos, parecendo despreocupado, sem deixar transparecer nada daquele misto de nervosismo, surpresa e curiosidade que ela tinha visto no rosto dele. Ou talvez ela só tivesse imaginado.

Sentindo uma vontade repentina de chorar de frustração e vergonha, Lara se virou para o outro lado e seguiu para casa sozinha, apertando o passo e abaixando o rosto corado.

Duda

Após a aula, Duda passou na padaria para comprar uns docinhos para levar para casa. Queria aliviar o clima entre Mari e os pais, que, para variar, tinham brigado no jantar da véspera, e açúcar parecia um método razoável. Com o saco de pãezinhos doces na cesta da bicicleta, subiu no selim e acelerou. Voando pelas ruas pedalando, sempre se sentia mais leve, mais presente, mais livre, menos desajeitada.

Quase chegando em casa, virou a esquina, no embalo da velocidade. De repente, porém, uma pessoa entrou na frente dela, um borrão que ela nem teve tempo de discernir. Com o coração na boca, tentou frear e desviar ao mesmo tempo, mas as medidas contraditórias deram errado. Duda sentiu um impacto leve, perdeu o equilíbrio e voou para o chão, caindo, estatelada.

Levou alguns segundos para se reorientar.

Quando conseguiu se endireitar, percebeu que estava com a perna ralada. Tocou o machucado e soltou um ruído de dor, sentindo a sujeira de terra e cascalho misturada ao sangue, mas, apesar de feio, não parecia ser um ferimento tão sério assim.

Aliviada, se lembrou de olhar para a outra pessoa — a que tinha se metido tão insensatamente na frente dela e em quem ela batera.

Ali, de pé, espanando a saia e ajeitando a meia, estava a vizinha e colega de sala que ela descobrira se chamar Lara.

Duda correu os três passos que as separavam, deixando a bicicleta caída.

— Nossa, desculpa! Te machuquei? — perguntou, olhando os braços, as mãos e as pernas da menina, procurando sinais de sangue ou vermelhidão.

Quando Lara se virou um pouco, alisando a parte de trás da saia, Duda notou uma mancha um pouco arroxeada na coxa dela, pouco acima do joelho.

— Foi da queda? — insistiu Duda, levando a mão para o machucado por instinto.

Lara recuou de um salto.

— Não toca em mim — falou, com um olhar mais fulminante do que deveria ser possível em uma menina daquele tamanho.

— Desculpa — respondeu Duda, corando um pouco de vergonha. — Está doendo? Eu vou logo pra casa limpar isso aqui — falou, apontando a perna, que ardia a cada segundo mais —, quer entrar comigo? Deve ter alguma pomada no meu kit de primeiros socorros.

— Não preciso de ajuda — disse Lara, a voz gélida.

— Tem certeza? Ei — acrescentou, finalmente reparando melhor no rosto de Lara: a tez avermelhada, a pele um pouco inchada, os olhos brilhantes não só de raiva, mas de lágrimas —, tá doendo tanto assim? Sério, eu sou especialista em cuidar de machucado de tombo, deixa eu dar uma olhada e te ajudar.

— Não tá doendo! — retrucou Lara, levantando as duas mãos para afastar mais uma tentativa de aproximação de Duda. — Por que essa insistência toda?

— Desculpa, é que achei que você estivesse chorando, e...

Foi a vez de Lara avançar um passo, ainda de mãos levantadas. Por um segundo, Duda achou que a menina ia tentar empurrá-la, agredi-la de algum modo. Mesmo que fosse fisicamente menor e mais fraca, os olhos dela ardiam como se a ameaça fosse garantida.

Duda recuou, e Lara parou bruscamente, parecendo perceber o que estava prestes a fazer.

Lara respirou fundo. O brilho de dor e ira no olhar não diminuiu.

— Me deixa em paz — declarou, e, mesmo em voz baixa, soava como uma ordem irrevogável. — Você já atrapalhou o suficiente.

— Desculpa — murmurou Duda, sentindo-se um disco arranhado, mas sem saber o que mais fazer.

Sem responder nada, Lara foi embora batendo os pés. Duda esperou vê-la entrar em casa para pegar a bicicleta e, ainda mancando um pouco, seguir para sua própria casa.

O Legado das Águas **65**

Aquela fora a conversa mais longa que tivera com alguém fora da própria casa em semanas, e o resultado tinha sido ainda pior do que o que ela imaginara. Duda sentiu que os próprios olhos começavam a arder também — uma mistura de tristeza, vergonha e raiva da antipatia de Lara, da antipatia de todo mundo que ela encontrava.

Do que adiantava estar disposta a se abrir, criar coragem para se aproximar, ser simpática e educada, se era assim que a respondiam? Do que adiantava mudar de cidade e começar uma vida nova, se a vida nova era ainda pior do que a antiga? O choro desceu dos olhos à garganta quando pensou na esperança boba que sentira nos últimos dias, na crença de que conseguiria fazer amigos de verdade ali.

Que besteira.

Mari estava certa: aquela mudança era um ultraje, e ninguém prestava naquela cidade.

Lara

Como aquela menina *ousava* se meter na vida dela assim? Não bastava se acidentar, não bastava carregar aquele azar grudado na pele, não bastava andar por aí emanando alertas de tragédia como toda forasteira, ainda queria arrastar Lara para a mesma sina? E, como se não bastasse ter atropelado Lara, ainda apontava o hematoma que ela tinha tomado o cuidado de esconder com a saia mais comprida? Ainda comentava o fato de ela estar chorando, como se Lara já não estivesse envergonhada o suficiente?

Devia ser o carma, pensou. Tinha sido tola de acreditar em uma história ridícula que virara sua visão de mundo do avesso, tinha sido trouxa de duvidar das regras, tinha sido otária de alimentar aquela esperança vã e herege.

O recado de Catarina estava dado: se Lara queria tanto se alinhar aos forasteiros, iria acabar que nem eles.

Capítulo 8

Mari

Mari cutucou Felipe com o lápis.

— Tá vivo?

O sinal tinha tocado e, enquanto todo mundo saía da sala com pressa, Felipe continuava de cabeça escondida entre os braços, apoiado na mesa como se estivesse dormindo.

— Me deixa — resmungou ele em resposta.

Mari o cutucou de novo.

— Acorda!

— Não tô dormindo — respondeu ele, virando o rosto para ela, mas ainda sem levantar a cabeça da mesa.

Realmente, ele não estava com cara de sono, mas estava com cara de alguma outra coisa. Mari franziu a testa, observando os olhos avermelhados e levemente inchados, a tensão no canto da boca. Será que ele tinha andado chorando?

— Que cara é essa?

— A única que eu tenho — respondeu ele, com o mesmo tom de petulância infantil de Duda.

Mari revirou os olhos. Felipe era dois meses mais velho do que ela, e ela não tinha paciência para ser a irmã mais velha da relação até com ele.

— Vem, vamos lanchar — falou, e cutucou as costas dele com o lápis mais uma vez, ignorando as reclamações.

— Assim você vai acabar rabiscando minha blusa — resmungou Felipe, se contorcendo pra pegar o lápis da mão dela.

Eles se debateram um momento — ela tentando se esquivar, e ele tentando tirar o lápis dela —, mas Felipe acabou segurando mais forte. Em vez de soltar, Mari deu um puxão, e Felipe finalmente suspirou e acabou de se endireitar na cadeira. Ela largou o lápis na carteira dele e esperou enquanto ele estalava o pescoço.

— Vamos logo — pediu ela, apertando mais o rabo de cavalo alto que tinha decidido fazer naquele dia. — Senão quando chegar nossa vez na cantina só vai ter sobrado aquele enroladinho de salsicha que tá naquele mesmo lugar faz duas semanas.

— Ou aquelas batatinhas com gosto de papelão — concordou Felipe, com uma careta, e finalmente se levantou. — Tá bom, vamos lá.

— Ufa, finalmente.

Em silêncio, se dirigiram à fila da cantina (previsivelmente já cheia). Aquela amizade com Felipe tinha sido uma ótima surpresa, mas Mari ainda estava aprendendo as nuances. Felipe era mais quieto do que ela, e bem mais reservado, e Mari estava tentando conter seu impulso de tagarelar e fazer mil perguntas para preencher o silêncio. Não queria correr o risco de encher demais o saco dele e perder o único amigo que tinha feito naquela cidade — um amigo que parecia tão deslocado quanto ela, igualmente desdenhoso daquele pedaço do fim do mundo.

Bem, ela estava *tentando*, mas não estava sempre conseguindo.

— Tá, o que foi que te aconteceu? — perguntou, por fim.

— Não foi nada.

Mari olhou para o início da fila, contou quantas pessoas estavam na frente deles. Era melhor no mínimo aproveitar o tempo para fofocar.

— Obviamente aconteceu alguma coisa — insistiu. — Não que você seja obrigado a me contar, mas…

Um instante de silêncio. Mari olhou de soslaio para Felipe, que tirou os óculos, limpou na camisa e botou de volta. Ela já tinha reparado que ele fazia aquilo quando queria enrolar.

— Eu preciso bater em alguém por você? Comprar alguma briga para defender sua honra? — brincou ela.

Felipe a olhou e riu um pouquinho, provavelmente imaginando-a em uma briga. Mari esbarrou o ombro no dele, tentando se segurar para não rir também.

— Eu já fiz aula de krav magá, tá? — insistiu ela, sem acrescentar que tinha sido por apenas um mês e meio. — Sou um perigo.

— Eu acredito — respondeu ele, fingindo seriedade, mas acabou não conseguindo conter um sorriso.

Mari sorriu em resposta, espelhando a expressão dele. Sentiu um certo alívio no peito ao vê-lo um pouco mais leve, apesar da tristeza que ainda carregava no olhar.

— Mas sério — insistiu ela, falando mais baixo. — Alguém te fez alguma coisa? Teve alguma notícia ruim?

Ela fez uma pausa, então encontrou o olhar dele antes de acrescentar:

— Foi alguma coisa em casa?

Felipe não era de falar muito, nem de se expor, mas nem Mari, cronicamente excluída do resto da vida social de Catarina, era inteiramente alheia às más línguas. Desde que fizera amizade com Felipe, tinha entendido um ou outro boato que entreouvia pelo colégio, histórias de confusões que o pai dele tinha armado no bar. Ele próprio, desde que contara para ela que era nascido ali, só tinha dito que o pai era "complicado" e que a mãe tinha ido embora quando ele era muito pequeno. Mas Mari percebia algumas coisas: a falta de jeito para falar da família, a preocupação que tinha com assuntos domésticos, o tempo que preferia passar no colégio ou em algum canto qualquer da cidade em vez de ir para casa...

— Não, não — respondeu ele, rápido, sacudindo a cabeça. — Nada disso.

O Legado das Águas **69**

Avançaram um pouco na fila, e Mari continuou a fitá-lo. Pensou em conversas anteriores, em tudo que Felipe deixava por dizer, tentando encontrar o que poderia ser a causa daquele pesar.

— Foi aquela pessoa misteriosa que normalmente tanto te manda mensagem? — perguntou, por fim.

Antes mesmo de ele responder, ela percebeu que tinha acertado. Felipe fez uma leve careta, meio constrangido, e ajeitou os óculos de novo, com a mão nervosa.

— É uma namorada? — insistiu ela, e ele fez que não com a cabeça, um gesto rápido e curto. — Um namorado?

Mais uma careta.

— É complicado.

Mari mordeu o lábio, pensando em quanto mais insistiria. Não queria ser invasiva demais, nem assustar Felipe, que claramente não estava à vontade com o assunto. Por outro lado, estava genuinamente preocupada. E se fosse alguém violento? Não que ela devesse se precipitar naquela conclusão. Podia ser apenas uma discussão comum. Podia ser que ele não pudesse sair do armário. Podia ser um milhão de coisas.

— Bom, se quiser conversar... — começou ela, mas interrompeu a frase ao notar que tinha chegado a vez deles, finalmente.

Olhou a oferta de comidas no mostruário. Em seguida, olhou para Felipe, levantando a sobrancelha. Era difícil não dizer "eu avisei".

Felipe suspirou e se virou para a atendente.

— Um enroladinho de salsicha, por favor — pediu. — E um saquinho daquelas batatas ali. Obrigado.

Mari abriu a boca para fazer um comentário, mas ele a interrompeu:

— Prometo que não demoro tanto pra sair da aula da próxima vez.

Ela encontrou o olhar dele. Pensou em continuar o assunto interrompido, mas viu no rosto de Felipe o pedido para seguir em frente. Então ela fez que sim com a cabeça.

— Eu fico com a batata frita — respondeu, por fim. — Prefiro comer papelão a ter dor de barriga.

Felipe

Quando chegou em casa, Felipe só queria trancar a porta do quarto e fumar na janela. O pai estava agitado, andando pela casa e resmungando sozinho, o que Felipe já tinha aprendido que significava que ele não estaria disposto a sair e arranjar confusão, nem passaria mal e precisaria de ajuda e atenção imediata, mas era muito chato. Por isso: porta trancada, janela aberta, Felipe ouvindo música no fone de ouvido, lendo o capítulo para a aula de literatura, abanando a mão depois de soprar a fumaça para o cheiro se dissipar, inclinando a cadeira para trás e tentando não cair, usando uma lata de refrigerante de cinzeiro.

O celular dele vibrava de vez em quando, fazendo um barulho abafado na colcha da cama, onde estava jogado. Só podiam ser duas pessoas, as únicas que tinham seu número além do pai: Gabriel e Mari. Desde a noite de sexta-feira, ele estava ignorando a maior parte das mensagens de Gabriel. Não sabia bem por que estava naquela fossa, nem o que exatamente sentia desde aquela noite. Por um lado, estava irritado por Gabriel ter rido e feito pouco caso dele; por outro, estava envergonhado por ter tentado conversar a respeito de uma relação que não era feita para conversas.

Afinal, era nítido, não era? Gabriel e ele conversavam um pouco por mensagem, mas, fora isso, tinham um relacionamento bem definido: se pegavam toda sexta à noite, uma diversão escondida e com hora marcada para começar a terminar. Nenhum dos dois nunca tinha dado margem nem mostrado interesse por outro tipo de relacionamento, e por mais que Felipe gostasse de acreditar que o limite era imposto por Gabriel — que, sendo o popularzinho da cidade, o rejeitava e não seria visto em público com ele nem morto —, era verdade que ele próprio não questionava, nem tomava outra iniciativa.

Talvez fosse isso que o estivesse incomodando, no fim. O constrangimento que sentira quando Gabriel perguntara se ele, Felipe, o levaria para casa. Porque a resposta era clara: não, óbvio que não. Gabriel não podia entrar naquela casa e ver o jeito que ele vivia, ser exposto ao pai de Felipe. E o pai de Felipe não podia ver Gabriel, não podia saber o que eles faziam na sexta à noite, não podia conhecer mais uma ferida do filho na qual meter o dedo quando fosse essa a ordem de seu humor.

As perguntas de Mari não tinham ajudado. Ela não parecia julgá-lo, e era nítido que estava tentando não incomodar, mas a finalidade — por mais dura que fosse — da relação que ele tinha com Gabriel não estava presente na amizade que desenvolvia com ela. Felipe não sabia como era ter amigos com quem pudesse conversar, e era difícil atravessar a barreira da desconfiança que subia dentro dele sempre que ela perguntava alguma coisa.

Ainda criança, logo que os colegas da escola tinham crescido o suficiente para captar o tom do que os pais diziam, mesmo que não entendessem completamente o conteúdo, Felipe tinha se visto sozinho. Nunca era convidado para as festas de aniversário, passava o recreio lendo na biblioteca, às tardes e aos finais de semana andava atrás do pai em casa, entediado e desejando atenção. Ele sabia que, antes de a mãe ir embora, os três até faziam viagens de fim de semana. Pelas fotos e histórias que o pai contava, pegavam o ônibus e saiam de Catarina para passar uma ou duas noites em um sítio de uma amiga de infância da mãe. Já mais velho, da última vez em que Felipe cogitara encontrar a mãe, tinha tentado entrar em contato com essa amiga, mas a lista de telefones já não servia para nada.

Com o tempo, ele tinha se acostumado à solidão, especialmente porque todo mundo no colégio e na cidade deixava ele em paz. No começo, as crianças que pararam de chamá-lo para brincar eram maldosas: falavam da mãe forasteira dele, da bebedeira pública do pai, repetiam coisas que ouviam os pais contarem, sem nem entender o que diziam. Conforme os anos foram passando, no entanto, surgira um boato — ele não sabia de onde — de que Felipe, ele próprio, era forasteiro. Que tinha nascido longe dali, na cidade natal da mãe, e sido levado ainda bebê para Catarina.

Era mentira, ele sabia — tinha fotos da mãe grávida já naquela casa, a certidão de nascimento assinada ali, provas concretas de que era só mais uma história, mais uma lenda que aquela cidade gostava de tecer para fechar a rede ao redor dos moradores. Era mentira, mas aquele boato, contado aos cochichos pela sala de aula, tinha se espalhado para outras turmas, para outras famílias, e se tornara uma espécie de benção: mesmo que soubesse que a maioria das pessoas não acreditava na história, o espectro da possibilidade de ele não ser afetado, como todos, pelo cerco amaldiçoado de Catarina tinha misturado um toque de medo ao desprezo que os colegas sentiam por ele. Era mentira, mas *e se fosse verdade?*

E, assim, ninguém mexia com ele. Ninguém falava com ele, ninguém se aproximava. Felipe era invisível, porque ninguém queria olhar para a lembrança de que aquela regra podia ter exceções, mesmo que em um boato, mesmo que em uma brincadeira inventada por algum colega na tentativa de zoar dele no parquinho.

Isso é, até Gabriel e, depois, Mari. As duas únicas pessoas bestas, incrédulas ou corajosas o suficiente para interagir com ele como se ele fosse uma pessoa normal, como se fossem todos pessoas normais, como se vivessem em uma cidade normal.

O medo de Felipe era se deixar levar e quase acreditar que isso era verdade.

O Legado das Águas **73**

Capítulo 9

Lara

Mesmo com uma pessoa a mais, o jantar de sexta-feira estava ainda mais silencioso do que de costume. Gabriel, que geralmente saía com os amigos antes mesmo de comer e só voltava de madrugada, por algum motivo ficara em casa. Lara percebia, pela tensão nos gestos dele ao se servir de sopa, pelo tremor no sorriso que ele forçava, até pela leve vermelhidão nos olhos, que ele estava chateado com alguma coisa, mas não tinha como saber o quê. A mera ideia de Gabriel desabafar com ela sobre um problema da vida pessoal era ridícula; era mais provável que ela descobrisse o que acontecera por meio das fofocas na escola na segunda-feira.

Além do mais, era proibido mostrar mau-humor à mesa. Rebecca atuava mesmo que não tivesse plateia, e esperava que as cenas familiares fossem posadas para câmeras invisíveis e que os filhos fossem estrelas de primeira categoria. Infelizmente, em geral a mãe era a primeira a quebrar o personagem.

— Que bom você jantar com a gente hoje, Gabriel — declarou Rebecca, de repente, enquanto secava a boca com o guardanapo.

A voz da mãe soava doce, mas não era a doçura de seus momentos de bom humor e energia, e sim o adoçante artificial que usava para disfarçar a amargura por trás.

— Sim — respondeu Gabriel, com o sorriso que ele sabia fingir melhor do que ninguém. —A sopa está uma delícia, mãe.

Para pontuar o elogio, ele tomou mais uma colherada de sopa de abóbora.

— Está mesmo — concordou Lara, apressada, ao sentir o silêncio que lhe servia de deixa. — Obrigada pelo jantar.

Rebecca sorriu para os filhos, parecendo satisfeita com os elogios. Porém, Lara ainda via aquele brilho nos olhos e aquela tensão no canto da boca que prenunciavam a raiva latente.

A mãe pegou uma colherada da sopa, tomou, fechou os olhos por um momento e, por fim, fez uma leve careta.

— Eu achei que ficou aguada demais — comentou.

— Não, não, está ótima — insistiram Lara e Gabriel, se atropelando, menos em uníssono do que em cacofonia.

Rebecca os fitou, sentados lado a lado diante dela, com a atenção de quem procurava uma mentira. Lara tentou controlar o rosto: manter o sorriso, sem hesitar, mas também não exagerado demais, para não parecer falso; relaxar os olhos, sem arregalar, sem levantar as sobrancelhas; não ranger os dentes, nem revelar muita tensão no pescoço.

— E por que você não saiu hoje, Gabriel? — perguntou então, voltando-se para o filho.

Lara se segurou para não suspirar de alívio por Rebecca ter escolhido um alvo, e pelo alvo não ser ela. Tomou mais uma colherada da sopa em silêncio, apesar de, na verdade, nem gostar de sopa de abóbora.

— Quis passar a noite em casa, com vocês — respondeu ele, com aquela tranquilidade treinada que Lara chegava a invejar.

Infelizmente, Rebecca não se convenceu. Sem deixar de olhar para o filho, soltou a colher a caminho da boca e a deixou cair com estrépito no prato, espirrando sopa na toalha de mesa branca. Lara a imaginou no dia seguinte, lavando aquela mancha até não restar mais sombra, praguejando contra os filhos pela sujeira.

— Por que não saiu hoje, Gabriel? — repetiu, cruzando as mãos sobre a mesa.

Gabriel hesitou um instante e abaixou a colher. Tomou um gole d'água. Lara notou que ele firmava os pés no chão, como se pronto para se afastar da mesa a qualquer instante.

O Legado das Águas **75**

— Eu ia pra casa do Makoto, mas ele está atrasado no trabalho de química e desmarcou — falou, então.

— E você já acabou esse trabalho de química? — retrucou Rebecca.

— Não, mas já estou no final — respondeu Gabriel, sem se demorar. — Vou acabar amanhã.

Rebecca continuou a fitá-lo, e Lara raspou do prato fundo a última colherada de sopa. Ela se perguntou se poderia começar a tirar a mesa para encerrar o jantar — ainda tinha sopa nos pratos da mãe e do irmão, mas nenhum dos dois estava comendo.

— E sobre o que é o trabalho? — perguntou Rebecca, como se entendesse alguma coisa de química, como se fosse saber do que Gabriel estava falando.

— São uns exercícios de fórmula molecular de composto orgânico — ele respondeu.

— Não acredito — decretou Rebecca, então.

— É, sim — insistiu Gabriel, começando a perder a paciência. — Posso buscar a folha de exercícios no quarto.

Até onde Lara sabia, era verdade. Ela tinha visto o irmão rabiscar uns exercícios de química mais cedo, sentado na frente da televisão. Infelizmente, o que era ou não verdade faria pouca diferença para a mãe no momento. Lara olhou dela para Gabriel e decidiu que ia, sim, começar a tirar a mesa. Pelo menos se afastaria do pior da discussão.

Lara empurrou a cadeira para trás devagar, tentando não fazer barulho, e se levantou. Pegou o prato e empilhou os talheres.

— Ninguém vai levantar da mesa até eu dar licença — falou Rebecca, batendo a mão na mesa.

Lara congelou. A mãe ainda olhava para Gabriel, mas o recado estava dado para os dois. Ela botou o prato de volta na mesa e se sentou, abaixando a cabeça.

— Desculpa — murmurou.

— Não falei com você — cuspiu Rebecca, ainda atenta a Gabriel. — O que eu não acredito é que foi por isso que você não saiu. No que você se meteu? É alguma confusão, é? Tem alguém atrás de você?

Quando Rebecca se levantou, apoiando as duas mãos na mesa, Lara se encolheu. A mãe não era alta — o tamanho de Gabriel vinha do pai —, mas quando se erguia assim, alimentada por aquela raiva que vivia dentro dela e procurava alvo até encontrar em quem mirar, parecia a Lara uma verdadeira amazona.

Gabriel finalmente perdeu a paciência de vez. Lara o olhou de relance e o viu suspirar, revirar os olhos.

— Claro que não, mãe — respondeu, meio exausto, meio tentando apaziguá-la.

Não adiantava de nada: as acusações da mãe não paravam, uma metralhadora de suposições que iam ficando cada vez mais absurdas, mais paranoicas, mais fantasiosas.

— Ele só deve ter terminado com uma namorada — interveio Lara, no desespero para que aquela torrente parasse, para que a mãe se calasse, fosse embora batendo os pés e a deixasse tirar a mesa, lavar a louça, se retirar ao quarto e fingir que nada tinha acontecido.

Rebecca se calou mesmo, por um segundo, e pareceu notar, no rosto de Gabriel, o que Lara de repente também percebeu: a desculpa que ela inventara estava perto da verdade.

— E terminou por quê, hein? Foi ela que te largou? O que você fez? — recomeçaram as acusações, com mais virulência do que antes, o veneno vociferado subindo em volume. — E quem era essa vagabunda? Por que nunca apareceu com ela aqui em casa?

— Valeu, Lara — resmungou Gabriel, irônico.

— Não fala com sua irmã assim, que ela não fez nada de errado! — exclamou Rebecca.

Lara se encolheu. Ouvir a mãe defendê-la era quase como levar um tapa. Não era uma defesa de verdade, ela sabia muito bem. Se Rebecca tivesse escolhido inverter os alvos, era Gabriel quem seria defendido e Lara quem seria atacada, mesmo que a situação fosse exatamente idêntica. Era, sim, mais munição para a mãe atacar seu alvo do momento, munição que ela buscava

O Legado das Águas **77**

em todo sinal, toda palavra, todo gesto em seus arredores para alimentar as acusações, assim como frequentemente buscava talheres, louças, sapatos, cintos, para alimentar as mãos e os golpes.

Ao mesmo tempo, uma voz dentro de Lara, uma voz infantil e traiçoeira, se manifestou em orgulho: *Viu, eu não fiz nada de errado!* Uma voz que se assemelhava muito à voz da mãe.

— Ela que inventou essa história de namorada! — se defendeu Gabriel, levantando a voz também e se levantando da cadeira ao mesmo tempo.

O gesto interrompeu a briga. Gabriel era mais alto do que a mãe, mais forte também, e sua voz soava mais grave e mais retumbante. Era a mudança que tinha acontecido em algum momento da vida de Lara, a mudança que tinha redefinido tudo entre eles. Gabriel tinha como se recusar a brigar, porque Gabriel sabia, e Rebecca sabia ainda mais, que, se tentasse, ele ganharia. Em geral, bastava ele lembrar esse fato para Rebecca recuar.

Ele olhou a mãe com fúria no rosto, empurrou a cadeira e se retirou da mesa. Lara o escutou subir a escada que levava aos quartos, o escutou bater a porta, em meio ao silêncio que se seguiu.

O problema era que, quando Gabriel se recusava a brigar, Rebecca precisava de outro alvo.

E o único outro alvo na casa era Lara.

— Que bagunça é essa aqui?! — exclamou Rebecca, apontando as manchas de abóbora na toalha de mesa, as manchas causadas por ela própria quando largara a colher no prato. — Não te ensinei a comer direito?

Lara mordeu o lábio, segurou o choro. Ela não podia se defender, não podia retrucar, por mais injusta que fosse a acusação, por mais sem sentido que fosse tudo o que viria pela frente.

— Pois agora vai aprender — continuou a mãe, mirando nela com toda aquela munição acumulada. — Vai buscar o cinto do seu pai.

Duda

Duda, sentada no chão da quadra na segunda-feira, esticou a perna direita e segurou a ponta do pé para alongar. Era hora da educação física, mas eram poucas as garotas que tinham respeitado as regras e ido para a escola de calça de moletom e tênis. O professor não estava nem aí. Duda já tinha reparado que seu método pedagógico ia pouco além de deixar os meninos jogarem futebol e gritar um ou outro encorajamento vago enquanto mexia no celular.

Atrás dela, sentadas no banco, umas meninas da turma conversavam, aproveitando aquela hora como preferiam: uma sessão longa de fofoca.

— Jura? — perguntou uma delas, com falso choque.

— Não *juro*, mas é suspeito, né? — retrucou outra.

Duda dobrou a perna direita, esticou a esquerda. Depois de sua tentativa fracassada de conversa com Lara, ela tinha desistido, pelo menos temporariamente, de fazer amizade, e se resignado a ser invisível e plenamente ignorada. Só nutria alguma esperança de um dia pelo menos deixarem ela jogar futebol na aula de educação física.

— Mas você sabe o que aconteceu? — questionou uma terceira menina do banco.

— Tá, então, eu escutei a Maiara conversar com uma amiga no telefone — explicou a segunda menina que falara. — E parece que o Gabriel sempre aparece num rolé de sexta-feira, sabe, com aquela galera do terceiro que vai pro estacionamento do supermercado?

Duda se levantou para começar a alongar o pescoço e viu as meninas. A que estava contando a história era Nicole, uma das mais bonitas e populares da turma. Ela tinha ascendência japonesa e era alta e larga, com o rosto arredondado e as maçãs proeminentes, a pele marrom bem clara e o cabelo castanho muito escuro, que nitidamente escovava meticulosamente antes da aula, fazendo o rabo de cavalo sempre cair em ondas.

Ela conversava com duas outras meninas do grupinho mais metido a besta: Bruna, que era negra, com a pele bem escura e o cabelo trançado, um pouco mais baixa que Duda, e sempre tentava burlar as regras da escola em relação a uso de maquiagem; e Josy, uma menina branca e gorda, de cabelo castanho-escuro ondulado e cortado na altura do ombro, que usava sempre um colar com um pingente de cruz com brilhantes, muito mais chamativo do que a cruzinha de ouro em correntinha que muitas das garotas da escola tinham o hábito de usar.

— Aí — continuou Nicole — ele não apareceu semana passada, e nem avisou ninguém. Só não foi! O que é suuuuper esquisito, né? E a Lara não veio hoje!

— Tá, mas o Gabriel foi na igreja domingo com a mãe — disse Bruna, meio descrente. — Eu reparei.

— Deve ter reparado bem — provocou Josy, com um tom de voz malicioso que Duda não entendeu.

— Para com isso — respondeu Bruna, meio agitada, e deu um tapa leve no braço da amiga. — Você tava comigo! Você também viu!

Duda esticou o pescoço para um lado e para o outro, e começou a enrolar a coluna para baixo, tentando alcançar os pés. Ela podia mudar de lugar e deixar aquela conversa desinteressante para lá, mas se sentiria ainda mais deslocada em qualquer outro lugar da quadra. Aquelas garotas pelo menos continuavam a conversar normalmente na sua presença, em vez de olhar feio para ela e esperar que se retirasse.

— Mas eu acho que aconteceu alguma coisa com a *Lara* — prosseguiu Nicole. — Aí o Gabriel não pôde sair na sexta, e por isso ela não veio hoje.

— Mas que tipo de coisa? — perguntou Bruna.

— Alguma *coisa* — insistiu Nicole, botando ênfase na palavra como se o sentido fosse óbvio.

Duda, com a cabeça para baixo, não viu as expressões faciais que passaram pelas meninas no silêncio que se seguiu.

Porém, aguçou o ouvido. A menção ao nome de Lara finalmente a tinha deixado curiosa. O que poderia ter acontecido? Do que elas estavam falando?

— Aaaaaaaah — disse Bruna, por fim, e Josy a acompanhou com um segundo de atraso.

— Mas por quê? — perguntou Josy, em seguida.

— Bom, eu já ouvi minha mãe falando que a mãe da Lara é bem esquisita — comentou Bruna, aparentemente se animando. — E que talvez o pai dela não seja pai dela...

— Uhum — concordou Nicole, muito ávida. — Aí vai que a mãe dela antigamente se meteu com um forasteiro, e a Lara, sabe, não é totalmente daqui.

— Vocês tão com mania desse tipo de fofoca, né? — comentou Josy, torcendo o nariz. — É forasteiro secreto pra cá, forasteiro secreto pra lá...

Duda levantou a cabeça finalmente e olhou de relance para elas. O professor de educação física apitou, chamando os meninos para o campo para mais uma partida. Ela revirou os olhos e se encostou na parede da quadra.

— Você anda meio repetitiva mesmo, Nicole — argumentou Bruna, parecendo na dúvida de em quem confiar. — E o irmão dela veio pra aula hoje normalmente, né. E nem falem nada! A gente só chegou na mesma hora!

— Sei lá, algo de errado não está certo — disse Nicole, acenando com a cabeça como se declarasse uma sabedoria tremenda.

— Acho que você só tá sem criatividade pra boato — insistiu Josy. — Enfim, mais interessante é a história que eu soube do que rolou na festa da... — começou a contar, mas Duda se perdeu na conversa.

O que tinha a ver com aquilo, afinal? Ela não era amiga de Lara, não era amiga de Nicole, de Bruna, muito menos de Josy. Não era amiga de ninguém ali, e, se era assim que fofocavam sobre as próprias amigas, talvez ela estivesse saindo no lucro.

O Legado das Águas **81**

Um pouco irritada consigo mesma, sacudiu a cabeça e se afastou alguns passos. Era melhor ser a menina estranha que ficava se alongando sozinha do que se meter em um grupinho que gastava o tempo falando mal das amigas.

Lara

O telefone vibrou mais uma vez, soltando os primeiros acordes de uma música. E mais uma vez. E outra. Lara olhou rapidamente para a tela e jogou o aparelho no outro canto do sofá, com uma almofada em cima dele para abafar o som. As mensagens insistentes chegaram em sucessão no momento em que o sinal de celular decidira agraciar a casa.

Eram todas variações de "melhoras!" e comentários sobre as coisas ridículas e insignificantes que tinha perdido, mas Lara só conseguia ler o subentendido, o que as amigas deviam estar pensando.

Não que fosse novidade: qualquer coisinha, qualquer mudança na rotina, qualquer fato inesperado, por menor que fosse, era motivo para especulação por ali. Ela não tinha ido à missa no domingo nem tinha ido à aula naquela segunda, e isso bastava para atiçar o fogo da fofoca. O que estavam falando exatamente fazia pouca diferença — Lara já tinha ouvido de tudo, sobre todo tipo de gente.

No fim, as coisas mais banais eram sempre explicadas por aquele fato ordenador de Catarina: quem era de lá, quem não era. Isso tinha sido usado para questionar a morte do pai dela e de Gabriel, que tinha falecido de ataque cardíaco poucos meses depois do nascimento de Lara. Tinha sido usado para questionar o fato de Lara ser tão pequena, tão magra, tão pálida. Tinha sido usado para criticar ou defender Rebecca, tanto por quem achava que ela era um pilar da comunidade, quanto por quem a achava uma doida varrida.

O motivo da falta de Lara era muito mais mundano, muito mais vergonhoso: o hematoma roxo que descia pela lateral do rosto, ainda escuro demais para ser disfarçado com maquiagem. Tinha sido culpa dela: enquanto levava a surra, fora tomada

82 sofia soter

por aquele instinto animal de fugir, que há tantos anos treinava para conter; o cinto tinha acabado pegando em seu olho.

Rebecca tinha passado o final de semana no ciclo que costumeiramente seguia uma situação daquelas, indo das recriminações às desculpas chorosas, então a fingir que nada havia acontecido. Na manhã de segunda-feira, tinha olhado a filha com ar distante na hora do café da manhã e dito:

— Que horror esse machucado, minha filha. Melhor ficar em casa até melhorar.

Por isso, enquanto Rebecca voltava ao quarto, alegando dor de cabeça, Lara se largara na frente da televisão.

Os dias se passaram assim — Gabriel e Rebecca vivendo a vida normalmente e Lara em reclusão enquanto a mancha roxa no rosto ia esverdeando.

Na quinta-feira, a mãe saiu para suas rondas habituais. Por isso, em vez de almoçar direito, Lara foi à cozinha, fez pipoca no micro-ondas, pegou uma caixa de Bis e levou tudo para comer no sofá, de frente para a televisão, como se desafiando Rebecca a voltar para casa, dar uma bronca nela, preparar uma refeição de verdade e obrigá-la a comer na sala de jantar. Depois de um castigo, Lara sempre se sentia mais corajosa — ela já tinha apanhado mesmo, o que mais a mãe ia fazer?

Ela estava mastigando um punhado de pipoca e vendo uma mulher bater a porta de forma dramática em um reality show quando a campainha tocou. Ignorou por alguns segundos, até se dar conta de que teria que atender por conta própria. Deixou o pote de pipoca no sofá e se esticou na ponta dos pés para alcançar o olho-mágico.

Para sua surpresa, quem estava ali era Duda.

A vizinha da frente.

A forasteira.

A intrometida que a tinha atropelado de bicicleta.

Duda estava ainda de uniforme, a blusa um pouco justa e a saia um pouco larga, e carregava a mochila pendurada em um

O Legado das Águas 83

ombro só. O cabelo estava preso, mas alguns fios escapavam, grudando de suor na testa. Ela parecia desconfortável, olhando de um lado para o outro, hesitando com a mão na campainha.

Lara deveria ignorá-la e voltar para o sofá. Ela sabia, tinha certeza, que era a decisão correta. Não tinha nada a falar com Duda, nenhum interesse nela. Já tinha aprendido a lição: precisava se afastar dos assuntos de forasteiros. E, principalmente, não devia mostrar para ninguém seu rosto naquele estado, muito menos para aquela menina.

Contrariando toda a sua razão, porém, uma fagulha de curiosidade se acendeu dentro dela. Lara olhou para trás, um impulso para confirmar que a mãe não estava ali, mesmo sabendo que ela ainda estava na rua, que não ouviria aquela transgressão, que voltaria tarde. E, respirando fundo, abriu a porta.

Duda

A primeira coisa que Duda reparou foi que Lara estava de moletom, camiseta larga e cabelo despenteado, muito diferente da aparência habitual.

— O que você está fazendo aqui? — perguntou, ríspida.

Antes que conseguisse responder, Lara se esticou na ponta dos pés e olhou para trás de Duda, para o portão do outro lado da rua, certamente notando Mari, que estava de olho na situação.

— E o que sua irmã tá olhando? — continuou Lara, ainda mais irritada.

Foi então que Duda reparou a segunda coisa, assim que a menina virou o rosto um pouco para o lado: o hematoma azul--esverdeado que descia pela lateral do olho e pela face, parando um pouco perto da boca.

— É que... — tentou falar, perdendo-se no roteiro já capenga que tinha ensaiado. — Você faltou... e... tá óbvio agora o motivo... Tá tudo bem? Quer dizer, não tá, né — continuou, se atropelando. — Mas, tipo... tá?

Lara recuou, virando o rosto, e levantou a mão para puxar um pouco o cabelo, disfarçando o machucado.

— O que você tem a ver com isso? — questionou, em vez de responder à pergunta de Duda.

Duda piscou, perdida. Olhou para trás de relance e viu Mari fazendo um gesto de desdém antes de se virar para entrar em casa.

A verdade era que Duda não tinha mesmo nada a ver com aquilo, como Mari a lembrava desde que ela expusera a ideia da visita na noite anterior. Só que Lara era, de certa forma, a única pessoa com quem Duda tinha sentido alguma conexão naquela cidade — mesmo que fosse composta de um momento estranho na cachoeira, um atropelamento e um fracasso de conversa. Além do mais, desde segunda-feira, ela não parava de escutar boatos esquisitos sobre a menina, histórias que, como era típico do telefone sem fio das fofocas, iam se espalhando e tomando dimensões novas, cada vez mais absurdas e cruéis.

Duda, que se sentia tão sozinha, tinha percebido que talvez fosse por isso que Lara fora tão grosseira com ela naquele outro dia, especialmente considerando o machucado na perna, a cara de choro: talvez ela também se sentisse sozinha. Afinal, com amigas como aquelas da escola, ninguém deveria se sentir muito bem.

Sem saber como dizer tudo isso, contudo, Duda apenas estendeu a mão, oferecendo o saco de papel da padaria.

— Sonho?

O rosto de Lara se contorceu, procurando uma expressão adequada, como se ela não soubesse lidar com a oferta. Por fim, escapou dela uma leve gargalhada. Duda nunca tinha visto Lara rindo, e ficou um pouco nervosa, tentando entender se era uma reação boa ou ruim.

Lara cobriu a boca com a mão e desviou o olhar.

A reação provavelmente era ruim. Duda corou, envergonhada da iniciativa. Era como sempre fora: toda vez que ela tentava fazer uma coisa legal, um gesto simpático, um ato *normal*, acabava precisando encarar o fato de que na verdade aquilo era meio esquisito, ou inadequado, e ela não sabia bem o que era normal.

— Tá. Deixa pra lá — disse Duda, por fim.

Ela deu meia-volta e desceu o primeiro dos cinco degraus que levavam ao portão. Os olhos começaram a arder, um choro de vergonha ameaçando escapar. Ela desceu o segundo degrau. Mas por que deveria sentir vergonha? Por ter tentado fazer uma amiga? Por se preocupar com a vizinha? Por achar que uma pessoa solitária, como ela, poderia, também como ela, desejar companhia? Ela parou e se virou para Lara, forçando uma expressão determinada.

— Olha, você faltou aula a semana toda — falou, retomando o discurso que pretendia fazer desde o início. — Eu ouvi todo mundo fofocando, e até disseram que você estava doente, mas ninguém acreditou. E eu sei que a gente não se conhece, assim, de verdade, até porque você vive cercada pelo seu grupinho no colégio e olha pra todo mundo com essa cara de desprezo aí, mas a gente é vizinha, eu te vejo todos os dias, e fiquei preocupada. Tá? Eu fiquei preocupada, e queria fazer uma coisa legal para você. Então trouxe uns sonhos da padaria, porque sonho sempre me faz bem quando tenho dias difíceis. E dá pra ver que seus dias estão sendo bem difíceis — acrescentou, fitando o hematoma que Lara, sem sucesso, tentava disfarçar com a posição do rosto. — Mas você é tão metida que nem me deu bom dia, que só faz responder grosseria, e ainda ri da minha cara e recusa doce de graça? Honestamente, não me surpreende o pessoal falar mal de você e da sua família.

Lara foi mudando de expressão, ficando cada vez mais chocada. Duda respirou fundo e começou a se virar para ir embora, murchando depois daquele arroubo de irritação, mas decidiu encarar Lara uma última vez.

— E quer saber? Eu sou legal, então vou até deixar os sonhos aqui.

Duda se abaixou e se esticou para largar o saco da padaria no capacho, aos pés de Lara. Com isso, se virou de vez e desceu os três últimos degraus com mais velocidade e determinação. Seguiu até o portão que tinha deixado aberto e pegou a bicicleta que usara de apoio para se empurrar até em casa.

Ainda estava frustrada, mas o desabafo tinha ajudado. Ela não queria mais chorar. Sentia, no fundo do peito, que o que tinha falado era verdade: ela não estava fazendo nada de errado, e era Lara que não merecia sua boa vontade.

— Duda? — Ouviu de trás dela, mais perto do que esperava.

Ela virou a cabeça devagar, ainda segurando a bicicleta, e viu Lara parada no degrau mais baixo da escada, com o saco de sonhos na mão. Esperou a menina falar, porque não sabia bem interpretar sua expressão. Era arrependimento? Pena? Incômodo?

Finalmente, Lara suspirou.

— Entra, vamos comer sonho — falou.

Duda engoliu sua primeira reação e se permitiu sorrir, fazendo que sim com a cabeça.

Lara

Lara não tinha o hábito de receber amigas em casa, muito menos garotas que nem eram suas amigas. Na cozinha, servindo os sonhos e dois copos de refrigerante enquanto Duda esperava na sala, não sabia bem como proceder. Ia sentar no sofá, comer doce e… o quê? Conversar? Agradecer a visita? Que assunto ela poderia ter com Duda? Já estava arrependida de tê-la convidado para entrar. Devia ter deixado ela ir embora depois daquele discurso irritante, comido o doce sozinha e quem sabe até rido da situação com as amigas quando voltasse à escola. Ou, melhor ainda, feito o que sua família fazia melhor: fingir que nada tinha acontecido. Sua vida já estava complicada o suficiente sem precisar lidar com uma forasteira que insistia que elas podiam ser amigas.

Voltou para a sala tentando inventar desculpas para mandar Duda embora o mais rápido possível. Podia ser curta e grossa,

O Legado das Águas **87**

não dar desculpa nenhuma, mas nem isso parecia funcionar com a menina — ela era estranhamente persistente. E, por outro lado... Lara confessava para si estar um pouco comovida pela visita. Ouvir a confirmação de que todo mundo na escola fofocava sobre ela não tinha sido surpreendente, mas tinha sido desagradável. Era verdade que nenhuma amiga, nem mesmo Nicole ou Bruna, a tinha procurado por preocupação sincera, para além de mensagens bobas e superficiais. O carinho — seria essa a melhor palavra? — da visita de uma menina que ela mal conhecia, e que ainda trouxera doce, era muito inusitado.

Então ela se sentou no sofá, na ponta oposta àquela em que Duda estava, e entregou o prato para ela. Percebeu que tinha largado o balde de pipoca e o pacote de Bis na mesinha, mas deixou para lá. Com o guardanapo, pegou o sonho e mordeu um pedaço.

— Obrigada pelos sonhos — falou, preenchendo o silêncio, porque parecia a coisa correta e educada a dizer, se já tinha se comprometido àquela circunstância.

— De nada! — exclamou Duda, sorrindo, e parecendo minimamente mais à vontade. — Eu tô viciada nos doces dessa padaria.

Lara abriu a boca para responder, mas fechou de novo sem dizer nada. Ela não fazia a menor ideia do que falar, e cada segundo a deixava mais desconfortável naquele ambiente. Sentia que deveria ser educada, como tinha aprendido desde cedo — pensou em como sua mãe falava com todo mundo na igreja mesmo sabendo o que diziam pelas costas, nas exigências que fazia em relação ao comportamento de Lara e Gabriel em casa.

Foi então que Lara se deu conta realmente de como estava malvestida. Se a mãe aparecesse de repente, não ficaria furiosa apenas por Lara ter deixado alguém ver o hematoma, nem só por ter convidado uma forasteira para entrar, como também por estar recebendo alguém naquelas condições horrendas: com a roupa com que tinha dormido, de cabelo que não via o pente desde a véspera, sentada no sofá que tinha impregnado com o próprio suor ao longo da semana largada na mesma posição.

Ajeitou o cabelo um pouco com a mão e mastigou mais um pedaço enorme de sonho. Ia acabar de comer o doce, agradecer e se despedir. Aquilo era uma loucura. Ela precisava tomar banho, se trocar, receber a mãe em casa direito.

— O que foi que aconteceu? — perguntou Duda, limpando os dedos no guardanapo e tomando um gole de refrigerante.

— Como assim? — perguntou Lara, de tão distraída que estava com a vontade de se desvencilhar daquela conversa.

— Com... — começou Duda, fazendo um gesto vago na direção do rosto.

Lara corou, sentindo-se duplamente envergonhada: por ter exposto aquilo e por ter esquecido.

— Não foi nada. Eu caí.

Duda a fitou por mais um momento, e Lara desviou o olhar, engolindo o último pedaço de sonho.

— E por que não tem ido à escola?

— Não posso matar aula, por acaso? — retrucou Lara, brusca, sentindo-se ficar mais vermelha a cada segundo.

— Claro que pode, mas você tá com *isso aí* na cara, e outro dia quando a gente se encontrou também tava machucada, e chorando. E as fofocas todas sobre sua falta eram bem... exageradas. Então, sei lá, imagino que tenha motivo para você estar faltando aula.

Ela parou por um momento e finalmente acrescentou:

— Mas não precisa me contar. O sonho pelo menos estava gostoso?

Lara engoliu a resposta que tinha subido à garganta, uma grosseria qualquer para que ela parasse de perguntar. Tomou um gole de refrigerante para ajudar a descer.

— Estava, sim — respondeu, com sinceridade.

— Que bom! — disse Duda, sorrindo, e pareceu genuíno.

Pareceu que era possível ter uma conversa assim: em que o importante fosse o sonho estar gostoso, e Lara não fosse obrigada a esconder, nem a expor, as outras coisas todas.

— Sabe — retomou Duda, depois de mais um instante de silêncio —, é esquisito ser a aluna nova na escola, especialmente em uma cidade tão pequena. Sei que também ficaram falando sobre mim, mesmo que eu não saiba exatamente o que disseram. Então entendo um pouco… Mas sei lá, não é bem a mesma coisa, né? Você mora aqui faz tempo, a gente só chegou agora, e nem sei quanto tempo vamos ficar. A Mari vai dar no pé ano que vem, e meus pais… Meus pais estão animados com a mudança pra cá, mas nunca se sabe, né?

Lara processou o que Duda dizia.

— Vocês não pretendem ficar aqui muito tempo?

— Nossa, claro que é isso que você tirou do que eu falei! — exclamou Duda, com uma pontada de frustração perceptível.

Lara sacudiu a cabeça, negando o que Duda tinha interpretado. Na realidade, ela ainda não tinha esquecido completamente a aposta de Gabriel, a queda de Duda na cachoeira, as histórias de exceção, aquilo tudo misturado na cabeça. E, pela primeira vez, lhe ocorria a vantagem de conversar com alguém que não duraria muito — fosse por um motivo, fosse pelo outro.

Duda estava certa: era diferente. Lara precisaria viver com aquilo para sempre, mas Duda logo se iria, e, com ela, tudo que Lara contasse, expusesse, confiasse.

— Não, não — murmurou Lara. — Desculpa. Não é bem isso.

Ela franziu a testa, ainda pensativa, e tomou um gole longo de refrigerante, virando o fim do copo e apoiando-o na mesinha.

— Duda, posso perguntar uma coisa?

— Pode — respondeu a outra menina, dando de ombros.

— Quem exatamente estava falando de mim na escola?

Duda fez uma careta, visivelmente desconfortável.

— Você faz mesmo questão de saber? Era só bobeira…

Lara se virou mais na direção de Duda, se ajoelhando no sofá. Era uma oportunidade única de ter um olhar de fora, alguém que não se importava com as dinâmicas de Catarina e que parecia não estar nem aí para o grupinho de Lara e suas intrigas.

— Me conta? — insistiu.

— Eu nem sei o nome de todo mundo.

Lara levantou as sobrancelhas, em expectativa.

— Sei lá, foram espalhando, sabe — continuou Duda. — Mas quem eu ouvi primeiro foram aquelas meninas metidas com quem você anda... A Nicole, a Bruna, a Josy...

Lara mordeu o lábio e assentiu. Achava que a confirmação das suspeitas traria certa calma, mas foi o contrário: o constrangimento no rosto de Duda, os nomes das amigas mais próximas, as mensagens bobas no celular, tudo lhe causou uma pontada de dor e vergonha tão profunda que sentiu os olhos marejarem.

Ninguém mais tinha visto o machucado em seu rosto, e assim ninguém mais saberia o que realmente se passava entre as paredes de sua casa. Mas aquelas fofocas abertas, tão públicas que até a forasteira nova sabia, mesmo que fossem mentira, mesmo que fossem pura invenção, faziam ela se sentir igualmente vulnerável e exposta.

As lágrimas silenciosas correram pelas bochechas, e ela tentou secar, com pressa, virando o rosto para se esconder de Duda. Porém, logo começaram soluços, nariz escorrendo, olhos inchados. Um choro intenso e completo, aliviando a pressão que vinha se formando dentro da cabeça dela desde a noite de sexta-feira.

Sem saber mais o que fazer, Lara mudou a posição em que estava sentada e abraçou os joelhos, se encolhendo no canto do sofá. Sentiu um toque na mão, um ponto de contato, de calor. Duda não disse nada, só deixou que ela chorasse, a mão apoiada na dela servindo de conforto.

Capítulo 10

Gabriel

Fazia quase duas semanas que Felipe não respondia suas mensagens, e, por mais que não quisesse admitir, Gabriel estava começando a perder a paciência. Ele não entendia bem o que tinha acontecido — era verdade que a conversa entre eles naquela última noite tinha ficado um pouco tensa, mas, pelos parâmetros de Gabriel, não tinha nem chegado a ser uma briga. E, mesmo se tivessem brigado, por que não podiam fazer as pazes logo?

Na noite de sexta-feira, nem tinha saído de casa. Inventara uma desculpa qualquer para os amigos e preferira enfrentar o jantar infernal com a mãe e a irmã a sair para o estacionamento e ficar pensando em Felipe. Por um lado, tinha medo de ir ao beco encontrá-lo e ele não aparecer; por outro, queria que Felipe aparecesse e não o encontrasse, que mandasse mensagem perguntando onde ele estava. Mas nada disso aconteceu. Gabriel ficou em casa, Felipe não mandou mensagem, o jantar foi ainda pior do que ele esperava, e então já era sexta-feira outra vez.

O negócio era que ele não estava habituado a ser ignorado. Tinha que ser esse o motivo do incômodo, a razão para, distraído na aula, precisar de toda a força para resistir a dar uma espiadinha em Felipe, que trocava bilhetinhos com Mariana. Gabriel se sentia substituído, como se Felipe tivesse feito amizade com aquela menina e decidido deixá-lo de lado. Não era ciúme — Gabriel não sentia ciúme —, era só... ultraje. Tinha que ser. Afinal, ele nunca antes tinha sido trocado.

92 sofia soter

Era assim que se sentiam as meninas com quem ele terminava? *Que desagradável*, pensou.

Mas Felipe não tinha terminado com ele, se corrigiu. Não dava para terminar uma coisa que nem era um relacionamento.

E, por isso mesmo, Gabriel sabia que não deveria estar tão chateado.

Ele deixou a cabeça pesar na mesa à sua frente, encostando a testa no caderno fechado. Respirou fundo, se recompondo, e, quando tocou o sinal, se empertigou e ignorou o olhar de curiosidade e preocupação de Tiago e Makoto, que se sentavam um atrás do outro a algumas cadeiras dele. Para não precisar se explicar, bocejou bem alto, alongando os braços, até entenderem que não tinha nada de errado, que ele estava *ótimo*, era só sono — ou, melhor que sono, *tédio* daquela aula sem graça. Para enfatizar a impressão, olhou o quadro, sacudiu a cabeça e revirou os olhos.

Pronto. Estava devidamente disfarçado, e ainda tinha dado tempo de Felipe sair da sala, acompanhado — como sempre — por Mariana, que andava alegre ao lado dele. Será que eles estavam ficando? Será que era com ela que ele tinha passado a sexta-feira? Será que ela ia largar do pé dele um segundo sequer para Gabriel ter uma chance?

— E aí, cara? — falou Tiago, vindo ao encontro da carteira dele. — Qual é a boa?

Gabriel se levantou devagar e jogou o caderno e o estojo na mochila, que pendurou nas costas antes de ajeitar a roupa.

— Sei lá, acho que tenho que ir pra casa — respondeu Gabriel. — Minha irmã tá doente, né.

Ele sabia que não fazia sentido. Nem era verdade: Lara não estava doente, só estava com uma marca visível demais do jantar de sexta-feira. Ele sabia também que ninguém acreditava, mas não fazia diferença, não iam contradizer o que ele contasse.

— Pô, fala sério — retrucou Makoto, se juntando a eles. — Você anda muito suspeito. Tá encontrando alguém na encolha? É aquela Jé do segundo ano?

O Legado das Águas **93**

Gabriel tinha, de fato, ficado com a Jé do segundo ano em uma festa, no final das férias. Tinha sido legal, mas não se repetira — a garota tinha um rolo com um menino da própria turma, o que caía bem para Gabriel, que não gostava de passar muito tempo com a mesma pessoa, ia se sentindo sufocado e enjoado. Quer dizer, exceto por...

— Vocês sabem que sou mais de comer quieto — respondeu, com um sorriso cheio de insinuação.

Não chegava a ser mentira, mas o efeito foi o mesmo. Tiago e Makoto riram um pouco, deram tapinhas nas costas dele, se despediram com zoeiras sobre a Jé. Gabriel deixou eles partirem e saiu pouco depois.

Em vez de pegar a esquerda na rua, sentido que o levaria para casa, pegou a direita, sentido que sabia que Felipe pegava. Gabriel nunca tinha estado na casa dele, mas em Catarina todo mundo sabia onde todo mundo morava, e ele conhecia de vista a casinha modesta de muro verde, mais distante do centro, e mais próxima da fronteira. Não era uma área muito movimentada, e Gabriel sabia que Felipe gostava de enrolar na rua antes de entrar em casa. Sabia também que Mariana provavelmente não estaria com ele, já que morava, como Gabriel, para o outro lado. Seria, então, sua melhor oportunidade de conversarem a sós.

O que exatamente ia conversar, ele não sabia. Mas estava convicto de que, se eles se encontrassem frente a frente, se ele pudesse tocar Felipe, o problema se resolveria. Era raro encontrar problemas que resistissem à força de seu charme.

Felipe

Mari tinha decidido acompanhar Felipe depois da escola. Ela estava meio emburrada e não queria voltar para casa logo, irritada com alguma discussão com os pais, ocorrência que parecia ser frequente. No fundo, Felipe achava as brigas da família dela uma certa besteira, tão mais simples do que as questões da vida dele, mas a simplicidade também o atraía. Era meio relaxante ouvir Mari reclamar dos problemas dela, e tentar ajudá-la era um jeito de sair da própria cabeça.

E Felipe andava precisando sair da própria cabeça. Não bastasse o cansaço habitual do colégio e dos cuidados com o pai, a situação com Gabriel ainda estava estranha. Tinha ignorado as poucas mensagens dele ao longo da semana anterior, ainda confuso com o que sentia depois do último encontro, mas ainda assim fora na sexta-feira ao beco, o ponto de encontro habitual. Felipe tinha passado mais de uma hora lá, fumando e pensando na vida, até aceitar que Gabriel não apareceria.

Ele não sabia o que exatamente isso significava: era sinal de que, se não conversassem, os encontros não fariam sentido? Ou era sinal de que, por Felipe tentar conversar, Gabriel tinha cansado dele? A dúvida de se Felipe estava rejeitando Gabriel ou sendo rejeitado por ele voltava à sua mente o dia inteiro. Era sexta-feira de novo. O que deveria fazer?

— Espera um segundo aqui, deixa eu acender um cigarro — pediu Felipe, a uma quadra de casa, e segurou Mari de leve com o braço para interromper a caminhada.

Mari parou e se recostou no muro da casa da esquina, e Felipe tirou o maço esmagado do bolso, ofereceu para ela por educação. Com a negativa de sempre, pegou um cigarro e acendeu o isqueiro. O vento soprou na mesma hora, apagando a chama e bagunçando o cabelo de Mari, que, naquele dia, o usava quase inteiro solto, exceto por dois nozinhos no alto da cabeça. Ela meio riu, meio se engasgou com o cabelo na boca, e Felipe acendeu o isqueiro de novo.

O vento ganhou força outra vez, e a chama se apagou. Felipe encontrou o olhar de Mari, que já estava segurando o cabelo para não voar, e riu um pouco, abanando a cabeça.

— Melhor de três, vai lá — brincou Mari.

Felipe acendeu o isqueiro de novo e, dessa vez, foi ágil o bastante para a chama pegar no cigarro antes do vento atrapalhar. Ele soprou uma baforada e abaixou a cabeça em uma pequena reverência para Mari, que o aplaudiu de brincadeira.

O Legado das Águas **95**

Ele se encostou no muro ao lado de Mari para fumar, e, bem quando se virou para ela para puxar assunto, ela arregalou os olhos e segurou o braço dele como se levasse um susto.

— Felipe! — cochichou. — Olha quem tá vindo pra cá!

Felipe virou a cabeça para olhar, mas ela apertou o braço dele com mais força para interromper o gesto.

— Não, não olha! — pediu, com urgência, e Felipe se voltou para ela, levantando a sobrancelha. — Quer dizer, olha discretamente.

Felipe suspirou e tentou olhar discretamente, como instruído. Gabriel, vestindo a blusa mais branca e menos amarrotada que Felipe já tinha visto, calça preta e botas de veludo, com o cabelo levemente esvoaçante no vento, se aproximava. Confuso, Felipe olhou para os dois lados da rua, tentando identificar algum dos amigos da patota habitual de Gabriel, mas não tinha mais ninguém por ali.

Mari, corada, soltou o braço de Felipe quando o rapaz olhou bem para os dois e apertou o passo — não para desviar, não para fugir, mas para ir ao encontro deles. Felipe olhou de Gabriel para Mari, procurando nela algum sinal do que estava acontecendo. Mari, porém, parecia lutar contra uma certa vergonha que era raro Felipe ver nela — apesar de ser uma reação comum da população jovem a Gabriel —, e acabou por erguer o queixo com uma expressão de orgulho forçada.

Felipe se voltou para Gabriel, já a poucos passos deles. Por um instante, sentiu o coração na boca, e delírios de gestos românticos piscaram em sua mente.

— Oi — disse Gabriel quando chegou, com aquele sorriso predatório de canto de boca que fazia todo mundo derreter.

No entanto, Felipe viu no olhar dele um toque de dúvida, como se algo o tivesse pego de surpresa.

Felipe começou a dizer "oi" de volta, mas tudo que saiu foi um som rouco do fundo da garganta. Enquanto ele pigarreava, Mari agiu como ele não conseguira.

— Oi — disse ela, e ali estava o brilho nos olhos que iluminava o rosto inteiro, as bochechas vermelhas, o batom rosa, o olhar que tinha o poder de convencer qualquer pessoa a fazer qualquer coisa.

Que tinha convencido Felipe a abaixar a guarda perto dela, a se permitir uma amizade de verdade pela primeira vez.

Ele se sentia como se estivesse no que imaginava serem os instantes anteriores a um acidente de carro: enxergou tudo o que estava prestes a acontecer, sem ter como impedir. Gabriel encantaria Mari, Mari encantaria Gabriel, e eles iriam embora dali juntos, para suas casas vizinhas, deixando Felipe para trás.

Como sempre.

— É Mariana, né? — perguntou Gabriel, e o tom era daquele grave que ele usava quando queria ser charmoso, que fazia um calafrio subir pelas costas de Felipe, mas havia uma camada diferente por trás que ele não sabia identificar.

Mari levantou uma sobrancelha e deixou o silêncio se estender por um instante.

— É para eu também fingir que não tenho certeza do seu nome? — ela retrucou, por fim.

Felipe segurou uma risada, sobressaltado. Tanto ela quanto Gabriel tinham, a seu modo, contado do pequeno confronto que antecedera a primeira conversa de Felipe com Mari, mas desde então não tinham conversado, pelo menos na frente dele. Era impressionante ver os dois se enfrentarem. Ele nunca tinha conhecido mais ninguém que encarasse Gabriel assim, o desafiasse, o colocasse no lugar.

A expressão de Gabriel, que hesitou entre choque, ultraje e uma gargalhada contida, indicava que ele também não. Se Felipe fosse bobo, diria até que aquela estranheza que estava percebendo em Gabriel desde que ele chegara era nervosismo. Um nervosismo que Felipe também sentia, um nó no estômago que só fazia apertar, porque ele via ali uma tensão, via ali, talvez, até uma química, via ali o sinal de que Gabriel tinha finalmente enjoado dele, que Mari tinha finalmente percebido que podia andar com gente mais popular, que...

O Legado das Águas **97**

— Você se incomoda se eu falar com o Felipe um segundo? — perguntou Gabriel, então, e o susto que Felipe levou foi tanto que chegou a ficar tonto.

Não apenas por Gabriel tê-lo reconhecido assim em público (mesmo que o público fosse só Mari, em uma rua vazia). Não apenas por aparentemente estar ali para de fato falar com *ele*, e não por uma coincidência estranha, muito menos por causa de Mari. Mas também porque ele tinha feito o pedido para Mari com uma voz muito diferente, uma cara muito diferente — com uma sinceridade quase vulnerável, sem a pose de quem estava tentando o tempo todo se provar o maioral.

Gabriel olhou de Mari para Felipe, e a mesma sinceridade era visível em seu olhar. De uma vez só, Felipe sentiu todo o gelo que tinha alimentado no peito nos últimos dias derreter.

— E o que você quer com ele? — perguntou Mari, cruzando os braços.

Mesmo perdido nos olhos de Gabriel, Felipe ainda sorriu de leve diante da disposição de Mari para defendê-lo.

— Tá tranquilo — falou Felipe, em voz baixa, e tocou o braço de Mari. — Pode ir, Mari, a gente se fala depois, tá? — acrescentou, olhando de volta para ela de relance.

Mari olhou para ele, franzindo as sobrancelhas devagar, e olhou de volta para Gabriel, que não desviara o olhar de Felipe. Voltou-se para Felipe, e mais uma vez para Gabriel. E de novo.

A cada movimento da cabeça de Mari, Felipe via a expressão dela mudar, como se lesse no rosto deles a verdade estampada ali. Finalmente, ela descruzou os braços e recuou.

— Ah — soltou, com a voz meio sem jeito, tendo perdido o orgulho e a bravata. — Claro. Podem… conversar. Foi mal. Eu vou lá. Até segunda, Lipe.

Felipe levantou a mão com o cigarro para acenar para ela, mas Mari já tinha dado meia-volta e partido a passos rápidos, quase como se estivesse se contendo para não correr.

98 sofia soter

Mari

Mari virou a esquina e desacelerou, finalmente tendo deixado Felipe e Gabriel para trás.

Felipe e Gabriel.

Juntos.

Juntos-juntos?

Podia ser coisa da imaginação dela. Duda sempre dizia que Mari era exageradamente emocionada, que tinha mania de encontrar o que *shippar* em qualquer livro, filme ou série. Mari normalmente argumentava que não era emocionada, era apenas *sensível* (e seus *ships* estavam sempre corretos!), mas e se Duda estivesse certa? Talvez o que tinha captado entre os dois, na voz que Gabriel usara, tão diferente da que ela ouvia na escola, na voz que Felipe usara, tão carregada, na expressão de Gabriel olhando Felipe, de Felipe olhando para ela… Talvez não fosse nada, e ela só estivesse procurando sinais por falta do que fazer.

Ou quem sabe fossem sinais de outra coisa qualquer! Talvez Gabriel secretamente fornecesse maconha para Felipe, talvez Felipe secretamente fizesse o dever de casa de Gabriel, talvez os dois estivessem trabalhando juntos em segredo para derrubar uma organização secreta que ameaçava a vida de todos ali. Eram muitos os enredos que ela já tinha lido e visto que explicariam aquela situação, mas todos pareciam ainda mais chocantes do que Gabriel e Felipe estarem vivendo um romance.

E todos aqueles enredos *também* acabavam em romance.

Mari foi caminhando para casa, sentindo-se boba. Como ela não tinha percebido antes? As mensagens que Felipe recebia, Gabriel digitando nada discretamente debaixo da mesa durante as aulas. A indisponibilidade de Felipe nas noites de sexta-feira, e Gabriel que ela via sair de casa naquelas mesmas noites. O desânimo de Felipe nas últimas duas semanas, e Gabriel também mais inquieto do que de costume. Os olhares que às vezes ela captava de um para o outro, de outro para um, mas que sempre interpretara como a hostilidade habitual que pairava na sala de aula.

As peças, tão pequenas, tão insignificantes, estavam se encaixando em uma imagem coerente. E a imagem deixava Mari mais envergonhada a cada segundo. Ela se lembrou, no mesmo instante, da sensação de descobrir o caso de Kevin e Carla, do baque de saber que duas pessoas tão próximas dela viviam algo particular e importante sem que ela nem soubesse, uma relação que escondiam dela, que a deixava de lado.

Não é a mesma coisa, se censurou na mesma hora. *Ninguém está te traindo. O Felipe nem é seu amigo há tanto tempo.* Mas o argumento racional, por mais correto que fosse, não aliviava a impressão que lhe embrulhava o estômago.

Entrou em casa e fechou a porta com força.

— Mari? Vai almoçar? — perguntou Duda, gritando da cozinha ao ouvi-la.

Mari a ignorou e deixou que os passos duros pela escada e a porta do quarto batendo servissem de resposta.

Gabriel

Gabriel mal esperou Mariana ir embora para se aproximar de Felipe e segurar o punho dele. Desceu o toque até encaixar a mão na de Felipe, acariciando a palma com o polegar, e o olhou nos olhos, dando mais um pequeno passo até a proximidade ser suficiente para sentir o calor que emanava do corpo dele.

— O que você queria conversar? — Felipe perguntou, em voz baixa, e desviou o olhar de Gabriel, abaixando um pouco a cabeça.

Gabriel abriu a boca, fechou de novo. Ele não queria conversar nada. Ele queria estar a sós com Felipe e deixar o magnetismo da proximidade resolver o problema, qualquer que fosse. Ele tinha sido movido até ali por certa urgência, por aquela certeza de que, se estivessem *juntos*, se pudessem se olhar assim, um de frente para o outro, em um lugar vazio, e se pudessem se tocar, aquela estranheza que brotara entre eles duas semanas antes simplesmente evaporaria.

— Eu estava pensando mais em... *conversar* — acabou falando, levantando a sobrancelha e abrindo o sorriso de canto de boca que sabia fazer sucesso.

Felipe riu baixinho, um som que vibrava no peito, e sacudiu a cabeça de leve. Gabriel sorriu, aliviado, sentindo que o calor voltava entre eles, que tudo daria certo.

— Aqui? Agora? — perguntou Felipe, ainda rindo um pouco, mas com certa acidez irônica. — Está ficando descuidado com seus segredos, hein?

Gabriel ignorou a ponta afiada das palavras afundando em seu peito e abaixou a voz.

— É que escondido é mais gostoso, *Lipe*.

Dessa vez, a frase de efeito não foi efetiva.

Felipe recuou meio passo e franziu a testa.

— Desde quando você me chama por apelido? — perguntou.

— Ouvi sua amiga nova chamar, achei fofo — respondeu Gabriel, tentando segurar a ironia na voz.

Felipe o fitou por um instante, e sacudiu a cabeça, rindo, outra vez. Mas essa risada não era leve e gostosa como a anterior. Era uma risada seca, dura, a risada meio forçada de quem quer chamar de engraçado uma coisa que não tem graça alguma.

— Isso tudo é ciúmes por eu ter feito *uma* amiga? — perguntou Felipe.

— Quê? — retrucou Gabriel, fechando a cara. — Eu não tô com ciúmes. E não tem "isso tudo".

— Ah, é? — rebateu Felipe, se desvencilhando e cruzando os braços, aumentando a distância entre os dois. — Então você vir atrás de mim no meu caminho pra casa, numa tarde de sexta-feira, interromper uma conversa com minha amiga para pedir para falar comigo a sós e jogar esse charminho pra cima de mim é supernormal?

Gabriel suspirou e se aproximou mais um passo, mas Felipe recuou de novo. Aquela conversa não estava saindo como ele pretendia. Por enquanto, envolvia palavras demais e toques de menos, e não parecia se encaminhar para o resultado desejado.

O Legado das Águas **101**

— Não posso querer encontrar meu... — começou, e tropeçou nas palavras que lhe vieram à mente. — Meu amigo, que não vejo direito há duas semanas, e pedir pra gente se ver direito?

— Você me vê todo dia, Gabriel. A gente estuda na mesma sala — argumentou Felipe, cada vez mais seco.

— Mas eu tô falando de... — tentou, e passou a mão no cabelo, frustrado. — Hoje é sexta-feira.

— Ótimo domínio dos dias da semana, parabéns, está apto a passar de ano no jardim de infância — retrucou Felipe, sarcástico.

— Hoje é sexta-feira, Felipe — repetiu Gabriel, tentando com todas as forças não deixar que a voz transparecesse nada da frustração, da irritação, da impaciência, e que carregasse apenas o desejo.

Felipe encontrou o olhar dele, soltou um suspiro pesado. Depois de um segundo, falou:

— É, hoje é sexta-feira.

— E sexta-feira passada — recomeçou Gabriel — eu e você não fomos nos encontrar. Mas hoje é sexta-feira — repetiu —, e eu só queria saber se, sabe, tava de pé.

Felipe mordeu o lábio, levantou uma sobrancelha.

— "Saber se tava de pé" — imitou. — Achei que você tinha vindo pedir.

— Nossa senhora, Felipe, por que tanta dificuldade? — soltou Gabriel, e avançou mais um passo, tentando encostar nele, segurar a mão dele, tocar pele na pele e deixar que o gesto falasse por si.

Felipe recuou de novo, e levantou a mão de leve, quase como se fosse se defender. Gabriel arregalou os olhos, surpreso. Parou no meio do movimento e recuou também, se distanciando.

Respirou fundo.

— Hoje é sexta-feira — começou de novo, como se ensaiasse um roteiro na aula de teatro e tivesse esperança de, dessa vez, acertar o fim da fala —, e eu queria pedir para a gente se encontrar.

102 sofia soter

Gabriel sorriu um pouco, tentando se mostrar conciliador. Mais devagar, deu um passo à frente, e, quando Felipe não recuou, deu outro. Pegou a mão dele, e conteve o suspiro de alívio quando Felipe entrelaçou os dedos nos dele.

— Viu? Não foi tão difícil — ironizou Felipe, mas a leveza da piada fez Gabriel querer rir de pura satisfação por finalmente ter encontrado o caminho certo de conseguir o que queria.

Segurou o riso, mas olhou rápido de um lado para o outro, confirmando que a rua continuava vazia, que nenhum vizinho espreitava das janelas, e, antes de perder a coragem, deu um selinho em Felipe, sorrindo.

No instante que o beijo durou, sentiu Felipe sorrir de volta.

Felipe

Naquela noite, eles se encontraram no beco, como sempre, como se nada tivesse acontecido, como se Felipe não tivesse tentado conversar, como se Felipe não tivesse ignorado mensagem alguma, como se Gabriel não o tivesse deixado plantado na semana anterior, como se Gabriel não tivesse aparecido inesperadamente naquela mesma tarde.

Naquela noite, eles se beijaram, e se tocaram, e se agarraram no mesmo beco, se empurraram na mesma parede, Felipe sentiu o mesmo arranhão nas costas por causa do cimento áspero, deixou no pescoço de Gabriel uma marca arroxeada no mesmo lugar. Eles sussurraram, e gemeram, e suspiraram, e se calaram, e não falaram de mais nada.

E, quando foi embora, mesmo com o corpo deliciosamente cansado, com a cabeça deliciosamente tonta, com a boca deliciosamente entorpecida, Felipe ainda sentia os mesmos incômodos confusos entalados na garganta arranhada.

Capítulo 11

Duda

Na segunda-feira, sentada na carteira habitual esperando a aula começar, Duda soltou e prendeu o cabelo de novo, ajeitou a posição do livro e do caderno na mesa, abriu o estojo e olhou com mais intensidade do que o normal para as canetas. A cada movimento de um aluno passando pela porta, ela olhava de relance, sem conseguir resistir.

Aquela tarde de quinta-feira com Lara tinha, aos trancos e barrancos, dado início ao que Duda arriscaria chamar de amizade. Elas tinham trocado mensagens ao longo do final de semana e chegado até a se reencontrar no sábado, para bater papo no jardim dos fundos da casa de Lara, que margeava a mata. As conversas às vezes eram um pouco estranhas — Lara evitava responder muitas perguntas e ainda era meio brusca, mas Duda ia se sentindo cada vez mais à vontade, especialmente porque Lara permitia que ela também fosse brusca e direta.

Finalmente, quase sincronizada com o terceiro sinal, que indicava o limite para os alunos entrarem em sala, Lara chegou. O coração de Duda bateu mais rápido, e ela ergueu o rosto, ensaiando um sorriso. Lara, de camisa branca abotoada até o alto e bem arrumada por dentro da saia plissada, o cabelo loiro quase branco penteado e brilhante, passou direto pela mesa de Duda, sem nem olhar em sua direção, o barulho surdo da sapatilha no linóleo ressoando até ela se sentar. Acompanhando o movimento com o olhar, Duda notou a maquiagem pesada disfarçando os resquícios amarelo-esverdeados do hematoma no rosto.

Duda a fitou por mais alguns instantes, sentindo a esperança no peito azedar e o rosto esquentar de vergonha, antes de finalmente desviar o olhar e se voltar para o quadro. Os olhos arderam, mas ela engoliu o choro. Provavelmente era besteira sua ter esperado que, quando Lara voltasse à escola depois dos dias que tinha tirado para "melhorar da gripe", elas fossem... Conversar? Se cumprimentar? Reconhecer a existência uma da outra, ao menos? Provavelmente era ingenuidade sua, mais uma vez errando o tom, interpretando mal o que as outras pessoas queriam, qual era seu papel.

Duda achava que uma cidade nova resolveria seu problema, mas o problema, aparentemente, era ela mesma.

Lara

Às vezes, Lara invejava a popularidade impermeável de Gabriel — parecia que ele podia fazer qualquer coisa, e nunca deixaria de ser respeitado, temido, cobiçado. Os dois tinham nascido com o mesmo status em Catarina, herdeiros de uma das famílias fundadoras da cidade, vivendo no cerne de proteção dos catarinenses e do dinheiro e sangue daquelas terras. Porém, no fundo, não eram vistos da mesma forma. Ela já tinha cogitado se a diferença era ele ser homem, se era ser mais velho, se era a beleza mais óbvia, mas cada vez mais constatava que era uma questão de atitude: Gabriel se portava com uma confiança inabalável, portanto ninguém tentava abalá-la.

Lara, por sua vez, devia expor a vulnerabilidade no rosto. Todo mundo que a olhasse bem devia enxergar o quanto era fácil dobrá-la, machucá-la, despejar nela seu desprezo. Afinal, até a mãe dela percebia.

Então não era que Lara quisesse ignorar Duda. A caminho da escola, andando ao lado de Gabriel, que mal olhava para a frente de tanto trocar mensagens no celular, foi pensando no que faria. Considerou dar um gelo nas amigas, empinar o nariz e se mostrar superior, testar os limites, ver se elas pediriam desculpas.

Mas pensou no hematoma que, mesmo cuidadosamente coberto por maquiagem, ainda imaginava ver no espelho. Pensou no vazio que sentia no peito, na vontade de ir embora dali e se livrar da mãe, das amigas falsas, de ponderações sobre status e popularidade a caminho do colégio. Pensou em como o desejo era fútil, em como era tola de criar esperanças diante da maldição esmagadora, na idiotice de abrir o coração para uma forasteira.

Então, quando entrou pelo portão da escola e deu de cara com Nicole, foi apenas por um segundo que hesitou antes de retribuir o aceno e se dirigir ao grupinho que andava devagar a caminho da aula.

— Que bom que você melhorou! — exclamou Nicole.

— A gente sentiu saudades — acrescentou Josy, com um sorriso que, se Lara quisesse, poderia acreditar ser sincero.

— Deve ter sido um saco ficar esses dias em casa sem nada pra fazer, né? — perguntou Bruna, dando um abraço de lado nela.

Lara engoliu tudo que sabia e assentiu. Soltou um suspiro exagerado de preguiça.

— Pois é, passei a semana toda vendo televisão.

Capítulo 12

Mari

Mari estava orgulhosa de seu autocontrole.

Tinha, entre o almoço de sexta-feira e o café da manhã de segunda, escrito e apagado mais ou menos umas trinta mensagens para Felipe, que iam do passivo-agressivo com excesso de emojis a parágrafos de textão, passando pelo simples "???????????". Ele parecia estar fingindo que nada de estranho tinha acontecido na sexta, e mandara mensagens normalmente, ao que ela, com muito esforço, respondera com igual normalidade.

Mas fazer cara de paisagem quando se encontrassem pessoalmente já era demais, então Mari andou para a escola na segunda ensaiando mentalmente a conversa, procurando um jeito de dizer "então, você quer me contar alguma coisa?" que não parecesse cópia da mãe dela.

Infelizmente, Felipe, como era frequente, chegou atrasado, e Mari não conseguiu falar com ele antes da aula começar. Ao longo das horas, ela fez o possível para se concentrar na matéria, e não analisar a (falta de) interação entre Gabriel e Felipe.

Quando finalmente bateu o sinal do intervalo, Mari se levantou em um pulo da cadeira, passou pela mesa de Felipe e deu um puxão de leve na manga da blusa dele. Sem esperar, seguiu para o corredor. Ele a alcançou um pouco adiante, correndo atrás dela, esbaforido.

— Pô, que pressa é essa? — perguntou, segurando por um instante a mão dela, para que ela desacelerasse. — Sei que você gosta do salgado quentinho, mas também não é pra tanto.

Ela olhou ao redor, para o fluxo de gente inundando os corredores a caminho da cantina e do pátio, e pegou Felipe pela mão para puxá-lo para um canto um pouco mais isolado, perto da janela da diretoria.

— Tá, então, me conta — soltou ela, por fim, jogando fora todo o ensaio mental.

— Contar o quê? — perguntou Felipe, mas a voz dele não enganava ninguém.

— O que tá rolando entre você e o Gabriel? — insistiu Mari, abaixando a voz com um olhar de relance para a diretoria.

Pensando bem, fazia sentido aquele canto viver vazio. Era muito estressante pensar que o pessoal da diretoria (e ainda mais os alunos que estivessem lá por qualquer razão) estava ouvindo sua conversa.

Felipe seguiu seu olhar e pareceu pensar o mesmo, pois a puxou pela mão para mais perto da outra parede.

— É complicado — murmurou ele.

— Tudo bem. Eu não sou idiota, sei entender coisas complicadas.

Felipe suspirou, virou o rosto um pouco de lado.

— É que eu mesmo não sei tão bem.

Mari mordeu o lábio, sentindo aliviar um pouco do incômodo de estar sendo enganada, substituído por preocupação genuína por Felipe.

— Tá, posso dizer o que eu acho, e aí você vai me confirmando? — sugeriu.

Ele concordou com a cabeça.

— Eu vivo implicando com você por você ter um namorado secreto — continuou Mari. — É ele, né?

Felipe fez uma leve careta ao ouvir a descrição, mas concordou com a cabeça.

— Não é bem um namorado — corrigiu ele, enfim.

Mari franziu a testa. Tinha levado para o pessoal o fato de Felipe nunca ter contado do relacionamento que, corretamente, imaginara. Mas, pela expressão incomodada dele, a coisa era mesmo mais complicada. Ela sentiu uma pontada de arrependimento por ter passado o fim de semana em uma espiral paranoica baseada apenas em especulação — e na memória ainda recente e desagradável do ex-namorado com a melhor amiga. Era ciúme indevido e projetado, puro egoísmo dela, e Felipe não lhe devia nada.

Ela suspirou.

— Tá, desculpa, você não precisa me contar — falou. — Eu fiquei meio noiada de descobrir assim no susto, mas é problema meu, não...

— Não, não — interrompeu Felipe, apertando a mão dela, e só então ela percebeu que, mesmo depois de tanto puxa-empurra pela escola, eles não tinham se soltado. — Eu posso contar, sim. É que eu nunca contei pra ninguém... nunca tive pra quem contar.

Mari respondeu apertando a mão dele de volta, esperando que o gesto transmitisse encorajamento.

— A gente tem... alguma coisa — continuou ele. — Sei lá, a gente é ficante, eu acho. Faz uns meses, já, desde o ano passado. Mas é meio difícil, sabe? É, assim... como você notou, é segredo.

— Posso perguntar... por que exatamente é segredo? É uma pergunta boba?

Felipe deu de ombros.

— Eu não me assumi bi pro meu pai, e sei que ele não lidaria bem. E o Gabriel não fala muito, mas acho que ele também não é assumido pra mãe.

Mari acariciou a mão de Felipe com o polegar.

— Deve ser difícil. Meus pais sabem que sou bi, e não ligam muito, mas é que, honestamente, meus pais não ligam muito pra nada na minha vida — disse ela, sem conseguir se-gurar uma leve risada. — E eu só namorei sério com meninos, então eles também nunca tiveram que lidar mais diretamente com isso, sabe? Enfim, esquece, não estamos falando de mim. Só quis dizer que eu meio entendo, mas meio não.

Felipe olhou para ela e abriu um pequeno sorriso.

— Tranquilo. Obrigado por me contar. Eu nunca nem... Nunca nem tinha falado que sou bi em voz alta pra ninguém. Talvez pro Gabriel? — comentou, franzindo a testa como se tentasse lembrar. — Mas acho que nunca com essas palavras. A gente não fala muito — concluiu, e Mari o viu corar.

Ela se permitiu rir um pouco.

— Imagino — murmurou, levantando uma sobrancelha.

Felipe riu um pouco também, e Mari sentiu o nó no peito afrouxar.

— Entendi por que vocês não assumem o na... o rolo — se corrigiu, depois de um instante. — Mas por que vocês nem, tipo, se falam na escola e tal? Eu achei que vocês não se suportas-sem... E eu já reclamei horrores dele pra você, e você nem aí!

Felipe se aquietou e retribuiu o carinho na mão de Mari.

— Aí é coisa dele, acho. Minha também? Não sei. Mas ele é, sabe, o Gabriel, e eu sou só...

— O Felipe, ué — interrompeu ela, com leve indignação. — Ele tem vergonha de você, por acaso?

Felipe abanou a cabeça de leve.

— Não acho que é bem isso. É que é coisa demais, sabe? Eu não quero andar com aqueles amigos bestas dele, e eles não querem andar comigo também. E nem sei o que a gente ia fazer fora... Sei lá, é mais simples assim. É o possível.

Mari o fitou, o peito apertado outra vez.

— Se for o que você quer, tranquilo. Você não é obrigado a querer namorar uma pessoa só porque gosta de beijar ela, nem nada. Mas... — hesitou, procurando o olhar de Felipe, que tinha virado o rosto. — Mas se você estiver aceitando uma situação ruim só porque acha que tem que ser assim... Não tem, tá? Você é muito legal, e muito bonito, e, mesmo se não fosse, é uma pessoa com *sentimentos* e merece ser tratado bem. Se o Gabriel sentir vergonha de você, ele tem mais é que se foder, e eu posso dedicar o resto do meu tempo nessa cidade de merda a destruir a vida dele em seu nome — concluiu, subindo a voz.

— Shhhh — pediu Felipe, mas acabou rindo, o que era parte da intenção de Mari. — Não precisa perder tempo com isso.

Mari esperou mais um instante, e fez que sim com a cabeça.

— Tá bom. E você pode contar essas coisas pra mim, tá? Tô aqui.

Felipe concordou com a cabeça.

— Agora vamos lá comprar comida, porque certamente já acabou o salgado que eu gosto — disse ela, e o puxou de novo.

Felipe riu, apertando o passo para acompanhá-la, e não soltou sua mão.

— Mari — chamou, mais baixo. — Obrigado.

— De nada, ué — respondeu ela, sem nem olhar, já concentrada na fila da cantina que se aproximava.

— E você também é muito legal. E muito bonita. E sem *dúvida* é uma pessoa cheia de sentimentos.

Mari riu, sacudindo a cabeça, mas, se ele perguntasse, admitiria que um desses muitos sentimentos tinha enchido seu peito diante dos elogios.

O Legado das Águas **111**

Capítulo 13

Duda

Duda bateu na porta de Mari, apesar de não estar totalmente fechada. A irmã respondeu com um barulho embolado e abafado, que ela supôs que fosse sinal para entrar.

Devagar, Duda empurrou a porta e entrou no quarto. Mari estava largada na cama, com a cara enfiada em uma almofada cheia de babados. Diferente do quarto de Duda, que ainda tinha algumas caixas de mudança empilhadas no canto, por pura preguiça de arrumar, o quarto de Mari era impecavelmente ordenado, mesmo com a decoração um tanto maximalista.

Duda ficou parada perto da porta, sem jeito, até Mari a notar e se recostar nas almofadas.

— Que foi? — perguntou Mari, franzindo as sobrancelhas.

Diante da preocupação visível da irmã, Duda sentiu voltar a vontade de chorar que tinha lhe vindo na escola, e não conseguiu controlar. O choro saiu todo de uma vez, em lágrimas, soluços e catarro, e ela mal precisou que Mari abrisse os braços em sinal de acolhimento para se jogar na cama e se aninhar no colo da irmã. Mari fez carinho nas costas dela, como fazia quando Duda era criança, e ela se entregou ao acalanto infantil.

— Ei, o que houve? — insistiu Mari, em voz mais baixa. — Preciso meter a porrada em alguém por você?

Duda riu um pouco em meio ao choro.

— Não sei por que você sempre oferece isso. E nem vem falar da aula de krav magá, que eu sei que mal deu tempo de você aprender a dar um soco.

Mari fez um som de falso ultraje, e riu também.

— É um superpoder de irmã mais velha, Dudinha — falou, por fim, e Duda, fragilizada, nem se incomodou com o apelido. — Não preciso de aula nenhuma. Se alguém tiver feito mal a você, eu automaticamente viro o The Rock e ganho qualquer briga.

Por um instante, Duda imaginou a cara de Mari no corpo de Dwayne Johnson, batendo na porta da casa da frente para chamar Lara na chincha. Ela riu de novo, e quase engasgou com as lágrimas.

— Falando sério, me conta o que houve — pediu Mari, depois de uns instantes. — Mesmo que eu não vá bater em ninguém, posso te escutar. Até dar uns conselhos.

Duda esperou a respiração se acalmar um pouco e secou as lágrimas com a mão. Sem sair do colo de Mari, falou:

— Como você sempre se dá bem com todo mundo?

Mari hesitou para responder, mas não parou o carinho nas costas de Duda.

— Não diria que *sempre* — falou, então. — Não sei se você notou, mas eu não ando tão popular ultimamente.

Duda sacudiu a cabeça um pouco, ainda encostada em Mari.

— A gente mal chegou aqui, e você já tem amigo. Sendo que você nem queria vir para cá, nem fazer amizade, nem falar com ninguém.

Antes que Mari pudesse retrucar, Duda continuou:

— Eu queria vir pra cá! Eu queria conhecer gente nova e ser meio diferente, falar com as pessoas. E eu só não *sei* fazer isso tudo. Mesmo quando eu acho que consegui, não consegui.

Duda sentiu o choro piorar de novo, e deu alguns soluços, tentando se acalmar. Mari esperou que a crise passasse para responder.

O Legado das Águas 113

— Você é boa no futebol, certo? — começou Mari, e Duda franziu a testa, sem entender o que aquilo tinha a ver com a conversa. — Tipo, sempre foi. E eu hoje em dia não sou *horrível* jogando bola, mas precisei me esforçar muito pra aprender e treinar com você, mesmo que eu goste de futebol.

— Mas o que… — começou Duda, cada vez mais confusa.

— É uma comparação, peraí — interrompeu Mari. — Você tem facilidade com algumas coisas que eu não tenho, e o contrário também vale. E uma das facilidades que eu tenho, e que você não tem, é fazer amizade. Mas não é porque é mais difícil pra você que é impossível. Só te vem menos naturalmente, e você teve menos oportunidade de treinar porque os últimos anos foram muito esquisitos, e talvez você vá precisar de mais prática e mais esforço para chegar aonde quer.

Duda refletiu. Ela até entendia a lógica, mas sentia que não era a mesma coisa. Ninguém achava que jogar futebol era parte fundamental da experiência humana, nem que ser ruim em futebol indicava outras qualidades ruins. Ela não imaginava que ninguém se sentisse tão sozinho quanto ela apenas por não saber jogar futebol.

— Olha, eu sei que não é a metáfora perfeita — continuou Mari. — Mas pensa assim: eu nunca vou virar craque da seleção, e talvez você nunca vire a pessoa mais popular do colégio, mas eu já consigo jogar bola com você pra me divertir, e você vai conseguir se enturmar. Mesmo que nunca fique tão fácil, vai melhorando.

— Mas e se eu não for interessante para ninguém? — perguntou Duda, ouvindo as palavras em voz alta e sentindo-se boba. — Não for suficiente para ninguém?

— Amizade é assim mesmo: uma hora você vai encontrar alguém que te ache interessante e por quem você se interesse também. É a graça da coisa.

— Eu achei que tinha encontrado — argumentou Duda, em voz mais baixa, uma confissão ingênua que fazia uma pontada de vergonha arder em seu peito. — Mas aí a Lara…

— A Lara? — interrompeu Mari, com um toque de surpresa na voz. — Você tá chorando por causa da Lara?

Duda sentiu o rosto arder, constrangida. O tom de Mari parecia julgá-la pelo motivo da tristeza, e ela se sentiu ainda mais inadequada.

— Desculpa — disse Mari, passando a mão pelo cabelo de Duda, desfazendo a trança com os dedos. — Soei meio escrota. É só que... Olha, pelo que eu já vi dessa família aí da frente, eu diria que o problema não é você, é ela. Entendo ficar triste por uma relação não dar certo, e não sou eu quem tem que escolher suas amigas, mas... Não ache que foi por você ser desinteressante, ou o que quer que seja, tá? Especialmente quando o que deu errado foi com a Lara, porque ela parece bem complicada.

— Tá, mas é difícil... — murmurou Duda em resposta, apesar de não se sentir muito convencida.

Ela queria ser amiga da Lara. O que Mari tinha descrito como amizade era um pouco do potencial que Duda tinha sentido com Lara. Era o que ela estava procurando, um empuxo que as aproximava e tornava a conversa e a convivência cada vez mais confortáveis, em vez de, como de costume, fazer Duda se sentir cada vez mais deslocada.

Mesmo se o problema fosse Lara... O que isso queria dizer sobre Duda? Se a pessoa que causava aquela emoção nela era um problema? Se era com uma pessoa "complicada" que ela sentia se encaixar?

— Você quer aproveitar que o dia tá bonito e jogar bola no quintal? — propôs Mari, com a voz mais leve. — Para curtir uma coisa que você acha fácil e que eu acho mais difícil?

Duda sorriu um pouco. Mesmo que os conselhos de Mari não tivessem sido perfeitos, ela estava agradecida pelo cuidado da irmã. Desde a mudança, a distância entre elas só parecia crescer, e Duda sabia que tinha parte da responsabilidade — que tentava seguir para um lado, e Mari para o outro, que seu lugar no mundo não era o mesmo do dela. Mesmo assim, tinha

O Legado das Águas **115**

sentido saudade de conversar abertamente com Mari, do carinho no cabelo, do abraço macio.

— Tá — disse Duda, com um pouco mais de ânimo. — Pode ser.

Lara

Depois de chegar em casa e almoçar, Lara subiu correndo para o quarto. Sentou na cama de pernas cruzadas, com um livro no colo e um marca-texto na mão.

Estava acabando os exercícios do final do capítulo quando foi distraída por sons que se misturavam à música instrumental da rádio que escutava para estudar — não os barulhos habituais e irritantes de música e conversa do quarto de Gabriel, mas risos e gritinhos vindo da rua, entrando pela janela. Tentou ignorar, mas a agitação continuava e, curiosa, Lara se aproximou da janela e olhou para fora.

No quintal da casa da frente, Duda e a irmã estavam às gargalhadas, aparentemente tentando jogar altinha. Lara evitara sequer olhar para Duda durante o dia de escola, pois tinha medo do que deixaria transparecer e de como a outra reagiria, mas vê-la ali, rindo e afastando da cara afogueada os fios que escapavam do rabo de cavalo, causou uma pontada de... Lara não sabia nomear. Sabia só que sentia um aperto no coração, um nó na garganta.

Estava abrindo a janela, empurrando a esquadria enferrujada, motivada por um desejo de se aproximar, de escutar melhor, de deixar que aquela diversão boba entrasse com o sopro da brisa no quarto dela, quando alguém abriu a porta do quarto.

Lara pulou para trás, sobressaltada, e se virou rapidamente, como se pega fazendo algo que não devia. Felizmente, era apenas Gabriel.

— Tá espionando as vizinhas, é? — perguntou ele, levantando a sobrancelha.

Lara cruzou os braços e fechou a cara.

— Ninguém te ensinou a bater na porta, não? — retrucou, ignorando a pergunta.

— A senhora sua mãe resolveu aproveitar o bom humor para preparar um verdadeiro banquete para o lanche.

Ele olhou de relance para a janela atrás dela, e de volta para Lara. Apesar da provocação, o sorrisinho no rosto dele não era inteiramente maldoso.

— Fecha bem essa janela e desce logo — acrescentou, e deu meia-volta.

Antes de obedecer ao irmão, Lara olhou uma última vez pela janela: Duda puxando a camiseta para desgrudar do suor do corpo, com a bola debaixo do braço, e rindo da irmã que, curvada e ofegante, fazia sinal de tempo. Acima delas, o céu ia tomando tons de cinza, as folhas das árvores farfalhando, e o ar prenunciava dias de chuva pesada e noites angustiantes e maldormidas para Lara.

Ela tentou registrar a cena na memória. Não sabia quantas vezes teria a oportunidade de revê-la, o quanto aquela imagem aparentemente cotidiana permaneceria em sua vida, enquanto o relógio marcava o tempo contado daquelas duas garotas que se divertiam com aparência tão despreocupada. *Como seria*, pensou por um breve momento dolorido, *sentir de verdade que tinha toda uma vida de escolhas pela frente?*

Como seria não saber que estavam assim equivocadas?

Capítulo 14

Felipe

Ele despertou com o barulho: um estrépito alto, metal no cimento e vidro quebrado. Mas o que o fez se levantar foi o silêncio que se seguiu.

Felipe não sabia que horas eram, e não pensou em verificar. Tinha pegado no sono ainda vestido, deitado todo torto por cima da coberta, no meio da tentativa de estudar para um teste de física, com a luz acesa e a janela aberta que deixava entrar chuva. Ele saiu do quarto correndo, procurando as outras fontes de luz na casa escura na esperança de que o guiassem. A televisão falando e piscando na sala. A luz do teto da cozinha. A luminária de cima do sofá.

— Pai? — chamou.

E ali, entre sombras bruxuleantes, uma confusão que os olhos de Felipe demoraram a distinguir — o pai, desacordado e caído. Uma cena que Felipe já vira outras vezes, mas tinha alguma coisa diferente, alguma coisa errada. Quando o cérebro confuso pelo sono e pela adrenalina conectou as pontas, Felipe já tinha se ajoelhado onde não devia: no vidro estilhaçado pelo chão, vidro que vinha da mesa de centro, mesa através da qual o pai desabara.

— Pai, acorda.

Ele parecia ter tombado de lado, talvez em uma tentativa de ficar em pé que o deixara tonto, e explodido o tampo de vidro da mesa. Cacos grandes e pontudos ainda estavam grudados à estrutura de metal, mas outros, de tamanhos variados, se espalhavam pelo piso de concreto, cintilando em cores mutáveis sob o brilho da televisão.

— Pai. *Pai.*

Tinha sangue, também — cortes que Felipe não conseguia avaliar, nem quando se levantou, sentindo o joelho arder e notando que tinha se cortado também, e acendeu a luz do teto da sala, a luz do corredor, todas as luzes que estavam a seu alcance. O pai estava, pelo menos, vivo, fato que conseguiu confirmar com um toque no peito, sentindo o coração bater. Mas tinha sangue no rosto, nos braços, no tronco, e, o que lhe parecia o mais perigoso, uma mancha pegajosa no cabelo.

Era muito mais do que Felipe seria capaz de cuidar sozinho, especialmente se o pai não acordasse.

— Pai, acorda — chamou, tentando sacudir o ombro dele de leve, mas com medo do movimento fazer mais cacos entrarem na carne dele.

O pai resmungou, e o alívio chegou em Felipe como um tapa na cara. Ele devia chamar o SAMU, mas era noite e estava chovendo, e o tempo de espera por ali era enorme. Talvez o melhor fosse o pai conseguir se levantar sozinho, e Felipe levá-lo ao hospital da cidade vizinha, para a emergência vinte e quatro horas, mas para isso precisaria de um carro e de alguém que dirigisse.

— Puta que pariu — soltou Felipe, frustrado, percebendo que estava paralisado, e o sangue que escorria dos ferimentos do pai só fazia piorar.

Era melhor ele começar a arranjar a solução *já*, até porque, quando o pai acordasse, viria o desafio de convencê-lo a ser tratado.

Felipe voltou correndo para o quarto e pegou o celular. Discou o 192 e, conforme instruções do socorrista, não moveu o pai. No entanto, a previsão da ambulância chegar, como ele imaginara, era de mais de duas horas, e ele desligou antes de confirmar o endereço para que o socorro viesse.

Olhou o celular e pensou no que fazer. Para quem podia pedir ajuda? Era quase meia-noite, menos tarde do que ele imaginava, mas não tinha para quem ligar. Antônio, seu pai, era de Catarina, mas não tinha parentes próximos vivos, nem amigos, ninguém.

Parou em um nome na pequena lista de contatos, o número fixo que tinha salvado para uma noite de conversa longínqua, e ligou antes de se permitir refletir.

Felizmente, Gabriel não demorou pra atender.

— Alô — cumprimentou, com a voz meio lânguida de quem esperava outro tipo de telefonema.

— Você tirou carteira, né? — perguntou Felipe, afobado, sem nem responder ao cumprimento.

— Quê? — retrucou Gabriel, já mudando de tom, confuso.

— Você já fez dezoito — declarou Felipe, pensando em voz alta, falando as únicas obviedades de que seu cérebro era capaz. — Você tirou carteira de motorista.

— Tirei. Mas por que…

— Preciso de uma carona — interrompeu Felipe, e andou para o banheiro, revirando o armário debaixo da pia em busca do kit de primeiros socorros. — Agora. Urgente.

— O que aconteceu, Felipe? — perguntou Gabriel, parecendo finalmente perceber o desespero que transbordava da voz dele.

— Um acidente. Com meu pai — explicou Felipe, sentando na tampa do vaso no banheiro abafado. — Puta que pariu — murmurou, segurando um gemido, ao puxar um dos cacos de vidro do joelho. — O SAMU não vai chegar, eu preciso levar ele no hospital, e…

— Felipe, você sabe que a estrada fica sempre um horror na chuva. Não vai dar pra descer de carro pra chegar no hospi…

— Então eu preciso bater na porta do dr. Luís — disse Felipe, pensando no primeiro médico que lhe ocorrera, o homem simpático que o tinha atendido na infância. — Mas eu não tenho como levar meu pai a pé! Carona?

Felipe puxou mais um caco de vidro do joelho e jogou na pia. Prendeu o celular entre o ombro e a orelha e molhou e ensaboou as mãos para lavar os machucados. Não fazia ideia se estava seguindo o protocolo correto, mas queria cuidar logo daquilo e voltar para o pai, que estava sozinho na sala.

— Gabriel — insistiu. — Por favor.

Ele ouviu Gabriel suspirar ao telefone.

— Não posso — murmurou Gabriel, por fim.

— Como assim, não pode? — retrucou Felipe, enquanto passava antisséptico no joelho.

— Felipe, eu não posso — insistiu Gabriel com um pouco mais de firmeza, e Felipe notou um tom angustiado na voz dele. — Eu tenho carteira, mas o carro é da minha mãe, e eu *não posso* pegar.

— Porra, Gabriel, meu pai está desmaiado no meio de um monte de caco de vidro, e você não quer *desobedecer sua mãe?*

O celular escorregou do encaixe torto no ombro e caiu no chão de azulejo.

— Puta que pariiiiuuuu — xingou Felipe, pegando o aparelho e notando uma rachadura no canto que não estava presente antes. — Era só o que me faltava. Oi, Gabriel — falou, botando o celular no ouvido outra vez. — Sério, é importante.

Felipe cobriu os cortes do joelho com gaze e começou a grudar esparadrapo de qualquer jeito para fechar o curativo. Sentiu de repente lágrimas subirem aos olhos, e a respiração ficar entrecortada.

— Por *favor* — repetiu, sem conseguir segurar o soluço.

Mais um momento de silêncio.

— Eu não posso, Felipe — disse Gabriel, derrotado. — Me desculpa — acrescentou, em voz tão baixa que Felipe quase achou ter ouvido mal.

— Te desculpar? Puta merda, sério?! — gritou, encerrando a ligação, e mordeu o lábio para segurar o resto dos xingamentos.

Olhou a hora outra vez, mas respirou fundo e voltou para a lista de contatos. Ligou para a única opção que restava. O telefone caiu direto na caixa postal. Sem hesitar, ligou de novo, enquanto, ainda sentado no banheiro, apalpava a perna em busca de outros cacos de vidro. Caixa postal. Ligou outra vez, e mais outra, até finalmente tocar três vezes e alguém atender.

— Alô? — ouviu a voz sonolenta de Mari do outro lado.

— Oi — respondeu Felipe, respirando fundo para não voltar a chorar. — Mari. Oi.

— Oi — disse ela, mais desperta. — O que houve? Tá tudo bem? Que horas são?

— Tipo meia-noite. Desculpa ligar tão tarde. Achei…

— Peraí que não estou te escutando direito, esse sinal é uma merda — disse ela, a voz chiando um pouco pela qualidade ruim da ligação. — O que foi? — perguntou novamente, um pouco mais nítida.

— Não precisa se preocupar, mas… — começou Felipe, e tentou ordenar os pensamentos, o jeito de transmitir a informação que não fosse tão brusco quanto sentia que podia ser com Gabriel. — Meu pai sofreu um acidente, e eu preciso de ajuda pra…

— Puta merda! — exclamou Mari, mais enérgica. — Claro. Deixa só eu me vestir. Onde vocês estão? Do que você precisa?

A reação solidária de Mari fez Felipe sentir o choro voltar com tudo, entalando a garganta, transbordando dos olhos.

— Em casa — respondeu, sabendo que o choro transparecia na voz, sem disfarce. — Eu preciso de um carro. Você dirige?

— Assim — murmurou Mari, e Felipe ouviu o movimento do outro lado, provavelmente enquanto ela se vestia —, eu não tenho carteira, mas… Eu me viro. Eu me viro, tá? Espera só um pouquinho que eu já chego, vou me calçar e dar um jeito de pegar a chave e sair de fininho.

Felipe apertou os olhos com força e cobriu a boca com a mão, tentando segurar os soluços que subiam e faziam seu corpo tremer. Ocorreu a ele, distantemente, que era um absurdo pedir para uma forasteira se arriscar dessa forma — que, se as lendas de Catarina fossem verdade, ele estava obrigando ela a desafiar o destino ao se colocar em uma situação tão perigosa: sem carteira, pouco experiente, no volante na chuva, de madrugada. Mas ele não sabia mais o que fazer, e não podia recusar a ajuda.

— Tá — falou Felipe, por fim. — Tá. Obrigado. Sério, Mari. Obrigado.

— De nada. Se eu não aparecer em quinze minutos, chama o SAMU pra mim também, tá? Já chego.

Ela desligou antes que Felipe pudesse agradecer de novo, e ele voltou à sala para cuidar do pai.

Mari

Mari abriu a porta de casa com todo o cuidado para evitar o barulho da dobradiça rangendo, e fechou igualmente devagar antes de correr até o carro. Tinha notado que estava sem guarda-chuva só no hall, mas voltar não era opção, então os poucos passos até o carro a deixaram encharcada. Ela apertou o botão da chave e fez uma careta de nervoso com o apito avisando que o carro estava destrancado.

Finalmente, entrou, fechou a porta e encaixou a chave no lugar. Tentou se lembrar de tudo que o pai tinha ensinado para situações de emergência, mas era muito diferente dirigir devagar em um dia de sol em uma praça reta e tentar pegar o carro no susto, no meio da noite e daquela chuva pesada, para percorrer as ruas mal asfaltadas que a levariam até a casa de Felipe.

Pensando bem, percebeu que nem sabia que ruas davam mão. Circulava pela cidade quase sempre a pé, e não prestava muita atenção quando os pais davam carona.

Mas era urgente. Precisava chegar até Felipe.

Ela tentou ajustar o banco e os espelhos, prendeu o cinto e respirou fundo. Mari não acreditava em Deus, mas aquela era a hora de rezar. Murmurou uma oração o mais rápido possível e deu partida no carro sem pensar duas vezes.

Aos trancos e barrancos, conseguiu finalmente chegar à casa de Felipe. Ele abriu a porta enquanto ela ainda saía do carro.

O Legado das Águas **123**

— Oi — cumprimentou ela, correndo até ele. — O que houve? Como você tá? Como ele...

Antes que ela terminasse a frase, Felipe a envolveu em um abraço. Era a primeira vez que se abraçavam assim, e Mari levou um segundo para retribuir, passando os braços pela cintura dele e encostando o rosto em seu peito. Parecendo não dar bola para ela estar encharcada, ele a apertou com força, encostando o rosto na cabeça dela.

— Obrigado — murmurou ele, antes de soltá-la e secar os olhos. — Entra.

Mari entrou e, enquanto ele fechava a porta, olhou ao redor. Os sinais do acidente eram claros: vidro pelo chão, a mesa de centro quebrada, gotas, manchas e pegadas ensanguentadas pelo cimento. O pai de Felipe estava meio sentado, meio deitado no sofá, com alguns machucados nítidos, e, conforme ela se aproximava, esmagando vidro com as solas do tênis, Mari notava melhor que o cabelo dele estava grudento de sangue escuro.

— Ele tá... — começou ela.

— Meio acordado — respondeu Felipe. — Ele acordou caído no chão, e consegui acalmar ele o suficiente para sentar no sofá. Acho que dá pra fazer ele ir até o carro, se a gente der apoio.

Felipe passou pela frente de Mari, indo até o pai e o balançando de leve, o chamando em voz baixa. O homem resmungou alguma coisa e sacudiu a cabeça. Felipe passou o braço por baixo do braço do pai, sustentando as costas dele, e, em murmúrios que Mari não ouvia, conseguiu que ele se levantasse, apoiando o peso no filho. Sem esperar instruções, Mari avançou e sustentou o pai de Felipe pelo outro lado.

Só quando estavam a meio caminho do carro ela notou que tanto Felipe quanto o pai estavam descalços, pisando em vidro.

— Felipe, seu pé... — falou, parando de andar bruscamente.

— Deixa pra lá — interrompeu ele, continuando a avançar e forçando-a a andar também. — Vamos.

124 sofia soter

A chuva parecia ter piorado nos momentos em que eles estavam dentro de casa. Foram até o veículo no escuro, e Felipe apoiou o pai no carro enquanto Mari abria a porta do banco de trás e o ajudava a botar ele lá dentro. Com o homem acomodado, Mari tomou o lugar do motorista, e Felipe, o do carona.

— E agora? — perguntou ela. — Eu não vou conseguir pegar a estrada pro hospital. Mal consegui chegar até aqui, e a estrada é íngreme, e alaga, e... — falou, sentindo o peito apertar com o medo de trilhar aquele caminho.

— Não, não — interrompeu Felipe, tocando o braço dela. — Tem um médico, o dr. Luís, que atende ali no centro, e ele não mora tão longe.

— Você ligou pra ele? Ele tá esperando a gente?

— Não. Mas com campainha alta qualquer um acorda.

Mari prendeu o cinto, murmurou a oração mais uma vez e deu a partida.

— Tá bom. Vai me guiando.

Felizmente, a casa do dr. Luís não era mesmo longe. Mari não sabia calcular o tempo passado até lá, entre a tentativa de se concentrar na tarefa e a adrenalina que fazia a cabeça latejar, mas parou o carro com alívio, sentindo que tinha demorado menos do que temia.

Antes mesmo de ela desligar o carro, Felipe já tinha saído para apertar a campainha. Mari não sabia o que fazer. Olhou para trás e viu que o pai de Felipe estava desacordado de novo. Olhou para fora e viu o garoto apertar a campainha com toda a força, murmurando alguma coisa. Por fim, notou uma luz acendendo dentro da casa. E, depois, mais outra. E mais outra, até a porta se abrir.

Enquanto Felipe conversava com o homem que atendera a porta de pijama, ela saiu do carro e abriu a porta de trás.

Felipe veio correndo até ela e a ajudou a levantar o pai dele de lá e levá-lo para dentro da casa. A conversa entre Felipe e o dr. Luís era rápida e entrecortada, e a chuva, a ansiedade e o esforço de escorar o homem machucado impediam Mari de acompanhar e prestar atenção.

O Legado das Águas **125**

— Mari — chamou Felipe, depois de deixarem o pai dele em um sofá. — Pode ir.

— Quê? — murmurou ela, no meio da sala.

Era uma casa comum, como a dela, como a de Felipe. Uma casa comum, mas que tomava contornos estranhos por estar acesa naquela madrugada de tempestade, pelo homem ensanguentado de suéter, bermuda e meia em um pé só caído no sofá, pelo médico de pijama e sapatos, por Mari estar ali de cabelo desgrenhado e uma roupa qualquer, ensopada e encharcando o carpete. Era tudo surreal, e o coração dela subia à boca, batendo tão alto que era difícil escutar outra coisa.

— Mari — insistiu Felipe, mais baixo, e pegou o braço dela. — Vai pra casa.

— Mas e você? E seu pai?

— O dr. Luís vai atender ele — falou Felipe, mais calmo do que ele soara desde o telefonema que a despertara. — Eu vou ficar aqui. Você não precisa ficar.

Mari olhou ao redor mais uma vez, e finalmente se virou para Felipe. Ele estava de bermuda de moletom e uma camisa de flanela aberta por cima da camiseta do Botafogo, também encharcado pela chuva. Não dava para enxergar os olhos dele direito, porque os óculos molhados distorciam a imagem. Ela olhou para baixo, vendo o curativo torto no joelho dele, o outro joelho também arranhado, os pés descalços — o rastro de água e sangue que tinha deixado no carpete.

Ele desceu a mão pelo braço dela, até entrelaçar seus dedos, e ela ergueu o rosto, voltando a olhá-lo de frente.

— Eu não sabia que você era botafoguense — comentou, a primeira coisa que lhe ocorreu, a única frase normal em meio a um ambiente que ela era incapaz de processar. — Lá em casa a gente também é.

Depois de um momento de silêncio, Felipe riu e a puxou para perto, levando as mãos entrelaçadas dos dois ao peito. Mari riu um pouco também, encostada no ombro dele, e sentiu uma estranha vontade de chorar. Devia ser o cansaço, o fim da adrenalina.

— Obrigado, Mari — murmurou ele, com o rosto encostado no cabelo dela. — Sério. Eu nem sei... Eu estava... Obrigado. Muito, muito, muito...

— De nada — interrompeu ela, e se desvencilhou um pouco do abraço para olhá-lo. — Pede pro dr. Luís olhar seus pés também.

— Não preci...

— Pede pra ele olhar seus pés — insistiu ela.

Eles se entreolharam por um instante, e Felipe abriu um pequeno sorriso. Ela ainda não via os olhos dele bem, mas o sorriso parecia triste.

— Vou pedir.

Ela fez que sim com a cabeça, satisfeita, e soltou a mão dele.

— E me dá notícias — pediu. — Por favor.

— Claro.

Ela se despediu de Felipe, do médico e de Antônio e seguiu para o carro, fechando a porta da casa atrás de si. Dirigiu até a própria casa sentindo a adrenalina se esvair do cérebro e do corpo aos poucos, dando aos movimentos uma impressão estranhamente vagarosa. Estacionou como deu, e ficou um tempo sentada no carro desligado, respirando fundo, sem se mexer. As luzes apagadas da casa — e o fato de que não tinha ninguém na porta já começando a gritar com ela — indicavam que os pais não tinham acordado, e não sabiam da saída dela, nem do empréstimo completamente ilegal do carro. No entanto, ela não teria como esconder. Assim que saíssem para o trabalho, eles veriam o carro parado de qualquer jeito, os bancos molhados, provavelmente as manchas de sangue deixadas por Felipe e pelo pai. Sentiriam o cheiro de umidade e de suor, o leve odor de cigarro que Felipe tinha deixado.

Mari bateu a cabeça no volante, contou até dez e saiu do carro, tentando lembrar se já tinham ensinado a ela alguma oração para se proteger de broncas homéricas.

O Legado das Águas **127**

Capítulo 15

Felipe

Felipe matou aula no dia seguinte ao acidente, dividido entre a exaustão da madrugada, a faxina pesada da sala e os cuidados com o pai, que tinha que trocar curativos com regularidade. Foi fácil, então, matar aula por mais um dia, dois, três. A escola não servia mesmo de nada, ele não tinha a menor perspectiva de prestar vestibular. O pai estava estranhamente calmo desde aquela noite, e Felipe não sabia se era cansaço, atordoamento, ou efeito colateral dos antibióticos e analgésicos que o dr. Luís receitara — especialmente quando indevidamente misturados ao álcool, que Felipe não tivera energia nem de tentar esconder do pai.

Ele já passara tempo demais se esforçando para o pai parar de beber, entre súplicas chorosas, ameaças, brigas e ofertas de ajuda, entre tentativas de jogar a bebida fora, tirar o dinheiro dele, controlar o que ele bebia e quando. Nos anos mais recentes, o efeito cumulativo do hábito o deixara tão desligado, tão perdido, tão oscilante entre catatonia e raiva, entre sono e falatório sem sentido, que o esforço fora parecendo ainda mais inútil. Não adiantava, e não valia a pena. O que acometera o pai não era responsabilidade de Felipe.

Os dias, então, foram se misturando. Ele ajudava o pai a trocar os curativos e levava nas horas certas os comprimidos e um copo d'água. Fora isso, foi se deixando carregar pelo ritmo do pai: sentado ao lado dele no sofá diante da televisão, vendo dia virar noite.

Mesmo já tendo se resignado, jovem demais, à realidade daquela vida, Felipe admitia ter ficado assustado com o acidente. O amor difuso que ainda sentia pelo pai, escondido atrás de tantas barreiras que ele erguera pouco a pouco para se proteger, tinha se remexido e transbordado, e o fazia vê-lo com novos olhos: as mãos trêmulas, os olhos fundos, o cabelo ralo, o rosto inchado, o corpo um dia forte, mas que tinha se tornado tão frágil, tão mais frágil do que se esperaria daquela idade. O pai tinha envelhecido e definhado diante dele e Felipe mal tinha percebido, ofuscado pela dor da perda dupla — a mãe que tomara o mundo para nunca mais voltar e o pai que mergulhara em um mundo próprio para nunca emergir.

— Pai — chamou Felipe, na tarde do quarto dia seguido em casa —, vou dar um pulo no mercado, tá?

— Traz pão, tá acabando — respondeu o pai, com a cara enfiada na geladeira.

Felipe assentiu e saiu, já pegando o cigarro e o isqueiro antes de fechar a porta. A tarde estava agradável, dias de chuva implacável tinham deixado para trás um frescor ameno e céu limpo, e olhar o mundo para além da casa faria bem a ele. Quem sabe pudesse voltar à escola no dia seguinte. Ainda estava se sentindo esquisito, mas talvez a sensação passasse se ele retomasse a rotina. Além do mais, Mari tinha mandado, pela irmã, uma mensagem avisando que estava de castigo, sem celular nem possibilidade de fazer qualquer coisa além de ir para a escola e voltar direto, e ele percebera estar com certa saudade.

Deu alguns passos no sentido do mercado, e estava tão distraído com esses pensamentos que demorou a reparar na figura encostada no poste a poucos metros da porta. Só notou quando Gabriel se mexeu, vindo ao encontro dele.

— Felipe! Oi — disse Gabriel, com um nervosismo que Felipe nunca vira nele.

Ele estava com os ombros meio encolhidos e o cabelo bagunçado, como se tivesse passado a mão pelos fios diversas

O Legado das Águas **129**

vezes. A aula já devia ter acabado fazia umas três horas, mas ele ainda estava de uniforme, e atipicamente desalinhado: a gola da camisa estava torta, e Felipe notava uma leve mancha de suor na lateral do tronco, o tecido grudando um pouco na pele.

— O que você veio fazer aqui?

Felipe só conseguia se lembrar do desespero daquela noite, do descaso de Gabriel ao telefone.

— Como você tá? — perguntou Gabriel, em vez de respondê-lo. — Como tá seu pai?

Felipe soprou uma baforada de fumaça e abaixou o cigarro.

— E agora você tá interessado por quê?

Gabriel desviou o rosto um pouco, mordendo o lábio.

— Olha, eu trouxe as coisas que você perdeu na escola essa semana — falou, virando a mochila para a frente.

Tirou de lá uma resma de papel xerocado e preso por um clipe meio arrebentado. Felipe olhou de relance as folhas, e olhou de volta para Gabriel, sem aceitar.

— Essa letra não é sua — comentou Felipe.

— Não. Não, eu… É da Mariana, eu pedi pra tirar cópia dela.

Felipe soltou uma risada seca, dura, um som que saiu dele sem pedir licença.

— E ela deixou? — perguntou, incrédulo.

Gabriel franziu um pouco as sobrancelhas.

— Eu falei que era pra você. Olha, você sabe que eu não sou de anotar matéria! Mas achei que você fosse sentir falta…

— E achou que podia ganhar crédito por me fazer um favor que na verdade quem fez foi a Mari? — respondeu Felipe, e a raiva presente na voz o traiu, carregando o peso de todas as acusações anteriores.

Gabriel fechou a cara, abaixou a mão com as folhas. Eles se entreolharam por alguns instantes.

— Era só isso? — perguntou Felipe.

Gabriel sacudiu a cabeça, primeiro devagar, e então mais rápido.

— Não. Não, eu queria… Eu queria me desculpar.

Felipe não disse nada. Não confiava em nada que tinha a dizer.

— Eu sei que você precisou de ajuda, mas eu não tinha como ajudar — continuou Gabriel. — Desculpa.

— É isso que a gente faz agora? — perguntou Felipe, depois de uns segundos de silêncio. — Eu peço uma coisa, você recusa, aí você aparece na minha rua e espera que eu te desculpe? Só pra gente continuar, o quê, a se agarrar numa rua imunda toda sexta à noite, e você fingir que eu não existo no resto do tempo?

Gabriel recuou meio passo, como se as palavras de Felipe o tivessem atingido. Ou talvez tivesse sido o tom de voz dele, mais do que as palavras, a acidez que pingava de cada sílaba.

— Você também não pode esperar que eu tenha como sair de madrugada do nada e roubar o carro da minha mãe só porque você pediu, cara — se defendeu Gabriel. — Eu não tenho dívida nenhuma com você.

Felipe sacudiu a cabeça, olhou para baixo, respirou fundo.

— Não é questão de dívida, Gabriel. A questão é que eu precisei de ajuda, e eu não tenho… Eu não tenho ninguém, tá? Quando você anda por aí cheio de amigos e peguetes e finge que eu não existo, eu fico sozinho.

Ficava. Até conhecer Mari.

— E isso lá é culpa minha? — respondeu Gabriel, a angústia do pedido de desculpas começando a dar lugar a uma raiva defensiva. — Que eu tenho amigos e você não tem? Porra, você sabe muito bem que não fui eu que inventei essas panelinhas, e…

— Não falei que é culpa sua, mas você também não fez nada pra ajudar. E eu achava que tudo bem, ou que, se não estivesse tudo bem, estava a mesma merda do resto da vida por aqui. Que era o jeito, que é o que tem pra hoje.

— É assim que você me vê? — Gabriel retrucou, e Felipe quase acreditou que ele estava mesmo ofendido. — "A mesma merda"? "O que tem pra hoje"?

O Legado das Águas **131**

— Mas nesses últimos tempos eu percebi que não é bem assim — continuou Felipe, ignorando o que Gabriel perguntara, porque a resposta era difícil demais de articular —, e que eu não preciso aceitar que seja. Eu não *quero* aceitar que seja assim.

Gabriel arregalou um pouco os olhos, abaixou o rosto, passou a mão no cabelo, bagunçando mais.

— É por causa dela, né? — foi o que ele disse, finalmente.

Era, sim, em parte por causa dela — porque Mari tinha se arriscado para ajudá-lo, porque Mari o apoiava incondicionalmente, porque Mari tinha entregado a matéria daqueles dias todos organizadamente para Gabriel levar, porque Mari todo dia se mostrava mais carinhosa, mais esperta, mais compreensiva, mais engraçada, e abria um canto cada vez maior no coração dele. Era porque Felipe tinha finalmente conseguido um pouco de distância da relação com Gabriel, e percebido que não lhe estava fazendo bem.

— Não do jeito que você está pensando — respondeu Felipe, com sinceridade quase total.

Porque era também, um pouco, do jeito que ele estava pensando.

Gabriel abanou a cabeça, e, quando voltou a olhar para Felipe, foi com uma sombra da expressão distante, arrogante e convencida de sempre: a sobrancelha um pouco arqueada, o canto da boca puxado em um quase-sorriso de ironia, a cara de quem estava prestes a destrui-lo com uma palavra. Só os olhos não tinham entendido o recado ainda, e estavam um pouco marejados, refletindo a mistura de tristeza, dor e raiva que Felipe também sentia.

— O que você quer, então? — falou, cruzando os braços.

Felipe olhou bem para o rosto dele, para os olhos brilhantes, as sobrancelhas grossas, a vermelhidão na pele lisa, a boca tão bem desenhada, aquelas três pintas em sequência na mandíbula que ele gostava de traçar com a língua.

— Eu quero terminar — declarou, tentando soar muito mais firme do que se sentia de fato.

Gabriel torceu a boca em uma máscara de desdém. Quando falou, foi com a voz fria que usava para dobrar todos a sua vontade, mas o fim da frase saiu mais rouco, atrapalhado por choro contido:

— Terminar o quê? A gente nem tem nada.

Felipe sustentou o olhar de Gabriel mais um segundo, e fez que sim com a cabeça. Era a resposta que ele esperava, mas a dor que causou foi menor do que previa. Uma ardência rápida, mas que logo passaria, que nem um tapa.

Ele engoliu tudo que ainda queria dizer. Estava feito, e era melhor assim. Antes que Gabriel se virasse abruptamente e saísse dali a passos largos, soltando no chão as folhas copiadas do caderno de Mari, que escaparam do clipe e se espalharam pela rua, Felipe podia jurar que tinha visto uma lágrima escorrer por seu rosto.

Capítulo 16

Lara

Lara acordou já com dor de cabeça. Mesmo que a chuva tivesse chegado ao fim, naquela noite os pesadelos a tinham assolado com força total. Ela desceu para o café da manhã sentindo o corpo pesado e o olhar embaçado, exausta só de pensar na semana inteira pela frente.

Gabriel não parecia muito melhor: tinha passado o final de semana praticamente inteiro fora e seus olhos estavam avermelhados, como se tivesse chorado muito, ou, mais provável, estivesse de ressaca. Ele não explicou o motivo da cara de poucos amigos, Lara não perguntou, e Rebecca fingiu não reparar. Foram para a escola de carro, e Lara e Gabriel não disseram uma palavra sequer no trajeto inteiro, deixando a mãe preencher o silêncio com uma conversa unilateral eufórica. A ladainha estridente vibrava na cabeça de Lara, que mal discernia as palavras.

Ao sair do carro na frente da escola, ficou ainda pior. A algazarra era sempre maior na segunda-feira, quando a energia acumulada do fim de semana transbordava no primeiro reencontro, e naquele dia parecia estar ainda mais forte. Lara demorou para perceber que a intensidade não vinha apenas de sua noite maldormida e da cabeça que latejava, mas das conversas em si, do clima entre os alunos, dos grupos mais densos e das exclamações mais vívidas. Alguma coisa tinha acontecido.

Enquanto procurava Nicole e Bruna com o olhar, que certamente saberiam da notícia, acabou captando um pedaço de conversa mais nítido entre o burburinho.

— Tô dizendo, foi a família toda!

Ela se virou um pouco para ver quem falava: era Makoto, amigo de Gabriel, em uma rodinha de amigos à qual o irmão se juntara.

— Quem apostou certo no bolão? — perguntou Maiara, a irmã de Nicole, jogando o cabelo por cima do ombro.

— Eu! — riu Tiago, um dos garotos que estava sempre entre aquele grupo. — Finalmente me dei bem.

— Pelo menos uma vez, né? — comentou Gabriel, levantando uma sobrancelha e fingindo com naturalidade que tinha deixado para trás o mau humor que Lara testemunhara.

— Mas família inteira dá uma grana — se defendeu Tiago.

— Quem te garante que foi inteira? — perguntou mais um garoto, cujo nome Lara não lembrava. — Eu soube que o pai ainda tá no hospital.

— Ele era o mais velho, né? — comentou uma menina do segundo ano, em tom de concordância.

Lara sentiu um embrulho no estômago, pensando na aposta de Gabriel no mercado assim que a família de vizinhos tinha chegado. Não eram os únicos forasteiros que atualmente moravam em Catarina, mas eram uma das únicas famílias inteiras. Ela olhou ao redor, esperando vislumbrar o rosto de Duda. Não se falavam desde que Lara tinha voltado para a escola, mas cogitar a possibilidade de que a menina morrera, junto com a família toda, fez lágrimas subirem aos seus olhos, um aperto esmagar o peito.

Ela não deveria se importar.

Inúmeras vezes soubera da morte de forasteiros, e em nenhuma delas se importara.

Tinha passado quatorze anos aprendendo aquilo: forasteiros não valiam a pena, forasteiros não duravam nada, forasteiros

O Legado das Águas **135**

estavam fadados à desgraça. Eles chegavam, se instalavam naquela terra que não lhes desejava, se faziam em casa e eram expulsos com a violência que nascia da terra. O lugar de Lara era outro, o lugar daqueles que a cidade escolhera, que guardava para si e aos quais se destinava outro tipo de sina: a prisão naquelas fronteiras, a proteção entre suas paredes, a tragédia se decidissem sair dali. Forasteiros e catarinenses não se misturavam — eram sempre, pelas forças do destino e da tradição, lados opostos daquela balança.

Lara tinha passado a vida ouvindo e respeitando as regras e, desde que aquela garota aparecera na cachoeira, desde que se mudara para a casa na frente da sua, tudo começara a desandar. Desde que Lara pensara na possibilidade de uma exceção às ordens, abrira um pedaço de si para ideias de um mundo diferente do que sabia existir. Desde que, por tolice caprichosa, se permitira cogitar seguir a atração difusa que a puxava na direção de uma garota que não sabia do horror que a esperava. Desde que olhara para Duda e vira nela o outro lado de sua sorte, a chave da porta sempre trancada entre Catarina e o mundo exterior.

Parecia que alguma coisa não parava de jogá-la ao encontro de Duda, de jogar Duda ao encontro dela, com a força da correnteza implacável que a arrastava às profundezas nos piores pesadelos. E ela tanto se debatera, tanto se esforçara para escapar, tanto ignorara aquela inevitabilidade que se movia dentro dela, que o fio que imaginava uni-las podia ter se rompido. Podia ser tarde demais.

Lara não devia se importar, mas, diante do possível fim de Duda, um lampejo de emoção veio a ela: e se sua sina pudesse ter sido outra? E se ela estivesse aquele tempo inteiro lutando em vão contra a nova corrente, insistindo no destino que tinham ditado a ela, evitando a chance de viver uma vida que ela vinha perdendo tanto tempo fingindo não querer?

Movida pelo impulso da preocupação e do desespero, os olhos tremendo com a vontade de chorar que se somava à dor de

136 sofia soter

cabeça, foi se esgueirando entre os grupinhos que cochichavam, atravessando o corredor. Olhava de um lado para o outro, se virando para trás ao ouvir um riso, voltando para a frente com o som de alguém tropeçando, dobrando a esquina para escapar da massa, procurar em outro corredor.

Quando avistou a silhueta arredondada, a trança grossa, a cara tranquila de sono e a mochila surrada, sentiu um alívio tão grande que chegou a ficar tonta. Parou, congelada, sem conseguir desviar o olhar, na esperança de garantir que o medo que sentiu naquele momento era equivocado, que Duda era real e estava ali, viva, que ainda não fora sua vez.

Duda, por sua vez, estava tão distraída, alheia àquilo tudo, às emoções que ela sentia, ao alvoroço da escola, que precisou parar de andar bruscamente ao quase esbarrar com Lara.

— Cacete, que susto! — exclamou Duda, quando reparou em Lara parada ali, bloqueando sua passagem.

Lara abriu a boca de leve, sem saber o que falar, sem desviar o olhar de Duda.

— O que foi? — perguntou Duda, ríspida.

— Você tá bem?

Duda franziu a testa. Lara não sabia se a expressão era de irritação ou preocupação.

— Estaria melhor se você não estivesse me olhando com essa cara.

Lara sentiu uma vontade insensata de rir.

— Mas sua família tá bem? — insistiu. — Você tá bem mesmo?

— Por que não estaria?

Em vez de responder, Lara deu um abraço rápido e apertado em Duda. Queria tocá-la para se convencer que ela estava mesmo ali. Queria tocá-la para acalmar um pouco seu medo. Queria tocá-la para…

Duda se desvencilhou dela, recuou dois passos, esbarrando em um grupo de alunos no corredor. Lara esticou a mão, querendo prolongar o contato, mas logo puxou o braço de volta.

O Legado das Águas **137**

Duda sacudiu a cabeça, olhando no rosto de Lara mais uma vez, e foi embora, se misturando ao movimento a caminho das salas de aula.

Duda

Duda não conhecia o menino que tinha morrido: Marco, do primeiro ano, sofrera um acidente de carro, junto ao pai, à mãe e ao irmão mais velho. O pai, que estava ao volante, era o único sobrevivente.

As informações tinham sido transmitidas pelo professor do primeiro tempo, com solenidade, mas sem emoção, e os alunos do colégio inteiro foram liberados depois de seus respectivos horários de recreio, supostamente para que pudessem conversar com a psicopedagoga, que havia passado em todas as turmas oferecendo apoio. Duda tinha visto alguns alunos esperando no corredor em frente à sala da profissional, mas, de forma geral, o clima no corpo discente era de estranha indiferença.

Duda não tinha particular simpatia pela psicopedagoga, e preferia evitar sua sala. Ela achava estranho pensar que um menino quase da idade dela estava morto, e a história era trágica, mas não tinha nada a ver com ela. Era difícil entender a morte de alguém que ela nunca nem soubera estar vivo.

Passando direto pelos jovens da fila, Duda seguiu para a saída. Imaginava que Mari não fosse querer voltar com ela para aproveitar o tempo livre que vinha do fim adiantado das aulas, então pretendia pegar a bicicleta e ir logo para casa. Quem sabe tirar um cochilo, porque tinha dormido tarde na noite anterior, distraída com a televisão.

Em meio ao fluxo um tanto confuso de alunos tirados da rotina habitual, viu Lara, encostada contra o corrimão da entrada, sozinha, batendo um pé impacientemente no chão. Duda desviou o rosto, fazendo questão de olhar os degraus de pedra, porque ainda não tinha tido tempo nem capacidade de interpretar a conversa estranha que tiveram na entrada, e não estava pronta para continuar. Porém, logo que passou pela garota, o ritmo de passos atrás dela mudou, e ela sentiu um aperto no ombro.

— Duda, espera?

O tom de Lara era um pouco incerto, tão mais parecido com a Lara que Duda tinha conhecido naquela tarde no sofá do que com a Lara fria e distante que assombrava os corredores do colégio. Duda hesitou por tempo suficiente para que Lara passasse à frente dela, mordendo o canto de um lábio e olhando para todos os lados, exceto para o rosto de Duda.

— Eu queria me explicar — falou. — A gente pode… Vem comigo?

Duda olhou ao redor mais uma vez, em busca de uma desculpa para ir embora naquele instante, e se arrependeu de não ter procurado Mari. Finalmente, sem encontrar solução, fitou Lara, os olhos avermelhados de sono e lágrimas, as mãos que passava pelo cabelo, a expressão de angústia, e respondeu com um aceno de cabeça, em concordância. Lara, então, fez um gesto inesperado — o segundo do dia, depois daquele estranho abraço no corredor, que deixara a pele de Duda formigando até chegar em sala — e pegou sua mão, puxando-a pelos degraus que faltavam e por mais alguns passos, até chegarem a um canto mais vazio do pátio diante da escola, entre o bicicletário e uma árvore alta e frondosa.

Lara se encostou no tronco e Duda, soltando a mão dela, esperou que ela falasse alguma coisa. O silêncio continuou por mais alguns segundos, Lara abrindo a boca como se fosse começar a falar e fechando em seguida. Duda estava prestes a dar meia-volta e ir embora, certa de que aquilo seria uma perda de tempo, desconfiando de ser algum tipo de pegadinha que ela não entendia, quando Lara começou:

— Eu achei que fosse você.

Infelizmente, o que Lara tinha dito não fazia sentido nenhum.

— O acidente — continuou. — Eu ouvi meu irmão e os amigos dele comentando e achei que tivesse sido a sua família.

O Legado das Águas **139**

Duda continuava confusa.

— Por quê? A gente não tem nada a ver com eles. Eu nem conhecia essa família.

— Porque… — começou a responder Lara, com um toque de impaciência, como se fosse óbvio, mas se interrompeu. — Foi um pressentimento.

Duda a fitou por mais um instante e suspirou. Tinha sido mesmo perda de tempo. Não era uma pegadinha, mas Lara não ia se desculpar — ia provavelmente só fingir que elas eram amigas, e depois ignorar Duda de novo.

— Tá bom. É só isso? Porque é melhor eu ir pra casa.

— Não! — pediu Lara, esticando a mão na direção da dela e interrompendo o gesto. — Não é só isso.

— Então o que é?

— Eu só estava… Estava me sentindo culpada. Por ter sido tão besta com você e tal. Aí acho que… como é mesmo que a Dona Ani gosta de falar? Acho que projetei essa culpa, e imaginei que algo horrível tivesse acontecido. Foi isso.

Uma pausa.

— Desculpa — acrescentou Lara.

Por mais que fosse bom ouvir aquela palavra, finalmente um pedido de desculpas, não parecia ser a verdade toda. Lara tinha imaginado, por motivos incompreensíveis, que a família de Duda tinha morrido, e assim decidido se desculpar? Tinha alguma etapa faltando aí.

Duda normalmente não gostava de drama: nunca tinha se envolvido nas paixonites dramáticas como as de sua irmã, evitava brigas e preferia conversas claras. Mesmo assim, parecia ter sido atraída para a órbita da garota mais dramática que já conhecera, uma menina magrela de um metro e meio que olhava com desprezo até para as plantas.

— Olha — começou, calculando dentro de si o que era maior: sua vontade de ouvir o pedido de desculpas de Lara ou sua falta de vontade de ser arrastada para mais uma situação

140 sofia soter

solene e sentimental que sentia na verdade não ter tanto a ver com ela. — Obrigada pelas desculpas. Mas isso que você falou foi meio nada a ver, então eu acho que... vou pra casa.

Lara então repetiu o gesto de antes e pegou sua mão de verdade. Duda olhou para baixo, para os dedos que a menina apertava contra a pele dela com força, e de volta para o rosto de Lara, para as manchas avermelhadas de rubor subindo pelo pescoço e pelas bochechas.

— Espera, Duda. Por favor.

— Para *quê*? — perguntou Duda, sentindo a conversa girar em círculos, sem fim aparente. — Você primeiro me trata mal, aí depois chora no meu colo, aí conversa comigo de boa, aí me ignora na escola, aí me olha como se visse um fantasma, aí me dá um abraço do nada, aí me chama pra se desculpar, mas só fica enrolando. Eu sei que... Eu sei que não sou a melhor pessoa com amizades, mas eu realmente não tô entendendo nada!

Lara mordeu o lábio e apertou a mão de Duda com mais força antes de olhar de um lado para o outro.

— Tá bom. Eu vou te falar a verdade. Mas você promete que vai me escutar?

Duda estudou o rosto dela, tentando decifrar a expressão. Ainda perdida, deu de ombros e fez que sim com a cabeça ao mesmo tempo, em um movimento um pouco atrapalhado.

Lara então abaixou o tom e, em um quase sussurro grave, a voz de quem compartilha algo entalado na garganta, declarou:

— Catarina é amaldiçoada.

Lara

Lara estava sendo sincera, mais sincera do que ela devia ou podia ser, abrindo o coração e quebrando um tabu de Catarina, indo contra tudo o que tinha aprendido — expondo a maldição para uma forasteira, se conectando com alguém de fora, escolhendo ajudar alguém que não pertencia à cidade. Ela esperava muitas reações de Duda: que ela se assustasse, que a acusasse de bruxaria, até que risse da sua cara.

Porém, não esperava a reação que recebeu: Duda franziu as sobrancelhas, torceu a boca e, com um movimento brusco, se desvencilhou de Lara antes de recuar dois passos, com uma expressão que misturava mágoa e fúria.

— Você não tem nada melhor pra fazer além de pegar no meu pé? — perguntou Duda, com a voz sibilante de quem tenta segurar a vontade de gritar. — Eu sou a sua trouxa preferida?

Lara sentiu o calor subir e se espalhar pelo rosto, e fechou as mãos com força para controlar a vontade de segurar Duda.

— Não, Duda. Não, não, eu não estou pegando no seu pé. Eu não te acho trouxa. Eu não... Eu estou falando sério.

Duda inspirou fundo e expirou com força, e Lara viu seus olhos brilharem de lágrimas. Ela se virou e começou a andar rápido até a bicicleta acorrentada ali perto.

— Duda — chamou Lara, em uma mistura de grito e sussurro, mas Duda não respondeu. — Duda! — insistiu, mais um grito do que qualquer coisa, apertando o passo atrás dela. — DUDA! — uma última vez, um grito de verdade, um comando de gelar a alma ao alcançá-la.

Como se por mágica, Duda se paralisou na posição em que se encontrava, segurando o cadeado. Ela olhou de relance para Lara, que respirava fundo e tentava segurar a própria perda de controle. Lara relaxou as mãos, ajeitou uma mecha de cabelo para trás da orelha e tentou obrigar o rosto a sorrir de leve, sem muito sucesso, antes de olhar ao redor para os poucos alunos próximos, igualmente paralisados pela comoção. Sua expressão deve ter sido desconcertante o bastante para eles nem quererem se meter, pois logo se afastaram. Finalmente, então, ela se voltou para Duda, que ainda estava segurando o choro, com o rosto corado, remexendo o cadeado da bicicleta.

O clima de seriedade da revelação sobre a maldição tinha sido interrompido, mas Lara ainda tinha um objetivo naquela conversa, e estava determinada. Ao longo daquela meia manhã, tinha decidido que *queria* aquela conexão com Duda, que *queria* ser amiga dela, que *não queria* perdê-la — e, a cada segundo, percebia mais claramente que o jeito de não perdê-la era informá-la.

— Por favor, Duda. Eu não quis te magoar com isso. Não sei por que... Não sei por que ficou brava comigo. Quer dizer — se corrigiu, sob o olhar fulminante de Duda —, eu sei por que você está brava comigo, por antes, porque eu fui mesmo idiota. Mas agora, isso. É sério. Me escuta? Por favor?

Duda mordeu o lábio e bufou pelo nariz.

— É a última chance — declarou, com a voz rouca. — Se... se você fizer mais alguma palhaçada, eu vou embora. E você nunca mais fala comigo.

Lara sentiu uma pontada de dor ao imaginar aquilo: Duda indo embora, nunca mais falando com ela. Até a véspera, não saberia dizer o quanto aquilo a faria sofrer, mas as emoções das últimas horas tinham deixado o sentimento muito claro dentro dela.

— Combinado.

Era melhor que Duda fosse embora e nunca mais falasse com ela do que ter um destino fatal.

Duda hesitou mais um segundo, mas soltou o cadeado e se afastou da bicicleta. Lara as conduziu de volta até a árvore e se sentou à sombra da copa. Duda, após um momento, largou a mochila e se sentou também, parecendo não dar bola para sujar a calça já surrada. Ficaram frente a frente, as duas de pernas cruzadas, com os joelhos quase se tocando.

Duda fez um gesto na direção de Lara, encorajando-a a falar. E Lara repetiu:

— Como eu disse, e por favor me deixa terminar, Catarina é amaldiçoada.

Duda apertou os lábios, como se segurasse a vontade de responder. Então arqueou a sobrancelha, demonstrando incredulidade, e acabou soltando:

— Quer uma lanterna pra fazer sombra na cara? É assim que a gente conta história de fantasma lá em casa.

— Duda — repreendeu Lara, mas o sarcasmo lhe causou certo alívio. Era melhor do que a raiva e a mágoa de antes. — Deixa eu terminar.

Duda não respondeu, e Lara tomou como concordância.

— Foi uns duzentos anos atrás. Tem quem diga que foi uma moça traída pelo cara que tinha prometido casar com ela, mas também já ouvi falar que foi coisa de uma viajante maltratada. O Gabriel adorava me contar que a cidade nasceu amaldiçoada, mas que por um tempo mantinham tudo sob controle sacrificando crianças e que, se eu não me comportasse, era isso que ia acontecer comigo.

Um calafrio percorreu Lara ao lembrar, mesmo que ela gostasse de crer que já estava grande para se deixar levar pelas historinhas de Gabriel. Racionalmente, às vezes achava que era essa a origem de seus pesadelos, a certeza noturna de que algo em Catarina queria engoli-la. Irracionalmente, outras vezes achava que talvez ele estivesse certo.

— Ninguém sabe. No fim, não faz diferença como começou. O importante é que é verdade.

— Você é péssima com histórias de terror — comentou Duda, com a secura do fato e a bravata de quem fingia não sentir medo diante de um filme assustador. — Como assim, não faz diferença? É a parte mais interessante.

Lara levou as mãos às têmporas, massageando a cabeça que voltava a doer.

— Duda — insistiu, já perdendo as contas de quantas vezes dissera o nome da menina naquele dia. — Não é uma história de terror. Estou tentando te contar uma coisa importante, é sério! O importante é o que a maldição *faz*.

Duda arregalou um pouco os olhos, mas não disse mais nada.

— A maldição faz uma espécie de… barreira — continuou Lara, procurando palavras para transmitir histórias que conhecia

144 sofia soter

como a própria cara, regras que tinham chegado a ela como os outros fatos da vida: a mata era verde, o lago, molhado, e a cidade, amaldiçoada. — Ninguém sai, ninguém entra.

— Isso é ridículo — cortou Duda. — Meus pais vêm e vão todo dia. A gente acabou de se mudar pra cá. Obviamente dá para entrar e sair.

— Não é assim — explicou Lara, balançando a cabeça. — Não é esse tipo de barreira, não é um muro. É mais... lento. É, sei lá, um veneno.

— É uma barreira ou um veneno? — retrucou Duda, que ia parecendo mais impaciente a cada segundo.

Lara fechou os olhos com força, tentando ordenar os pensamentos.

— Eu nunca tive que explicar! — exclamou. — Me dá um segundo.

Ela respirou fundo, abriu os olhos e recomeçou:

— Quem estava aqui quando a maldição aconteceu simplesmente... ficou. E quem nasce aqui também vai ficando. Minha mãe é descendente de uma das famílias que fundou o povoado, e todo mundo foi nascendo aqui, e todo mundo foi ficando aqui, e por isso eu nasci aqui, e por isso não posso sair. Não por muito tempo. É como se... Como se nosso corpo saísse, mas nossa alma ficasse aqui, sabe? Depois de um tempo longe de Catarina, a cidade tenta chamar a gente de volta. A gente fica doente, ou louco, ou azarado. A gente morre.

Lara fez uma pausa, buscando as palavras certas.

— E a mesma coisa acontece com quem entra: dá pra entrar, claro que dá, mas é como se, com o tempo, Catarina sugasse a alma dos outros, dos forasteiros.

— "Outros" — repetiu Duda, seca.

— É. De quem não é daqui. Você. Sua irmã. Seus pais. Os andarilhos que vêm e vão, as famílias que chegam e somem. O Marco e a família dele. O tempo varia, e os motivos, também, mas Catarina não deixa ninguém sobreviver. Quem

O Legado das Águas **145**

tem sorte é quem consegue ir embora correndo antes disso acontecer, quem ouve o tique-taque do relógio e sabe que não pode mais voltar. A gente é daqui. Mais do que isso, a gente *é* aqui, a gente é a cidade. Vocês são intrusos, invasores. Catarina sente, e odeia invasores. Sabe anticorpos, que a gente aprende em biologia? Catarina tem, sei lá, anticorpos contra invasores. Contra vocês.

Lara suspirou, esgotada. Falar aquilo tinha exigido muito dela, as palavras ordenadas e arrancadas à força do canto do cérebro dela que fora formado ainda antes da linguagem.

— E por que você está me contando essa lenda? — perguntou Duda. Lara, que tinha desviado o olhar para o próprio sapato enquanto explicava, ousou olhar de novo para o rosto da menina. Não tinha certeza se ela acreditara, mas parecia no mínimo menos enraivecida, um pouco mais perturbada. — Se sua intenção era me assustar, sinto muito, mas eu já vi filme de terror muito melhor.

Por trás da firmeza da declaração, Lara ouviu uma ponta de medo.

— Eu só queria te avisar. Eu não quero… Duda, eu não quero que você seja vítima disso, tá? Então, sei lá, acho que queria te assustar, sim. Porque quero que você acredite no que eu vou dizer agora.

Uma pausa, de novo, e Lara capturou o olhar de Duda para ter certeza de que a mensagem seria recebida.

— Duda, vocês precisam ir embora de Catarina.

Capítulo 17

Mari

Não bastasse a segunda-feira, estar sem celular por castigo dos pais, o clima horrível na escola e a tragédia que causara o clima horrível, Felipe ainda por cima tinha faltado outra vez. Mesmo se Mari já não tivesse percebido o nível em que começara a depender da companhia dele para suportar aquele colégio detestável, a sequência de dias em sua ausência teria deixado o fato bem claro.

No segundo tempo, enquanto a professora escrevia devagar no quadro, Mari se debruçou na mesa e cutucou a única pessoa que imaginava poder ajudá-la. Gabriel estava recostado para trás, com a cadeira um pouco inclinada, então ela precisou de pouco esforço para botar a mão no ombro dele e chamar sua atenção.

— Ei — cochichou ao pé do ouvido de Gabriel, sentindo a mistura de amaciante de roupa e desodorante do cheiro do pescoço dele (não era culpa de Mari ele estar sempre com o pescoço tão esticado, tão perto dela, tão cheiroso e emanando perfume a aula inteira). — Você pode ir lá hoje de novo? Eu tiro cópia da matéria.

Quando, na semana anterior, Gabriel viera pedir a matéria dela para copiar, Mari não tinha reagido com a maior simpatia. Havia deixado, claro, porque não recusaria ajuda a Felipe, mas a desconfiança que tinha da arrogância metida e superficial de Gabriel só tinha piorado com a descoberta da relação confusa

O Legado das Águas **149**

dele com Felipe, e piorado ainda mais com o fato de ele não ter ajudado o namorado ("namorado", tanto fazia) naquela noite de chuva.

No entanto, ela estava disposta a engolir aquele incômodo azedo, junto com a leve palpitação inevitável quando o "hm?" dele em resposta fez o ar vibrar perto do rosto dela. Gabriel tinha um relacionamento com Felipe, e as complicações não eram da conta dela. O que era da conta dela era que os dois gostavam da mesma pessoa, uma pessoa que não estava presente na aula, e portanto compartilhavam a preocupação com ele.

— Leva a matéria pra ele hoje de novo? — insistiu Mari, evitando o nome de Felipe, querendo respeitar o segredo daquela relação.

— Leva você — retrucou Gabriel.

Mari se espantou. O tom dele não tinha a sinceridade vulnerável que ela testemunhara nas raras vezes quando o assunto era Felipe, nem a bravata fingida que tomava seu rosto quando ele queria disfarçar que estava olhando o menino. Em vez disso, o murmúrio ríspido foi frio e seco.

— Eu não posso, tenho que voltar pra casa correndo — justificou ela, e parou um instante para esperar a professora, que dera uma olhada na turma, se voltar para o quadro outra vez. — Pelo menos tira foto do meu caderno e manda pra ele? Eu tô sem celular.

Gabriel olhou de um lado para o outro antes de esticar o corpo todo ainda mais para trás, até ele próprio conseguir cochichar ao pé do ouvido de Mari. Ela se retesou ao sentir a respiração dele roçar na pele do rosto, e ficou ainda mais tensa com a voz com que ele se pronunciou.

— Eu não tenho nada a ver com isso. Se vira.

E, antes que Mari conseguisse responder, ele deixou a cadeira cair para a frente com um baque e se empertigou, abrindo um sorriso imperioso para a professora, que se virou bruscamente para reclamar da interrupção.

Felipe

A campainha tocar era um acontecimento tão raro que Felipe achou que o barulho insistente e irritante vinha da televisão até o pai berrar do quarto:

— FELIPE! FAZ PARAR ESSE INFERNO!

Felipe, sem a menor vontade de se levantar da posição na cama em que tinha passado o dia inteiro, gritou de volta:

— Já parou, pai!

Infelizmente, a campainha tocou de novo.

— FELIPE! — insistiu o pai, que, pouco a pouco, recobrava o mau humor habitual.

Com aquela insistência, estava com cara de ser cobrança de dívida. O pai de Felipe tinha herdado do próprio pai, além do terreno onde moravam, um bom dinheiro e, na época, botado em uma poupança, pensando no filho. Porém, já fazia uns anos que Antônio não trabalhava, e a poupança ia sendo devorada dia após dia, mês após mês.

Felipe se levantou, criando coragem para discutir com o cobrador, e foi até a porta arrastando os pés, na esperança de acreditarem que não tinha ninguém em casa.

Quem encontrou não foi agiota, missionário, ou vizinho chato, muito menos entrega ou um sinal apocalíptico. Foi Mari, com um meio-sorriso tenso e o cabelo preso em duas tranças, o rosto afogueado e um pouco suado e o peito ofegante, como se tivesse corrido até ali. Felipe olhou de relance para trás e abriu a porta o suficiente apenas para passar e encostá-la de novo, juntando-se a Mari na frente da casa. À luz do dia, sem a adrenalina da última vez em que Mari tinha estado ali, ele sentiu uma pontada de vergonha ao pensar em deixá-la entrar na sala bagunçada e naquele espaço tão íntimo.

— Eu vim trazer as matérias e os trabalhos que você perdeu nos outros dias — disse Mari, quebrando o silêncio, e puxou a mochila para a frente do corpo, tirando umas folhas de lá.

— Sei que o Gabriel trouxe uma parte semana passada, mas

quando fui perguntar se ele podia passar aqui de novo levei um fora tão feio que você nem imagina.

— Imagino, sim — murmurou Felipe, com um gosto amargo na boca.

Mari ergueu o rosto e o observou, levantando uma sobrancelha.

— Quer me contar? — perguntou ela.

Ele olhou de relance para a porta outra vez, pensando no pai lá dentro, na possibilidade de ele estar escutando. Quando se voltou para Mari, ela acenou com a cabeça, indicando ter entendido o problema.

— Eu te acompanho até em casa — propôs Felipe. — Aí a gente conversa um pouco no caminho. Pode ser?

Mari abriu um sorriso suave e sincero, que fez derreter um pouco do gelo que Felipe sentia por dentro nos últimos dias.

— Claro.

— Só me dá um segundo, já volto.

Antes que Mari pudesse responder, Felipe entrou na casa e encostou a porta de novo. Pegou uma camiseta minimamente limpa, um tênis e retocou o desodorante ao mesmo tempo, o mais rápido que conseguiu.

— Vou sair um segundo — falou para o pai, passando pela porta do quarto dele com pressa. — Já volto para cuidar do almoço.

Fechou a porta atrás dele, jogou a chave no bolso da bermuda de moletom e sorriu de volta para Mari.

— Bora?

Mari

Mari e Felipe foram caminhando juntos, lado a lado, ela de uniforme e mochila, ele de camiseta amarrotada, parecendo levar no bolso apenas a chave. O instinto de Mari era fazer o caminho até a escola e de lá seguir para o outro lado, mas Felipe a conduziu por outro trajeto, pegando quadras menos movimentadas e evitando o centro.

Por parte do caminho, conversaram apenas sobre amenidades. Só quando já estavam em uma rua que Mari reconhecia melhor foi que ela mordeu o lábio e decidiu encarar os assuntos mais importantes.

— Então — começou.

— Então — repetiu ele, remexendo os bolsos.

Ela observou o gesto e a cara de frustração.

— Não trouxe o cigarro? — adivinhou.

Felipe torceu o nariz, deu de ombros de leve.

— Não é o fim do mundo — respondeu.

Fez-se silêncio mais uma vez, e os dois desaceleraram o passo, como se assim pudessem adiar a conversa.

— Desculpa por ter feito você perder o celular — ele disse, por fim.

Mari o olhou de soslaio, mas ele estava de cabeça baixa, e não a olhou de volta.

— Você não tem culpa nenhuma — disse ela, com total sinceridade.

— Eu que pedi sua ajuda, e sabia que não seria...

— Lipe — interrompeu. — Você não tem culpa nenhuma.

Ele deu de ombros de novo, e mais uma vez pôs a mão no bolso, um gesto de nervosismo provavelmente inconsciente.

— Então desculpa pelo perdido.

— De novo, não tem pelo que se desculpar — disse Mari, mas com um pouco menos de convicção. — Imaginei que você pudesse querer ficar em casa. E você não me deve notícias constantes do seu paradeiro, nem nada...

— Dever, eu não devo, mas eu sabia que você não tinha como mandar mensagem... Eu achei que fosse matar só um ou dois dias de aula, mas aí aquele dia o Gabriel veio...

Ele outra vez revirou o bolso, e Mari, nervosa com o gesto constantemente frustrado, pegou a mão dele. Depois de um instante, ele entrelaçou os dedos nos dela, e continuaram a andar assim.

O Legado das Águas **153**

— Enfim, a gente terminou — soltou ele, ainda sem olhá-la.

— Que merda.

Felipe deu de ombros, balançando a mão que segurava a dela.

— Foi decisão minha. Acho que vai ser melhor assim. Mas não sabia que dar pé na bunda também dói.

— Topada no dedão dói à beça, então dependendo da firmeza da bunda... — brincou Mari.

Felipe soltou uma gargalhada rápida, pego de surpresa pela piada. Mari riu também, vendo ele corar, e apertou de novo a mão dele. O silêncio entre os dois se estendeu novamente, e os passos, mesmo lentos, iam se aproximando da casa dela. Mari parou na esquina e se virou de frente para Felipe, sem soltar a mão dele.

— Eu não sei se você ficou sabendo do que aconteceu hoje — disse ela, mais séria.

Felipe encontrou seu olhar por fim, franzindo a sobrancelha, e abanou a cabeça em negativa.

— Sabe quem é o Marco, do primeiro ano? — continuou ela.

Felipe fez uma careta, como se tentasse lembrar.

— Vagamente. O que tem ele?

Mari mordeu o lábio, pensativa. Nunca tinha precisado anunciar uma morte para ninguém. Felipe nem reconhecera o nome do menino, então obviamente não tinham nenhuma proximidade, mas mesmo assim era estranho. Como se dizia uma coisa daquelas?

— Teve um acidente — começou, por fim, depois de respirar fundo. — Ele, o irmão e os pais...

A expressão de Felipe foi perpassada por emoções contraditórias: Mari viu um instante de choque, seguido por um momento de resignação.

— Já entendi.

Mari franziu a testa. Ele soava quase entediado, com uma pontada de frustração no fundo.

— Você tá bem? — perguntou ela, ainda perdida em uma conversa para a qual não aprendera o roteiro.

— Com isso? Tô, sim. Nem conhecia o Marco.

— Mas... — tentou Mari.

Quando Felipe voltou a encontrar seu olhar, ela viu um toque de surpresa tomar suas feições novamente.

— Nossa, desculpa — disse ele, meio atrapalhado. — Nunca morreu ninguém que você conhecia?

— Só, sei lá, meu avô — respondeu ela. — Uma tia-avó que já tava bem idosa. Nunca ninguém da minha idade ou mais novo que eu. Minha família próxima não perdeu ninguém pra COVID durante a pandemia. Eu só tenho dezessete anos, quanta gente que eu conheço é para ter morrido jovem?

Felipe mexeu o rosto como se não conseguisse se decidir por uma expressão, abriu a boca e fechou algumas vezes. Mari só percebeu que lágrimas subiam aos olhos — por um menino que ela nem conhecia, pela morte que chegara de supetão aos seus arredores, por um cansaço acumulado desde a noite em que ajudara Felipe a cuidar do pai — quando Felipe a puxou de repente para um abraço, a segurou junto ao peito, passou a mão em suas costas em um gesto tranquilizador.

— Acho que nenhuma — murmurou ele. — Desculpa.

— Para de se desculpar — resmungou ela, ouvindo a voz embolada pelo choro. — Quanta gente que você conhecia já morreu, afinal?

Ela sentiu Felipe se retesar sob o abraço por apenas um segundo de hesitação, antes de um suspiro fazer o peito dele subir e descer, e o rosto dela também.

— Eu perdi a conta.

O choque diante daquela resposta apavorante interrompeu sua reação. Ela sentiu agudamente, então, a imensidão da vida que Felipe tivera antes de conhecê-la, aqueles anos todos que precediam os poucos meses desde que ela aparecera ali. E sentiu agudamente a vontade de conhecê-los.

O Legado das Águas   **155**

Mari abriu a boca para fazer uma pergunta, mas nem conseguiu falar antes que Felipe soltasse o abraço, sem jeito, e recuasse um passo, antes que passos apressados corressem pela calçada até ela, antes que a voz de Duda a chamasse de volta ao mundo para além do peito quente de Felipe e do toque macio em suas costas.

— Mari, vamos pra casa agora! — exclamou Duda, a alcançando. — A mamãe já ligou duas vezes no meu celular e eu expliquei que ainda tava na escola, mas que você *com certeza* tava em casa e só não devia ter ouvido o fixo. Você sabe que ela não quer que você enrole na rua até "recuperar a confiança" — disse, imitando a voz da mãe durante a bronca pelo carro.

Mari se virou devagar, sacudindo a cabeça para se recompor, e secou os olhos inutilmente com o braço.

— Tá, tá — murmurou. — Tô indo.

Quando encontrou o olhar de Duda, viu que a irmã franzia a testa, preocupada.

— Você tá bem? — perguntou ela. — Ela tá bem? — repetiu, olhando para Felipe, e sua voz carregava um toque da ameaça que Mari também sempre usava quando sentia que alguém tinha feito mal à irmã.

— Tá tudo bem — respondeu Mari, sem olhar a reação de Felipe. — Vamos lá.

Ela se virou rapidamente para se despedir de Felipe.

— Tá tudo bem — repetiu, dessa vez para ele. — A gente se vê amanhã, né?

Ele hesitou um instante, mas então fez que sim com a cabeça, botando a mão no bolso outra vez. Mari precisou se controlar para resistir ao impulso de pegar a mão dele de novo.

— Bem cedinho, naquela sala de aula bolorenta — respondeu ele.

Com um pequeno sorriso, Mari acenou para ele e se virou para Duda, apertando o passo para chegar em casa com ela a tempo.

Capítulo 18

Lara

Nos dias depois de contar a Duda sobre a maldição, Lara começou a se envergonhar. Tinha, no alvoroço da emoção, sentido a esperança de que, ao revelar aquele segredo, ao expor para Duda o perigo que a cercava, tudo fosse se resolver. Que o perigo fosse acabar, que a maldição fosse ser quebrada, que se encaminhariam para um final feliz em que Catarina seria uma cidade comum e ela e Duda, apenas garotas comuns. Ou, em contrapartida, que aquela transgressão, assumir aquele contato com uma forasteira e abrir para ela uma porta ao centro de Catarina, fosse ajudá-la a recolocar a cabeça em ordem: que fosse parar de se importar, que fosse deixar claro para ela que estava se comportando de forma absurda, que era hora de parar de fantasiar com exceções e salvação.

Ao chegar na escola no dia seguinte, porém, a situação foi diferente. Procurou Duda antes da aula começar, querendo insistir. Tinha dormido mal e, ao acordar, sentiu que precisava ser mais incisiva, que aquela paz que ela buscava só chegaria se a família de Duda fosse mesmo embora e ela não precisasse olhar para a menina todo dia.

— Ei, Duda — chamou, no corredor antes de entrar na sala, ignorando os olhares de questionamento das amigas.

Duda, no entanto, não reagiu como ela esperava: não a olhou com expectativa e simpatia, tampouco com medo e preocupação.

O Legado das Águas **157**

— E agora, que foi? — perguntou ela, com uma frieza forçada. — Não cansou de tentar me assustar?

Lara segurou o braço de Duda de leve, na ânsia de transmitir a seriedade do que dizia, a seriedade do que dissera no dia anterior.

— Duda, eu já falei. Não estou tentando te assustar. Mas você precisa me escutar, você...

— Eu não preciso fazer nada que você manda — interrompeu Duda, se desvencilhando com um gesto brusco.

Lara recuou diante da voz dura.

— Eu cansei, Lara — continuou. — Me deixa em paz.

E, sem mais uma palavra, Duda lhe deu as costas e entrou na sala. Lara, sentindo voltar o desespero angustiado de perdê-la e o ridículo de ter se deixado levar, ficou paralisada de medo. Assim paralisada, foi mais fácil deixar-se ficar pela inércia.

Duda

Por fora, nada mudara desde a estranha revelação de Lara. Duda se orgulhou de ter aprendido pelo menos uma coisa, algo que a protegeu da decepção: não valia a pena esperar que aquela conversa cheia de confissões e emoções fosse levar Lara a ser amiga dela. Depois da tentativa de Lara de retomar a conversa e da rejeição de Duda, tudo seguiu como de costume na escola, e em casa também. Os dias se passavam e Duda entrava quieta e saía calada das salas de aula, e dedicava a energia cada vez mais esgotada a tentativas frustradas de equilibrar o clima desagradável entre Mari e os pais, que só fazia piorar.

Por dentro, ela não conseguia parar de pensar no que Lara tinha contado. Era uma besteira — no pior dos casos, uma peça que pregavam nela, a novata assustada; no melhor dos casos, uma lenda urbana boba na qual a menina acreditava e que servia de desculpa para os metidos à besta de Catarina serem assim. Mais provavelmente, era só um jeito de Lara se livrar

158 sofia soter

dela de vez, de consolidar sua rejeição de forma irreversível. No entanto, algumas besteiras abrem caminho no cérebro e se alojam no fundo dos pensamentos, e ela se sentia que nem quando tinha visto *O chamado* em uma festa do pijama e passado meses com medo da televisão desligada da sala, mesmo sabendo muito bem que era pura ficção.

À revelia de seu bom-senso, andava tendo pesadelos com um manto que cobria a cidade, com almas penadas perambulando pelas ruas aos berros engasgados, com uma inundação da qual tentava fugir, mas cujas ondas sempre a carregavam, perdida, de volta ao mesmo ponto. E, quando acordada, se pegava distraída, vendo ecos diurnos dos sonhos que a assombravam nos gritos das crianças, nos tropeços pela rua, no murmúrio da água.

Se antes ainda nutria alguma esperança de fazer amizades em Catarina, aquela história de "outros" e "forasteiros", de repulsa tão profunda que levava a morte e doença, esmagara dentro de si qualquer faísca de expectativa. Além do mais, sentia medo de abrir a boca e deixar saltar aquela informação, que sabia soar ridícula.

Quanto mais evitava falar naquilo, porém, mais a angústia ia crescendo dentro dela. No começo, tentava pensar no assunto de modo vago — "a história de Lara", "aquela lenda", "essa baboseira" —, mas, sem que percebesse, ao longo do tempo foi tomando traços mais firmes, se embrenhando em palavras decididas, e em pensamento Duda tinha começado a se referir à "maldição", ao "perigo", a "almas" e a "ameaças", nesses termos. Tão engasgada estava com aquelas palavras que tinha tentado escrever o que Lara contara e descrever suas angústias em umas folhas arrancadas do fichário escolar, mas em pouco tempo sentira tanta vergonha de ler uma história de terror das mais bobas que amassara as folhas de papel e depois desamassara só para rasgar em pedacinhos tão pequenos que seria impossível ler qualquer coisa.

E, dia após dia, semana após semana, a monotonia daquela nova vida se unia à fantasia sombria em sua mente, e afogava Duda em crescente solidão.

O Legado das Águas **159**

Capítulo 19

Mari

No instante em que foi liberada da eternidade de castigo e recebeu o celular de volta, a primeira coisa que Mari fez ao voltar da escola na sexta-feira foi dar voltas pelo jardim em busca de um pouquinho de sinal, telefonar para Felipe e cantar, com a voz desafinada, o refrão de "Livre Estou" antes mesmo que ele a cumprimentasse.

— Então acabou o castigo, foi? — perguntou ele, rindo, quando ela fez uma pausa para respirar.

—Assim — respondeu Mari, ainda sem fôlego da cantoria —, eu nunca mais posso *encostar* no carro dos meus pais, nem depois que eu tirar carteira, e se eu sair de fininho de madrugada e eles descobrirem outra vez acho que vão me trancar que nem Rapunzel na torre, mas...

— Está muito aliviada de poder voltar à emocionante vida social que Catarina oferece? — ironizou ele do outro lado.

— E às inúmeras oportunidades de entretenimento fornecidas pelo sinal intermitente e capenga de internet móvel — concordou ela, sem conseguir segurar o sorriso.

— Que vida cheia de prazeres que nós temos.

Ela riu, se largando na grama e cruzando as pernas. Apesar das piadas, ela estava, sim, muito aliviada. Ficar trancada em casa com os pais era uma chatice e, mesmo vendo Felipe todos os dias no colégio desde que ele voltara a frequentar as aulas,

160 sofia soter

ela sentia saudade de poder continuar as conversas tarde e noite afora, desde que o sinal colaborasse.

— Vamos comemorar? — propôs ela, puxando do chão folhinhas de grama. — Eu preciso sair dessa casa.

— E o que a gente vai fazer nessa bela cidade?

— Sei lá — disse Mari, dando de ombros. — O que as pessoas normais, que têm amigos e saem no fim de semana, fazem por aqui?

— Ei! — exclamou Felipe, fingindo se ofender. — Você é minha amiga. E eu saio no fim de semana.

— Você *saía* no fim de semana, e era única exclusivamente para dar uns pegas num beco imundo, então nem vem.

No segundo de silêncio que se seguiu, ela pensou em voltar atrás, com medo de estar passando dos limites ao fazer piada com o término de Felipe.

— É uma atividade que recomendo sem reservas — disse ele, por fim. — Não critique até experimentar.

Mari gargalhou, corando um pouco.

— Mas sério, diz aí, qual é a boa de hoje? — insistiu ela.

— A boa de hoje é, como todos os dias, ficar em casa vendo televisão, dormir, bater papo por mensagem…

— Lipeeeee — resmungou Mari.

— Não sei, Mari. Tem a cachoeira, talvez. Sei que tem gente que gosta de ir no fim da tarde, ver o pôr do sol, beber lá à noite…

Mari sorriu para o céu.

— Perfeito — declarou. — Que horas o sol se põe hoje?

— E como você quer que eu saiba? — perguntou Felipe, exasperado.

— Por via das dúvidas, então, vamos marcar… umas cinco? Quatro e meia — se corrigiu, mais decidida. — Na pracinha, atrás da igreja.

— Como queira, a festa é sua.

— E não se atrasa!

As últimas semanas tinham sido um saco. Duda estava passando por algum drama pessoal que se recusava a contar para Mari, e vivia distante e melancólica. Em certo dia, Mari deixara o mau-humor transbordar e descontara na irmã, dizendo que a esquisitice de Lara aparentemente a tinha contaminado, o que só fizera piorar a situação. Mesmo que ela tivesse pedido desculpas efusivas depois, dava para perceber que era um ponto sensível, e que as preocupações da irmã com a dificuldade de se enturmar não tinham se aliviado.

Dos pais, então, era melhor nem falar. Desde o ano anterior, a relação que tinha com eles só fazia se deteriorar, e a história do carro fora a gota d'água. Mari tinha se recusado a dizer que se arrependia — porque, se a situação se repetisse, ela teria feito tudo de novo. A tensão que permeava todas as interações entre eles desde então estava ficando demais até para ela suportar, e ela desconfiava que tinha sido liberada do castigo não porque tinha "recuperado a confiança" dos pais, mas porque eles não aguentavam mais a presença constante dela em casa sem celular para se distrair.

Na escola, infelizmente, as coisas não estavam mais fáceis. Mari, normalmente tão cuidadosa e atenta nas aulas, andava se distraindo por períodos longos, e chegou até a pegar no sono um dia, tendo que ser acordada por uma bolinha de papel estrategicamente jogada por Felipe antes que o professor notasse. Quando Felipe perguntara o motivo de tamanha distração, Mari tinha teorizado que a falta de distrações e estímulos fora do horário de aula estava causando algum desequilíbrio em sua atenção, mas, no fundo, ela achava que o problema central era que a maioria das aulas era muito chata.

Felipe era sua única conexão com algum semblante de normalidade, então Mari precisava acioná-lo, precisava se lembrar dos seus dezessete anos, de emoções boas, simples, alegres. Mari precisava desesperadamente de diversão.

Felipe

Às quatro e meia, Felipe virou a esquina para dar a volta na igreja.

Estava meio nervoso, o que era besteira. Afinal, ia apenas encontrar Mari, que via todo dia na escola, para ir à cachoeira, onde já tinha estado inúmeras vezes. No entanto, era um pouco diferente, não era? Ele nunca tinha marcado de encontrar Mari assim, até porque as semanas anteriores tinham consolidado sua amizade enquanto a limitavam aos muros do colégio. E alguma associação inextricável tinha se estabelecido na cabeça dele, no corpo dele, até, entre noites de sexta-feira e um certo *tipo* de encontro, uma energia que tinha deixado de ter aonde ir desde o término com Gabriel.

Essa energia mal direcionada tinha que ser a explicação para o pulo esquisito do coração dele quando avistou Mari. A única vez que Felipe tinha encontrado Mari sem o uniforme do colégio — fora os momentos em que a vira por acaso na rua — fora quando ela aparecera de madrugada para ajudá-lo, e era impactante vê-la arrumada assim: usava um vestido evasê verde-floresta estampado, que caía nela muito melhor do que o uniforme, coberto por uma jaqueta jeans para proteger do frescor que chegaria com a noite. O cabelo, que na escola ela normalmente prendia, estava caindo em ondas soltas, e, conforme Felipe se aproximava, ia notando mais detalhes: a maquiagem que deixava sua pele com um tom de dourado, a boca bem desenhada de batom, o esmalte colorido nas unhas dos pés, expostas pela sandália.

Ele se sentiu até meio culpado por ter vestido só uma bermuda de moletom, uma camiseta de manga comprida e um tênis.

— Viu, não me atrasei — falou ao se aproximar o suficiente.

Mari se virou para ele, desviando o rosto do celular no qual estava mexendo, e abriu um sorriso radiante, atrás do qual ele mal percebia o cansaço que andava notando nela durante as manhãs.

— Oi! — exclamou ela, e deu meio passo à frente, antes de se interromper.

O Legado das Águas **163**

Felipe parou de andar e acenou de leve com a mão. Não sabia qual era o protocolo naquela circunstância. Na escola, era só entrar no ritmo do dia, só dar um "oi" sonolento, só puxar assunto como sempre, mas o entardecer na praça, o horário marcado, a ideia de planos e convites, tudo parecia indicar a necessidade de algo a mais.

Mari parecia paralisada na mesma indecisão, pelo menos por um momento. Finalmente, ela deu um passo mais completo à frente, deu um abraço rápido nele e se afastou, com um leve rubor no rosto que Felipe não sabia se era da maquiagem.

— Tá, e agora? — perguntou ela.

— E agora o quê? — retrucou ele, tirando um cigarro do bolso.

— A gente vai na cachoeira, né? Mas qual é o programa todo? A tradição? O que a gente leva? O que a gente faz?

Felipe deu de ombros enquanto acendia o cigarro.

— Acho que a gente bate papo, vê o sol se pôr? — disse ele. — Eu nunca fui num rolé desses.

Mari franziu as sobrancelhas um pouco.

— Nunca, *nunca*? — perguntou.

— Nunca.

— Então como você sabe que as pessoas fazem isso?

— Porque eu escuto falarem. E porque às vezes vou sozinho lá na cachoeira e vejo o pessoal.

Mari mordeu o lábio, pensativa.

— E o que o pessoal faz lá, então?

— Só fica lá de boa. Come, bebe, fuma, ouve música, se agarra em cantos desconfortáveis…

Mari riu.

— Então o de sempre — arrematou ela.

Felipe nem perguntou aonde iam, apenas atravessou a rua atrás dela, seguindo os poucos passos até o mercado. Lá, Mari esperou Felipe apagar o cigarro, pegou uma cesta e andou pela loja, pegando um pacote de biscoitos, um saco de salgadinho e um pacotinho de jujubas. Parou, então, na frente das bebidas alcóolicas, e olhou para ele com nervosismo.

— Como vocês fazem pra comprar bebida aqui? — cochichou ela, dando uma olhada agitada para o caixa, visível dali. — Eu até tenho identidade falsa, mas e se o caixa contar pra minha mãe da próxima vez que ela vier? No Rio não tinha esse problema, o mercado era muito grande, ninguém lembrava de mim...

Felipe riu baixinho.

— Relaxa — falou, em voz normal. — O que você gosta de beber?

A vantagem de ser mandado para comprar bebida para o pai muito antes de ter idade para beber era que, agora que a bebida tinha outra destinatária, o caixa nem pensava em pedir sua identidade.

Depois de alguns segundos de reflexão, Mari escolheu um engradado de latinhas de Ice. Felipe pegou das mãos dela, que o olhou em questionamento.

— Quer mais alguma coisa do mercado? — perguntou ele.

Ela fez que não, e Felipe acrescentou umas latas de Coca--Cola à cesta que ela carregava. Ele mesmo nunca tivera muita vontade de se embebedar — mesmo a mais remota possibilidade de acabar como o pai lhe embrulhava o estômago.

Felipe se dirigiu ao caixa, acompanhado por Mari em passos hesitantes.

— Oi, Júnior — cumprimentou o caixa. — Tudo em cima?

— Tudo certo — respondeu Júnior, com um aceno de cabeça. — Boa tarde — acrescentou para Mari.

— Hm, oi, boa tarde, seu Júnior — cumprimentou Mari, desajeitada, botando a cesta no balcão.

Júnior sacudiu a cabeça, parecendo achar certa graça do tom dela.

— Só isso? — perguntou ele, voltando a se dirigir a Felipe.

— Só — respondeu Felipe, pegando a carteira.

— Não, deixa que eu pago — interveio Mari, botando a mão no braço dele.

O Legado das Águas **165**

— Não, não — protestou ele, por educação, ou cavalheiris-mo, ou vergonha, mas ela insistiu.

— Deixa comigo. É impressionante como dá para economizar dinheiro quando a gente não sai de casa e mora num lugar que não tem delivery e aonde mal chega compra feita pela internet.

Felizmente, Mari não pareceu perceber o olhar de leve afron-ta no rosto de Júnior. Felipe abriu um pequeno sorriso conciliador para ele, mas o homem apenas abanou a cabeça, aceitou o dinhei-ro de Mari e se despediu deles com um "boa tarde" seco.

— E agora? — perguntou Felipe, quando se viram diante da praça outra vez, e começaram o caminho rumo à cachoeira.

— Qual era mesmo o próximo item da lista? — perguntou Mari. — Fumar?

— Aceita? — propôs Felipe, oferecendo o maço.

Mari torceu o nariz.

— Não, obrigada — respondeu, como toda vez que ele oferecia.

— Faz bem — concordou ele, e guardou o maço no bolso.

Eles seguiram caminho, conversando como de costume. O nervosismo que tinha agitado Felipe no início da tarde já tinha passado quase inteiramente quando chegaram ao final da trilha, emergindo ao pé da queda d'água, que refletia os tons arroxea-dos do céu.

Como ele previra, tinha gente por lá. Dava para ver um casal do outro lado da piscina natural, e para escutar ruídos de risos e música na mata. Felipe conduziu Mari ao canto de que mais gostava, uma rocha larga, ao abrigo de uma árvore alta, um pouco mais afastada da água, da qual se tinha uma vista da queda d'água menor, levando ao córrego. Ele subiu na pedra e se sentou de pernas esticadas, apoiado nos cotovelos, e ofereceu a mão para ajudar Mari, mas ela tirou as sandálias ainda na grama e subiu para se sentar de pernas cruzadas ao lado dele sem dificuldade.

Fizeram silêncio. Apesar dos ruídos de farra, o correr da água ainda dominava qualquer outro som, e o fluxo constante era quase hipnótico. Felipe observou a vista por um tempo, e depois se pegou observando Mari, que por sua vez observava a vista.

— Daqui, Catarina nem é tão ruim assim — murmurou ela.

Felipe abriu um sorriso triste.

— Vamos lá, próximo item — declarou ele, querendo quebrar a melancolia que parecia ter se instaurado no silêncio após o comentário de Mari. — Música.

— Música! — exclamou Mari, mais animada, e tirou o celular da bolsa, mas logo franziu a testa. — Ah, merda, esqueci que o sinal aqui é um cu.

Felipe riu da sequência de palavrões e tirou do bolso o próprio aparelho, abrindo o aplicativo de música antes de entregá-lo a Mari.

— Eu tenho bastante música baixada. Põe aí o que quiser.

— O que eu quiser? — perguntou ela, remexendo as sobrancelhas. — Tem certeza?

Felipe abanou a cabeça, ainda rindo um pouco.

— Vai nessa.

Mari abriu um sorriso mais alegre e se dedicou à tarefa de seleção da playlist. Felipe observou sua expressão compenetrada, as sobrancelhas grossas um pouco franzidas, os olhos apertados em concentração, o hábito de morder o lábio quando pensava demais. O cabelo dela se bagunçara um pouco na brisa e no movimento da trilha, e fios esvoaçavam, grudando no rosto.

Finalmente, ela sorriu, triunfante, e deu play na música, aumentando o volume. Felipe caiu na gargalhada.

— Essa concentração toda pra botar os maiores sucessos do feminejo?

— Nem vem, que as músicas são suas! — exclamou ela, ofendida, e apoiou o celular na pedra, um pouco atrás deles.

Ele riu mais um pouco, e começou a remexer nas sacolas do mercado, em busca da Coca-Cola.

— Quer? — perguntou, oferecendo uma das latinhas de Ice.

— Você não vai beber também? — questionou Mari.

— Não, obrigado — falou ele, sentindo um nervosismo súbito.

Não queria precisar se explicar para ela.

— Faz bem — concordou ela, com um meio sorriso, e Felipe sorriu de volta, aliviado.

Mari abriu a latinha, e, quando Felipe estava prestes a tomar um gole da Coca, ela o interrompeu.

— Espera, espera, vamos fazer um brinde — sugeriu, virando um pouco o corpo para ficar mais de frente para ele.

— A quê? — perguntou ele, segurando a lata no meio do caminho da boca.

— A Catarina?

Felipe fez uma careta de brincadeira. Mari tentou de novo:

— À liberdade?

Dessa vez, Felipe tentou segurar a careta sincera, mas não conseguiu. Mari, percebendo, arriscou mais uma vez:

— A nós?

Felipe olhou para ela por um instante, para o sorriso alegre, os olhos castanhos brilhando no anoitecer.

— A nós — concordou, encostando a latinha na de Mari.

Os dois viraram goles das bebidas, rindo.

Mari

Quando Mari esvaziou a terceira latinha de Ice, deitou de costas no chão, olhando para as estrelas visíveis na noite escura e para a lua quase cheia, que se refletia na piscina natural. Estava sentindo a cabeça um pouco leve e o corpo um pouco quente da bebida, mas ainda tinha os pensamentos claros.

Era bom. Calmo. Divertido. Mari visualizou toda a raiva, as preocupações, a tristeza sendo carregadas pela água corrente, engolidas pela terra empapada, lavadas pela luz da lua. Sentiu, mais do que viu, Felipe deixar o peso cair também ao lado dela, e soltar um suspiro.

168 sofia soter

— Foi uma boa ideia — murmurou ele, a voz suave vibrando no ar ao seu lado. — Sair, comemorar, sei lá. É bom estar aqui, com você.

Sem deixar de olhar para as estrelas, ela deslizou a mão pela pedra lisa até encontrar os dedos dele, e os entrelaçou. Apertou de leve e, sentindo as bochechas quentes de riso e álcool, virou o rosto para ele e sorriu. Ele se virou para ela também, com um pequeno sorriso, e Mari observou seu rosto, delineado pelo luar: o cabelo raspado que tinha começado a crescer um pouco, os olhos bem redondos atrás dos óculos, as maçãs do rosto pronunciadas, o canto da boca, sempre um lado mais alto do que o outro, especialmente quando ele sorria assim, do mesmo jeito bonito que ela vira ao conhecê-lo na diretoria.

Acabou uma música e começou outra, e, dessa vez, com os rostos tão próximos, Mari viu a boca de Felipe se mexer, murmurando baixinho a letra. Ela riu e se virou de lado, de frente para Felipe, soltando a mão dele para cutucar seu peito com o dedo em riste, em acusação.

— Eu *sabia* que você não resistiria aos charmes da Marília!

Felipe balançou a cabeça um pouco e segurou a mão dela, abaixando seu dedo em riste até ela espalmar a mão contra o peito dele. Ele estava rindo, e o riso era mesmo ainda mais bonito do que o sorriso.

— Lipe — murmurou Mari, sentindo o calor debaixo da mão, o coração que pulsava no ritmo das águas da cachoeira.

— Hm? — respondeu ele, virando o rosto para olhá-la.

— Ficou faltando um item na lista.

Ela esperou um segundo, olhando bem no rosto dele. Esperou ele levantar a sobrancelha em questionamento, rir de compreensão e fazer um pequeno gesto afirmativo com a cabeça. Esperou para ver se ele ia responder, soltar a mão dela, rolar para o outro lado. Mas ele não se distanciou. Por fim, entendendo, ela se esticou pra frente e encostou a boca na dele.

Capítulo 20

Gabriel

Gabriel acordou de ressaca na segunda-feira e desejou que alguma coisa acontecesse.

Em teoria, Gabriel deveria estar satisfeito, pois estava tudo igual — *quase* tudo — e ele gostava da própria vida. Do que não gostar? Claro que tinha problemas, dias ruins em meio aos bons, mas ele se orgulhava de sua existência despreocupada. Os amigos eram fáceis, uma constante de diversão e adulação a sua volta. Os estudos eram irrelevantes, uma formalidade para ocupar seus dias. A cidade inteira o acolhia, um lar vasto que se estendia até as fronteiras invisíveis, o que, por dentro, ele chamava de "casa", muito mais do que a construção em si onde morava. E nem mesmo a mãe lhe apresentava tantos problemas, não nos últimos anos, não de nenhum modo que ele ousaria admitir exceto naqueles breves instantes em que, ao ouvir a voz dela atingir certo tom, fosse de verdade ou apenas em sua memória, o coração dele subia à boca e a visão chegava a tremer.

Mas desde aquele momento — aquele *quase* insistente —, vivia uma sequência de dias ruins, da comichão debaixo da pele pedindo por mudança, da irritação que fervilhava no peito diante das coisas mais banais, de um marasmo entorpecente que o impelia a cada gesto, a cada passo, a cada fala no movimento da inércia. Ele fora tirado do eixo; pior, devolvido a um eixo anterior.

Um eixo que de repente lhe parecia insuficiente e insatisfatório, um estado de torpor do qual queria sair e não conseguia.

Tudo de que ele precisava, concluiu, era que outra coisa acontecesse. Um empurrão. Um desencaixe. Um movimento.

Massageando os olhos para aliviar a dor diante da claridade fria e nebulosa da manhã, Gabriel rezou por um instante, pedindo por novidade.

Mari

A caminho da sala de aula na segunda-feira, Mari foi tomada por tamanho nervosismo que desviou o caminho e entrou no banheiro habitualmente lotado do início do dia. Um grupo de meninas ocupava a maior parte da bancada de pias, fofocando e ajeitando o cabelo, e o movimento de entra e sai das cabines era constante. Ela seguiu para a pia mais no fundo, que ficava bem embaixo da janela e cuja torneira era perpetuamente quebrada, e portanto era usada só como fumódromo em momentos mais discretos, e nos horários de pico ficava vazia. Diante do espelho meio manchado pela velhice, ela respirou fundo, ignorando o cheiro de fumaça que grudava naquele canto do banheiro, misturado ao odor forte de desinfetante da limpeza matinal.

Que besteira, pensou, olhando o reflexo. Era só uma segunda-feira normal. Uma segunda-feira normal, na qual ela encontraria Felipe, seu amigo normal, pela primeira vez desde a última sexta-feira normal. A última sexta-feira normal, na qual eles tinham se beijado por horas na beira da cachoeira.

Ou seja, não era tão normal assim.

Ela respirou fundo de novo, e acabou espirrando de alergia ao desinfetante. Olhou o espelho outra vez, e apertou o elástico do rabo de cavalo alto. Virou o rosto de um lado para o outro, e esticou o pescoço para enxergar se ainda estava um pouco avermelhado no lugar que Felipe tinha mordido, logo abaixo da orelha esquerda. A lembrança do momento a fez

O Legado das Águas **171**

se arrepiar, e ela corou um pouco. *Mari, se controla!*, pensou, irritada consigo mesma.

Eles tinham se despedido menos tarde do que gostariam na noite de sexta-feira, porque, apesar de ela estar liberada do castigo, não estava liberada para passar a madrugada toda na rua, e não tinham conseguido se ver desde então, apenas trocado mensagens e as fotos usuais de coisas ridículas e fofinhas.

Mas não chegaram a conversar mais sobre sexta-feira, e muito menos sobre o que fariam na segunda-feira, no que aquilo significava para a relação deles, se eles seriam amigos que se beijavam com frequência, amigos que se beijavam sem frequência, amigos que não se beijavam nunca mais, namorados, qualquer coisa no meio daquele vasto espectro. A mistura de incerteza e expectativa a tinha feito passar aqueles dois dias em estado de constante agitação, um frio na barriga que não a largava, um rubor que subia ao rosto quando certas lembranças voltavam à mente, um sorriso besta que virava uma careta nervosa sem aviso prévio.

Era desesperador, mas, ao mesmo tempo, ela sentira certa saudade daquela emoção. Do fervilhar que tomava seu cérebro quando ela se via no precipício de se apaixonar.

Mari respirou fundo uma última vez e se decidiu: ia sair do banheiro, seguir para a sala, cumprimentar Felipe normalmente quando ele chegasse, sentir o clima e avaliar os sinais dele, e no intervalo criar coragem de conversar. Simples. Sem drama.

De tão concentrada no plano, porém, Mari não percebeu a tempo um obstáculo com o qual acabou quase literalmente esbarrando ao sair do banheiro: o próprio Felipe, que chegava apertando o passo, esbaforido. O primeiro sinal tocou no mesmo instante, abafando as exclamações de cumprimento dos dois e os obrigando a um momento de silêncio imóvel, ambos de olhos arregalados e rosto afogueado, esperando o apito estridente do sinal parar de tocar para se ouvirem.

— Oi — repetiu Mari, então, com o coração na boca, em misto de nervosismo, susto e antecipação.

— Oi — respondeu Felipe, com um sorriso torto e hesitante. Ela deu um passo à frente e ele fez o mesmo, e os dois acabaram trombando mais do que se abraçando, e recuaram, soltando murmúrios de desculpas. Mari riu, e Felipe também, em mais um momento sem jeito. Finalmente, Felipe se abaixou um pouco e deu um beijo rápido na bochecha dela, e Mari sentiu o rosto arder ao contato breve da boca dele. Ele logo se afastou, desviando o olhar um pouco. Nitidamente, estava tão perdido quanto ela, tão nervoso quanto ela. Perceber esse fato a relaxou um pouco. Ainda corada, mas sentindo-se mais controlada, Mari agiu:

Avançou um pequeno passo, subiu na ponta dos pés, se apoiando no ombro de Felipe, e, com a outra mão, segurou a lateral do rosto dele antes de dar-lhe um beijo na boca. Foi um beijo rápido, um selinho, e Felipe só reagiu, levando a mão ao pescoço dela para aproximá-la, quando ela já estava recuando.

Ela o olhou, ele a olhou de volta, e, antes que Mari conseguisse falar qualquer coisa, o sinal tocou outra vez. Dessa vez, ela riu mais relaxada, sentindo os nós dentro dela desatarem, deixando apenas o gostoso do frio na barriga. Mais confiante, entrelaçou os dedos no dele e o puxou para a sala de aula.

Gabriel

Ao ver Felipe e Mariana de mãos dadas no intervalo, Gabriel sentiu uma palpitação indesejada no peito.

Fazer desejos era muito perigoso.

Capítulo 21

Lara

— Puta que pariu! — soou a exclamação do quintal, seguida de mais palavrões impronunciáveis.

Lara saiu correndo pela porta dos fundos, preocupada com a explosão do irmão, e encontrou Gabriel pulando em um pé só, com a cara contorcida de dor, e xingando até a própria sombra.

— O que aconteceu? — perguntou ela, esbaforida.

— Essa cadeira de merda fodeu meu dedão — grunhiu ele, antes de se largar sentado na cadeira em questão e começar a tirar o tênis.

— Você deu uma topada?

A cadeira em questão era de ferro, e fazia tempo que estava marrom de ferrugem.

— Não, eu chutei ela mesmo — resmungou Gabriel, tirando também a meia e examinando o pé. — Porra, isso vai ficar roxo pra caralho.

— Claro que vai. Porque você foi um idiota e chutou uma cadeira de ferro.

— Eu tava puto — explicou Gabriel, com naturalidade.

— Com a cadeira?

— Não, sua tonta — respondeu ele, e a olhou com incredulidade, como se ela, sim, estivesse falando absurdos. — Eu tava puto com outra coisa e descontei na cadeira.

— E ajudou?

A pergunta era quase inteiramente sarcástica, mas, no fundo, tinha uma pontinha de sinceridade. Talvez valesse a pena ficar com o dedão do pé roxo caso o método oferecesse alívio para a angústia que a carcomia por dentro.

Gabriel deu de ombros.

— Continuo puto, mas agora meio distraído com meu pé ferrado. Acho melhor botar gelo nisso aqui — acrescentou, em voz mais baixa.

Lara suspirou e, tomada por um momentâneo arroubo de generosidade fraternal, respondeu:

— Deixa que eu pego.

Alguns instantes depois, ela voltou com gelo embrulhado em um pano de chão.

— Eu ia embrulhar numa toalha, mas não quero contaminar com seu chulé — explicou.

Gabriel aceitou o embrulho de gelo, e segurou uma careta ao encostá-lo no pé, que de fato estava vermelho.

— Valeu. Pelo menos o pano de chão tá lavado.

Lara começou a voltar para a cozinha, mas se interrompeu. Ela não tinha nada para fazer em casa, além dos trabalhos da escola, então deu meia-volta, retornou para o lado de Gabriel e sentou na mesinha de ferro ao lado da cadeira, espanando da superfície algumas folhas caídas.

— Por que ficou com raiva a ponto de chutar uma cadeira? — perguntou, enfim.

Gabriel ergueu o olhar do pé, que continuava a examinar sob o gelo, e se virou para ela. Fez silêncio por alguns segundos, e ela viu em seu olhar que calculava o que dizer. Finalmente, ele suspirou, como se perdendo alguma batalha interna.

— Eu levei um pé na bunda — admitiu. — E tá sendo foda de superar.

Lara levantou a sobrancelha. Não que ele contasse a ela, mas era impossível não saber que Gabriel vivia pulando de rolo em rolo romântico — sua fama não era pouca. Porém, ela

O Legado das Águas **175**

nunca ouvira falar de ele sofrer por amor; normalmente, os boatos que circulavam pelo colégio tinham mais a ver com quem ele fazia sofrer.

— Não precisa me olhar com essa cara — acrescentou ele, empinando o nariz, com o rosto um pouco ruborizado. — E por que você tá tão interessada em saber se chutar o pé da cadeira ajuda a ficar menos puto, hein?

Lara bufou, sentindo-se corar também. Não pretendia ser tão transparente. Gabriel deu um empurrão de leve no ombro dela.

— Conta aí — insistiu ele.

Lara balançou a cabeça, em recusa.

— Vaaaaaaai, conta — ele continuou, balançando o ombro dela como fazia para convencê-la a compartilhar algum brinquedo quando eram crianças. — Conta, conta, conta, conta, con...

— Meu deus do céu, cala a boca, eu conto! — interrompeu ela. — Deixa eu só pensar!

Gabriel parou de sacudi-la e fechou a boca. Pelo canto do olho, ela viu que ele fazia uma expressão de expectativa bem-humorada. Encher o saco dela parecia estar servindo como uma distração mais eficiente do que o chute na cadeira.

— Eu meio que... — começou Lara, refletindo sobre o melhor jeito de contar o que acontecera sem precisar *contar o que acontecera*. — Eu me abri para uma pessoa, e não tive o resultado esperado.

— Hmmmmmm — murmurou ele, com um toque de malícia na voz. — Essa pessoa misteriosa por acaso é aquela menina da casa da frente?

Lara sentiu o rosto arder, e o choque foi tanto que ela não resistiu a virar o olhar arregalado para ele.

— Nem adianta negar — Gabriel continuou. — Eu posso até ser trouxa, mas não sou bobo.

— Tem certeza? — resmungou ela.

Ele riu, sem se deixar ofender.

176 sofia soter

— Tá — retomou ele —, então você se abriu para uma pessoa misteriosa que não é de jeito nenhum a irmã da Mariana da minha turma, e ela não reagiu do jeito que você esperava. Foi isso?

Lara fez que sim com a cabeça devagar, a contragosto. Gabriel olhou de relance para a casa, e se virou de novo para Lara. Quando voltou a falar, foi mais baixo, quase em um sussurro:

— Você gosta dela?

A pergunta a chocou novamente. Por instinto, Lara olhou para a casa, procurando sinal da mãe, com o coração batendo forte. Por fim, se voltou para Gabriel, e o fitou, buscando no rosto dele indicação do que ele queria com aquela pergunta. Não parecia uma acusação, mas ela não tinha certeza — que resposta ele esperava?

Ela já tinha ouvido os rumores de que Gabriel se relacionava com meninos também. Não eram persistentes como as grandes histórias de suas namoradas, mas existiam, contados pela escola aos cochichos, pequenos escândalos que se justificavam com o charme dele, com a atitude de arrogância, até mesmo com a fama promíscua, e que alguns meninos usavam para diminui-lo — em segredo, com medo de que ele os ouvisse — quando se viam na posição nada invejável de disputar com ele pelo coração de uma garota qualquer. Ela nunca tinha dado bola, porque era só mais uma história no meio do mar de fofoca de Catarina, e só naquele momento parou para considerar a possibilidade da verdade: que o irmão talvez tivesse *namorados*, que aquele pé na bunda mesmo talvez viesse de outro garoto.

— Não tem nada a ver com isso — foi o que ela respondeu depois de alguns segundos de silêncio, querendo cortar aquela linha de questionamento, querendo impedir que a pergunta entrasse dentro dela e fizesse crescer aquele buraco.

O olhar de Gabriel se suavizou, com um toque de carinho que Lara não sabia se já tinha visto ele dirigir a ela. Mentira — já tinha visto, sim, nas vezes em que eles se ajudavam a se reerguer após um confronto com a mãe.

— Tudo bem se gostar — murmurou ele, cobrindo a mão dela com a própria por um momento hesitante.

Lara sentiu o rubor do rosto se espalhar, subir até a raiz dos cabelos, descer pescoço abaixo. *Tudo bem para quem?*

— Não tem nada a ver com isso — insistiu ela.

Ou… ela não sabia se tinha. Como saberia? Lara mal tinha certeza de que gostava de Duda, muito menos de que *gostava* dela. Ela nunca tinha *gostado* de ninguém, assim daquele jeito que Gabriel insinuava. Não sabia que sinais reconhecer, nem o que indicaria que aquilo era verdade. Achava Duda bonita? Sim. Se preocupava com Duda? Sim, e era esse o problema. Conseguia parar de pensar em Duda? Não, e esse era um problema maior ainda. Mas o que ela sentia não parecia encaixar com o que ouvia Nicole falar dos muitos meninos por quem se apaixonava, e que se apaixonavam por ela, nem com o que Josy descrevia do amor pelo namorado que tinha desde o sexto ano, nem mesmo com o que Bruna comentava da paixonite por Gabriel.

Mas Lara temia que, se dissesse "eu não sei", se perguntasse para Gabriel "e como é que eu vou saber?", ou até mesmo "eu nem sei o que isso *significa*", ele não entenderia. Poderia achar que era uma confirmação, e que ela queria conselhos. Poderia achar que ela estava com medo de admitir, e que eles eram parecidos — porque, naqueles segundos em que refletia, em que via a expressão levemente apreensiva, mas também estranhamente comovida, no rosto do irmão, a suspeita inicial ganhava força.

Talvez eles fossem, mesmo. Mas talvez não. E ela já estava preocupada o suficiente sem acrescentar aquela dúvida à lista.

— Tá bom — disse Gabriel, por fim, e Lara tentou não reagir ao toque de decepção que achou escutar em sua voz. — Seja como for, quer tentar chutar o pé da cadeira? — propôs, retomando o tom brincalhão e distante, mais adequado ao seu habitual. — Dói pra porra, mas se você quebrar o dedo, quem sabe é dispensada da escola e pode passar uns dias sem encontrar sua pessoa misteriosa.

Lara se forçou a rir um pouco, querendo voltar com ele ao tom mais leve e bobo da conversa.

— Foi por causa dessas ideias brilhantes que você levou um pé na bunda, né?

— Ei!

Antes que ela conseguisse se defender, ele jogou nela o embrulho de gelo já derretendo no pano de chão empapado. E, com um grito de ultraje e um xingamento cabeludo, Lara restaurou a normalidade.

Capítulo 22

Duda

A liberação de Mari do castigo tinha espalhado, como ondas, mudanças na casa inteira. Nos jantares, Duda se via cada vez mais quieta, finalmente desnecessária para manter o equilíbrio que naqueles primeiros meses era tão delicado. Mari e Felipe tinham começado a namorar havia umas duas semanas, e ela andava de bom humor. Os pais, ao saber do relacionamento, se aliviaram do peso da preocupação com a adaptação da filha mais velha, e aparentemente se tranquilizaram de que o pior de suas manifestações insatisfeitas tinha passado.

Já Duda, com a maldição que Lara revelara a ela na cabeça, não conseguia parar de pensar que cada instante era o último antes de uma desgraça.

A sensação chegou ao ápice em um almoço de sábado ao qual Mari convidou Felipe. Oscar e Julia tinham passado a última meia hora ajeitando detalhes na arrumação da sala, como se para impressionar um convidado ilustre, e Mari não parava de subir e descer a escada para ajeitar alguma coisa na aparência, como se não visse o namorado literalmente todos os dias. Duda, sentada na frente da televisão, ignorava as ordens dos pais, e tentava se distrair com uma série de mistério meio boba.

Felipe chegou, e Julia puxou Duda do sofá, empurrando-a para cumprimentar o convidado, como fazia no Natal com familiares distantes. O clima desajeitado prosseguiu durante

180 sofia soter

o almoço, e Duda, comendo rosbife em silêncio, tentou reagir com as expressões e os gestos adequados, mesmo que, ensimesmada, tivesse dificuldade de acompanhar a conversa. Quanto mais cansada estava, quanto mais envolta naqueles pensamentos preocupados e irreais de maldições e perigos sobrenaturais, mais sentia que tudo a seu redor era uma espécie de peça de teatro, que ela estava tentando improvisar o roteiro.

O que a fez perder o controle de vez foi um comentário insignificante.

— A gente tá muito feliz de as meninas finalmente estarem bem e enturmadas assim — falou Oscar, com o sorriso cheio de dentes, entre um e outro gole de cerveja.

— Paaai — resmungou Mari.

Ela resmungou daquele jeito que tinha de reclamar de uma coisa quando não estava sinceramente reclamando; que nem quando alguém elogiava um vestido que ela tinha escolhido a dedo e, em vez de concordar com o elogio, ela explicava todos os problemas da roupa. Duda nunca entendia.

Porém, não foi por essa pequena incompreensão que a angústia dentro dela transbordou. Foi pelo tom de voz alegre do pai, fazendo uma declaração sobre "as meninas" que destoava de forma tão gritante do que ela estava sentindo. Como assim, *as meninas finalmente estarem bem e enturmadas?* Como ele podia acreditar no que dizia, se Duda mal falava havia semanas, se Duda mal dormia havia semanas, se Duda nunca tinha mencionado uma amiga nem levado ninguém para casa, se Duda passava as tardes e as noites andando de bicicleta sozinha ou vendo televisão sozinha ou estudando sozinha ou fazendo literalmente qualquer outra coisa sozinha?

Duda pensou nisso tudo, mas não conseguiu falar. As lágrimas subiram e arderam em seus olhos rápido demais, a deixando tonta. Ela soltou o garfo, que bateu no prato com ruído, e recuou empurrando a cadeira para trás, arranhando o chão. Ela sentia que ia vomitar. Ou talvez só fosse chorar.

O Legado das Águas **181**

Para impedir que aquilo acontecesse, Duda murmurou palavras de licença e desculpa que nem ela entendia e não sabia se formavam um todo coerente e se retirou da mesa. Subiu correndo até o quarto e se jogou na cama, atordoada pelo excesso de cores, sons, cheiros e texturas no mundo externo, e pelo excesso ainda mais violento de sentimentos no mundo interno. Movida por um instinto protetor, ela se enroscou no edredom e puxou um travesseiro para cobrir o rosto, querendo abafar tudo que a cercava.

Ela perdeu a noção do tempo até escutar uma batida na porta, que tinha deixado aberta.

— Dudinha? — Mari chamou, com a voz trêmula.

Duda se irritou com o apelido. Resmungou um som que nem chegava a formar palavras. A reação não adiantou para afastar a irmã — ela escutou os passos se aproximando, sentiu o peso quente de Mari sentando-se na beira da cama, encostada em sua perna.

— Ei, você tá se sentindo bem? — insistiu Mari, falando baixo. — Tá passando mal? Tá com alguma dor?

Duda resmungou de novo, uma tentativa de dizer que não, que o problema não era aquele, ou pelo menos ela achava que não era. A sensação de que ia vomitar ou desmaiar já tinha passado, deixando apenas a sensação de que podia explodir.

— Duda? — chamou Mari de novo, tocando as costas dela.

— Não tô passando mal — respondeu Duda por fim, formando palavras e afastando um pouco o travesseiro do rosto para ser ouvida.

Ela escutou um suspiro da irmã. Se de alívio ou impaciência, não sabia.

— Você tá triste? — perguntou Mari, em seguida, com a mesma voz baixa de quem falava com uma pessoa doente, ou um animal assustado. — Tá chateada com alguma coisa? Brava? Com medo?

— Não sei.

Um momento de silêncio. Duda tentou se concentrar na respiração, em se acalmar para o choro se aliviar um pouco.

— Quer tentar me contar o que aconteceu e o que você sentiu? — perguntou Mari, por fim. — Posso te ajudar a identificar.

— Não.

Mari era boa naquilo, em nomear e identificar sentimentos, e a ajudava daquela forma desde que Duda era pequena. No entanto, Duda desconfiava de que nem mesmo a irmã saberia categorizar o que ela estava sentindo naquele momento. "Medo de uma maldição ridícula que definitivamente não é verdade, mas que ainda assim me apavora a ponto de eu estar esgotada" não estava no vocabulário emocional dela.

— Tem certeza de que não quer tentar? — insistiu Mari. — Fala o que conseguir, eu vou te ajudando.

Duda sacudiu a cabeça em negativa, sentindo o fluxo de lágrimas voltar aos olhos com força, mas acabou tirando o travesseiro de cima do rosto. Depois de um tempo, ela se endireitou um pouco mais na cama, mas continuou sem olhar para a irmã, que a esperava falar.

— Desculpa por estragar seu almoço — foi o que Duda disse.

De uma vez, veio a ela uma onda de vergonha.

— Tudo bem, você não estragou nada — disse Mari, com a voz compreensiva.

Duda sentiu ainda mais vontade de chorar. Talvez pudesse, sim, tentar explicar. Se alguém fosse entendê-la, esse alguém seria Mari, que era tão acolhedora, tão leal, tão disposta a ajudar todo mundo. Além do mais, Mari gostava de astrologia e de tarô, tinha colares de cristais comprados em feirinhas hippies, assistia a filmes de terror com Duda e sempre se deixava levar por romances paranormais — ela não era tão cética.

— Eu acho que estou com medo — falou Duda, então, sentindo o coração subir à boca, a vontade de vomitar voltar.

— Do quê?

O Legado das Águas **183**

Duda mexeu no edredom, apertando o forro macio, enquanto pensava nas palavras.

— Promete que não vai rir? — perguntou, com a voz levemente esganiçada de choro, uma voz infantil que a irritou assim que saiu da boca.

— Prometo — respondeu Mari, sem hesitação.

Duda respirou fundo, tentando controlar a voz.

— Tem uma história, uma lenda urbana, uma crença, sei lá. Sobre Catarina.

— Tá… — respondeu Mari, esperando que ela dissesse mais.

Pela voz da irmã, Duda notou que não era o que ela esperava ouvir. Mesmo assim, ela tentou persistir.

— Sabe essas panelinhas no colégio? Tipo, esse jeito que o pessoal fala dos catarinenses "de verdade" e dos "forasteiros"?

Ela própria nunca tinha percebido os termos até aquela conversa com Lara, mas era exatamente o tipo de coisa que Mari certamente teria notado nos primeiros dias de aula.

— Sei.

— Parece que não é só babaquice do colégio. É coisa da cidade toda.

— É uma cidade muito escrota — concordou Mari —, eu digo isso desde que a gente chegou…

— Não é só isso — interrompeu Duda, entrando no ritmo da explicação, sentindo que as informações iam se atropelando no afã de sair pela boca. — É que a cidade, quer dizer, a história diz que a cidade… As pessoas acreditam que… Catarina é amaldiçoada. E é a maldição que divide as pessoas assim, porque afeta de jeitos diferentes quem nasceu aqui e quem veio de fora — contou, sem parar para ouvir a reação de Mari, sem dar espaço para ser questionada.

Por um lado, falar em voz alta mostrava a ela o ridículo da história, mas, por outro, fazia aquilo parecer ainda mais *real*. Como se, ao contar para mais alguém, estivesse espalhando o contágio da maldição.

— Porque quem é daqui não pode ir embora — continuou —, e quem não é não pode ficar. Por isso ninguém fala de querer se mudar depois da escola, por isso tem essas baboseiras de famílias antigas da cidade. E por isso que morreu aquele menino, o Marco. Porque ele não era daqui.

Duda se calou, sem saber o que mais contar. Botar aquilo em palavras aliviava um pouco do peso da ansiedade dentro dela, mas não completamente.

— Ah, Dudinha — murmurou Mari, e o tom de pena, o apelido infantil, o toque leve dela no joelho da irmã, tudo fez Duda se tensionar. — É por causa do Marco, isso?

Duda abanou a cabeça, incrédula.

— Não, não é por causa do Marco. O Marco que morreu por causa disso.

— É normal ficar angustiada quando um acidente desses acontece — continuou Mari, a ignorando. — Claro que você está com medo! Eu mesma chorei horrores no dia, não lembra? A gente tá aqui nessa cidade nova, a mamãe e o papai todo dia pegam essa estrada horrenda para ir e voltar do trabalho, o sinal do telefone pega dia sim, dia não e é difícil pedir socorro, aí acontece um acidente bizarro e trágico... Óbvio que dá medo.

A ansiedade voltou com tudo, três vezes mais pesada do que antes. O choro subiu aos olhos de Duda, e ela se endireitou mais na cama, se virou para Mari, segurou a mão da irmã. Ela tinha explicado tudo que podia, tinha enfileirado as palavras na ordem certa, tinha demonstrado o que sentia com clareza, mas por algum motivo não estava sendo entendida. O que tinha feito de errado?

— Não, Mari. Eu nem conhecia o Marco, não estou triste por causa dele. É que a Lara me contou da maldição, e...

Não foi a coisa certa a dizer. Ela percebeu na mesma hora, pela expressão que passou pelo rosto de Mari.

— A Lara não devia ficar botando essas histórias na sua cabeça, muito menos depois de uma tragédia dessas acontecer

— disse Mari, um pouco mais ríspida, e balançou a cabeça. — Sei que você gostou dela — continuou, voltando ao tom compreensivo, mas dessa vez com uma camada forçada, como se ela se segurasse para não deixar transparecer outra emoção —, mas ela não parece uma amiga muito legal, Duda. Já é a segunda vez que eu vejo você chorar por causa dela, e não gosto de ver você insistir numa amizade com alguém que faz você se sentir assim.

— Você não tem que gostar de nada — retrucou Duda, brusca.

Ela estava rapidamente se arrependendo daquela conversa com Mari. A irmã se mostrava aberta a ouvir, mas não parecia entender nada. Tinha transformado a conversa, a confissão vulnerável do medo de Duda, em mais um julgamento sobre suas escolhas.

Uma outra camada da angústia que andava borbulhando dentro dela subiu em uma onda e transbordou.

— Eu não opino sobre seus amigos — continuou —, nem sobre seus namorados. Eu tenho certeza de que você roubou o carro do papai e da mamãe por causa do Felipe, mas não saio por aí dizendo se gosto ou não gosto disso.

Mari abriu a boca para responder, mas Duda continuou falando, a atropelando.

— E quer saber? Pode ser mesmo que a Lara não seja uma amiga legal. Pode ser mesmo que ela tenha me contado uma história bizarra para me assustar. Eu acho, sim, que pode ser uma zoeira, que a galera grossa dessa cidade é tão escrota que inventou até uma modalidade esquisita de bullying. Mas eu não pedi sua opinião, e não me interessa saber se você gosta ou não gosta da Lara, tá? *Eu* conversei com ela, e *eu* quis ser amiga dela, e *eu* gosto dela, e ela nem gosta de mim de volta, e não preciso *mesmo* que você fique esfregando isso na minha cara.

— Duda, eu sei que você está com mais dificuldade para se enturmar… — tentou dizer Mari, com a voz de compaixão exagerada que normalmente indicava que estava se sentindo muito superior a ela.

— Eu prefiro ter dificuldade para me enturmar a ser que nem você — cortou Duda, mais uma onda de raiva transbordando, se despejando em palavras que ela nem sabia se eram verdade —, que só precisou arranjar um namorado para mudar completamente de personalidade. Morar aqui comigo, com a mamãe e o papai era uma *tortura insuportável*, nas suas palavras, mas é só um menino gostar de você que aí tudo vale a pena. Eu sou rejeitada, mas pelo menos não sou ridícula.

Mari abriu a boca, ficando vermelha como se tivesse levado um tapa. Duda se calou no mesmo instante. Enquanto via a irmã se levantar e recuar, com lágrimas nos olhos, rangendo os dentes, sentiu a maré da raiva baixar e aquela onda anterior, da vergonha, voltar, engolindo tudo.

— Mari... — murmurou, perdida naquele oceano de emoções confusas e contraditórias, mas não conseguiu pedir desculpas antes da irmã sair do quarto batendo os pés e a porta com força.

Capítulo 23

Gabriel

Chega. Gabriel admitia que tinha passado um tempo desestabilizado — oscilando entre se distrair e se chatear, entre o ultraje e a tristeza —, mas não podia continuar assim. Portanto, tinha começado um plano sistemático de superação.

O plano era simples e infalível: toda vez que pensava em Felipe, ele arranjava outra pessoa para beijar. Toda vez que sentia aquele incômodo irritante no peito ao ver Felipe e Mariana rindo abraçados nos corredores, ele arranjava outra pessoa para beijar. Toda vez que cogitava mandar uma mensagem que não deveria, porque nem sabia o que dizer, ele arranjava outra pessoa para beijar.

Em suma, Gabriel andava beijando muitas bocas.

A pessoa da vez era Andreza. Eles ficavam vez ou outra, caso ela estivesse solteira. Ela tinha terminado com o namorado na semana anterior, e topado acompanhar Gabriel à cachoeira, para encontrar um pessoal da turma.

Era uma noite agradável. Estavam se aproximando do meio do ano, e o frio vinha chegando, mas não estava chovendo, então o ar fresco era mais revigorante do que congelante. Com a combinação de um casaco, Andreza grudada a seu corpo, alguns copos de refrigerante com vodka e um baseado, Gabriel estava bem confortável. Makoto tinha levado uma caixa de som potente, e a música animada embalava as gargalhadas do grupo e a dança cambaleante de uns e outros, e dava privacidade sonora aos casais que se recolhiam a cantos mais escuros para momentos de intimidade.

Pouco depois, Gabriel e Andreza já tinham se retirado para um espaço aconchegante entre duas árvores, e depois voltado ao grupo principal. Ele sentia o calor emanando de dentro, o relaxamento em todos os músculos, o sorriso frouxo no rosto e o brilho embaçado no olhar, vendo os movimentos dos amigos à luz do luar e do lampião de LED que alguém tinha levado. Gabriel sentia que podia ficar ali para sempre, à deriva nas ondas das conversas dos amigos e da fumaça doce, do carinho de Andreza e da música alta que se espalhava e ressoava entre as folhas e a água.

Porém, sua curtição foi interrompida por uma necessidade mais urgente do grupo: tinha acabado a comida, e não a larica. Os amigos demoraram para se reordenar, guardar as coisas nas mochilas, chamar os desgarrados, recolher o lixo, e a cada movimento da partida Gabriel ia sentindo um pouco do desânimo voltar. Para se distrair, abraçou mais Andreza, a beijou bem atrás da orelha, riu da risada dela. Seguindo o brilho do lampião que Luan carregava na frente da fila, a trupe começou o caminho serpenteante que dava a volta parcial na cachoeira, adentrando a mata em direção à cidade.

Gabriel andava sem soltar Andreza, abraçado nela por trás, mesmo que para isso avançassem devagar e aos tropeços frequentes. Era meio engraçado andar assim, os dois rindo dos passos atrapalhados, e ele gostava de sentir nas mãos a cintura dela, quente por baixo da barra da blusa, e o cheiro do xampu nos cachos densos, um perfume frutado que dava vontade de morder. No entanto, a falta de praticidade acabou por prevalecer: em um tropeço mais considerável, e na tentativa de se segurarem que se seguiu, Gabriel acabou derrubando a bolsa de Andreza, que carregava para ajudá-la.

A bolsa voou para a beirada da trilha, e espalhou o conteúdo pela curta encosta que levava a outro acesso da cachoeira.

O Legado das Águas **189**

Quando os amigos mais próximos notaram o acidente, começaram a gritar "Aêeee" e assobiar em zombaria, e o resto do grupo, sem nem saber o que tinha acontecido, se juntou à algazarra.

— Puta merda — reclamou Andreza, e se abaixou para tatear em busca das coisas, mas Gabriel a segurou pelo braço e a puxou para se levantar.

— Foi mal — disse ele —, deixa que eu pego. Podem ir andando! — acrescentou, mais alto, para o resto do grupo. — Já alcanço vocês!

Ele acendeu a lanterna do celular, deu mais um beijo no canto da boca de Andreza, que riu um pouquinho apesar da irritação, e começou a descer o trecho de terra inclinada entre as árvores. Foi recolhendo uma coisa atrás da outra — maquiagem, remédios, absorventes, o celular que ele torcia para que não tivesse quebrado, chaves, carteira, um fone de ouvido direito... Virou a lanterna do próprio celular de um lado para o outro, determinado a encontrar o fone de ouvido esquerdo. Ia esquadrinhando o chão entre as raízes emaranhadas e as pedras escorregadias quando vislumbrou um movimento pelo canto do olho.

Pensando ser um bicho, recuou de susto, com o coração batendo forte, e por pouco não derrubou o próprio celular e tudo que tinha acabado de recuperar da bolsa de Andreza. Ao apontar a lanterna para o que vira, porém, percebeu que era apenas um casal que se beijava encostado em uma árvore. Ele devia ter se afastado da trilha mais do que imaginava, porque tinha chegado ao outro acesso à cachoeira, e o barulho da água estava próximo.

— Foi mal, galera! — exclamou, abanando a cabeça, rindo de alívio. — Divirtam-se.

Só aí, enquanto as palavras ainda saíam de sua boca, ele percebeu que os conhecia. Felipe e Mariana se afastaram, sobressaltados, e Gabriel ficou paralisado.

Felipe

Como tinha sido rápido, substituir uma rotina por outra. Durante a semana, Felipe e Mari frequentemente se reencontravam depois do almoço para estudar e lanchar em algum lugar. Nos finais de semana, ela normalmente estava ocupada com os pais, mas ele às vezes se juntava à programação; outras vezes, passavam o dia separados, e voltavam a se encontrar à noite, quando retornavam à cachoeira para repetir aquele primeiro beijo e ir além dele aos poucos.

Diferente da relação com Gabriel, Felipe não sentia que precisava manter o que tinha com Mari em um compartimento especial de sua cabeça. Ela continuava sendo amiga dele, uma experiência que por si só já se revelava cada dia mais importante, e agora uma nova camada fora acrescentada, aumentando o entrelaçamento entre a vida dos dois. Felipe fazia o possível para aproveitar o êxtase da situação, o coração que batia forte até arrancar um riso do peito dele, e não se permitir pensar no fim.

Porque, também diferente de Gabriel, Mari não era dali. Por mais que tentasse sufocar a voz de Antônio que gritava dentro de si sobre o perigo das forasteiras, de vez em quando pensava nos pais e concluía que o namoro estava fadado ao fracasso. Que, como acontecera com sua mãe, o melhor destino possível para Mari era ir embora e deixar Felipe para trás.

Esses medos, porém, só vinham a ele quando estava sozinho, em casa, vendo o pai preso aos mesmos hábitos de sempre, entregue à mesma morte lenta, seu próprio jeito de escapar de Catarina, já que acreditava não poder fugir de suas terras. Quando estava com Mari, Felipe não tinha medo de mais nada: a visão dela a sua frente fazia ele se sentir destemido, a voz dela em seu ouvido fazia ele se sentir imprudente, o toque dela em seu corpo fazia ele se sentir invencível.

Era movidos por essa valentia que estavam na cachoeira naquela noite. Habitualmente, Mari já teria voltado para casa fazia tempo, mas os pais dela iam passar a noite em alguma

O Legado das Águas **191**

outra cidade, cuidando de alguma atividade turística, e voltariam apenas pela manhã. Estavam aproveitando, então, o tempo estendido à beira d'água e à sombra das árvores. Querendo se distanciar do barulho e das luzes de outros farristas e casais, tinham se embrenhado mais um pouco na mata, até encontrar um lugar agradável com um tronco firme e largo de árvore contra o qual se apoiar.

A primeira coisa que invadiu o momento foi um ruído de farfalhar, e de passos por perto. A princípio, foi apenas uma breve distração, porém, uma luz veio a seguir, provavelmente um feixe de lanterna. A primeira reação de Felipe, em um instinto protetor que nem ele sabia ter, foi mudar de posição e se colocar entre Mari e a luz, antes de se virar para sua fonte.

Durante esse movimento, veio a informação final, completando a transição do momento de íntimo para incômodo para preocupante para um pavor absoluto: a voz um pouco arrastada que ele conhecia tão bem, pedindo desculpas pela interrupção.

O instinto seguinte de Felipe foi bem menos cavalheiresco. Ele se desvencilhou de Mari e recuou, sobressaltado, puxando para baixo a camiseta um pouco levantada, ajeitando com pressa o cinto aberto, de repente tímido naquele flagra digno de sonhos de ansiedade. Mari, ao seu lado, parecia reagir da mesma forma, ajeitando o decote e a barra do vestido, passando a mão no cabelo bagunçado.

Felipe não sabia bem o que Gabriel estava fazendo, porque, com a luz do celular que ele apontava para o casal, era difícil enxergar seu rosto. Estava óbvio que Gabriel os reconhecera, porque tinha largado a frase no ar e parado de se mexer, provavelmente tão constrangido quanto Felipe se sentia, quanto Mari parecia se sentir.

O silêncio tomou aquele trecho de mata, os três paralisados. Aos ouvidos ansiosos de Felipe, parecia que os animais tinham se calado, que a água da cachoeira parara de correr, que o vento se aquietara, e que ele escutava com clareza apenas a respiração entrecortada dos três, esperando o mundo voltar a girar.

Foi Mari que interrompeu o silêncio.

— Ah, oi — ela disse. — Desculpa o, hm. Isso aqui.

Não era a declaração mais eloquente, mas Felipe sentiu uma onda de gratidão tão intensa que quis rir de alívio pela quebra da tensão.

— Não tem pelo que se desculpar — respondeu Gabriel, e Felipe não tinha certeza se aquele tom era de ironia.

Mais silêncio. Felipe respirou fundo.

— Você pode... — falou, mas notou que a voz falhava, rouca, e pigarreou. — Pode abaixar a luz um pouco, por favor? Tá no meu olho, não enxergo nada.

— Foi mal.

Gabriel abaixou o celular imediatamente, apontando o feixe para o chão. Assim, a luz chegava a eles fraca e difusa, e tudo que Felipe via, depois dos olhos se reabituarem, eram as silhuetas em movimento.

— Você... — tentou Mari, depois de mais alguns segundos em que ficaram calados. — Você tá procurando alguma coisa? Alguém?

Gabriel virou o rosto de um lado para o outro, devagar, como se procurasse de fato algo que até aquele instante esquecera ter perdido. Finalmente, levantou um braço, mostrando uma bolsa.

— Eu tava com uma menina e a bolsa rolou por aqui — explicou, apontando o sentido de onde viera, uma descida inclinada a partir da outra trilha —, aí vim buscar. Vocês não viram o lado esquerdo de um fone de ouvido por aí, né?

Felipe segurou o impulso de revirar os olhos. Era claro que Gabriel estava com uma menina; não existia outra possibilidade. E era claro que, com essa outra menina, ele se prestava a gestos generosos como descer uma encosta, visivelmente bêbado e chapado, para procurar um único fone de ouvido no meio da madrugada. Ele engoliu a irritação. Era besteira sentir aquele ciúme, que nem

O Legado das Águas **193**

chegava a ser ciúme de verdade — nunca tinha se incomodado de Gabriel ficar com outras pessoas, só de ser tão *diferente* de como ficava com ele. Mas ali estava Felipe, também com outra pessoa. E também era tão diferente de como ficava com Gabriel.

— Não, foi mal — respondeu Mari, sustentando o peso do constrangimento da situação com força admirável.

Gabriel deu de ombros, mexendo o feixe de luz do celular.

— Vou ter que arranjar outro pra ela — falou, com a espécie de tranquilidade bêbada que ele às vezes tinha, o impulso de encantar todo mundo mesmo nas situações inadequadas. — Amanhã eu vejo de pedir o carro e descer a estrada para comprar, porque acho que dessa marca não vende por aqui.

Dessa vez, Felipe não conseguiu se segurar: ele meio bufou, meio riu, um som de irritação sarcástica que escapou de sua boca antes mesmo de se formar completamente na consciência.

— Lipe… — murmurou Mari, segurando a mão dele como se para acalmá-lo.

— Que foi, *Lipe*? — perguntou Gabriel, e agora Felipe tinha certeza do tom irônico.

Felipe não devia responder. Ele tinha sido claro, se decidido, terminado com Gabriel. Tinha começado um novo relacionamento com Mari, e estava bem, estava feliz, estava satisfeito. Ele não deveria se deixar levar pela vontade de cutucar aquela mágoa, de reencenar aquela briga.

Mas a mão de Mari na sua o deixava… destemido. Imprudente. Invencível.

— Nada, não — falou, com a voz de quem diz exatamente o contrário. — Só bom saber as emergências pelas quais você pega o carro. Se eu perder meu fone de ouvido, aí, sim, sei para quem ligar.

Ele sentiu Mari se tensionar ao seu lado. E, à sua frente, Gabriel avançou em dois passos largos e rápidos, como se tomasse impulso para um gesto. Felipe se encolheu um pouco, por instinto, e Gabriel, talvez percebendo, interrompeu o movimento.

— Não cansou de jogar isso na minha cara? — perguntou Gabriel, erguendo a voz aos poucos, e, mais perto, Felipe viu o brilho da mágoa nos olhos embaçados de bêbado. — Foi você quem escolheu isso aí em vez de... do que a gente...

Felipe abriu a boca para responder, mas Mari soltou a mão dele e entrou no meio do caminho, erguendo o rosto para Gabriel.

— Tenta me chamar de *isso aí* outra vez — falou ela, com a voz seca de ameaça. — Vai, só tenta.

Felipe sentiu um calor no peito, uma espécie de orgulho de como ela se dispunha a se afirmar, a se defender. Mari tinha coragem de enfrentar as situações como apenas alguém desabituada à violência teria, e a novidade daquela postura era tão grande para Felipe que não deixava de surpreendê-lo.

Gabriel levantou as duas mãos em gesto de entrega e recuou um pouco, arregalando os olhos.

— Não foi isso que eu quis dizer.

— Mas foi o que disse — respondeu Mari, direta.

Gabriel olhou de Mari para Felipe, aparentemente um pouco perdido no rumo da conversa. Felipe estava também confuso, a mistura da raiva de Gabriel, do carinho por Mari, da vontade de discutir e da vontade de sair dali chegando a deixá-lo tonto.

— Você não entendeu — retrucou Gabriel, parecendo escolher o caminho a seguir. — O que seu namoradinho aí escolheu não foi você, foi trocar essa confusão aqui — falou, com um gesto vago para si — pela opção mais fácil. Você foi só a primeira vez que ele teve a oportunidade.

Com a escolha de Gabriel, a confusão de Felipe também se dissipou. Todos os sentimentos se fundiram em uma ira incandescente, que enchia o peito e emanava para o resto do corpo. Ele deu a volta em Mari e andou até Gabriel a passos duros.

— E *você* nunca quis escolher nada — sibilou. — Você só anda por aí aproveitando tudo que aparece na sua frente, sem se comprometer com ninguém, sem tomar *uma* decisão que considere os sentimentos de *uma* pessoa sequer.

— Você paga de decidido, mas é só covarde — retrucou Gabriel, avançando também.

— Melhor ser covarde do que egoísta! — vociferou Felipe.

Tinham parado quase encostados. Felipe nunca estivera tão perto de Gabriel sem tocá-lo, nunca vira o rosto dele assim corado pela raiva, nunca sentira aquele hálito de bebida e maconha sem querer prová-lo. Naquele momento, porém, o cheiro só lhe dava enjoo, e a vontade que tinha era de quebrar aquele rosto.

Ele apertou o punho com força, se controlando. Gabriel, na sua frente, parecia fazer o mesmo. Os segundos passavam em câmera lenta.

— Ei! — exclamou Mari, se metendo entre os dois, com uma das mãos no peito de Felipe, a outra no peito de Gabriel, afastando-os à força. — Parou! Gabriel, vai embora, volta pros seus amigos, e deixa a gente em paz! — ordenou, com a voz carregada de autoridade.

Felipe sentiu aquela onda de gratidão outra vez, até Mari dirigir a ele o mesmo tom de frustração, com uma pitada a mais de mágoa.

— Felipe, vamos pra casa.

Ele quis protestar. Quis dizer que ainda era cedo para ir, que tinham a madrugada inteira, que a noite podia voltar ao que tinha sido antes. No entanto, enquanto as palavras se formavam em sua mente, ele sabia que era impossível, que os beijos quentes encostados na árvore tinham ficado para trás, que ele tinha estragado tudo.

— Me leva para casa — insistiu Mari, ainda com a mão em seu peito. — Agora.

Felipe olhou para ela, finalmente. Viu, no rosto banhado de luar, a expressão tensa e os olhos brilhando, talvez de lágrimas. Ele se engasgou no pedido de desculpas instintivo e apenas fez que sim com a cabeça. Pegou a mão dela, o que Mari permitiu, mesmo que não retribuísse com a mesma firmeza de antes. De repente, a iluminação fraca no ambiente mudou. Quando Felipe olhou ao redor, viu que Gabriel também obedecia: subia a passos trôpegos a encosta por onde viera, levando com ele o celular aceso.

Gabriel

Assim que Gabriel chegou à trilha principal, sentiu tontura. Ele se apoiou em uma árvore, ouvindo ecoar na memória tudo o que dissera, tudo o que ouvira de Felipe. A mágoa, a raiva, a culpa. A fúria e a dor na voz de Mariana.

E vomitou na beira da mata até sentir que não sobrava mais nada dentro dele.

Capítulo 24

Duda

Era um sábado de sol, apesar do frio. Os pais chegaram em casa de manhã cedo, vindos de um passeio turístico noturno, e foram dormir. Mari tinha saído à noite, e provavelmente voltado tarde, porque também não saíra do quarto. Duda, acordada desde cedo, acabou pegando a bicicleta para dar uma volta.

Desde a tentativa de contar da maldição para Mari, estava criando coragem para retomar o assunto com Lara. Alguma coisa no sofrimento de ser desacreditada pela irmã dava a ela a vontade de acreditar, em vez de fazer de tudo para não pensar naquilo. Era melhor esclarecer aquilo com Lara, ouvir o que ela tinha a dizer, tirar todas as suas dúvidas, e montar um plano a partir daí. Se ela acreditasse, se fosse mesmo verdade, teria informações para convencer Mari. Se não acreditasse, e fosse besteira, estaria com tudo às claras e deixaria de lado a invasão constante em seus pensamentos.

Era sobre isso que refletia enquanto percorria as ruas de Catarina de bicicleta, vendo o movimento da manhã: o sacolão de verduras na praça, os fiéis saindo da primeira missa, as crianças correndo pela calçada. Quando pedalava, a sensação constante de distância daquela vida plena das outras pessoas se tornava menos angustiante, e mais agradável — ela via as paisagens humanas e naturais sem expectativa de participar.

Chegou a demorar, portanto, para processar o que via: como se os pensamentos tivessem ganhado vida, se concretizado na

198 sofia soter

cena a seu redor, Lara saía da padaria, sozinha, comendo um sonho recheado de creme. Como naquela primeira vez em que tinha prestado atenção nela, na margem da cachoeira, Duda se impressionou com o contraste: Lara, tão pálida, andando a passos leves, lentos e quase flutuantes, diante da fachada vermelho-alaranjada da padaria, no meio das conversas em voz alta dos vizinhos de roupas coloridas; um fantasma caminhando no mundo dos vivos.

Duda freou a bicicleta bruscamente, raspando o tênis no chão.

— Lara!

Lara se sobressaltou, se virou com rapidez em busca da origem do som, e a impressão fantasmagórica se dissipou: o rosto corado de frio, os fios de cabelo um pouco agitados pelo vento e a expressão de susto firmavam sua existência como muito humana.

Duda deu mais um impulso na bicicleta para atravessar a rua e chegar à menina que a esperava, parada no meio da calçada.

— A gente pode conversar? — Duda perguntou.

Ao encontrar Lara ali, sentiu uma urgência premente de resolver aquilo logo. Imaginava que Lara compartilhasse do sentimento, porque a menina assentiu no mesmo instante.

— Vamos ali no chafariz — propôs Lara.

Duda saltou da bicicleta e foi empurrando, ao lado de Lara, até a praça. O chafariz ficava em um canteiro, e nos dias quentes vivia cheio de gente sentada na beirada, e mesmo de crianças que entravam na água para se refrescar. Nos dias frios, porém, ficava vazio, e elas se instalaram sentadas na borda de pedra, distantes do movimento de quem ia e vinha por ali. Ninguém parecia ter vontade de se demorar na área aberta e fustigada pelo vento.

— Você pensou mais no que eu contei? — perguntou Lara, depois de alguns instantes de silêncio.

Duda olhou para ela, tentando não hesitar. Fez que sim com a cabeça.

— Eu acho que... Eu estou mais disposta a acreditar. Me conta mais?

Lara suspirou ao lado dela, e desatou a falar.

O Legado das Águas **199**

Lara

Lara estava pensando em Duda ao sair da padaria, e se assustou ao ouvi-la chamar seu nome. Tinha dormido mal e acordado cedo, e, ao sair para dar uma volta, sentiu vontade de comer um sonho. O gosto do doce, logo na primeira mordida, a lembrou da visita de Duda a sua casa, do gesto de amizade que ela recusara, de todos os gestos que ela recusara antes e depois daquele. E, com o sabor na boca e Duda em sua frente, sentada no chafariz e pedindo para ela contar a história de Catarina, os motivos para tamanha recusa pareciam estranhamente distantes.

— Eu já contei o importante. Mas se eu puder contar mais alguma coisa que vá ajudar você a se convencer, pode me perguntar. Eu sei que já falei que é sério, mas repito: é grave, Duda. É urgente. Não sei o que você tem que fazer para ir embora daqui, mas tem que ir.

Duda não demonstrava o mesmo desdém daquela conversa na saída da escola. Em vez disso, procurou o olhar de Lara, de sobrancelhas um pouco franzidas, como se investigasse algum sinal ali.

— Me conta melhor como funciona — pediu Duda. — Se eu ficar aqui, o que exatamente vai acontecer?

Lara deu de ombros, sentindo de novo a ansiedade que vinha ao tentar explicar o inexplicável. Pensou nas perguntas das crianças na catequese, na autoridade da voz do padre quando explicava as verdades categóricas do reino de deus. Mas ela não era padre nenhum, e sua voz era frágil, fina, como tudo nela, e lhe faltava a firmeza de quem convencia rebanhos a seguir o caminho correto.

— Eu já disse, varia. Você vai sofrer um acidente. Ou vai ficar doente. Ou vai começar a adoecer de outros jeitos, da cabeça…

— E por que eu, especificamente?

Havia um toque combativo na voz dela, mas, principalmente, parecia movida por uma urgência curiosa.

— Começa pelos mais novos — explicou Lara. — Então você. Depois sua irmã. Depois seus pais, na ordem de idade deles.

— Como você sabe disso?

Lara deu de ombros. Ela sabia daquilo como sabia todos os outros fatos da vida mundana. Era verdade, pura e simples.

— Em geral, é o que acontece. Teve uma família que morou na casa de vocês uns dois anos atrás, era um casal com um filho mais ou menos da nossa idade e um bebê — contou. — O bebê foi o primeiro a morrer. Isso quando não morre todo mundo de uma vez.

Dessa vez, Duda fez silêncio, em vez de cortá-la com mais uma dúvida ávida. Lara esperou a próxima pergunta.

— Quantas... — Duda começou, hesitante. — Quanta gente morreu na nossa casa?

Lara franziu a testa.

— Sei lá. Eu não fico contando.

— Foi tanta gente que você perdeu a conta?

Lara olhou ao redor por um instante. Dito dessa forma, parecia mesmo estranho, mas era assim. A vida dela era essa.

— O que você acha que uma maldição faz? — foi o que retrucou para Duda, que não respondeu. — Catarina toda é assim. As pessoas chegam, as pessoas morrem. As pessoas saem, as pessoas morrem. Não adianta contar.

— E vocês não fazem *nada*? — perguntou Duda, e Lara detectou uma nota de raiva ali. — Vocês só deixam as pessoas chegarem aqui, viverem aqui, morrerem aqui?

— Queria que a gente fizesse o quê? Contasse pra todo mundo, sendo que ninguém ia acreditar? Não dá para impedir as pessoas de virem morar aqui. Não dá para salvar a vida de todo mundo.

Duda fez silêncio outra vez. Lara balançou a cabeça, e voltou a encará-la.

— Eu estou te avisando, não tô? — acrescentou. — É alguma coisa.

Duda encontrou seu olhar por um instante, antes de desviá-lo.

O Legado das Águas **201**

— E por que você está me avisando? — perguntou, com a voz mais tímida do que antes.

Era uma variação da pergunta que Lara se fazia desde que Duda chegara a Catarina. Ela sentiu um nó no estômago, as palavras todas emboladas e querendo ser regurgitadas. Mordeu o lábio, pensativa.

— Eu não... — começou, parou. — Eu senti... — Tentou de novo, parou de novo. — Quando vocês chegaram aqui, eu te vi e eu senti... Não sei. Você apareceu, e eu notei, e normalmente não noto gente nova, não noto ninguém, porque não *adianta* notar ninguém. Mas você, eu notei — explicou, procurando palavras para descrever emoções que não reconhecia, rejeitando as que conhecia por parecerem inadequadas. — E continuei *notando*. Você não parou de aparecer, e eu não parei de reparar, e aí outro dia pensei que... Eu não queria que a maldição se aplicasse a você. Não queria que você morresse, e não é que eu queira que mais alguém morra, mas não penso nisso, e você... Você, eu *especificamente* queria que não morresse.

Fez-se silêncio. Era a declaração de sentimentos mais besta que Lara já tinha ouvido, e ela nem sabia se fazia sentido, mal sabia que sentimentos eram aqueles que estava declarando.

— Ah. — Foi tudo que Duda soltou em reação.

— É — disse Lara, com um suspiro. — Ah.

Mais um instante de silêncio e, graças a deus, Duda voltou ao assunto original. Lara se sentia muito mais à vontade tentando descrever desígnios divinos e mortes macabras do que expressando emoções.

— Mas e vocês, que são daqui? Não acontece nada de ruim? Ninguém morre?

Lara torceu a cara.

— Morre, claro. Meu pai era daqui e morreu, por exemplo. Mas...

— Meus pêsames — interrompeu Duda.

— Obrigada — respondeu Lara, automaticamente.

Ela mal lembrava do pai. O roteiro dos pêsames e dos agradecimentos era, para ela, como o roteiro de desejar saúde após um espirro.

— Enfim — continuou —, a gente não ganha nada com isso. Não é uma barganha mágica, a gente não troca as almas de forasteiros por vida eterna, não entrega donzelas virgens ao dragão em nome de proteção às terras, essas besteiras de contos de fadas. É uma *maldição*. É ruim pra todo mundo. Só é ruim de jeitos diferentes: pra gente, a vida em Catarina é normal, e normal inclui ruim... e aí é ruim de jeitos mais, sei lá, místicos se a gente sai. Para vocês, que não são daqui, a vida fora de Catarina é normal, mas *aqui* é ruim de jeitos místicos. Faz sentido?

Duda soltou um muxoxo pensativo.

— Não muito — respondeu, por fim. — Mas muita coisa na vida não faz sentido.

Lara pegou um pedaço do sonho que tinha ficado esquecido pela metade no saquinho de papel da padaria. Enquanto mastigava, ofereceu o resto para Duda, que aceitou. Por alguns segundos, as duas comeram em silêncio.

— E é pra fazer o quê com isso? — perguntou Duda.

— Não tem nada pra fazer — disse Lara. — Vocês só têm que ir embora.

— Eu tenho quatorze anos, Lara. Não posso só "ir embora".

— A gente vai ter que dar um jeito.

Duda pegou a mão de Lara e apertou.

No fundo do peito, Lara sentiu a emoção conflitante que sempre lhe vinha com Duda, a vontade ao mesmo tempo de se aproximar e de fugir daquele "a gente". Ela apertou a mão de Duda de volta, e usou todas as suas forças para não ir embora.

Capítulo 25

Mari

Mari passou o sábado na cama, se levantando só para comer alguma besteira na cozinha e trocar o filme, tentando não pensar demais na noite anterior e ignorando as mensagens de Felipe. Infelizmente, era difícil não pensar, e a memória voltava a ela em partes ao mesmo tempo vívidas e nebulosas, como um sonho que deixava impressões fortes e detalhes vagos: o êxtase de estar a sós com Felipe e de sentir o toque dele; o medo da possível violência entre Felipe e Gabriel, no meio da madrugada e em um lugar ermo; a raiva de ser usada como argumento em uma discussão que não tinha nada a ver com ela; a dor empática pelo sofrimento que o namorado dela ainda vivia; os brilhos e as sombras da noite, o cheiro de grama e eucalipto, o rumor da água corrente.

Finalmente, no fim do dia, a mãe de Mari bateu à porta.

— A gente vai sair agora, tá? Tudo bem por aí?

— Tudo — respondeu Mari, pausando a televisão. — Só cansada da semana.

Julia fez uma cara de dúvida, mas acabou não insistindo.

— A gente volta amanhã cedo, de novo — falou, com um suspiro. — Essas trilhas noturnas cansam horrores, mas os turistas adoram.

— Tá bom — disse Mari, e bocejou. — Vou ficar vendo TV.

— Não deixa de lembrar sua irmã de jantar, tá?

— Pode deixar.

Sem esperar que a mãe respondesse, Mari deu play no DVD outra vez. Ouviu, ao longe, os pais descerem a escada, saírem de casa, darem partida no carro. Por fim, com um suspiro, pegou o celular.

Mari hesitou, lendo as poucas mensagens que ele tinha mandado ao longo do dia. A ideia de encontrá-lo não vinha acompanhada da mesma excitação de 24 horas antes, quando a perspectiva de duas noites seguidas ao lado dele chegava a fazê-la rir de expectativa; porém, ainda parecia uma oportunidade rara — e, mais ainda, ela sabia que precisavam conversar. Respirou fundo e mandou uma mensagem avisando que os pais tinham saído e ele podia ir para lá, abanando o braço com o celular para encontrar o ponto em que o sinal pegava melhor no quarto.

Felipe

Felipe chegou na casa de Mari quando começava a escurecer. A noite, como a anterior, estava clara, sem sinal de chuva, mas o vento frio estava mais forte do que na véspera. Ele apagou o segundo cigarro do curto trajeto, abanou as mãos para se aquecer e tocou a campainha, que a seus ouvidos era alta demais para a noite tão quieta.

Depois de alguns instantes, escutou passos descendo a escada, e finalmente Mari abriu a porta. Ela estava menos arrumada do que de costume, mas não menos bonita. Sorriu para ele com uma expressão cansada, e o puxou pela mão para um beijo rápido. Felipe sentiu um nó se desatar ao toque dos lábios dela.

Ele a seguiu até o quarto e, assim que fecharam a porta, começou a falar:

— Desculpa. Ontem eu... Eu fui pego de surpresa, e acho que ainda fico meio na defensiva com ele, mas...

— Você *acha*? — cortou Mari, mas a ironia era mais carinhosa do que mordaz.

Felipe fez uma careta e se largou sentado na beira da cama. Mari se aproximou, parando de pé na frente dele, encaixada entre seus joelhos.

— Eu estraguei nossa noite com uma briga besta — falou, por fim, erguendo os olhos para Mari. — Desculpa.

Mari suspirou, e se abaixou para mais um beijo rápido.

— Tudo bem — murmurou. — Vem cá.

Ela se afastou, mas foi apenas para sentar-se também na cama, recostada nas muitas almofadas. Felipe a acompanhou com prazer, se aninhando no abraço para o qual ela o convidava, de cabeça apoiada no peito dela. Ficaram assim por um tempo, em silêncio, e o carinho que Mari fazia nas costas de Felipe estava prestes a botá-lo para dormir quando ela voltou a falar.

— Eu sei que você gostava muito do Gabriel — começou ela, com o tom ao mesmo tempo compreensivo e hesitante. — Gosta muito dele, não sei. E não precisa negar, nem se justificar.

— Eu gosto muito de *você* — explicou ele, mesmo assim.

— Eu também gosto muito de você — disse ela, e, mesmo com a cabeça encostada no peito de Mari e sem ver seu rosto, ele ouviu o sorriso. — Mas você gosta, ou gostava, muito ou pouco do Gabriel, e tudo bem. Eu entendo, ele às vezes é gostável. É detestável, mas também *pode* ser gostável — acrescentou ela, e Felipe riu um pouco. — E vocês terminaram, e foi confuso, e eu sei que ele te magoou, e pelo que eu vi ontem acho que você também magoou ele… E, de novo — continuou ela, cortando o impulso de Felipe de abrir a boca para se defender —, *tudo bem*. O que eu não gostei, ontem, foi de ser usada de dardo para acertar um alvo que não tem nada a ver comigo.

Felipe sentiu aquele nó no peito de novo. Abraçou com mais força a cintura de Mari, buscando conforto, e se aliviou ao sentir o carinho que ela fazia nas costas subir para a nuca e descer outra vez.

— Desculpa — murmurou ele.

— Eu já desculpei — disse ela, e pontuou a frase com um beijo na cabeça dele. — Mas eu não quero que isso aconteça de novo. Tá?

Felipe fez que sim com a cabeça, enfaticamente. No entanto, não resistiu ao impulso de justificar:

— Mas foi ele quem...

— Lipe, não me interessa que foi ele quem começou. Ele foi escroto, e eu fiquei puta e fiquei ofendida, mas eu sei me defender sozinha. E, principalmente, ele não é meu namorado, ele não é nem meu amigo. Você é, e por isso é para você que eu vou pedir para não fazer isso de novo. Mesmo que ele comece.

Felipe concordou outra vez com a cabeça, dessa vez mais comedido. Ela estava certa. Ainda era estranho para ele ter um relacionamento em que aquelas conversas fossem possíveis, em que entender e dizer o que ele estava sentindo, e ouvir o que a outra pessoa estava sentindo, fosse a norma, em que o jeito de manter a paz não fosse dar a melhor jogada no joguinho do convencimento e da sedução. Ainda sentia um pouco daquela vergonha misturada ao alívio, e, ali no meio, um incômodo mais distante, a culpa por esconder de Mari os medos e perigos de Catarina.

— Tá bom. Des...

— Não precisa mais se desculpar, temos coisas mais interessantes pra fazer.

Mari o puxou um pouco para cima e o beijou. Dessa vez, o toque dela foi mais lento, mais deliberado, e Felipe suspirou ao beijá-la. Por um brevíssimo instante, ele pensou no que Gabriel dissera na noite anterior: era mesmo mais fácil estar ali com ela; ali estavam, em uma cama; ali estavam, se beijando em um sábado, na casa dela, sem o mesmo medo. Então, ele a beijou de novo, e todos os pensamentos se foram, dando lugar a vontades mais urgentes.

O Legado das Águas **207**

Mari

Mari deixou Felipe abrir a janela do quarto e fumar sentado no parapeito enquanto ela se embrulhava no edredom para se proteger do frio. Sentindo o corpo e a cabeça lentos e relaxados, ela o observou à luz amarelada da luminária da mesa de cabeceira, no contraste com a noite já plenamente escura.

— Você quer comer alguma coisa? — perguntou ela, se espreguiçando.

— Eu topo jantar — respondeu ele, esticando a perna no batente da janela. — Posso fazer alguma coisa pra gente.

— Hmmm, que luxo, um namorado prendado que sabe cozinhar. Eu prometi pra minha mãe que ia arranjar jantar pra Duda, mas mal olhei na cara dela hoje… Acho que ela tá em casa porque vi a porta do quarto fechada e a luz acesa, mas nem ouvi quando ela chegou.

— Vocês ainda estão brigadas?

Mari fez uma careta.

— Acho que sim — falou. — Não. Sei lá.

— Você acabou nunca me contando exatamente o que rolou.

Mari se enroscou mais no edredom e fechou os olhos por alguns instantes. Ela não tinha explicado a briga para Felipe, porque não sabia nem como explicar. Mari não sabia ficar brigada com Duda, mas também não sabia como fazer as pazes depois daquela conversa estranha. Duda não se desculpara, e Mari não queria se desculpar primeiro, porque não achava que tinha feito nada errado. Ao mesmo tempo, ficava preocupada com a irmã, temendo que ela estivesse se deixando levar cada vez mais por aquela conspiração besta da Lara.

— Foi uma besteira, eu nem sei — respondeu, por fim. — Ela está se sentindo muito sozinha aqui… E desde que eu e você nos aproximamos… Acho que ela sente certo ciúme. Ou certa inveja, talvez? Por eu ter arranjado um namorado?

Mari sacudiu a cabeça.

— Não sei — continuou. — Ela tava meio obcecada por uma palhaçada que a Lara, irmã do Gabriel, contou. Acho que a Duda tá levando muito a sério tudo que a Lara diz, porque quer muito se aproximar mais dela, mas é uma amizade meio complicada... Ela deve ter puxado ao irmão.

Felipe riu de leve, da janela.

— O que foi que ela contou? — perguntou ele, soando um pouco distraído.

Mari revirou os olhos só de lembrar.

— Típica lenda urbana idiota, na linha da loira do banheiro, essas paradas. Ela acha que Catarina é uma cidade amaldiçoada.

O clima da conversa mudou abruptamente. Em vez de rir, ou de tranquilizá-la, Felipe respondeu com silêncio. Mari franziu a testa, vendo o gesto agitado dele para bater as cinzas do cigarro no parapeito, o rosto virado para o negrume do céu. Um relâmpago acendeu o ar, um clarão brusco que delineava o rosto dele em luzes e sombras novas.

— Lipe? — chamou, com um incômodo repentino do peito.

— Hm? — murmurou ele em resposta, uma distração fingida que não a convenceu nem um pouco.

Mari se levantou um pouco na cama, os músculos se tensionando todos de uma vez. Antes que ela conseguisse insistir, porém, o trovão seguiu o relâmpago, um som tão grave que a estrutura da casa vibrou. E, imediatamente depois, desabou a chuva. Não era uma garoa, nem as primeiras gotas que prenunciam uma chuva maior — era uma tempestade torrencial, batendo no telhado com a mesma força da água que descia a montanha e atingia as pedras da cachoeira.

Felipe se levantou de um salto, deixando o cigarro cair pela janela, e fechou o vidro, se protegendo das gotas grossas e pesadas que já começavam a invadir o quarto. Mari estremeceu com um calafrio fundo, e Felipe pareceu perceber, pois se juntou a ela na cama, entrou debaixo do edredom e enroscou o corpo no dela.

O Legado das Águas **209**

— Você tá gelado — murmurou ela, se aninhando mais no abraço de Felipe, encostando a cabeça no peito dele, na altura do coração que escutava bater no ritmo da chuva.

Ele sussurrou um pedido de desculpas, e logo o contato do corpo dos dois debaixo das cobertas equilibrou a temperatura, e o calor retornou. A chuva continuava a cair com força, e Mari pensou vagamente nas outras janelas da casa, cogitou conferir se estavam fechadas, mas logo desistiu. Não tinha a menor coragem de se levantar no momento.

— Essa história da Duda — disse Felipe, em uma voz baixa que fez mais um calafrio percorrer Mari — não é só invenção da Lara.

— Como assim? — perguntou Mari, ao mesmo tempo curiosa e desejando não saber.

Felipe demorou um pouco para responder, esfregando as costas de Mari com a mão para esquentá-la.

— Não é bem uma lenda tipo a loira do banheiro. É mais… É uma coisa em que todo mundo acredita por aqui.

Mari franziu a testa e se encolheu mais no peito dele, esperando que fosse oferecer conforto.

— Você acredita?

Felipe soltou uma mistura de murmúrio e suspiro, que Mari sentiu ecoar no próprio corpo.

— Às vezes — respondeu, enfim.

Mari esperou que ele continuasse. Como ele não disse mais nada, ela abanou a mão no ar, em um gesto de "elabore". Ele suspirou outra vez.

— O que a Duda contou da maldição?

Mari torceu a cara um pouco, tentando lembrar.

— Quem é daqui não pode ir embora — falou, devagar, tentando recordar as palavras exatas da irmã —, e quem não é não pode ficar.

— Tá. Minha mãe não é daqui. Eu já te disso isso, né?

— Já.

210 sofia soter

— Meu pai é daqui, a família dele toda é daqui — continuou ele. — Minha mãe chegou aqui vinda de Minas, e conheceu meu pai, e se apaixonou, e eu nasci... E, quando eu ainda era bebê, ela foi embora. Eu não sei de verdade por que ela foi embora, não tenho como perguntar para ela, porque nem sei por onde ela anda... Mas meu pai diz que é por causa disso. Da maldição.

— Por ela não poder ficar aqui?

— Isso. Eu em geral acho que é desculpa dele. Que ele não quer assumir responsabilidade pela separação, ou que não quer responsabilizar ela, ou sei lá... É mais fácil, né? Dizer que foi o destino, ou um desejo divino, ou uma força sobrenatural. Assim, ninguém nunca tem que ter culpa de nada — prosseguiu Felipe, a voz um pouco mais apressada, o ritmo de quem tenta fazer sentidos demais caberem nas mesmas frases. — E, se ninguém tem culpa de nada, é injustiça minha ficar com raiva?

Felipe parou de falar por um instante, e Mari o sentiu respirar fundo. Ela pegou a mão dele e a acariciou em um pequeno gesto de encorajamento, sem querer interromper aquele fluxo quase confessional.

— E meu pai — prosseguiu Felipe, e seu tom mudou um pouco, mais frágil —, sabe, você viu. Ele não tá bem. Não tá bem desde que minha mãe foi embora, ou talvez desde antes disso, mas com certeza piorou desde então. Eu sei que... Eu sei que nesse caso também não tem explicação mágica pra ele estar mal, eu *sei* que alcoolismo é uma doença, mas... Mas e se... Mas e se for tudo porque ele se juntou com a minha mãe? Porque ele cometeu o erro de se apaixonar por alguém que não é daqui, alguém que não poderia ficar, alguém que ele estaria fadado a perder? Talvez, se não fosse Catarina, se a gente não tivesse nascido aqui, nesse fim do mundo maldito, se...

Ela sentiu Felipe engasgar um pouco, escutou ele fungar como se contivesse o choro, e a tristeza a contagiou. Não estava prestes a acreditar de verdade em maldição nenhuma, mas a ideia de que Felipe podia acreditar, de que sentia uma inevitabilidade tão profunda nas suas circunstâncias mais infelizes, fez tudo dentro dela se contorcer de dor.

— Eu acho que não acredito — prosseguiu ele, com um esforço nítido de controlar a voz. — Mas... Se for mentira, minha mãe me abandonou mesmo, me deixou aqui com meu pai, sem notícias nem contato. E, se for verdade... Se... Mari, se for verdade, nem adianta eu procurar minha mãe um dia. Porque ela vai estar sempre lá fora, e eu sempre aqui dentro. E, se for verdade, você... Você está em perigo, e a gente...

A voz de Felipe se cortou, perdendo a força de concluir o pensamento. Mari o abraçou com mais força, e engoliu as dúvidas e as perguntas sobre aquela história que parecia vinda de um conto de fadas sombrio, sobre a justificativa infantil para uma dor tão adulta. Engoliu o impulso de chorar por Felipe, engoliu tudo aquilo, e murmurou palavras sem sentido de conforto até que ele se acalmasse.

Capítulo 26

Lara

Era a primeira vez que Lara entrava na casa da frente, e ela resistiu ao impulso curioso de xeretar e seguiu Duda até o quarto, no segundo andar. Depois de se encontrarem na saída da padaria, o dia se estendera sem indício de despedida. A disposição de Duda de acreditar nela, e aquele "a gente" traiçoeiro que fazia seu peito tremer, tinham servido de atalho para um retorno à estranha intimidade forjada quando a garota a visitara na semana que Lara tinha passado em casa, escondendo o rosto machucado.

O assunto da conversa era, principalmente, a maldição de Catarina, mas havia algo na franqueza de Duda, na tendência dela de fazer perguntas sinceras e dizer o que estava pensando, que deixava Lara mais à vontade para se abrir sobre outros aspectos da vida. Sentadas na cama, elas seguiam a conversa enquanto a luz e as cores do dia mudavam do outro lado da janela, enquanto os pais de Duda passavam lá para se despedir, enquanto escutavam Mari subir a escada com mais alguém, até cair a noite e, com ela, uma chuva tão forte que a rua viraria um rio lamacento. Lara olhou pela janela, para a própria casa que via bem em frente, e sentiu uma pontada de ansiedade pensando em voltar.

— Vixe, sair nessa chuva é um perigo — disse Duda, como se lesse sua mente. — Se quiser, pode dormir aqui... — acrescentou, com certa hesitação.

O Legado das Águas **213**

Lara olhou de relance para Duda, e voltou a olhar pela janela. Não queria interromper o dia de conversa, mas os pesadelos que ameaçavam atingi-la com a água que caía do céu não pressagiavam uma boa noite.

— Acho melhor voltar pra casa — começou a responder, se voltando para Duda. — A gente se fala…

A frase foi cortada pelo movimento brusco que a pegou de surpresa, pelo baque surdo que acompanhou o silêncio. Lara olhou para Duda, desmaiada no chão do quarto, e só percebeu que estava gritando quando Mari escancarou a porta.

Duda

Em um segundo, Duda estava no quarto, conversando com Lara.

No segundo seguinte, estava perdida em um pesadelo.

Duda estava afundando, puxada por um redemoinho na água escura, engolida pelas sombras e pela pressão até não enxergar mais nada, não sentir mais nada, não perceber mais nada. Ela esperava silêncio, mas o que ouvia era gritos, berros de desespero que ecoavam pelo líquido em tons melódicos e distorcidos, que ela sentia vibrar na pele. Duda quis gritar, mas água entrou pelo seu nariz e pela sua boca, pela garganta, pelo pulmão, a água se entranhou dentro dela, e as duas eram uma: Duda e a água, a água e Duda.

Capítulo 27

Mari

Mari abriu a porta do quarto de Duda com tanta força que entrou tropeçando, e seguiu o ímpeto até cair de joelhos ao lado da irmã. Duda estava no chão, de olhos fechados, largada em um ângulo meio estranho na frente do armário, com uma perna mais dobrada do que a outra, os braços tortos. Duda estava deitada, mas não estava dormindo, e Mari não conseguia entender a imagem, não conseguia processar o que via nem o que tinha acontecido, o cérebro inundado de pavor e adrenalina fazendo a visão tremer, a voz tremer, as mãos tremerem ainda mais.

— Duda? — chamou, tocando o braço da irmã como fazia quando queria acordá-la de um cochilo, mesmo sabendo que aquilo não era um cochilo. — Dudinha? Duda? Duda? — insistiu, sacudindo o braço dela.

Em pânico, ela tateou o pescoço da irmã, o peito, o rosto, tentando identificar a respiração, o coração batendo, mas Mari estava tão atordoada, tão nervosa, que não conseguia confiar no que sentia, nem no que via. Apoiou a mão na altura do coração de Duda e tentou respirar, contar os segundos, sentir a mão subir e descer com a respiração dela.

Ela estava respirando. Estava viva.

A onda de alívio carregou Mari imediatamente para outra emoção, outro lado do pavor. Ela se virou para Lara, que tinha

O Legado das Águas **215**

gritado, que estava ajoelhada ao seu lado, que estava ainda mais pálida, de olhos vermelhos e chorosos, e disparou:

— O que você fez com ela?

A menina recuou, se desequilibrando, e voltou os olhos arregalados para Mari.

— Eu? Não, eu não fiz... Ela... Ela caiu... A gente estava conversando e...

— O que você está fazendo *aqui*? — Mari perguntou, ouvindo a própria voz cada vez mais estridente, o pânico por Duda escapando dela em raiva e acusação. — Por que você não larga do pé da minha irmã?

Lara recuou ainda mais, murmurando palavras confusas e se arrastando pelo chão até bater de costas na cômoda, como se fugir de Mari fosse urgente. Mari percebia que ela estava assustada, percebia que ela era pequena e frágil e praticamente uma criança e estava perturbada e chorando, mas nada disso era mais forte do que seu desespero por entender o que estava acontecendo, por tomar algum controle da situação.

— O que aconteceu com a Duda? — insistiu.

— Eu não sei! — respondeu Lara, uma exclamação amedrontada, chorosa. — Foi... Ela caiu... Deve ter sido...

— Se a próxima palavra que sair da sua boca for "maldição", eu vou te tirar daqui à força! — vociferou Mari.

Ela não aguentava mais aquilo, aquela história besta mexendo com a cabeça de todo mundo. Duda tinha desmaiado, Duda não acordava, Duda estava sofrendo de alguma coisa, e ainda assim Lara vinha com aquela crendice. Não bastava a briga que Mari tivera com a irmã por causa daquilo, a briga que ela ainda sentia no peito, misturada ao medo de Duda não despertar, porque poderia ser a última impressão que Duda teria dela. Não bastava Felipe, que minutos antes estava chorando no abraço dela por causa daquela mesma lenda, com medo de uma magia vingativa que ele temia estar por trás de sua dor.

Mari não suportaria mais um pio sobre aquela maldição.

— Ei, Mari — chamou Felipe, com cautela, devagar, e ela se virou para ele de sobressalto, quase esquecendo que ele estava ali no quarto. — Deixa a Lara, ela está assustada. Vamos cuidar da Duda.

Ele a olhava com uma expressão resguardada, e se aproximava a passos cuidadosos. Em um breve instante de lucidez, Mari percebeu que talvez fosse assim que ele estivesse acostumado a acalmar o pai. A percepção só fez Mari se sentir ainda mais desesperada.

— Eu *estou* cuidando da Duda! Mas como é para eu cuidar dela sem saber o que aconteceu? Como é para eu ajudar se só me vêm com essa lenga-lenga mística?

— Que tal ligar para seus pais? — perguntou Felipe, com calma forçada. — Meu celular tá sem sinal por causa da chuva. O seu pega? Tem telefone fixo? Quer que eu ligue?

Mari sentiu o impulso de rejeitar a ideia, apenas por angústia, apenas por raiva da situação, mas pestanejou, abanou a cabeça, voltou a si.

— Claro — murmurou, sentindo o mundo retomar um pouco de sua nitidez. — Tem um telefone sem fio na sala. Busca para mim?

Felipe fez que sim com a cabeça e Mari se voltou para Duda. Pelo canto do olho, viu ele murmurar alguma coisa para Lara, ajudar ela a se levantar, levar ela consigo.

— Duda — chamou Mari outra vez, balançando o braço da irmã.

Duda

Duda estava sufocando, a água dentro dela espessa como cimento, preenchendo cada cavidade e reentrância, sem deixar espaço para o ar, para o sangue, para ela. Era o fim, ela pressentiu, mas o fim não chegava, e ela sufocava, sufocava, sufocava, o desespero constante sem alívio de quem era impedido de partir.

Ela seria devorada pela água, enterrada sob o musgo, esmagada pelas pedras, e sentiria aquilo tudo, a eternidade atormentada do pesadelo.

Ela estava fervendo. As bolhas estouravam dentro dela e fora dela, a pele vermelha e queimada, derretendo e descolando da carne. Tudo ardia, do que antes eram seus pés ao que antes era sua cabeça, mas ela nem sabia mais se essas palavras — pé, cabeça, pele — significavam alguma coisa, se ela ainda as tinha, se ainda era um corpo vivo, se ainda era uma pessoa. Ela não conseguia se mexer, não tinha controle de nada, não tinha consciência nem razão. Duda era apenas sentidos, a escuridão ardente da água e do fogo, se desfazendo em ciclo, sem nunca acabar.

Mari

O que era para fazer em caso de desmaios? Ela deveria saber, a informação deveria existir em algum canto de seu cérebro. O que faziam na televisão? Ela já tinha visto alguém ensinar na internet? Algum professor na escola já tinha explicado? Não lhe vinha nada, e enquanto isso o tempo passava, e Duda dormia aquele sono que não era sono algum.

Felipe voltou correndo, esbaforido, e entregou o telefone sem fio para Mari. Lara não voltara com ele, mas ela não deu atenção, não pensou em perguntar o motivo, nem onde ela estava. Mari se concentrou em ligar para os pais, mas seus dedos tremiam tanto que ela errou o número duas vezes. Quando finalmente conseguiu discar o número da mãe, caiu na caixa postal. Ela fez o mesmo com o número do pai, e o resultado foi igual. Tentou de novo o da mãe. De novo o do pai. De novo. De novo.

— Puta que pariu! — exclamou, e foi ao ouvir a própria voz embargada que percebeu que estava chorando. — Essa merda de chuva deixa a gente sem sinal, e deixa eles sem sinal, e não dá nem para sair de casa, e se eu encostar em qualquer carro de novo meus pais me matam, e nem adianta eu encostar, porque a rua virou um rio e eu não sei o que fazer, eu não sei o que fazer, eu não sei...

— Mari! — chamou Felipe, interrompendo-a.

— Deixa eu chorar!

— Não, Mari, a Duda — insistiu Felipe, e se ajoelhou ao lado dela. — Duda?

Mari se virou, atordoada, e viu que Duda estava se mexendo. O coração dela deu um pulo, um mergulho, um nó, um movimento complexo todo ao mesmo tempo, sem saber se era bom ou mal sinal, se Duda estava acordando ou tendo algum tipo de convulsão, sem saber o que fazer.

Duda entreabriu os olhos. Entreabriu a boca. Soltou um murmúrio. Mari pegou a mão da irmã e foi então que percebeu que ela estava ardendo em febre.

— Traz uma compressa fria — ordenou Mari, tocando a testa de Duda, o lado do rosto de Duda, o pescoço de Duda, reparando vagamente estar repetindo os gestos da mãe sempre que uma delas dizia estar doente. — Ou gelo. E um remédio pra febre, tem no banheiro.

Felipe murmurou alguma coisa em resposta, saiu correndo do quarto, e Mari continuou tateando o rosto da irmã, como se alguma coisa fosse mudar. O suor frio que cobrira o corpo de Duda molhava a roupa, dando à pele um brilho estranho por cima da vermelhidão da febre. Duda não estava mais inerte, mexia-se um pouco, um movimento lateral com a cabeça, um tremor na mão, um som indecifrável escapando da boca, um estremecimento que fazia tiritar os dentes.

A vida inteira, Mari havia se orgulhado de ser uma boa irmã mais velha. Se, antes de irem para Catarina, perguntassem a ela o que ela faria se Duda estivesse em perigo, Mari juraria que a protegeria a todo custo, que a traria de volta do limiar da própria morte com pura força de vontade, que se vingaria com unhas e dentes de quem ousasse fazer mal à irmã.

No entanto, lá estavam elas: Duda ardendo em febre, e Mari congelada. A irmã estava em perigo, e ela simplesmente não sabia o que fazer. Não sabia do que protegê-la, não tinha contra quem se vingar, e força de vontade não bastava para curar ninguém. E, quando Duda pedira socorro, quando Duda dissera que precisava de sua ajuda, ela tinha lhe dado as costas.

— Aqui — disse Felipe, encostando uma toalha encharcada na testa de Duda. — Eu trouxe mais umas compressas — disse, indicando um balde cheio de panos molhados. — Será que a gente consegue botar ela na cama?

Mari olhou para Felipe e sentiu-se prestes a desabar. Ela deveria ser forte, mas queria só se jogar no colo dele, chorar sem parar e pedir para alguém fazer Duda melhorar. Pela primeira vez em muito tempo, notou que queria a presença dos pais.

— Obrigada — murmurou, com atraso, sem soltar a mão de Duda, sem parar de olhar para Felipe.

— Vem, me ajuda, acho que a gente consegue levar ela — insistiu Felipe, com a voz prática de quem estava acostumado a cuidar.

Ele ajudou Mari a se levantar primeiro e, com o amparo dela, conseguiu pegar Duda no colo e andar até a cama, onde perdeu o equilíbrio e quase tropeçou. No fim, porém, conseguiram deitá-la em cima da coberta. Mari pegou a compressa que tinha caído no chão e colocou de novo na testa dela. Pegou mais uma no balde e botou no peito de Duda, quase no pescoço, onde via a vermelhidão tomar conta da pele.

— O remédio tá aqui. — Veio outra voz, mais fina, fraca e trêmula, e Mari se virou para olhar para Lara, que tinha entrado no quarto com um copo d'água e uma cartela de comprimidos na mão. — Será que ela consegue tomar?

Mari pegou, com um gesto brusco, a cartela que ela oferecia, e Lara se encolheu um pouco antes de deixar o copo na mesa de cabeceira. Com cuidado, Mari se aproximou mais de Duda e levantou a cabeça dela.

— Duda? Duda, vem cá, tenta tomar um remédio.

Precisaram de algumas tentativas, e mais água acabou escorrendo pelo queixo de Duda do que entrou em sua boca, mas ela por fim engoliu um comprimido, engasgando apenas um pouco. Mari tocou seu rosto mais uma vez, e achou que a temperatura talvez estivesse baixando. Ela trocou as compressas.

Duda

Duda estava congelando. Frio e calor, no extremo, eram a mesma coisa, assim como as trevas e aquele clarão, assim como a vida e a morte caminhando naquela corda bamba. Tudo lhe cobria de uma ardência perene que assolava e devastava. Em vez de borbulhar, o mundo ao seu redor endurecia, petrificando o não-estado de seu corpo, prendendo o que quer que restasse dela naquele mesmo lugar, e o rugir da água e o crepitar do fogo deram lugar ao silêncio estrondoso do gelo, estourando seus tímpanos. Ela se entregou, indefesa diante da enormidade daquela força que a consumia.

Capítulo 28

Mari

Foi de repente, sincronizada com o estrondo de um trovão, que Duda realmente despertou, com um arquejo engasgado ao levantar a cabeça do travesseiro. Em uma fração de segundo, Mari, sentada na beira da cama, puxou a irmã para um abraço, estremecendo inteira de alívio. Já era noite avançada, e Mari tinha perdido a conta do tempo passado à cabeceira de Duda.

— Que frio — murmurou Duda, rouca como se tivesse perdido a voz, junto ao cabelo de Mari.

Lá fora, a chuva não dava trégua por um segundo sequer, e a umidade ia entrando na casa devagar. Pouco antes, Felipe tinha saído do quarto de Duda e voltado com agasalhos para todos, e embrulhado os ombros de Mari com uma manta felpuda.

Sem pensar duas vezes, Mari soltou o abraço, se desvencilhou da manta e a usou para envolver Duda. Não sabia se era bom esquentar alguém que tinha acabado de se recuperar de uma febre alta, mas não recusaria o cuidado que podia oferecer.

— Duda… — começou ela, mas não tinha palavras para acrescentar, apenas um soluço de choro que engoliu.

— Que horas são? — perguntou Duda.

— Tarde — respondeu Mari, simplesmente, sem querer sair de perto da irmã para procurar o celular e verificar. — Você… Como você está se sentindo?

Duda franziu a testa, parecendo confusa. Estava encharcada de suor e da umidade das compressas, o cabelo desgrenhado e grudado na cabeça e no rosto, e ainda pálida e abatida, como se aquela doença a estivesse acometendo havia dias, e não meras horas.

— Cansada — murmurou Duda, em resposta. — O que aconteceu? Cadê a Lara?

— Foi com o Felipe buscar um lanche na cozinha. Ela já deve voltar.

Duda murmurou em assentimento, parecendo aliviada.

— O que... — continuou Mari, ainda perdida nas palavras, que sentia tão inadequadas para aquela situação. — O que você lembra que aconteceu?

Duda franziu a testa outra vez, como se exigisse esforço organizar aquela resposta.

— Eu estava aqui com a Lara — falou devagar. — Aí eu...

Passou pelo rosto de Duda, então, uma expressão fugaz que Mari mal teve tempo de decifrar: os olhos arregalados, a boca crispada, a palidez e o suor parecendo subitamente mais pronunciados. Era uma expressão de medo, o medo paralisante do encontro com o pior, um espelho da dor que batia no peito de Mari desde que ela entrara naquele quarto ao ouvir o grito de Lara.

— Não lembro — concluiu Duda, abanando a cabeça.

Mari fitou a irmã por mais alguns segundos, tentando identificar se era mentira, se Duda escondia dela aquilo que lhe causara tamanho pavor, mas o sentimento devastador parecia ter se esvaído com a mesma rapidez com que surgira, e retornara a confusão de antes, o vinco na testa, o olhar que vagava pelo quarto.

— Você desmaiou — disse Mari, então, cautelosa, observando as reações de Duda. — E teve febre. Muita febre — acrescentou, e simplesmente falar aquilo fez sua voz tremer. — Alta.

O Legado das Águas **223**

Duda voltou a olhar para a irmã com aquela expressão a-tordoada.

— Por isso estou molhada assim.

— Sim.

— A mamãe e o papai já voltaram? — perguntou Duda, então, antes que Mari pudesse falar mais qualquer coisa.

— Não consegui falar com eles. Caixa postal direto, prova-velmente por causa da tempestade — explicou Mari, apontando a janela com a cabeça. — Devem voltar só de manhã mesmo.

Duda lambeu os lábios secos, e Mari pegou o copo d'água da cabeceira para oferecer a ela. Depois de um gole sôfrego da água, Duda voltou a falar.

— Melhor assim — murmurou. — Não ia adiantar eles voltarem antes.

A raiva que brotava em Mari sempre que aquele assunto de maldição vinha à tona se antecipou ao que Duda provavelmente diria a seguir, mas ela fez o possível para engolir o sentimento. Ainda estava muito abalada pela sensação de desamparo que sentira enquanto Duda estava desacordada, e pela pontada de culpa persistente por ter se recusado a acreditar na irmã. Respirou fundo, e tentou se convencer a ouvi-la, a se abrir para aquela possibilidade, a crer no que ela dizia.

— Por quê?

— Isso não foi coincidência, Mari — disse Duda, desvian-do o rosto e olhando para as mãos. — Foi a maldição, tem que ser. Aquilo que eu te contei. A Lara hoje me explicou mais, e era para começar comigo, e é isso, é a maldição começando, e… Sei que você não acredita em mim.

Mari pegou a mão de Duda na sua e apertou de leve.

— Eu acredito — declarou Mari, com um suspiro. — Quer dizer, não sei se acredito. Mas posso… Posso supor que é ver-dade, até a gente saber mais, até a gente decidir o que fazer.

Duda apertou a mão de Mari de volta.

— Jura? — perguntou com a voz tão frágil que Mari sentiu vontade de chorar outra vez.

Ela não sabia se podia jurar. Parte dela ainda resistia àquilo, à ideia fantasiosa de uma sina mágica digna de contos de fadas. Porém, se acreditar na maldição pudesse impedir Mari de viver outro momento como aquela noite, ela estava disposta a acreditar em qualquer coisa.

— Eu não posso te perder, Dudinha — foi o que respondeu, então, a verdade que podia proferir sem dúvida.

Duda voltou a olhá-la, e o choro subiu nela como uma onda, transbordando pelos olhos, pelo nariz e pela boca tão rápido que Mari mal teve tempo de abraçá-la antes de ela começar a soluçar.

Duda

Duda sentia que tinha sido atropelada por um caminhão. A memória do que acontecera com ela, o intervalo entre estar conversando com Lara no quarto e acordar atordoada na cama, escapava a cada segundo. Restavam impressões vagas de sonho, imagens fugazes que sumiam quando ela tentava olhá-las, e uma exaustão profunda, de corpo e alma.

Quando acabou de chorar, se afastou um pouco do abraço de Mari, sentindo vontade de deitar, dormir, acordar no dia seguinte e descobrir-se do outro lado de um pesadelo. Porém, foi interrompida pela chegada de Felipe e Lara, ele limpando os óculos na barra de uma camisa de flanela de Mari, e ela engolida por um suéter felpudo, com uma cara quase tão cansada quanto a que Duda imaginava ter no momento. Ao vê-la, o coração de Duda acelerou.

Lara e Felipe pararam onde estavam assim que perceberam que Duda estava acordada. Por um segundo suspenso no tempo, Duda encontrou o olhar de Lara, e viu ali o reflexo de mais uma lembrança passageira das horas perdidas, que veio e foi com um calafrio antes que ela conseguisse capturá-la.

No segundo seguinte, os olhos de Lara começaram a reluzir de lágrimas contidas, e ela avançou em passos impetuosos até a cama, parando bruscamente no meio de um gesto, como se tivesse agido antes do pensamento dar conta da decisão. Pelo canto do olho, Mari viu Felipe se aproximar com mais calma, colocando os óculos de volta com um sorriso cansado, e parar ao lado de Mari, distraidamente acariciando as costas dela.

— Você tá bem? — perguntou Lara, em um murmúrio rouco que revelava o choro recente.

Duda começou a fazer que sim com a cabeça, mudou o gesto para um não no meio do caminho, e acabou apenas dando de ombros. O que ela estava sentindo era confuso demais para caber em "bem" ou "mal".

Como se finalmente decidisse concluir o movimento anterior, Lara a pegou em um abraço repentino, puxando a cabeça de Duda contra a barriga agasalhada. Ela apertou um pouco o abraço, e soltou com a mesma rapidez, recuando um passo.

— Que bom — murmurou, e Duda levantou o canto da boca em um sorriso que nem imaginava ser capaz de abrir naquele momento.

— Eu preciso descansar — disse Duda, depois de mais alguns segundos daquele olhar, se voltando para Mari.

Viu a preocupação tomar o rosto de Mari na testa franzida e na boca fechada com força. A irmã esticou a mão e tocou a testa de Duda, sentindo a temperatura, apesar do termômetro caído na cama.

— Não sei se é bom você dormir — respondeu Mari, e encostou a mão no pescoço de Duda, repetindo o reflexo da mãe delas quando alguma das duas adoecia. — Não dizem que é ruim deixar gente que desmaiou voltar a dormir?

— Eu acho que é só para quem teve uma concussão — disse Felipe.

— E você é médico, por acaso? — retrucou Mari.

Duda achou que ele poderia se incomodar com a resposta ríspida, mas ela o viu sorrir um pouco e apertar de leve o ombro de Mari antes de responder:

— Não sou, mas você também não é. Deixa ela descansar.

Mari franziu mais a testa, e finalmente soltou Duda, com ar mais decidido.

— Tá bom, pode dormir — decretou. — Mas eu não vou sair daqui.

Duda concordou com a cabeça, aliviada, e logo voltou a se recostar nos travesseiros. A roupa de cama cheirava a suor febril, e ainda estava úmida, mas o cansaço era tão profundo que ela não se incomodou. Com um murmúrio de "boa noite", se aninhou nas cobertas e pegou no sono.

Capítulo 29

Gabriel

Na noite de sábado, Gabriel ainda estava se recuperando da ressaca quando começou a cair um toró. Lara não tinha voltado para casa, e Rebecca iniciou o escarcéu, um show que tinha apenas o filho de espectador. O fato de Gabriel insistir que tinha visto, pela janela, a irmã entrar na casa da frente, e que ela provavelmente só tinha preferido ficar protegida da chuva, tinha servido somente para a preocupação da mãe se transformar em raiva. Ele finalmente dormiu de madrugada, com a promessa de buscar a irmã no dia seguinte a tempo da missa, mesmo que a chuva não melhorasse.

Foi assim que, na manhã de domingo, ele se viu atravessar a rua ainda cheia de poças e lama e tocar a campainha dos vizinhos. Naquele instante de calma enquanto esperava alguém abrir a porta, sua cabeça finalmente funcionou o bastante para rememorar com uma clareza injusta, visto o quanto tinha bebido, o encontro com Felipe e Mariana perto da cachoeira. Lembrou, em um lampejo, do que tinha visto, sentido e ouvido e, principalmente, do que tinha *dito*. Lembrou da raiva elétrica e da dor da ferida exposta, e também, lá no fundo, da mistura desagradável de vergonha e culpa.

Tocou a campainha outra vez, um gesto impaciente e quase automático da mão.

Sem resposta, olhou para cima de relance, tentando identificar se tinha alguém acordado, e viu quem achava ser Mariana

228 sofia soter

debruçada em uma das janelas. Antes que ele pudesse fazer sinal para ela, ela sumiu dentro do quarto.

Gabriel passou a mão no cabelo ainda molhado do banho e suspirou. Por que ele estava ali, em vez de deixar Lara e a mãe se virarem? Estava prestes a dar meia-volta e deixar a irmã para lá quando a porta finalmente se abriu.

Mari

Mari acordou com a campainha. Ela bocejou e olhou ao redor buscando se localizar. Estava deitada no chão do quarto de Duda, em cima de um edredom e embaixo de outro, e Felipe estava ao seu lado, ainda dormindo e a abraçando pela cintura. O cômodo estava iluminado pelo sol brilhante, e na cama estavam sua irmã e Lara, que dormia por cima da coberta, no sentido contrário de Duda, com a cabeça perto dos pés da amiga.

A campainha tocou de novo, e Mari finalmente recobrou o restante da consciência. O dia estava claro. Tinha parado de chover. Os pais logo estariam de volta e não podiam encontrar eles assim. Mas não faria sentido, eles não tocariam a campainha. Ela sacudiu a cabeça, tentando fazer o raciocínio pegar no tranco, e se levantou com pressa para ir até a janela e ver quem estava tocando tão insistentemente.

Mari precisou se debruçar na janela para enxergar lá embaixo, e, quando viu quem era, ficou ainda mais confusa do que antes. Sob o céu azul lavado pela chuva, na calçada lamacenta e cheia de poças, estava Gabriel. Ele levantou o rosto para procurar sinal de vida nas janelas e pareceu vislumbrar Mari antes de ela voltar o corpo para dentro do quarto e se agachar abaixo do peitoril.

— O que foi? — perguntou Felipe, ainda deitado, atrás dela. — Tá se escondendo do quê?

Ela se virou para ele. Antes que pudesse responder, envergonhada da reação instintiva e boba, Felipe pareceu acordar de vez também e arregalou os olhos, se levantando com pressa.

O Legado das Águas **229**

— Merda, seus pais chegaram? — perguntou ele, agitado.

— Que horas são?

— Silênciooooooo — resmungou Duda da cama, e, quando Mari se virou, viu ela afundar a cabeça para baixo do edredom.

Lara, enquanto isso, mal se mexia, dormindo que nem uma pedra.

— Não são meus pais — sussurrou Mari, segurando um suspiro. — Ainda. Se arruma e desce pra me encontrar. Vou lá abrir a porta.

Ela não imaginava o que Gabriel poderia querer para tocar a campainha dela em um domingo tão cedo. Se estivesse atrás de Felipe, seria passar um pouco dos limites. Se estivesse atrás dela, seria ainda mais incompreensível.

— O *que* você veio fazer aqui? — perguntou no lugar de um cumprimento quando abriu a porta, de chinelo e moletom, cabelo desgrenhado e cara oleosa de sono e choro.

Gabriel a olhou e abriu a boca por um momento sem dizer nada. Mari esperou, segurando a porta entreaberta. Ele passou a mão no cabelo recém-lavado e ainda molhado.

— Minha irmã tá aí? — perguntou, por fim.

Mari relaxou um pouco. Aquele motivo fazia muito mais sentido.

— Ainda tá dormindo. Quer que eu acorde ela?

Ele suspirou, visivelmente aliviado.

— Por favor? — pediu, hesitante, como se desacostumado àquelas palavras.

Ela fez que sim com a cabeça e soltou a porta, dando meia-volta. Parou depois de dois passos e olhou para trás, e viu que Gabriel continuava a hesitação pouco característica. De mãos nos bolsos, olhava para o lado, parado na soleira apesar da porta ainda entreaberta.

— Pode entrar.

Ele a olhou, mordeu o lábio e assentiu antes de entrar e fechar a porta. Em seguida, parou, de pé, olhando com aparente nervosismo para a sala.

230 sofia soter

— Meus pais não estão — explicou Mari.

— Ah — respondeu ele, e pareceu relaxar um pouco, abaixando os ombros e retomando a postura mais confiante que tinha normalmente. — Legal.

Ela olhou para ele mais um pouco, franzindo a testa, ainda tentando entender o desconforto dele. Levou alguns segundos para se dar conta de que aquela briga perto da cachoeira tinha pouco mais de vinte e quatro horas. Tanta coisa tinha acontecido desde então que Mari quase se esquecera das preocupações que a angustiavam no início da noite anterior.

— Vem, sobe — disse ela, e suspirou.

Assim que se virou e subiu dois degraus da escada, viu Felipe descendo. Ele tinha tirado a camisa de flanela dela e se calçado, e vinha apressado, com a expressão nervosa, provavelmente temendo que tivessem sido pegos na situação comprometedora de ele estar na casa dela assim pela manhã.

— Quem era? — perguntou ele, em um sussurro, ao alcançá-la.

Mari não precisou falar, porque a resposta veio na forma de Gabriel, pisando no degrau atrás dela. Felipe arregalou os olhos, franziu a sobrancelha, corou um pouco. Mari via no rosto dele a mesma confusão que tinha sentido inicialmente ao receber a visita, a mesma percepção de que aquele drama todo era tão recente, por mais distante que parecesse.

— Oi — disse Gabriel, atrás dela, com aquela voz vulnerável e tão pouco característica que ela só o via usar com Felipe.

— Ele veio buscar a Lara — Mari explicou, passando por Felipe e continuando a subir. — Vamos acabar com essa festa do pijama antes que meus pais voltem, por favor.

Ela não esperou para ver a reação dos dois. Não tinha cabeça para aquilo, para emoções tão desconectadas da angústia que apertava seu peito no momento. Diante da preocupação com Duda, triângulos amorosos não eram nada.

Quando chegou ao quarto, viu que Duda e Lara tinham acordado. Duda tinha se levantado da cama e, à luz do dia, o peso da noite era ainda mais visível: o cabelo desgrenhado e melado, a tez pálida, as olheiras, a roupa amarrotada. O cheiro azedo de suor e doença também era palpável no ar, e Mari abaixou o rosto discretamente para cheirar a própria blusa. Fez uma careta. Estavam todos precisando de um banho.

Lara, por sua vez, estava bocejando, se levantando da cama devagar. Tendo passado o pavor da noite, era também tão mais óbvia sua fragilidade que Mari sentiu uma pontada de culpa pela forma como a tratara até então. Tratar com acusações e agressividade aquela menina pequena e assustada, que se afogava no suéter emprestado, era como chutar um pinscher.

— Porra, Lara, queria matar a gente do coração? — soou a voz de Gabriel atrás dela.

Lara imediatamente acabou de se levantar de um pulo, corou e ajeitou a roupa.

— Desculpa — murmurou. — A mamãe...?

— Ela tá puta da vida — disse Gabriel, passando por Mari para entrar no quarto, e pegou a mochila de Lara, que estava em cima da cômoda.

Mari viu, no rosto de Lara, o horror que aquela informação causava. O mesmo brilho assustado nos olhos, o mesmo movimento instintivo de recuo, que tinha visto à noite quando ela a acusara de ser responsável pelo mal de Duda.

— Deixa ela ficar aqui até sua mãe se acalmar — sugeriu Mari, movida por um instinto protetor. — Liga pra casa, diz que ela ainda tá dormindo, sei lá.

Gabriel olhou para Mari de relance, mas desviou o rosto antes de responder:

— Você não conhece nossa mãe.

Mari olhou para Lara também, buscando nela a deixa da reação. Como sua expressão continuava a lembrar a de um gatinho acuado, Mari retrucou:

— Telefona e tenta. Explica que a Lara veio jantar aqui ontem, mas que a chuva não permitiu ir embora, e que ficamos sem sinal de telefone. Se quiser, volta você, e eu levo ela em casa depois.

— Eu não preciso ser levada em casa, não tenho cinco anos — interrompeu Lara, com leve indignação.

Mari revirou os olhos.

— Volta você, e ela *volta sozinha* depois — se corrigiu.

Gabriel hesitou. Finalmente, algo passou por seu rosto: ele franziu a testa, olhando ao redor do quarto, vendo o edredom embolado no chão e o estado lamentável de Duda, que tinha se sentado na beira da cama, e parecendo sentir finalmente o odor desagradável que Mari tinha notado.

— O que aconteceu de verdade? — perguntou ele.

Mari olhou para Duda, para Lara e, por fim, para Felipe, que tinha se encostado na parede junto à porta, bem atrás dela. Ele deu de ombros: *Você que sabe o que contar.*

— A gente ficou preso aqui por causa da chuva mesmo — respondeu Mari, optando pela meia-verdade.

Gabriel olhou bem para ela. Em seguida, olhou para trás dela, provavelmente para Felipe. Voltou a olhar para Mari.

— O que vocês não estão me contando?

— Coisas que não são da sua conta — foi a resposta de Felipe.

Gabriel virou o rosto para ele bruscamente, indignado, e Mari precisou respirar fundo.

— Nem comecem — ordenou ela, tentando manter a voz calma.

Gabriel olhou para ela, ainda com o princípio de uma briga na ponta da língua, mas depois de um segundo corou e abaixou o rosto.

— Desculpa — murmurou Felipe.

O silêncio que tomou o quarto não era tranquilo. Gabriel não parecia ter se decidido quanto a ir embora ou não, nem

Lara. Mari sabia que precisava arrumar aquele quarto, que era melhor ela e Duda tomarem banho, que Felipe tinha que ir embora, tudo antes dos pais chegarem.

Foi só pensar nisso, porém, que o silêncio foi quebrado pelo toque alto e estridente do telefone sem fio. Todos olharam ao redor, buscando a fonte do barulho, até Felipe localizar o aparelho no chão, caído perto do armário. Ele estendeu o telefone para Mari.

Era o número da mãe.

— Silêncio — ordenou ela para o quarto. — Já volto.

Ela respirou fundo e, saindo pelo corredor, atendeu a ligação, torcendo para sua voz não deixar transparecer nada daquela confusão.

Gabriel

Gabriel estava dividido entre vontades contraditórias.

Por um lado, ele queria puxar Lara pela mão e levá-la para casa para acabar com aquela história de uma vez. Por outro, queria poupar a irmã, porque sabia que o castigo quando ela voltasse não seria bonito. Além disso, sentia que devia aproveitar que estava ali para entender o que estava sentindo quanto à noite de sexta, quem sabe até mesmo se desculpar. E, além de tudo, ver Felipe ali, claramente tendo passado a noite com Mariana, dava vontade de comprar mais uma briga, ou dar uma alfinetada sutil, ou puxar ele pela gola da blusa, tascar um beijo nele bem ali e ainda arrematar com um belo chupão no pescoço pra deixar claro que...

— Eu vou é tomar um banho — declarou a irmã de Mariana, interrompendo o silêncio que tinha se instaurado. — Enquanto isso, vocês podem, tipo, dar licença?

Gabriel se virou para a menina, ainda meio perdido pelo devaneio. Ela estava com uma aparência horrível: abatida, pálida, doente. Não o surpreendia — era, afinal, a mais nova daquela família. Olhou dela para Lara e para a expressão um pouco acuada, um pouco frágil, um pouco preocupada no rosto dela.

— Vamos aproveitar para ir para casa, né, Lara? — perguntou, se decidindo por um dos muitos impulsos.

Gabriel nunca tinha sido muito próximo da irmã, mas, especialmente desde aquela conversa no quintal, reconhecia nela um pouco da confusão que tinha germinado nele da primeira vez que lhe viera o desejo repentino de beijar um garoto depois de um jogo de futebol na praça. A diferença, em sua opinião, era que Lara pensava demais sobre tudo, e Gabriel preferia evitar pensar sempre que possível: ele próprio tinha simplesmente beijado o cara alguns dias depois daquela ideia, e seguido em frente com a vida.

A outra diferença era que a garota que parecia ter despertado aquele sentimento em Lara era uma forasteira e, se a aparência dela fosse bom indicador, não tinha muito tempo pela frente. Se Lara fosse sensata, cortaria o mal pela raiz, daria as costas àquela menina e não olharia para trás. Infelizmente, talvez a insensatez fosse o mal de família que mais conectasse os dois.

— Eu acho melhor esperar a Duda sair do banho — respondeu Lara, levantando o queixo com um ar altivo que não o convencia em nada.

— Se você perder a hora da missa... — começou Gabriel, mas se distraiu do que dizia ao perceber, pelo canto do olho, o movimento de Felipe, que saía do quarto.

Quando voltou a olhar para Lara, ela tinha levantado um pouco a sobrancelha, atenta. Ele fechou a cara, cada vez mais impaciente.

— Sério, Lara — insistiu. — Vou ter que te carregar?

— Ninguém vai carregar ninguém — interrompeu Mariana, que entrava a passos firmes no quarto, com a voz determinada de quem se sentia mais à vontade dando ordens. — Lara, arruma suas coisas e vamos descer pra tomar café, tá? — falou, com

O Legado das Águas 235

um pouco mais de doçura. — Gabriel, se você se comportar, também está convidado. Mas se tentar carregar sua irmã, saiba que eu fiz krav magá.

Ela não esperou resposta para dar meia-volta e sair do quarto outra vez. Gabriel acompanhou o movimento com o olhar e, quando Lara passou por ele em direção à escada, ele ainda estava com os olhos vidrados na porta, novamente espantado pelo jeito que aquela garota tinha de se impor.

Capítulo 30

Felipe

Em meio aos raios de sol que adentravam a sala de Mari em uma manhã de domingo, Felipe achava que tinha acordado em outra realidade. Estavam os cinco sentados ao redor da mesa, um conjunto improvável de gente em um momento improvável: Felipe e Mari lado a lado, com as cadeiras próximas, Lara com a postura perfeita e Duda de cabelo molhado e cotovelos na mesa na frente deles, e Gabriel sentado com a cadeira torta na cabeceira. No centro da mesa, a garrafa térmica de café fumegante que Mari tinha passado, meio bolo de laranja, um pote de margarina e um saco de pão francês meio dormido. Entre eles, o silêncio constrangedor de quem não entendia o que estava fazendo ali.

Mari estava cutucando as cutículas da mão esquerda, um gesto ansioso do qual ela própria reclamaria mais tarde, e Felipe cobriu a mão com a dele para interrompê-la. Ela soltou um suspiro leve e apertou a mão dele, entrelaçando os dedos. Pelo canto do olho, viu Gabriel tamborilar na mesa, impaciente.

— Alguém me explica o que tá acontecendo aqui? — perguntou Gabriel.

Felipe trocou um olhar com Mari, e voltou a olhar para a frente, vendo a aparência abatida de Duda e, em menor grau, de Lara. Estavam guardando algum tipo de segredo, mas Felipe não sabia a quem ele pertencia, e quem tinha a autoridade de compartilhá-lo.

— A gente vai quebrar a maldição — respondeu Lara, levantando o queixo com altivez, mas sem olhar o irmão.

O Legado das Águas **237**

— Como é que é? — retrucou Gabriel, se debruçando na mesa.

— Vai? — perguntou Felipe, sem conseguir se conter, pego igualmente de surpresa.

Mari apertou a mão de Felipe outra vez e também ergueu o queixo. Ele se virou um pouco para observar melhor o rosto dela e notou o brilho determinado no olhar que a tornava capaz de qualquer coisa.

— É isso mesmo — declarou ela. — Nenhuma maldição vai mexer com a minha irmã e sair impune.

Mari esticou a outra mão e pegou a de Duda por cima da mesa, e as duas trocaram um sorriso.

— Vocês enlouqueceram? — veio a resposta de Gabriel.

Felipe não andava com muita vontade de concordar com ele, mas aquela era a expressão mais sucinta da opinião dele também. Não tinham conversado sobre nada daquilo — doze horas antes, Mari nem acreditava na história de Catarina. De repente, ela queria quebrar uma maldição, um mal primordial que muito provavelmente nem existia, movida por pura força de vontade e pela ingenuidade de quem tinha acabado de chegar e não entendia nada de como as coisas funcionavam ali. E Lara, tão enraizada em Catarina quanto os eucaliptos que ladeavam a chegada na estrada, deveria saber que estava propondo uma empreitada impossível.

— Se você não quiser ajudar, pode ir embora da minha casa — retrucou Mari, se virando para Gabriel. — Eu estou me lixando pra sua opinião, suas picuinhas e sua arrogância. Passei a noite em claro com medo da Duda morrer, e se o que fez isso foi uma maldição ridícula, eu vou acabar com ela mesmo que precise botar essa merda de cidade abaixo.

Um rubor subiu ao rosto de Gabriel e ele engasgou um pouco, tomando um gole de café que Felipe imaginava ser para disfarçar. Apesar das ressalvas profundas que Felipe tinha quanto à direção que a conversa estava tomando, a capacidade que Mari tinha de causar aquela reação em Gabriel inundava o peito dele

238 sofia soter

de amor. Ele não conseguiu se conter: deu um beijo rápido na bochecha da namorada, orgulhoso do fogo que ardia dentro dela.

Depois do gole de café, Gabriel empurrou a cadeira para trás e se levantou.

— Eu desisto — falou, vestindo a pose de sempre, que à luz do momento parecia caber mal nele. — Vou pra casa. Lara, você que se vire com a mamãe depois, mas não diz que eu não te avisei.

Ninguém fez sinal para impedi-lo. Enquanto ouvia os passos de Gabriel se afastarem e a porta da casa se abrir e fechar com força, Felipe observava Lara, que tinha virado o rosto ruborizado para o lado oposto de onde o irmão estivera sentado. A teimosia na expressão dela deixava mais óbvia a semelhança com Gabriel.

— E agora, a gente faz o quê? — perguntou Duda, quebrando o silêncio em que se mantivera desde que descera depois do banho.

A voz dela soava fraca, rouca, e Felipe sentiu uma pontada de preocupação no peito. Mari apertou a mão dele com força outra vez, provavelmente percebendo a mesma coisa.

— Agora — respondeu Mari, com tanta calma que Felipe sabia ser pelo menos metade fingida — a gente termina de tomar café, e a Lara e o Felipe vão para casa, porque nossos pais já vão chegar. A gente descansa, porque está precisando. E amanhã na escola voltamos a conversar.

Duda olhou para Mari com um misto de dúvida e esperança, e o aperto no peito de Felipe piorou. Ele não tinha palavras para explicar a Mari que achava aquela ideia ruim, que ela estava se embrenhando em um caminho sem saída, que mexer com Catarina era causa perdida.

Mari soltou a mão dele para apertar a de Duda com ainda mais afinco.

— Deixa comigo — insistiu ela, olhando nos olhos de Duda, transmitindo algo na linguagem exclusiva das irmãs e inacessível a quem estivesse de fora.

Felipe engoliu o desencorajamento com um gole de café puro e botou a mão no bolso, doido por um cigarro.

O Legado das Águas **239**

Capítulo 31

Duda

Desde o desmaio na noite de sábado, Duda estava diferente. A febre não voltara, mas uma dor de cabeça constante se instalou em seu lugar, embaralhando sua visão e tornando cada pensamento, cada movimento, mais demorado e difícil. Ela não lembrava onde seus delírios a tinham levado durante o acesso febril, mas soube, ao acordar na segunda-feira, que à noite os pesadelos a levaram de volta para lá. Soube também que toda vez que era levada à estranheza daquele mundo dos sonhos, retornava com um pedaço a menos, e que pouco a pouco não restaria mais nada seu em vida.

— Bom dia, flor. Ainda gripada? — Ouviu a voz da mãe além da porta entreaberta do quarto.

Quando Oscar e Julia tinham chegado em casa, já no fim da manhã de domingo, Mari e Duda contaram uma versão muito mais leve do acontecido: que Duda tinha começado a sentir sintomas de gripe à noite e tinha chegado a ficar um pouco febril, mas já estava melhor, só bastante abatida. Os pais pediram que ela mantivesse certa distância e usassem máscaras e recomendaram que ela fizesse um teste rápido de covid dali a três dias, como tinham se habituado a fazer durante os últimos anos.

— Um pouco — murmurou Duda, aninhada no edredom.

— Melhor você ficar em casa até testar, tá? — disse a mãe. — Bebe bastante água e qualquer coisa liga.

Mari, quando passou pela porta do quarto de Duda, estava mais preocupada.

240 *sofia soter*

— Dormiu bem? — perguntou.

Duda não queria falar dos pesadelos, da sensação sufocante do despertar, da sua certeza de estar se esvaindo pouco a pouco.

— Mais ou menos — respondeu, simplesmente, e deu de ombros.

A testa de Mari tensionou. O movimento reverberou pelo corpo todo, até a mão que segurava a porta entreaberta. Ela olhou para os lados, provavelmente checando se os pais já tinham descido, e entrou no quarto a passos apressados.

— A gente vai resolver isso — acrescentou Mari, e os olhos marejados refletiram a luz fraca que entrava pela fresta da cortina no quarto ainda escuro. — Você vai melhorar.

Duda fez que sim com a cabeça, querendo tranquilizar a irmã, querendo que ela fosse para a escola, querendo ficar sozinha para parar de engolir aquele choro que ameaçava escapar aos borbotões, o choro de quem nutria, dentro de si, a certeza do fim.

Mari

Mari estava por um fio.

Tinha dito a Duda para não se preocupar, que resolveria tudo. Tinha prometido que ficaria tudo bem, mas era pura mentira. Apesar do conhecimento razoável adquirido em livros e séries paranormais, ela não tinha a mais vaga ideia de como quebrar uma maldição, e mesmo pensar nisso fazia subir nela o calor da vergonha. Bastava ver Duda doente, temer o pior, para toda sua razão ir pelo ralo e se deixar levar pelos medos infantis da irmã?

A verdade era que ela não conseguia parar de relembrar o pavor sufocante com que tinha convivido nos últimos anos, no medo que permeava cada toque, cada encontro, cada sinal de tosse, espirro ou febre. Não conseguia esquecer a semana passada em claro quando ela e Duda tinham adoecido de Covid ao mesmo tempo, antes da vacina, e ela tinha tido sintomas leves enquanto a irmã tossia com o vigor de quem estava prestes a cuspir os pulmões. Elas tinham sobrevivido a uma pandemia, e parecia injusto que tivessem que sobreviver a outra coisa devastadora e inevitável, que ela precisasse viver todo dia, ainda, de novo, com o peito esmagado pelo medo.

Apesar da promessa de que na segunda-feira iriam conversar e traçar um plano para lutar contra a maldição (que palavras bobas, que ideia ridícula), Mari não puxou o assunto com Felipe, nem procurou Lara. Tentou manter a compostura decidida o dia inteiro, mesmo percebendo que o não dito pesava entre ela e o namorado, que ele a olhava com preocupação enquanto conversava amenidades. Voltou para casa, disse mais palavras de conforto para a irmã, suportou a tarde e a noite, repetiu o feito no dia seguinte.

Foi na quarta-feira que as coisas mudaram.

Pela manhã, antes de ir à escola, o teste de COVID de Duda deu negativo. Enquanto os pais suspiraram de alívio, Mari só fez se preocupar mais. Ainda assim, os pais recomendaram que Duda ficasse mais um dia em casa. Afinal, ela continuava fraca, reclamando de dor de cabeça, e minguando como se abatida por uma gripe forte, ou quem sabe por dengue. Mari esperava passar o dia como tinha passado os dois anteriores, criando coragem para fazer *alguma coisa*, para agir e cumprir o que tinha prometido a Duda, para botar os pensamentos em ordem e estruturar um plano, em vez de apenas rezar para um deus no qual nem achava acreditar para que tudo se resolvesse por conta própria.

Infelizmente, porém, o tênue equilíbrio da espera foi perturbado por uma mensagem que chegou ao celular de Mari durante o intervalo da escola. Vinha da mãe, e dizia: *Duda piorou. Febre muito alta. Estamos indo ao pronto-socorro de Penedo. Ligue depois das aulas.* No instante em que a leu, Mari perdeu o chão. Parou de andar bruscamente, cambaleou de tontura, empalideceu e se desligou do mundo ao redor, enxergando apenas aquelas palavras tão diretas que transportavam augúrios tão lúgubres. Felipe a segurou pela cintura e a conduziu a um banco para se sentar.

242 sofia soter

— Mari? — chamou ele, e a voz finalmente atravessou a névoa de confusão. — Mari, o que foi?

Ela o olhou sem vê-lo, e passou o celular sem falar.

— Puta merda — murmurou ele ao ler a mensagem, e passou o braço pelo ombro dela, a puxando para um abraço apertado. — Vai ficar tudo bem, tá? Vão cuidar dela, e vai ficar tudo bem.

Mari retribuiu o abraço, permitindo-se chorar no ombro dele. Não acreditava no que ele dizia; não sabia se ele acreditava; não sabia no que acreditar. O fio que a tinha mantido em pé nos últimos dias se rompeu, e o choro de Mari a carregou até o fim do intervalo, até o sinal estridente tocar uma, duas, três vezes, até Felipe murmurar que ia buscar alguém da secretaria, que o melhor era ela voltar para casa, que ela não saísse dali.

Ela desobedeceu. Assim que Felipe se levantou e ela se viu sozinha, Mari tomou noção do mundo ao redor, dos alunos que a olhavam com curiosidade, com desdém ou perversidade. Ocorreu a ela que todo mundo ali acreditava na maldição, que todo mundo ali devia ver nela a confirmação de um prenúncio, que todo mundo ali devia adivinhar que algo acontecera com Duda e supor que em breve algo aconteceria com Mari também. Desestruturada pelo peso esmagador dos últimos dias, foi invadida por rara vergonha, se levantou e correu até o banheiro de cabeça baixa.

Empurrou a porta sempre meio emperrada do banheiro feminino, entrou no contrafluxo das alunas que saíam depois de escovar os dentes, retocar maquiagem, pentear o cabelo. Trancou a porta e sentou na tampa do vaso. Mandou rápido uma mensagem para Felipe, temendo que ele se preocupasse, e se entregou ao pranto enquanto escutava o zunzunzum do ambiente escolar dar lugar ao silêncio do retorno à aula.

O tempo passou enquanto as lágrimas se esgotavam e, enquanto Mari tentava recuperar o fôlego, a porta do banheiro se abriu. Os passos leves da garota que entrara passaram pela frente das outras três cabines vazias, e pararam diante da última. Pela fresta sob a porta, Mari viu as sapatilhas pretas e

O Legado das Águas **243**

envernizadas, a meia impecavelmente branca bem esticada, em contraste com os próprios pés, calçados em meias de bolinhas que apareciam um pouco por cima da galocha preta que tinha vestido para se proteger da chuva.

— Mari? — chamou a voz do outro lado da porta, e os pés que vinham com ela se mexeram um pouco, um movimento nervoso de mudar o peso de um lado para o outro.

Mari franziu a testa. Reconhecia a voz suave e um pouco rouca, e não esperava ouvi-la ali.

Ela pensou em ignorar Lara, mas logo desistiu. Esticou a mão e destrancou a porta, que cedeu ao movimento e se entreabriu.

— Oi — disse Mari, escutando a própria voz pastosa e áspera do choro. — Precisa usar o banheiro?

Sabia que era uma pergunta boba, que, se fosse isso, Lara podia usar qualquer outra cabine e ir embora sem Mari nem a notar.

— Eu vim te procurar — respondeu Lara, com uma ponta-da de impaciência misturada à hesitação. — Não tive notícia da Duda hoje, e quando encontrei seu namorado no corredor, ele tava nervoso, mas falou que você tava aqui, e...

A pressão das lágrimas voltou aos olhos de Mari, afogando qualquer resposta. Ela respirou fundo, tentando se segurar, e empurrou mais a porta da cabine com o pé, para enxergar Lara melhor. A menina estava de uniforme e cabelo perfeitamente alinhados, mas as olheiras na pele translúcida estavam visivel-mente mais fundas, e as unhas tinham sido roídas, deixando entrever nas mãos a desarrumação que a roupa disfarçava.

Elas se entreolharam por um momento, e Mari pressentiu que Lara a analisava do mesmo modo: enxergava nela o inchaço dos olhos, a vermelhidão que o choro fazia subir por seu pesco-ço, o lábio rachado de tanto que ela o mordera de nervoso.

— Você estava falando sério? — perguntou Lara, então, de sobrancelhas franzidas e olhar frio, que quase equilibravam o tremor vulnerável da voz. — Você vai fazer alguma coisa pra acabar com isso?

244 sofia soter

A pergunta bateu no peito de Mari como uma acusação, reverberando no corpo inteiro. Ela se levantou com rapidez, alisou a saia do uniforme, olhou para além de Lara, para os espelhos da outra parede, mesmo que se recusasse a encarar o próprio reflexo. Mari desviou de Lara e foi até a pia.

— Mari — insistiu Lara, enquanto Mari passava a mão úmida no cabelo, ajeitando por reflexo o frizz que certamente estava presente. — Você vai, né? Porque você falou, e a Duda... E é sua irmã, e você *disse*...

Mari não sabia o que responder. Aquela promessa sem fundamento entalava a garganta, e ela não conseguia proferir as palavras para tranquilizar Lara. Ela não ia fazer nada, não tinha nada para fazer, não era seu lugar jurar transformação para aquela menina de quatorze anos que a interpelara no banheiro do colégio, não era seu papel resolver um problema tão arraigado de uma cidade que nem sua era.

Mas dizer que não, olhar para aquela menina assustada, a única amiga de sua irmã, a garota por quem Duda brigara com ela, e voltar atrás... Era impensável. Era inimaginável decidir-se por dar as costas a Duda, jogar para o alto a responsabilidade que assumira pela irmã desde seu nascimento, muito antes da capacidade de formar memórias. Praticamente nunca existira Mari sem Duda, e, sem Duda, Mari não queria existir.

Ela era incapaz de mentir, mas mais incapaz ainda de dar voz àquela vontade covarde de desistir de tudo.

— Mari — chamou Lara outra vez, com a voz um pouco mais estridente, e um puxão na manga da camisa do uniforme. — Mari, o que a gente vai fazer?

E Mari, sufocada por um medo que não tinha nome, se desvencilhou e deixou a insistência da escolha para trás.

O Legado das Águas **245**

Capítulo 32

Lara

Lara entrou na biblioteca de queixo erguido, agarrando com força as alças da mochila.

As cambalhotas que seu mundo dera nos últimos dias a deixavam tonta, e ela precisava pisar firme no chão para seguir em frente. Mari podia até agir como todos à volta dela, fazer vista grossa e ignorar o que via, mas Lara não conseguia mais fazer o mesmo. Cada acontecimento desencadeado pela chegada de Duda à casa da frente parecia iluminar as sombras que cercavam sua vida, e era impossível voltar a fechar os olhos. Lara sentia uma vontade irrefreável de olhar ao redor e identificar tudo que não tinha enxergado antes, recolher informações que nunca ousara procurar, absorver lados do mundo que mal se permitira cogitar.

Lara se dirigiu imediatamente a um computador vago, que teve sorte de encontrar naquele horário de intervalo. Apesar do equipamento ser velho, os computadores eram bastante disputados, pois a internet ali era conectada a cabo e funcionava melhor do que em muitos outros pontos da cidade.

Ela pendurou a mochila na cadeira, passou a mão pelo cabelo para afastar os fios finos caídos no rosto e abriu o navegador. Hesitou com os dedos encostados no teclado um pouco emperrado, sem saber por onde começar. Digitou "Catarina Rio de Janeiro", a busca mais genérica e inofensiva que lhe ocorria

246 sofia soter

como primeiro passo, e, ainda assim, sentiu um pulo no peito quando deu enter para esperar os resultados.

Quando tocou o primeiro sinal indicando o fim do intervalo, Lara não tinha avançado muito. Nada que encontrava sobre Catarina, apesar da curiosidade latente batendo no peito, era muito diferente do que já sabia: menos de 2 mil habitantes, blablablá, fundada em 1819, blablablá, nome em homenagem a Santa Catarina de Bolonha, blablablá, aniversário oficial em 21 de setembro, blablablá. Algumas notícias bobas tinham repercutido para além do município — uma gravidez de quíntuplos, um prêmio estadual para uma fabricante de geleias, a passagem de um cantor estrangeiro a caminho de uma cidade maior —, e um ou outro site de turismo mostrava fotos das belezas naturais dos arredores. Vez ou outra, surgiam tópicos em fóruns obscuros e posts em blogs abandonados sobre alguma morte qualquer em Catarina, considerada especialmente misteriosa por quem gostava de especular sobre crimes na internet: um carro explodindo com três jovens dentro nos anos oitenta, o desaparecimento de duas crianças na década de setenta, o incêndio que destruíra inteiramente uma das casas mais próximas da fronteira nos anos 2000...

Lara fechou as janelas, apagou o histórico de busca por reflexo, e pegou a mochila de novo, tentando não se desencorajar. Foi direto ao balcão e se esforçou para sorrir para a bibliotecária, imbuindo a voz de toda a doçura que conseguia transmitir.

— Bom dia, dona Tânia. Então, estou fazendo um trabalho sobre minha história familiar. Como a senhora sabe, minha família é muito antiga aqui em Catarina, e eu queria contextualizar a nossa história com a história da cidade — explicou, sem hesitar na mentira que tinha ensaiado mentalmente para o caso de precisar justificar para alguém o que fazia ali. — Pesquisei como pude na internet, mas não encontrei muita coisa, e pensei que talvez tivesse algum material aqui na escola.

O Legado das Águas **247**

—Achei muito bonitinha você, querendo fazer pesquisa assim — respondeu a bibliotecária, e apertou o rabo de cavalo, pestanejando como se precisasse de esforço para se manter acordada. — Em geral, os alunos só vêm pra cá aproveitar a conexão com a internet.

—Ah — soltou Lara, tentando não perder o sorriso que lhe parecia não encaixar no rosto. — Obrigada. Então a senhora tem livros para me indicar?

— Tenho, tenho, sim — respondeu dona Tânia, sem demonstrar pressa para se levantar ou ajudá-la, mesmo que o próximo sinal estivesse prestes a tocar. — Eu me orgulho de manter uma boa seção de história local aqui na biblioteca, sabe? Foi tudo por doação de ex-alunos, e eu acho importante para preservar a memória de…

— É muito importante mesmo — cortou Lara, sentindo que não aguentaria manter aquela pose por muito mais tempo. — Eu tenho que voltar pra aula logo, então a senhora teria como me mostrar onde estão esses livros?

—Ah, claro! — exclamou dona Tânia, se levantando da cadeira de uma vez, como se só então lhe ocorresse que seria bom mostrar os tais livros. — Vem comigo — chamou, e se dirigiu a um canto das estantes, caminhando com velocidade inesperada para uma senhora tão idosa e tão sonolenta. — Aqui.

Ela apontou a estante, e Lara tentou não se decepcionar. A "boa seção de história local" era uma mera prateleira e, pelas lombadas, os temas pareciam ir de história geral da serra da Mantiqueira a memórias autopublicadas de moradores. Ainda assim, Lara agradeceu.

— Obrigada, dona Tânia. E eu posso levar para casa?

— Quais você quer?

— Quais a senhora recomenda?

O sinal tocou de novo, e dona Tânia nem se abalou, apenas começou a falar dos livros, um a um. Lara ia se atrasar para a aula e provavelmente levar uma advertência. Ela só esperava que valesse a pena.

248 sofia soter

Capítulo 33

Gabriel

Desde aquela noite perto da cachoeira, o humor de Gabriel só fazia piorar. A ressaca do dia seguinte dera lugar àquela manhã esquisitíssima na casa de Mariana. O constrangimento era tão palpável que até ele, normalmente imune à sensação, tinha sentido. A doença da irmã dela permeava o ar e estava mais próxima do que ele jamais se sentira do fim dos forasteiros. E ainda tinha o ridículo absoluto de falarem de acabar com a sina de Catarina. O escarcéu da mãe quando Lara finalmente tinha voltado para casa também fora insuportável, gritos e ameaças sobrando para todo mundo, o clima de medo, asco e raiva tão forte que o sufocava.

Seus métodos não estavam funcionando. Andreza não o distraía mais, e os amigos não o distraíam mais, e a bebida não o distraía mais, e se ele chutasse outra cadeira no jardim ia acabar mancando com os dois pés. Era como se todas as camadas que tinha desenvolvido para evitar aqueles incômodos ao seu redor tivessem derretido e, de repente, ele sentisse tudo: o ódio que eletrizava o ar entre Rebecca e Lara; o miasma de morte emanado pela casa da frente, o mesmo que, ele supunha, todo forasteiro emanava perto do fim; o peso da mesmice eterna de Catarina. O amor de Felipe e Mariana — de *Lipe* e *Mari*, o tipo de namoro que envolvia apelidos, beijos nos corredores, abraços sinceros e apoio em momentos difíceis.

Gabriel queria que tudo voltasse ao normal, mas até o normal lhe parecia insatisfatório. Nem se ele e Felipe voltassem ao que eram antes — muito menos se Catarina despachasse Mariana como era o curso natural das coisas. Meses antes, a ideia não o afetaria em nada, mas no momento fazia seu coração engasgar com uma espécie de luto estranho. O normal não trazia mais conforto, e era tudo culpa de...

De quem? Crescia dentro dele a desconfiança de que era sua própria culpa, uma desconfiança que trazia consigo um pouco de vergonha, um gosto amargo de arrependimento, mas também uma constatação libertadora: se a culpa fosse dele, ele também poderia resolver o problema.

Tentou remoer o que fazer por alguns dias, mas, como sempre — porque talvez ele estivesse mudando, mas não *tanto* assim —, o que venceu foi o impulso. Viu Mariana sentada sozinha na praça, ainda de uniforme da escola acrescido de uma jaqueta jeans decorada por patches coloridos. A pele refletia o dourado do sol frio e as ondas do cabelo, meio preso e meio solto, se espalhavam ao redor do rosto como um halo das pinturas da igreja. Ela brilhava em contraste com o marasmo usual da praça, e, misturado à combinação confusa de ciúme e rejeição, Gabriel sentiu de novo o interesse da primeira vez que falara com ela em sala de aula.

Movido por aquela certeza que tomava seu corpo às vezes, a decisão de agir a qualquer custo, ele cruzou a rua até ela.

Mari

Mari não queria ficar sozinha em casa com Duda.

A irmã tinha sido liberada do pronto-socorro depois de tomar soro na veia, com um diagnóstico de desidratação, mas o alívio que isso dava às duas era nulo. Sempre que estavam juntas, pairava entre elas o vulto da maldição, quase tão palpável quanto um parasita agarrado a Duda, que Mari via sem tentar tirar. Mari não aguentava ver Duda assim, e também não aguentava que Duda a visse paralisada, não aguentava mostrar seu medo e sua hesitação.

Por isso, naquela tarde, em vez de fazer companhia à irmã, Mari estava sentada em um banco da praça para pegar um pouco de sol, esperando Felipe voltar da padaria com um lanche. Enquanto isso, aproveitava o momento a sós para ler no celular.

Desde o dia em que Duda fora levada para Penedo de urgência, desde o dia em que Lara a interceptara no banheiro, Mari tinha conseguido se mexer um pouco, e vinha pesquisando maldições na internet. Virava noites quando a internet facilitava sua vida, e baixava coisas para ler no celular durante a aula, tentando se dedicar àqueles sites mal diagramados, àquelas hashtags que estragariam para sempre seu algoritmo de posts sugeridos, àqueles PDFs escaneados de livros antigos com a seriedade com que estudaria para uma prova. Quando Felipe perguntava o que ela estava lendo, porém, Mari desconversava. Não queria declarar em voz alta o que fazia, não queria contar para ninguém, por medo de ser tudo em vão, por medo de dar mais esperanças inúteis a Duda além da promessa boba que já fizera.

— O que tá lendo de tão interessante aí? — surgiu a pergunta, interrompendo sua leitura.

Ela estava prestes a responder uma desculpa de sempre, quando finalmente registrou que quem perguntara não era Felipe. Era Gabriel, parado na frente dela de mãos nos bolsos, jogando sombra sobre ela.

Mari ergueu o rosto para vê-lo, mas ele estava na contraluz, uma sombra ofuscada pelo brilho forte do sol que o delineava. Ela precisou proteger os olhos com as mãos e forçar a vista para enxergá-lo: o uniforme arrumado, o rosto de estátua de mármore, o leve sorriso posado de canto de boca.

— Não te interessa — disse Mari, pouco orgulhosa da infantilidade da resposta.

O Legado das Águas **251**

Sem se deixar abalar, Gabriel se largou no banco ao lado dela, de joelhos afastados e braço no encosto, a postura habitual de quem se sente dono de todo e qualquer espaço. Ela pensou em se levantar, ou em expulsar ele dali, mas decidiu que o melhor seria não dar bola. Se tinha uma coisa que Mari já sabia sobre Gabriel, era que, sem atenção, ele morreria se debatendo que nem um peixe fora d'água.

— Você tá esperando alguém? — ele perguntou, com indiferença fingida.

— *Alguém* foi comprar lanche pra gente na padaria — respondeu ela, tentando voltar a ler o artigo aberto no celular.

Gabriel balançou o joelho, esbarrando no de Mari. Ela tentou ignorar.

— Ele vai demorar? — perguntou Gabriel, depois de meros segundos de silêncio.

Mari deu de ombros. Tentou ler mais uma frase.

— Sério, o que você tá lendo? — insistiu Gabriel, e se esticou para espiar a tela.

Mari apagou a tela do celular e guardou o aparelho no bolso da jaqueta. Cruzou os braços e fez um esforço tremendo para ficar olhando para a frente, para o leve movimento da praça, a brisa sacudindo as árvores, e não virar o rosto nem minimamente para o lado, onde Gabriel ainda estava.

— Foi mal, não quis atrapalhar a leitura — disse ele, mas não se afastou.

Mari bufou.

— O que você quer comigo, Gabriel? — perguntou ela, perdendo a paciência, e se virou de frente para ele.

— Nada — respondeu ele, dando de ombros devagar com desinteresse calculado.

— Então vê se acha outro lugar pra sentar e me deixa em paz, por favor?

Gabriel recuou minimamente. Sua expressão estremeceu por um momento antes de voltar à cara de sempre.

— A fila da padaria tá grande assim?

— Vai lá ver — disse Mari.

Gabriel pareceu hesitar, considerando a sugestão de Mari.

— Melhor esperar aqui — concluiu.

Mari pegou a mochila e começou a se levantar.

— Espera...

Gabriel tocou o braço dela, chamando sua atenção, mas ela se esquivou bruscamente e ele ficou de mão no ar, parado no meio do gesto.

— Pode parar? — começou a reclamar Mari, se virando para ele.

— Parar com o quê? — retrucou Felipe, se aproximando a passos largos.

Ele vinha trazendo duas sacolas da padaria, com um cigarro ainda apagado na boca.

— Oi! Finalmente, hein — respondeu Gabriel, se virando para Felipe com o sorriso largo.

Mari ficou aliviada quando Felipe, em vez de se deixar envolver em qualquer que fosse o joguinho de Gabriel, veio até ela e a cumprimentou com um beijo no rosto e passou um braço por seu ombro.

— Vamos comer em outro lugar? — sugeriu Felipe, olhando apenas para ela.

— Por favor — concordou Mari, e se esticou um pouco para dar um selinho nele, agradecida.

Eles deram as costas a Gabriel e se dirigiram para o outro lado da praça, onde fazia menos sol, mas tinha assentos livres. Infelizmente, nem essa deixa adiantou: depois de poucos passos, foram alcançados por Gabriel, que correu atrás deles, esbaforido.

— Eu estava esperando! — exclamou ele, com leve indignação. — A gente pode conversar?

Mari não estava com a menor paciência para lidar com aquilo no momento. Indo contra tudo dentro dela que lhe dizia

O Legado das Águas **253**

para ser madura e responsável, como sempre tentava ser, se entregou à reação mais infantil: inclinou um pouco a cabeça, olhou para Felipe, e perguntou:

— Você escutou alguma coisa?

Felipe olhou para ela como quem dizia *"Jura?"*, mas entrou na brincadeira:

— Um barulhinho bem chato? Que parece um mosquito?

Mari segurou o riso.

— É, dá vontade de esmagar assim, ó, com um tapão.

— Ótima piada, merece um show de stand-up — interrompeu Gabriel, e acelerou mais um pouco até parar na frente deles, interceptando o caminho. — Sério, me escutem?

Mari olhou para Felipe, Felipe olhou para Mari. Eles pararam de andar, cedendo ao obstáculo. Ela deu de ombros, desistindo de insistir. Não tinha energia para continuar aquela brincadeira, nem vontade de brigar. Era melhor escutar a besteira que Gabriel tivesse para falar, acabar logo com aquilo, e seguir com o dia. Felipe assentiu em resposta, e apertou um pouco mais o abraço nos ombros dela. Juntos, os dois se viraram para Gabriel.

Fez-se um momento de silêncio até Gabriel perceber que eles estavam escutando.

— Em primeiro lugar, eu queria pedir desculpas — disse ele, fazendo uma cara de coitado que Mari imaginava ser eficiente com frequência. — Eu ofendi vocês, e passei do limite.

Mari levantou as sobrancelhas, pouco impressionada.

— Achei meio genérico esse pedido de desculpas — respondeu, fria.

Felipe, do lado dela, soltou um ruído que lembrava muito uma risada contida. Gabriel, à sua frente, tensionou o rosto por um instante, parecendo lutar contra seu primeiro instinto de argumentar.

— É verdade — concedeu ele. — Desculpa por isso também.

Fez-se um momento de silêncio. Mari virou um pouco o rosto para Felipe, levantou a sobrancelha.

— Vamos indo? — perguntou.

— Não, espera — pediu Gabriel.

Mari conteve o riso, e Felipe balançou a cabeça de leve. Talvez tudo de que precisasse para aliviar aquele dia fosse mesmo ouvir Gabriel implorar.

— Felipe — continuou Gabriel, o nome sempre soando tão diferente na boca dele. — Eu fiquei puto... Não, melhor, eu fiquei *magoado* — se corrigiu, a ênfase na palavra mais baixa —, e fui um babaca. Talvez você já tenha ouvido falar que eu sou um babaca?

Gabriel sorriu de canto de boca, o sorriso de quem estava habituado a acharem fofo toda besteira que fizesse. Mari não estava com vontade de ver fofura nenhuma naquele sorriso.

— E Mari — prosseguiu Gabriel, voltando o olhar para ela.

— Mariana — ela interrompeu, um desafio queimando no peito como da primeira vez em que falara com ele. — Só meus amigos me chamam de Mari.

— Mariana — repetiu ele, e a ironia na voz mal era perceptível. — Eu meti você num problema que não era seu. Desculpa.

A graça do momento se quebrou, o que havia implícito naquelas palavras acertando o peito dela com a mesma força do olhar penetrante de Gabriel. Em um instante, aquela conversa servia de distração, de válvula de escape para seus impulsos mais infantis, e no seguinte trouxe à tona o que não paravam de dizer a ela, de um modo ou de outro, desde que ela chegara a Catarina: que ela não devia estar ali, que o problema não era dela, que ela era o dano colateral constante da história de outras pessoas. Afinal, não era isso que diziam estar acontecendo com Duda? Ela não fora metida em um problema que não era dela, e agora estava doente, definhando, *morrendo*?

— Que merda de pedido de desculpas, hein — cuspiu ela, com todo o calor que faltava nas respostas anteriores, e se desvencilhou do abraço de Felipe para acelerar e passar a passos largos por Gabriel, esbarrando o ombro nele no caminho.

O Legado das Águas **255**

— O que foi que eu disse? — retrucou Gabriel, incrédulo.

— Espera, Mari — chamou Felipe, ignorando a pergunta, e foi atrás dela.

Mas Mari só parou quando estava na outra esquina, certa de que pelo menos Gabriel não a seguiria.

Felipe

— Vamos lá pra casa? — perguntou Mari quando Felipe a alcançou.

Ele tentou segurar o espanto. Mari andava evitando ir para casa, falar para ele de Duda, e tudo que tinha a ver com aquela noite de chuva e medo. Felipe não dizia nada, seria hipocrisia sua. Vivia daquele mesmo modo havia tantos anos, evitando como podia encarar o que acontecia dentro de sua própria casa.

— Pode ser — respondeu, e engoliu de novo a vontade de perguntar o que ela estava pensando, o que a tinha feito perder a paciência de vez com a ceninha de Gabriel, se ela pretendia cumprir a promessa que tinha feito a Duda.

Caminharam em silêncio lado a lado por alguns minutos, e em certo momento Mari pegou a mão dele, entrelaçando seus dedos. Ele esperou, quieto, olhando de soslaio para a expressão dela, de testa levemente franzida e mordendo o lábio, que indicava que remoía palavras em busca da coisa mais sincera a dizer.

— Eu ando pesquisando sobre maldições — foi o que ela falou.

Felipe apertou a mão dela de leve, transmitindo apoio.

— Eu reparei.

Ela o encarou, surpresa.

— Mari, a gente passa várias horas por dia juntos. Você acha mesmo que eu não ia ver o que você tanto mexe no celular? — continuou ele, tentando não revelar os sentimentos ambíguos que aquilo lhe trazia, o misto de medo, preocupação e incredulidade.

Mari apertou a mão dele de volta.

— Eu só não sei o que fazer — ela confessou. — E se eu estiver perdendo tempo, seguindo uma ideia boba em vez de ajudar a Duda de verdade?

Felipe não disse que sentia o mesmo medo. Em vez disso, buscou outra verdade dentro de si, vinda da experiência longa de desamparo.

— Tem outra coisa que você pode fazer para ajudar a Duda? — perguntou, e Mari deu de ombros. — Se você acha que isso pode ajudar... Se é o que você tem para fazer, se é o que ela quer que você faça... Então acho que é a melhor opção, né? Fora isso, tudo que você pode fazer é esperar, e você não é de esperar quieta.

Mari mordeu o lábio de novo, e Felipe sentiu vontade de beijá-la para interromper o gesto nervoso.

— É. É, acho que é isso. Mas não vou conseguir sozinha, não vou saber... Sozinha, é demais. Sabe? É... — ela tentou se explicar, e lágrimas subiram a seus olhos, embolando mais as palavras.

— Eu sei — disse Felipe, dessa vez com plena honestidade. — Eu sei. Mas você não está sozinha. Eu estou aqui.

Mari soltou a mão dele para abraçá-lo, e ele deu um beijo no cabelo dela, tão macio e cheiroso, antes de ela se afastar novamente e voltar a pegar sua mão. Caminharam mais, no silêncio carregado, mas um pouco mais confortável.

— O Gabriel não tem a menor vergonha na cara — ela soltou, então, mudando de assunto.

Felipe riu.

— Nenhuma — concordou.

E, se a voz dos dois tinha um toque de admiração misturado ao desprezo, nenhum deles mencionou.

O Legado das Águas **257**

Capítulo 34

Duda

O tédio era uma das piores partes de ficar doente. A nova crise de febre tinha passado, mas seus pensamentos continuavam perdidos em uma névoa que tornava todo processo mental arrastado, e uma leve dor de cabeça constante fazia pressão atrás de seus olhos, sensível a qualquer estímulo visual. Estava seguindo as orientações do médico, e o alívio dos sintomas até vinha, mas ela sentia que o corpo lutava sem parar contra uma invasão. Pior: quem lutava contra aquela invasão era sua própria alma.

Dormia muito, mas dormia mal. À noite, era arrastada para pesadelos sufocantes, que ao despertar deixavam apenas impressões vagas: falta de ar, tontura, cores, sons e movimentos de déjà-vu. Sempre que acordava, parecia que mais dela tinha ficado para trás no sonho.

Os dias passados em casa se misturavam uns aos outros, entre cuidados e ausência dos pais, cochichos e choros pela casa, momentos em que ela fingia estar dormindo para não precisar falar com ninguém, a televisão ligada que não conseguia prender sua atenção. Lara mandava mensagens, mas desde aquela noite que passara lá sem avisar, a mãe a proibira de ir visitá-la. E Mari parecia fugir dela, a ausência que mais doía em Duda.

Até que, certa tarde, o ritmo foi interrompido por uma batida na porta do quarto. Duda tinha acabado de almoçar e tomar um banho para tentar se sentir mais viva, sem muito sucesso, e estava penteando o cabelo, sentada na cama.

— Entra — respondeu, sem se levantar.

Mari entreabriu a porta e olhou para dentro do quarto.

— Tô com o Lipe, ele pode entrar?

Duda deu de ombros e fez que sim.

Mari acabou de abrir a porta, fazendo sinal para Felipe, e entrou no quarto com a determinação habitual, uma convicção de irmã mais velha de pertencer àquele espaço que não era dela.

— Tá, me escuta — disse Mari, sentando na cama ao lado de Duda.

Felipe ficou parado perto da porta, de braços cruzados, desviando o olhar como se estivesse pouco à vontade.

— Desculpa pelo sumiço esquisito esses últimos dias — continuou Mari, e pegou a mão de Duda em cima do edredom. — Eu estava com medo, nervosa, e não sabia o que fazer. Tá, eu *ainda* estou com medo, e nervosa, e não sei o que fazer, mas isso não é motivo para te abandonar. Porque você é minha irmã, e eu te amo, e eu prometi que a gente vai dar um jeito nisso, então a gente *vai*. Ok?

Duda sentiu vontade de chorar, um impulso também mais frequente nos últimos tempos, mas especialmente dolorido, pois a pressão das lágrimas se somava à dor de cabeça e causava a distinta impressão de que seus olhos iam saltar do crânio. Ela fez uma careta e fechou os olhos com força, tentando segurar a tontura que vinha com a dor.

— Duda? — perguntou Mari, trepidante, e apertou a mão dela. — Duda, você tá bem?

Duda assentiu, mesmo que não fosse inteiramente verdade.

— Ok — respondeu, com atraso.

— Você tá ok?

— Tô com dor de cabeça — respondeu Duda, sentindo a onda da dor começar a retroceder, e se esforçou para relaxar os olhos e a testa. — Mas ok pro que você disse antes.

— Então deixa eu te mostrar o que eu ando pesquisando.

O Legado das Águas **259**

Lara

Lara largou a mochila pesada no chão e tocou a campainha de Duda, torcendo para não demorarem a abrir. Era pouco depois do almoço, e ela não podia ser vista ali: estava estritamente proibida, implícita *e* explicitamente, de visitar Duda. Ainda sentia arder nas coxas a surra que levara da mãe depois da noite passada lá, e o tinido nos ouvidos pelos berros que tinha tentado bloquear, berros que não só a chamavam de todas as ofensas possíveis, como reservavam outras ainda mais especiais para Duda.

Porém, depois de mais uma mensagem de Duda sobre o tédio sem fim que andava vivendo, Lara tinha mentido para a mãe que ia à casa de Bruna. Na verdade, andava distante de Bruna e Nicole. A preocupação com Duda tinha consumido muito de sua capacidade emocional, e as antigas amigas pareciam cada vez mais isso: antigas.

— Já vai! — gritou a voz de Mariana dentro da casa, acompanhada de passos rápidos pelo chão de madeira.

A porta se abriu.

— A Duda não falou que você vinha — foi o que a garota disse, no lugar de um cumprimento.

Pelo menos o tom era de sincera curiosidade, sem a hostilidade desconfiada de costume.

— Ela não sabe — respondeu Lara, olhando de relance para trás, com medo da mãe aparecer em uma janela e vê-la ali. — Posso entrar?

Mariana acompanhou seu olhar, esticando o pescoço para espreitar a casa atrás dela, e fez que sim.

— Obrigada — respondeu Lara, em parte por educação, e em parte por sincero alívio, e levantou a mochila carregada com um grunhido.

Quando fechou a porta atrás dela, girando a chave e o trinco, um hábito atípico em uma cidade tão pequena, Mariana perguntou:

— E o que tá carregando de tão pesado aí?

Lara ruborizou um pouco. Por mais que tivesse se aberto com Duda a respeito da maldição, seu primeiro impulso ainda era esconder aquele interesse em quebrá-la.

— São uns livros que peguei na biblioteca. Sobre a história de Catarina.

— Ah, que ótimo! Vem, sobe — chamou, e saiu andando enquanto Lara se esforçava para acompanhá-la, arrastando a mochila. — Você chegou na hora certa, a gente estava falando disso agora mesmo.

— A gente quem? — perguntou Lara, pendurando a mochila nos ombros para subir a escada.

— Eu, a Duda e o Lipe. Acabei de dizer pra eles que o que a gente precisava fazer era estudar, juntar informação sobre essa tal maldição.

No topo da escada, Mari empurrou a porta do quarto de Duda, e Lara entrou atrás dela. O namorado de Mari, Felipe, estava sentado à cadeira da escrivaninha, e Duda estava sentada na cama, recostada na parede. Ela estava com aparência um pouco melhor do que da última vez que tinham se visto, mas ainda não estava bem: as olheiras, a pele esmaecida e uma visível perda de peso davam a ela um ar um pouco fantasmagórico, que Lara reconhecia do espelho, e não combinava com a vivacidade de Duda.

— Oi — cumprimentou Lara, tomada por certa timidez.

— Ah, oi! — exclamou Duda, e se endireitou na cama, o rubor subindo para iluminar suas feições. — Tudo bem? O que você veio fazer aqui?

Lara recuou um passo.

— Não! — acrescentou Duda, atrapalhada. — Não, não era uma reclamação, era só…

— Eu vim te ver — disse Lara, estranhando as próprias palavras. — E trouxe uns livros.

— A Lara teve a mesma ideia que eu — acrescentou Mari, sentando na cama. — Senta aí, Lara.

O Legado das Águas **261**

Lara hesitou em relação a onde sentar, mas Duda resolveu a dúvida por ela: foi um pouco para o lado na cama e deu um tapinha no edredom. Lara foi até lá e sentou-se, ainda meio rígida, no lado em que Duda indicara. Finalmente, tirou a mochila das costas outra vez e a largou no chão com um baque.

— Explica — pediu Mari, com um gesto para ela.

Lara titubeou, sentindo o olhar das três pessoas sobre ela: Duda, que sempre a fazia se sentir exposta; Mari, que Lara ainda não sabia bem o que pensava dela; e Felipe, que ela não conseguia deixar de associar à primeira vez que ouvira falar de uma exceção às regras de Catarina.

— Naquele dia que eu encontrei você no banheiro — começou Lara, e se arrependeu um pouco ao ver Mari crispar o rosto em reação —, eu decidi fazer alguma coisa para... Para aquilo que a gente falou. De... De quebrar a maldição — conseguiu dizer, quente de vergonha. — Achei que o melhor começo seria juntar informações sobre a cidade, pensar naquelas perguntas que a gente aprende na aula de história, sabe? Como, onde, quando, quem...

— Ótima ideia — elogiou Mari, com uma ênfase que pegou Lara de surpresa.

— Você só diz isso porque tinha acabado de falar quase a mesma coisa — resmungou Duda, e revirou os olhos.

— Eu tinha acabado de falar quase a mesma coisa *porque* é uma ótima ideia. Continua com suas ótimas ideias, Lara.

— Hm — retomou Lara, abrindo a mochila. — Eu pesquisei na internet, mas não achei nada interessante, nada que eu não soubesse. Aí pensei que podia ser normal... Catarina é uma cidade minúscula, né, não é muito conhecida. Então perguntei pra dona Tânia, da biblioteca da escola, o que tinha de material lá sobre a história daqui. Nos últimos dias, tenho dado uma olhada nos livros que ela mostrou, e em geral é tudo bem inútil, mas acabei pegando uns que parecem mais promissores.

Ela tirou da mochila os livros que tinha separado: uma espécie de enciclopédia da fundação das cidades daquela serra, um livro espírita psicografado por uma médium de lá, um que discorria sobre fluxos migratórios naquela área, e um volume autopublicado de jornalismo de *true crime* sobre a morte de uma família ali.

Mari e Duda iam folheando os livros que ela empilhava na cama.

— Sei que é uma mistureba — se explicou. — Mas é o que encontrei.

— Posso perguntar uma coisa? — disse Duda, hesitante, depois de alguns segundos folheando um livro. — Mesmo que a gente encontre aí nesses livros alguma coisa sobre a história da maldição, o que é para fazer depois?

— Sua irmã já virou especialista em quebrar maldições — respondeu Felipe, que girava uma caneta sem parar.

— Não virei especialista, nada — retrucou Mari, e revirou os olhos, mas Lara viu que ela sorria. — Só ando lendo muito na internet.

— E tem muita coisa sobre isso na internet? — questionou Lara.

— "Como quebrar uma maldição?" dá mais de trezentos mil resultados no Google — confirmou Mari, satisfeita.

— Tem maluco pra tudo mesmo — comentou Felipe.

Mari arremessou uma almofada da cama nele.

— Ei! — reclamou ele, fingindo ofensa.

— É *a gente* o maluco pra tudo nesse momento! — se justificou ela.

Felipe deu de ombros e botou a almofada entre as costas e o encosto da cadeira.

— Mas antes a gente precisa entender bem esta maldição específica, né? — comentou Lara. — Senão vai que a gente quebra a maldição errada?

— Isso não seria bom? — perguntou Duda, franzindo a testa, e pegou mais um dos livros para folhear.

— Seria inútil — respondeu Lara, sem entender.

O Legado das Águas **263**

— Não para quem sofre com a suposta maldição errada — argumentou Duda.

Lara corou, envergonhada por não ter pensado naquilo. Por, mais uma vez, ter pensado apenas no que importava para ela.

— Seria inútil *pra gente*, Duda — explicou Mari, rindo um pouco.

Duda

O resto da tarde foi passado no quarto de Duda, entre ela, Lara, Mari e Felipe, cada um com um livro na mão. Trocavam ideias, informações e dúvidas, que Mari, com o zelo estudioso de sempre, anotava em letra cursiva e canetas coloridas em um caderno que separou para tal fim. Porém, o resultado não era animador: nada dava pistas de que caminho seguir em relação à maldição, nada se destacava nas páginas como a peça que faltava para solucionar o quebra-cabeça, nada ensinava a eles o que fazer.

Duda se largou de novo contra as almofadas da cama, sentindo uma nova pontada atrás dos olhos. Estava cansada, apesar do ânimo que a distração do tédio oferecia, e tentou respirar fundo e devagar, relaxar um pouco. Mari e Felipe tinham descido para buscar um lanche, e Lara era uma presença confortável ao seu lado, sentada de pernas cruzadas em cima do edredom, com o joelho encostado no de Duda. Ela folheava um livro em silêncio, e Duda escutava apenas o sussurro suave das páginas, no ritmo da respiração leve de Lara.

Percebeu que estava quase caindo no sono apenas quando foi trazida de volta pela voz de Lara.

— Você está melhor?

A pergunta, vinda dela, era diferente de quando Mari ou os pais perguntavam. Não parecia exigir que Duda a tranquilizasse, que estivesse melhor para que Lara ficasse aliviada.

— Não sei — respondeu Duda, então, sincera, pestanejando para abrir os olhos devagar. — Eu vivo com dor de cabeça, e fico tonta com facilidade. Estou sempre cansada e durmo sem parar, mas quando durmo parece que...

Ela não sabia colocar em palavras a impressão que os sonhos lhe davam, de uma força que se alimentava dela aos poucos.

— Você tem tido pesadelos? — perguntou Lara.

Duda a olhou, surpresa. Não tinha contado dos pesadelos para ninguém.

— Eu também tenho pesadelos — se explicou Lara, desviando o olhar. — Sempre tive, desde pequena. Não sei se... — Lara abriu e fechou as mãos em cima do edredom, um gesto vago enquanto buscava as palavras. — Não sei se tem a ver com a cidade. Se tem a ver com a maldição.

Duda pegou a garrafa d'água e tomou um gole antes de responder. Tentou procurar na memória um fio condutor para os sonhos, mas, quando tentava, voltava a ela apenas uma sensação gelada e sombria.

— Eu comecei a ter pesadelos, sim. Mas não lembro deles. Não exatamente. Acho que lembro, assim que acordo, antes de abrir o olho, mas é só voltar pra realidade que vai embora.

Lara olhou para Duda e abaixou o rosto outra vez, cruzando as mãos no colo.

— Eu sonho muito que estou me afogando. Acordo sem ar, com frio, tremendo. Por isso eu nem queria dormir aqui no outro dia — contou, com a voz mais baixa. — Porque tenho medo de gritar de noite, ou de chorar, ou...

Lara não parava de mexer as mãos, abrir e fechá-las, e o gesto estava deixando Duda nervosa. Ou talvez fosse o conteúdo de sua fala, ou o mero fato de ela estar abrindo para Duda um pedaço de si que se assemelhava tanto com um pedaço que Duda escondia naqueles tempos. Para interromper o momento, ancorá-las no presente e não nas ondas confusas dos sonhos, Duda esticou o braço e segurou as mãos de Lara.

Lara se calou e parou de mexer as mãos assim que sentiu o toque. O momento ficou suspenso, uma pausa que permitia respirar, retroceder, avançar de outro jeito. Duda ponderou que parte de si podia abrir para Lara em retribuição.

— Eu sei que não deve ser fácil ser minha amiga — falou, enfim. — Não tenho prática, e não sou popular nem faladeira que nem suas outras amigas. Então obrigada.

Lara franziu a testa e olhou bem para Duda, o tipo de expressão que em geral queria dizer que Duda tinha falado alguma coisa inadequada. Duda corou, envergonhada, e repassou o que tinha acabado de falar, calculando o que poderia ter dito de errado.

— Obrigada pelo quê? — perguntou Lara, devagar.

— Por ser minha amiga. Mesmo que não seja fácil.

Voltou a ela o medo forte de ter interpretado tudo errado. Talvez Lara não fosse sua amiga, na verdade. Ela não imaginava por que mais Lara estaria ali, na cama dela, deixando que pegasse sua mão, disposta a ajudá-la a quebrar uma maldição centenária, mas havia muitas coisas que Duda não imaginava e que certamente aconteciam, e aquilo poderia ser uma delas. Ela abriu a boca para balbuciar outro pedido de desculpas, e começou a puxar a mão de volta, mas Lara a interrompeu, pegando sua mão.

— Não precisa agradecer por isso, não é um favor — declarou Lara, com uma pontada do que parecia, para Duda, irritação, mesmo que ela não entendesse o motivo.

— Desculpa — murmurou Duda, por via das dúvidas.

— Não precisa se desculpar também — retrucou Lara, ainda apertando sua mão. — Não precisa ser fácil ser sua amiga, Duda. As pessoas são amigas porque se gostam, não porque é fácil.

Duda sentiu o coração dar um pulo, e ela não sabia se o que sentia ainda era gratidão, ou dúvida, ou vergonha, ou ainda alguma coisa outra e nova que brotava ao pensar que Lara gostava dela.

— Obrigada — murmurou, mesmo sabendo que era o agradecimento que tinha incomodado Lara de início.

— Já falei que não precisa agradecer — disse Lara, dessa vez com menos frustração na voz. — Não deve ser fácil ser minha amiga também.

Duda refletiu. Não era fácil, mesmo. Lara tinha rejeitado suas inúmeras aproximações, tinha ido e voltado no seu interesse, tinha deixado Duda confusa até ficar tonta, tinha trazido para ela aquela história de maldição que virara seu mundo de ponta-cabeça. Mas Lara também estava ali, de mãos dadas com ela, estudando livros desinteressantes em busca de uma solução mágica para um perigo ancestral.

E Lara gostava dela.

— Não precisa ser fácil — respondeu Duda, entendendo o que Lara queria dizer. — A gente só tem que se gostar.

Lara abriu um pequeno sorriso, que aliviava suas feições normalmente tão melancólicas e veio acompanhado de um rubor que diminuía a palidez de fantasma. Sorrindo, ela sempre parecia mais com uma garota de carne e osso. O coração de Duda deu mais um pulo, e ela apertou a mão de Lara de volta.

Capítulo 35

Mari

Ao longo dos dias seguintes, Mari e Duda seguiram com a pesquisa. Às vezes, quando não precisava cuidar do pai, Felipe passava parte da tarde com elas, e até mesmo ficava para jantar. Outras vezes, Lara dava um jeito de escapar dos olhares da mãe e se juntava ao grupo, pelo menos por umas poucas horas. E sempre estavam lá Mari e Duda, reunidas no quarto de uma ou de outra, na sala quando queriam variar de ares, ou até na mesa da cozinha, mergulhadas nos livros que Lara trouxera da biblioteca, em fóruns estranhos na internet, em vídeos de canais esotéricos que demoravam demais pra carregar.

Mari ia preenchendo o caderno que reservara para a pesquisa, e tentava não desanimar. Nada que encontravam parecia realmente útil, mas a companhia e a busca nitidamente faziam bem a Duda: por mais que ela enfraquecesse a olhos vistos, seu humor havia melhorado, e andava mais motivada e energizada. Era, como Felipe dissera, o que Mari podia fazer pela irmã, então ela tentaria até dar resultado.

Naquela tarde, ela e Duda estavam sentadas juntas no sofá da sala, dividindo uma coberta porque o tempo esfriara consideravelmente de um dia para o outro. Enquanto assistiam a um vídeo de investigação paranormal sobre uma cidade mineira na televisão, a chuva começou a cair lá fora. Minutos depois, a campainha tocou.

— Não precisa pausar — disse Mari, se levantando do sofá. Ela foi andando, ainda de olho na televisão. Certa de que seria Felipe, que dissera estar a caminho com doces da padaria, abriu a porta sem conferir, já falando:

— Entra aí.

No entanto, quem entrou não foi Felipe. Lara veio na frente, com os passos hesitantes de sempre, o murmúrio de "licença" habitual, a presença de alguém que se desculpava por todo o pouco espaço que ocupava. Logo atrás dela, entrou Gabriel, seu oposto em tantas coisas: sacudiu o cabelo para secar das gotas de chuva, que nem um cachorro molhado ao voltar do passeio, e foi tirando as botas com a familiaridade da própria casa.

— Fecha a porta logo — disse ele para Mari —, porque se nossa mãe estiver de olho, a gente se fode.

Mari demorou para reagir, com a mão ainda parada na maçaneta.

— Eu perdi a parte da conversa em que te convidei pra cá? — perguntou para ele.

Gabriel olhou de relance para fora de casa, para a chuva que ia ficando mais forte aos poucos.

— Eu já explico, mas fecha a porta logo — insistiu.

— Por favor — acrescentou Lara, depois de um instante.

Por respeito à menina — e ao medo que soava em sua voz quando se referia à mãe —, Mari fechou a porta.

— Fica à vontade, Lara — falou, enfatizando o nome.

— Obrigada — murmurou Lara, e seguiu para o sofá, onde Duda ainda via televisão.

Mari as escutou se cumprimentarem, mas voltou a atenção para o intruso em sua casa. Gabriel começou a se dirigir aos sofás também, e Mari o interrompeu, com a mão em seu peito.

— Opa — falou. — Você por acaso se chama Lara?

Gabriel a olhou, demorando a registrar o impedimento, e finalmente suspirou.

O Legado das Águas **269**

— Licença, senhorita Mariana, será que eu poderia, por obséquio, sentar-me no sofá da sua sala? — perguntou, carregando a voz de ironia, e deu mais um passo, como se a resposta fosse óbvia.

— Ei! — exclamou ela, empurrando ele de volta com a mão que ainda não tirara de seu peito. — Primeiro, me diz o que está fazendo aqui.

Gabriel olhou de relance para Lara e Duda no sofá, e voltou o olhar para Mari. Recuou um passo, contendo o impulso de confronto, e abaixou um pouco a voz.

— Minha mãe não quer que a Lara venha para cá nem fodendo, tá? Eu tive que interceptar uma discussão feia agora porque ela estava desconfiada e convenci que ia levar a Lara pra um rolé comigo, então agora tenho que ficar com ela até voltar pra casa. Porque minha mãe *vai* procurar a gente, e se a gente não estiver junto, vai dar merda.

Mari forçou a vista, tentando enxergar nele sinais de mentira. Pelo pouco que tinha juntado de informação sobre a mãe de Lara e Gabriel, a explicação fazia sentido, e provavelmente era verdade. Porém, o que causava desconfiança era o motivo de Gabriel ter se disposto àquilo. Ela duvidava que fosse um arroubo repentino de generosidade fraterna.

— Pela Lara, eu vou aceitar — decretou ela, por fim, e sentiu o leve suspiro aliviado de Gabriel sob sua mão. — Senta aí. Mas se comporta.

— Sim, senhora — respondeu ele, e Mari abaixou a mão enfim, com um segundo de atraso.

Gabriel foi se largar em uma poltrona e olhar distraidamente para a televisão, e Mari se demorou à porta, ainda um pouco desestabilizada pela chegada inesperada. Portanto, estava a postos quando a campainha tocou de novo. Dessa vez, ela conferiu quem era no olho mágico, temendo outra surpresa, mas era mesmo Felipe, protegendo a cabeça com uma jaqueta.

Ela abriu a porta rápido e fechou assim que ele entrou. Ele pendurou a jaqueta no cabideiro e se virou para dar um beijo de boa tarde nela.

— Me molhei um pouco, mas acho que consegui proteger os... — comentou ele, se afastando do beijo para mostrar o saco de doces, mas interrompeu a frase no meio.

Mari seguiu o olhar dele para trás dela, sabendo o que o tinha feito parar. Gabriel tinha se levantado da poltrona, com as mãos nos bolsos e uma expressão que Mari não sabia avaliar muito bem. Ela quase diria que ele estava nervoso, ou mesmo tímido, emoções que não combinavam com Gabriel.

Até Lara e Duda interromperam a conversa que mantinham em voz baixa, percebendo o momento suspenso de tensão.

— Você sabia que o Gabriel tá na sua sala? — murmurou Felipe.

Mari suspirou.

— Infelizmente. Vem me ajudar na cozinha — acrescentou para Felipe, empurrando o garoto para o outro lado do corredor.

— O que... — começou Felipe, em voz baixa.

— Ele veio por causa da Lara, é alguma história com a mãe.

Felipe olhou de relance para trás, mesmo que da cozinha não desse para ver a sala. Mari, enquanto isso, ia pegando tigelas no armário para servir os doces que Felipe trouxera.

— E você acreditou? — perguntou Felipe, seguindo a deixa dela e pegando copos para todo mundo.

Mari deu de ombros.

— Não muito. Mas a companhia da Lara faz bem pra Duda, então...

— Posso ajudar? — Chegou a interrupção já esperada.

Mari não parou o que estava fazendo, nem se virou para Gabriel. Felipe tampouco: apenas abriu a geladeira e tirou uma garrafa de refrigerante.

— Que solícito — murmurou Felipe.

— Não tem o que ajudar, valeu — respondeu Mari.

O Legado das Águas **271**

Gabriel não aceitou a deixa. Pelo canto do olho, Mari o viu puxar uma cadeira e se sentar à mesa da cozinha.

— Então, já que vieram para a cozinha só para falar de mim, posso participar da conversa? — perguntou Gabriel, inclinando a cadeira um pouco para trás, como sempre fazia em sala de aula.

— Quem disse que... — retrucou Felipe.

— Eu não vim só por causa da Lara — interrompeu Gabriel, declarando o óbvio.

Felipe olhou para Mari, e ela retribuiu o olhar. Relativamente sincronizados, os dois se viraram para Gabriel, recostados na bancada.

— Não me diga — respondeu Mari.

— Eu queria continuar a conversa do outro dia — prosseguiu Gabriel, sem se deixar abalar pelo sarcasmo constante deles. — Podemos?

Mari olhou para Gabriel, sentado tão à vontade na cozinha de sua casa. Olhou para Felipe, que mexia os dedos da mão direita como se desesperado por um cigarro para aliviar o momento. Escutou a risada de Duda vinda da sala, a voz suave de Lara em uma resposta indistinta.

Por fim, ela puxou uma cadeira da mesa e se sentou também.

— Traz o refri, por favor — pediu para Felipe.

Felipe a olhou em questionamento, e ela abanou a cabeça, querendo transmitir a ele toda sua confusão, seu cansaço e sua resignação. Finalmente, botou na mesa, na frente de Mari, a garrafa de refrigerante e dois copos.

Gabriel esticou a mão para pegar um dos copos, mas Mari deu um tapa leve na mão dele para impedi-lo.

— Ei, e o meu copo? — perguntou ele, ultrajado.

— Pega você — respondeu ela, enquanto Felipe se sentava a seu lado.

Felipe serviu refrigerante nos dois copos, um para ela, outro para ele, e passou o braço pelo espaldar da cadeira dela,

272 sofia soter

abraçando-a de leve. Gabriel, na frente deles, relaxou a expressão de ofensa e se levantou um pouco da cadeira até alcançar mais um copo na bancada e se servir também.

Quando os três estavam devidamente sentados e servidos de refrigerante, Gabriel começou:

— Eu acho que me expressei mal no outro dia. Mas eu queria pedir desculpa mesmo, na moral.

Mari levantou a sobrancelha, esperando um comentário arrogante, uma cara besta de sedução, uma justificativa insignificante. Em vez disso, porém, Gabriel apenas tomou um gole de refrigerante e olhou para baixo, como se não suportasse falar aquilo e olhar para eles.

— Eu fiquei com ciúme, tá? Eu me senti rejeitado, e fiquei com ciúme, e nunca tinha sentido nenhuma dessas coisas antes, aí aquela noite que encontrei vocês eu estava bêbado, e... O que eu falei não foi legal. Eu te ofendi, Felipe, e eu te ofendi, Mariana, e isso não me deu satisfação nenhuma, nem fez eu sentir menos rejeição, nem menos ciúme. Eu fui um otário. Desculpa.

Mari viu Gabriel tomar mais um gole longo de refrigerante, o suor do copo frio escorrendo pela mão dele, e finalmente olhá-los de frente, de queixo erguido. Ela não conseguia deixar de procurar o sentido escondido naquelas palavras, a manipulação e o joguinho disfarçados, o interesse próprio no meio de algo aparentemente vulnerável. Ela não sabia o que dizer.

— Tá bom — disse Felipe, enfim, a surpreendendo. — Eu também falei o que não devia, e já me desculpei para a Mari, mas não custa nada reconhecer isso pra você também — continuou, mas a voz indicava que custava muito.

Mari viu Gabriel e Felipe sustentarem o olhar, a corrente elétrica quase palpável sempre presente naquele encontro. Ela foi pega desprevenida quando Gabriel voltou o olhar para ela.

— Mariana? — perguntou ele, e a voz tinha o mesmo tom sincero de quando ele falava com Felipe.

O Legado das Águas **273**

Ela hesitou, sentindo o toque de Felipe em seu ombro, o ponto de conexão que triangulava por ela a energia não dissipada de seus olhares.

— Tudo bem — respondeu, enfim, com uma nota de alívio.

— Está desculpado. Mas se você me desrespeitar de novo, vai ser a última vez.

Gabriel sustentou seu olhar com seriedade, e finalmente abriu um sorriso lento. Aos poucos, seu rosto se transformou, retomando um traço da leveza distante de costume. Ele pegou a garrafa de refrigerante e encheu mais um pouco os três copos, antes de erguer seu próprio.

— Amigos? — perguntou ele, propondo um brinde.

No segundo de hesitação antes da resposta, Felipe apertou de leve o ombro de Mari. Ela esperou ele levantar o próprio copo em reação, e finalmente fez o mesmo. Brindaram com o refrigerante, tomaram seus goles, apoiaram os copos de volta na mesa. Gabriel sorria de triunfo e, pelo canto do olho, Mari via que Felipe também sorria um pouco — menos triunfante, e mais aliviado.

— Esse lanche não sai nunca, não? — chamou Duda, e apareceu na porta da cozinha alguns segundos após sua voz.

— Opa, desculpa, a gente se distraiu — respondeu Mari, e se levantou da mesa com pressa, sentindo-se pega em flagrante, mesmo sem motivo. — Se quiser, leva as tigelas ali da bancada.

— Tranquilo — disse Duda, e pegou as tigelas, dando meia-volta em direção à sala.

Mari pegou os dois copos limpos e, quando se virou para a mesa, viu que Felipe segurava os outros três copos, e Gabriel, a garrafa de refrigerante. Franziu a testa, um pouco confusa — esperava que, tendo conseguido o que queria, Gabriel fosse ir embora; que a história de precisar estar ali por causa de Lara fosse apenas justificativa para aquele pedido de desculpas.

— Vamos? — perguntou Gabriel, voltando à tranquilidade confortável que mostrara ao entrar na casa dela mais cedo.

E Mari não teve escolha a não ser concordar.

Capítulo 36

Lara

Antes do primeiro tempo de aula, Lara entrou na biblioteca da escola para devolver mais uma leva de livros, os últimos da seção relevante. Todos eles tinham lido e relido até as partes mais tediosas dos livros mais chatos, fichado as informações no caderno de Mari, exaurido as possibilidades ali. E não tinham chegado a lugar nenhum.

— Obrigada, Lara — disse dona Tânia, a bibliotecária, recebendo os livros de volta. — Conseguiu tudo que precisava para seu trabalho?

Lara forçou um sorriso apaziguador.

— Consegui, sim — mentiu.

Dona Tânia ajeitou os óculos com uma expressão de dúvida.

— Se ainda estiver interessada no assunto, você pode procurar fora da escola — sugeriu. — Não sei se você já foi lá, mas tem uma biblioteca no centro cultural ali da rua de baixo.

Lara franziu a testa.

— Onde fazem a festa junina? — perguntou, pensando no espaço.

O centro cultural era uma casa antiga em uma rua do outro lado da praça. O portão ficava sempre aberto, e lá dentro armavam algumas das barracas da festa junina, quando precisavam de espaço mais protegido da chuva do que o céu aberto da praça da igreja. Lara sabia que outras coisas aconteciam lá:

O Legado das Águas **275**

via anúncios de cursos de artesanato, já tinha olhado roupas em um bazar beneficente, e vez ou outra, quando passava na frente, encontrava grupinhos de colegas da escola treinando coreografias. Porém, não tinha o hábito de frequentar o espaço, e não fazia a menor ideia de que ele continha uma biblioteca.

Dona Tânia riu um pouco.

— É, onde fazem a festa junina. Mas tem mais coisa lá, e a biblioteca não é ruim.

— Não sabia — disse Lara. — Obrigada pela sugestão.

Dona Tânia sorriu, bondosa.

— De nada. Espero que você encontre o que está procurando.

Lara murmurou mais um agradecimento, e saiu pensativa da biblioteca. Talvez valesse a pena ir até lá, ver se encontravam algo de útil, finalmente. Era ao menos um caminho, algo para evitar o beco sem saída em que tinham esbarrado com aquela pesquisa sem resultados.

Perdida em pensamento, se sobressaltou quando Bruna acenou para ela do corredor.

— Laaaara — chamou, animada. — Vem cá!

Bruna estava, como sempre, acompanhada de Nicole e Josy, próximas de um grupo maior de alunos da turma, a poucos passos da porta da sala. Lara andou até elas arrastando os pés, forçando um leve sorriso de simpatia que não sentia. Ultimamente, parecia que todo seu mundo além da casa de Duda, das pesquisas sobre a maldição, ia ficando mais distante — um eco de uma vida anterior, semelhante às impressões vagas e pegajosas que os pesadelos deixavam nela ao despertar.

Lara fingiu não escutar. O sinal tocou, e ela suspirou de alívio e se virou para entrar na sala, mas o que viu no caminho fez seu coração pular. Era Duda, de uniforme e mochila, de volta ao corredor da escola. E Lara, carregada pela correnteza que a levava àquela nova vida, deu as costas às antigas amigas e correu até a nova com um sorriso sincero.

Duda

A febre de Duda tinha passado de vez, assim como sintomas gripais, e o que restava nela era a dor de cabeça e o cansaço constantes. O último diagnóstico, após mais uma visita à clínica em Penedo, era de ansiedade e estresse: a bomba de hormônios da idade, somada à mudança de cidade, misturada ao trauma coletivo da pandemia, desencadeara um adoecimento psicossomático, manifestado principalmente por crises fortes de enxaqueca. Duda tinha consulta marcada com um psiquiatra para cogitar tratamento com ansiolítico, e até lá deveria tentar retomar a rotina normal.

Depois de tanto tempo de cama, era estranho estar no colégio. Não conseguia parar de pensar na futilidade daquilo tudo: do que adiantava o psiquiatra, a rotina, os estudos, se estava fadada a definhar, engolida por uma maldição antiga? Tentou não demonstrar aquela apatia para Mari, porém, senão ela nunca a deixaria em paz.

— Vai pra sua sala — insistiu Duda, pela décima vez, no corredor da entrada, tentando ignorar o brilho forte das luzes fluorescentes, o ruído alto de tantos alunos enfiados no mesmo lugar.

— Mas se você se sentir mal, me procura? — pediu Mari, também pela décima vez, mordendo o lábio de nervoso e apertando o rabo de cavalo já muito apertado. — Pode me mandar mensagem, ou só pedir pra me chamarem na secretaria, o que for, mas...

— Procuro! Pode deixar.

Mari fez que sim com a cabeça, mas não se mexeu.

— Deixa a coitada da Duda em paz — disse Felipe, pegando a mão de Mari. — Vamos lá.

— Isso, escuta o Felipe — pediu Duda. — Por favor.

Mari suspirou e soltou a mão de Felipe para apertar o rabo de cavalo de novo e dar um último abraço na irmã.

— Tá — disse Mari. — Te amo.

O Legado das Águas **277**

— Também te amo, Mari.

— E qualquer coisa…

— Qualquer coisa eu te procuro — concluiu Duda. —Agora xô!

Quando Mari e Felipe finalmente se foram, a caminho do corredor onde ficavam as salas do terceiro ano, Duda suspirou de alívio. Era mais fácil não precisar fingir tranquilidade.

O alívio, entretanto, durou pouco. Porque, depois de alguns passos na direção da sala, ela viu Lara. Seu coração deu uma cambalhota, ingenuamente pego de surpresa por vê-la ali. Duda se habituara, nos últimos tempos, a encontrá-la na própria casa, a ter Lara para si em um contexto livre das confusões sociais da escola. Vê-la na frente da sala trouxe de volta todos os momentos em que tinha esperado um gesto de amizade de Lara que não viera, e com eles o pavor de que tudo fosse retornar àquela desagradável normalidade.

O medo era tanto que Duda demorou a entender o movimento de Lara: o rosto virado para ela, a expressão passageira em seu rosto, o sorriso inesperado, os passos apressados em sua direção. Lara parou diante de Duda em um impulso interrompido, que, se continuado, Duda desconfiava que pudesse acabar em um abraço.

Elas se entreolharam em silêncio, e Duda sentiu o próprio sorriso se abrir em resposta ao de Lara, que iluminava o rosto pálido com toques de vermelhidão.

Capítulo 37

Felipe

— Eu não acredito que você está me levando para uma biblioteca — reclamou Gabriel.

Felipe revirou os olhos.

— Eu não estou te levando para lugar nenhum. Que eu lembre, eu estava indo para a biblioteca, você me interceptou e decidiu vir junto.

— Tem tantos lugares mais interessantes para passar a tarde… — continuou Gabriel, como se não tivesse ouvido a resposta, com um toque de malícia na voz que Felipe não sabia se era proposital, ou só vinha naturalmente a ele, independente do que dissesse.

Desde aquele estranho pedido de desculpas na casa de Mari, Felipe tentava se habituar à nova normalidade do convívio com Gabriel. Não eram mais noites discretas, mensagens trocadas em segredo, olhares sorrateiros no colégio. Em vez disso, Gabriel cumprimentava Felipe e Mari tranquila e distraidamente quando os encontrava nos corredores, antes de voltar a conversar com os amigos de sempre. E, aparentemente, Gabriel podia decidir passar uma tarde de terça-feira com ele — com *eles* — espontaneamente, livre de todos os empecilhos sociais que antes o faziam ignorar Felipe enquanto o dia ainda estivesse claro.

O que tinha mudado, Felipe não sabia bem: seria o simples fato de ele agora ter uma namorada e, assim, livrar Gabriel de suspeitas homofóbicas dos amigos? Seria mais um dos impulsos de

O Legado das Águas **279**

Gabriel, como o que o levara a beijar Felipe daquela primeira vez, que sempre pareciam ter o poder de moldar a realidade aparentemente imóvel a seu redor a seu bel-prazer? Ou, no fundo, seria verdade o que Gabriel lhe dissera outras vezes, que quem impunha um limite para aquela relação e a empurrava para sombras quentes em becos ásperos era o próprio Felipe?

— Fique à vontade para passar a tarde onde preferir — retrucou Felipe, sentindo a suave pontada de triunfo que o tocava sempre que, nessa nova situação, desprezava Gabriel sem medo.

— O dia hoje tá tão bonito — insistiu Gabriel, e fez um gesto para indicar o céu —, dava até pra dar um mergulho na cachoeira...

— De novo: se quiser morrer de hipotermia na cachoeira gelada, fique à vontade — disse Felipe, mesmo que o dia estivesse mesmo bonito, e que a ideia de largarem todas as responsabilidades em nome de um mergulho não fosse de todo desagradável.

— Mas *eu* marquei com a *Mari* de ajudar com a pesquisa.

Felipe parou na esquina e deu um último trago no cigarro. Fez que ia apagar e jogar fora, mas Gabriel, com a familiaridade de quem um dia dividiu com ele movimentos quase coreografados, pegou o cigarro e deu um trago também. Felipe desviou o olhar para não se demorar no movimento tão conhecido: o gesto lento com a mão, o desenho do pescoço levando ao queixo erguido, o sopro com cheiro de fumaça. Gabriel jogou o cigarro no chão, pisou para apagá-lo.

— Tá, biblioteca — declarou, enfim. — Você me convenceu. Vamos lá.

Felipe não respondeu, apenas seguiu os poucos passos que faltavam até o centro cultural. O casarão de muro laranja desbotado estava relativamente quieto. Passando pelo portão branco e pelos cartazes anunciando aulas de desenho e de corte e costura, seguiram os ruídos de fofoca perto da máquina de café e de música baixa saindo de um celular, em busca da biblioteca. Quando Mari mencionara o plano de mudar as reuniões da casa dela para o centro cultural, Felipe tinha se repreendido por não ter dado aquela ideia antes. Fazia alguns anos que ele não ia mais com tanta frequência, mas a biblioteca e os cursos gratuitos do centro tinham sido um bom refúgio na infância, quando a situação em casa começara a se degradar. Entraram, finalmente, na sala mais no fundo da casa, onde ficava a biblioteca em si. Era um ambiente bonito, mas que já fora mais bem conservado. Não havia ninguém ali, o esperado de uma terça-feira à tarde e também, em parte, fruto de uma história que surgira quando Felipe tinha uns dez anos: um forasteiro morrera de mal súbito ali dentro, e logo começaram a espalhar que ele ainda assombrava os cantos da biblioteca.

— Hm, oi? — chamou Felipe, para o nada, avançando pela sala. — Boa tarde?

Felizmente, o nada não respondeu. Infelizmente, continuavam sem orientação de um bibliotecário. Felipe seguiu para as estantes, lendo as etiquetas em busca de algo útil e passando direto pelas prateleiras de gibis que tinham sido seu alvo mais comum quando era menor. Gabriel, desinteressado, se largou no sofá mais espaçoso no meio da sala e esticou as pernas como se estivesse em casa.

Um estrépito soou, uma sequência de baques vinda de uma pilha de livros derrubada, e Felipe se virou bruscamente, sobressaltado.

— Se assustou, foi? — riu Gabriel, que o olhava por cima do encosto do sofá. — Não me diga que você acredita na história do fantasma da biblioteca.

Felipe revirou os olhos com um pouco de exagero. Ele não acreditava — se confiar na maldição já não lhe vinha facilmente, fantasmas estavam certamente além de sua credulidade —, mas a lenda tinha se espalhado quando ele tinha uma idade mais impressionável, e o ambiente empoeirado e solitário da biblioteca se prestava bem a histórias de assombração.

— Vem aqui que eu te protejo — acrescentou Gabriel, com um tapinha na almofada do sofá.

Felizmente, Felipe foi poupado de responder por mais um barulho de livros caindo, seguido de um sonoro:

O Legado das Águas **281**

— Merda!

Gabriel riu, abanando a cabeça.

— Oi? — chamou Felipe de novo, se dirigindo devagar à sala de onde vinham os sons. — Tudo bem por aí?

— Tudo, tudo! — respondeu a voz, um pouco ofegante. — Peraí, já vou!

Mais ruídos de livros, dessa vez sendo empilhados. Finalmente, a dona da voz atravessou a porta e, espanando as mãos na calça, chegou à sala onde eles esperavam. Era uma moça jovem, de pele negra escura e cabelo bem curto. Devia ter uns três, quatro anos a mais do que eles, apenas. Felipe se lembrava de tê-la visto na escola, apesar de não lhe ocorrer de jeito nenhum o nome dela. Da última vez que ele fora à biblioteca, ela definitivamente não trabalhava lá.

— Boa tarde! — cumprimentou ela, sorridente apesar de um pouco esbaforida, provavelmente devido ao embate com os livros derrubados. — Como posso ajudar?

— Oi, boa tarde — começou Felipe —, a gente...

— Anaís! — exclamou Gabriel, que se levantou com desenvoltura e se aproximou a passos largos. — Lembra de mim?

Anaís, a bibliotecária, olhou para ele com o mesmo sorriso simpático com que os cumprimentara de início, sem demonstrar reconhecimento.

— Hm, desculpa, como é seu nome mesmo? — perguntou ela.

— Gabriel — se apresentou. — Sou amigo da Andreza.

Felipe finalmente localizou Anaís na memória: ela tinha se formado fazia quatro anos e era prima de Andreza, uma das inúmeras namoradinhas de Gabriel.

— A gente é da turma dela na escola — continuou Gabriel, enfrentando o olhar vago de Anaís, que nitidamente não o reconhecia. — Você tava na festa de aniversário da Andreza ano passado, não tava? Eu estava ficando com ela na época, lembra? Acho que você abriu a porta uma hora que...

Anaís arregalou os olhos, nitidamente se lembrando de repente. Felipe balançou a cabeça, sentindo o constrangimento que emanava dela e querendo rir da absoluta falta de vergonha de Gabriel, que sorria ao seu lado.

— *Gabriel* — interrompeu ela. — Claro. Eu não te reconheci, hm...

— Vestido? — sugeriu Gabriel.

Ele não só não tinha o menor pudor, como, se Felipe não estivesse enganado, a voz continha até um toque de orgulho.

— Eu ia dizer *sóbrio*, mas... — retrucou Anaís.

Gabriel deu de ombros, como se desse na mesma.

— Então — retomou Felipe, querendo poupar-se daquela situação e também voltar ao objetivo original. — Prazer, Anaís, eu me chamo Felipe. Eu e o Gabriel estamos, hm, fazendo um trabalho em grupo sobre a história de Catarina, e pensamos que talvez tivesse algum material útil aqui na biblioteca. Você pode ajudar?

Anaís olhou para Felipe com alívio e gratidão por ter sido salva daquela conversa.

— Mas é claro, Felipe. Pode vir comigo que eu te mostro onde estão os livros relevantes. Não é muita coisa, então pode esperar sentado aí se preferir, Gabriel!

Gabriel, inteiramente alheio ao fato de estar sendo dispensado, assentiu e voltou a se largar no sofá. Felipe segurou o riso.

Mari

Mari estava quase se acostumando a encontrar Gabriel em lugares para os quais ele não tinha sido convidado, e por isso não estranhou tanto quando, ao finalmente achar a biblioteca do tal centro cultural, o viu esparramado no sofá, folheando um livro. Felipe estava sentado em uma poltrona um pouco afastada, debruçado sobre outro livro, que lia com atenção. Mari hesitou na porta da sala por um instante, admirando o namorado: o vinco de concentração na testa, a mão coçando o pescoço comprido, os óculos escorregando milímetro a milímetro pelo nariz, até ele precisar ajeitá-los no rosto.

O Legado das Águas **283**

Foi Gabriel, muito menos concentrado, que a viu primeiro. Apesar de sua presença ali quase não a surpreender, a nova reação que ele tinha a ela ainda a desestabilizava. Longe da indiferença, sincera ou fingida, de antes, e mais longe ainda do desprezo altivo de sempre, ele tinha passado a tratá-la com simpatia, derramando nela o carisma sociável que costumava reservar para seus amigos e conquistas. O que mais confundia Mari era que posição ela ocupava entre aquelas opções.

— Mariana! — exclamou ele, alegre, e fechou o livro com um baque definitivo. — Bem-vinda à nossa biblioteca!

Felipe ergueu o rosto ao som da voz dele, e também sorriu ao vê-la. Diferente do sorriso constantemente exagerado de Gabriel, o sorriso que Felipe reservava para ela era mais tranquilo, mais sincero, mais particular. Ela foi até ele e o cumprimentou com um beijo rápido, sentindo que Gabriel os olhava e sem querer prolongar o breve constrangimento residual da situação. Felipe, no entanto, parecia divergir quanto ao melhor método: a puxou pela cintura e prolongou o beijo mais um pouco. Quando ela se afastou, reparou que Gabriel estava com a cara enfiada no livro, decididamente *não* olhando para eles.

— Como está indo a pesquisa? — perguntou ela, olhando ao redor para escolher um lugar no qual sentar.

Enquanto Mari ainda tentava ignorar o calor que subira pelo rosto depois do beijo, Felipe decidiu por ela: pegou sua mão e a puxou para sentar no colo dele, aproveitando a poltrona larga e espaçosa. Ela aceitou o convite e se acomodou, meio encostada no peito dele, meio no braço da poltrona, com mais um olhar ao redor da sala vazia, temendo que viessem dar um esporro pelo excesso de demonstração pública de afeto. Porém, a pessoa mais próxima parecia estar na saleta anexa, cuja porta aberta deixava transparecer a luz acesa e o ruído de teclas de um computador velho, mas sem vista para o salão de leitura.

— Eu ainda acho que dá tempo de deixar isso pra lá e dar um mergulho na cachoeira — foi o que respondeu Gabriel, folheando um outro livro sem a menor atenção.

— A porta da frente é serventia da casa — ofereceu Mari, tentando não se ofender.

Gabriel, afinal, não tinha nada a ver com aquilo. Ela tolerava a presença dele ali, e aceitaria a ajuda de bom grado porque, no momento, nada do que faziam ou liam ou pensavam tinha resultado algum e, portanto, mais alguém para ler, fazer ou pensar não caía mal. Porém, não havia motivo para ele se envolver naquilo. Para ele, ler sobre maldições ou mergulhar na cachoeira provavelmente eram atividades equivalentes — meros modos de passar o tempo de sua existência fadada à mesmice, que continuaria depois que Duda, Mari e toda a família morressem. Perceber aquilo doía, mas Mari não podia culpá-lo, assim como não podia culpar Felipe, nem o resto dos moradores daquela cidade que simplesmente aceitavam a vida que lhes era oferecida. Afinal, eram todos vítimas da mesma maldição.

— A bibliotecária separou alguns livros pra gente — respondeu Felipe à pergunta inicial, optando por ignorar o comentário de Gabriel, e apontou uma pilha de exemplares na mesa de centro. — Comecei pedindo livros sobre a história de Catarina, mas já vi que tem uma seção esotérica razoável, se quiser dar uma olhada.

Mari se esticou e pegou um dos livros da pilha que Felipe indicara. Era um livro acadêmico de urbanismo, e ela foi direto ao índice em busca de menções a Catarina.

— Podemos começar por isso mesmo. Obrigada — disse, e deu um beijo no rosto de Felipe para pontuar o comentário.

Felipe acariciou as costas dela em resposta, e voltou a ler o exemplar ao qual se dedicava na hora em que ela chegara. Gabriel engoliu outras sugestões de ir à cachoeira e também voltou a ler em silêncio.

O Legado das Águas **285**

Capítulo 38

Duda

A escola continuava, de modo geral, entediante, mas, mesmo com dor de cabeça e exaustão constantes, estava mil vezes melhor do que os primeiros meses no Santa Olga. Porque, agora, Duda tinha companhia.

Os lugares na sala eram marcados, então ela ainda passava as aulas em si quieta, meio tentando prestar atenção, meio divagando. Porém, assim que tocava o sinal alertando que era hora do intervalo, Lara vinha até ela. As duas saíam juntas da sala, iam juntas comprar lanche na cantina, sentavam juntas em um banco do pátio, voltavam juntas depois. Na aula de educação física, em que só os meninos jogavam, Lara deixava de lado as outras amigas e se sentava na mureta da quadra perto de Duda. Até o fim do dia, quando saíam do colégio lado a lado e caminhavam juntas na direção de suas casas vizinhas — às vezes só as duas, às vezes com Mari, às vezes com Mari e Felipe, às vezes até com Gabriel.

Na presença de Lara, Duda se sentia diferente: aquela parte dela que sempre lhe parecera insuficiente deixava de importar. Não era que ela e Lara tivessem um encaixe perfeito; as duas tinham arestas afiadas demais para isso. Mas Duda não sentia, com ela, que precisava se desculpar tanto pelas próprias asperezas, nem que precisava lixá-las até tornarem-se suaves, e, toda vez que via Lara sorrir, um alívio quente inundava seu peito.

Naquela sexta-feira ensolarada, Duda recusou a carona dos pais até a escola e a companhia de Mari para ir a pé, decidida a se aventurar em algo que não fazia desde o adoecimento: pegou a bicicleta e, no caminho do colégio, sentiu o ar fresco no rosto, o cabelo esvoaçando mesmo preso em trança, o calor dos músculos em movimento. Chegou ao bicicletário mais leve, com um sorriso no rosto afogueado, e a sensação agradável de saúde lhe acompanhou o dia inteiro.

Na hora de voltar para casa, porém, estava mais do que disposta a caminhar empurrando a bicicleta, apenas para não perder a companhia de Lara.

— Um dia desses você podia vir de bike também — sugeriu, enquanto destrancava o cadeado —, e assim a gente volta junta.

Lara torceu a cara.

— Eu não sei andar de bicicleta.

Duda a olhou, espantada. No Rio, ela até entendia quem não andava de bicicleta — o trânsito podia ser perigoso —, mas, em uma cidadezinha pacata como Catarina, era surpreendente. Lara desviou o rosto do olhar de Duda e puxou o cabelo para um rabo de cavalo.

— Eu te ensino — ofereceu Duda, então, e a ideia lhe alegrou novamente, mesmo que Lara torcesse a cara. — É fácil, sério. Dá pra gente treinar na nossa rua, mesmo, e logo, logo você vai estar andando pela cidade toda. Te empresto minha bicicleta pra você aprender, se não quiser comprar uma nova.

A expressão meio azeda de Lara não diminuía.

— Prefiro andar, mesmo. Menos chance de cair e me machucar.

Duda se desanimou um pouco, e começou a empurrar a bicicleta, seguindo o caminho. Lara a acompanhou a passos lentos.

— Se você pedalar com cuidado, não tem tanta chance de cair assim — persistiu. — Já sei! Quer que eu te leve de carona hoje? Assim você vê como é.

— Para você cair e derrubar nós duas de uma vez? — retrucou Lara, recuando. — De jeito nenhum.

O Legado das Águas **287**

— Já falei, não tem tanto perigo de cair. Eu posso pegar um caminho com menos ladeira — continuou Duda, enquanto se afastavam do fluxo de saída do colégio. — Se você estiver com medo, a gente para. Vai ser legal, sério.

Duda parou de andar, e Lara a olhou de soslaio, desconfiada. Ela subiu no selim, com um pé ainda apoiado no chão.

— Só ir sentada aqui na frente, ó — explicou Duda, mostrando a barra entre ela e o guidão. — Vai de lado, que nem dama antiga no cavalo, que fica mais confortável.

Lara hesitou mais um pouco, mas acabou se aproximando e seguindo a instrução de Duda. Ela sentou-se um pouco cambaleante, e Duda esticou um braço para estabilizá-la. Sentadas assim próximas, Duda sentia o cheiro frutado do xampu de Lara, que subia a cada movimento do rabo de cavalo.

— Tá, eu vou começar a andar — explicou Duda. — Aí onde você tá segurando é bom, só cuidado para não mudar de posição. Prometo que vou com calma, e se ficar com medo é só me falar.

— Eu não estou com medo — resmungou Lara, em resposta, retesando ainda mais a postura empertigada.

Em resposta, Duda começou a pedalar.

As primeiras pedaladas balançaram um pouco, enquanto Duda encontrava o ritmo certo e o equilíbrio adequado para outra pessoa na bicicleta. Ela não tinha o hábito de dar caronas assim, mas não ia confessar isso para Lara.

Quando viraram a esquina, pegando uma rua mais quieta do que a do colégio, Duda começou a relaxar. A suave adrenalina que se espalhava pelo corpo durante o exercício a fez sorrir, mesmo que Lara continuasse tensa, segurando firme com mais força do que Duda usava no guidão.

— Tudo bem aí? — perguntou Duda, perto do ouvido de Lara, e sua voz agitou os fios de cabelo finos que escapavam do rabo de cavalo dela. — Ou quer parar?

— Tudo bem — respondeu Lara, seca.

288 sofia soter

Duda desconfiava que a resposta fosse mais por orgulho do que por sinceridade, mas decidiu não questionar. Chegando ao fim da rua, fez uma curva para pegar o caminho mais longo, mas também mais plano, de volta para casa. Por ali, iam seguindo ruas mais residenciais e quietas, atravessando o canto dos passarinhos, os raios quentes de sol, o frescor do vento, o cheiro verde dos eucaliptos que a brisa trazia.

Duda percebeu que Lara também tinha relaxado. Mantinha a postura empertigada habitual, mas com os ombros e o pescoço menos duros, e se arriscava a olhar ao redor, provavelmente admirando, como Duda, a sensação agradável daquele trajeto. De repente, Duda sentiu uma suave vibração das costas de Lara junto a seu peito e, quando se atentou, viu que a amiga estava rindo. Não era uma gargalhada plena, nem um acesso nervoso, apenas um riso leve e melódico que escapava da garganta em sinal de prazer.

Elas chegaram à própria rua rápido demais, na opinião de Duda, que cogitou passar direto pela casa, virar na esquina seguinte e continuar pedalando, levar Lara até a cachoeira, de volta à praça, estrada afora, apenas para sentir a leveza daquele momento eterno. Porém, a razão falou mais alto. Logo que avistou suas casas, desacelerou e parou. Sabia que Lara preferia despedir-se dela um pouco afastada, para o caso de a mãe estar espreitando, e, se caminharem juntas já era ruim, nem imaginava o que a mãe dela pensaria daquela carona de bicicleta.

Lara demorou para se levantar, entretanto.

— Tudo bem? — perguntou Duda, escutando o batimento do próprio coração acelerado pelo exercício, misturado à respiração um pouco ofegante de Lara, mesmo que ela, a rigor, não tivesse feito esforço algum.

A pergunta sobressaltou Lara, que, um pouco desajeitada, finalmente se levantou, sem responder. Ela ajeitou a blusa do uniforme, a saia, o cabelo, e massageou distraidamente a coxa, no ponto em que se apoiara na barra da bicicleta.

O Legado das Águas 289

— Gostou de andar de bike? — insistiu Duda, mesmo pressentindo a resposta.

Lara olhou para ela com aquele sorriso de iluminar o céu, o rosto branco manchado de vermelho.

— É legal mesmo — concedeu Lara.

— Quer que eu te ensine? — Duda voltou a sugerir, certa de que Lara confirmaria.

No entanto, Lara abanou a cabeça em negativa.

— Acho que eu prefiro sua carona — foi o que respondeu, com a voz um pouco trêmula, esbaforida, como se fosse ela quem tivesse pedalado por duas até ali.

O coração de Duda acelerou, bombeando sangue até a superfície do rosto, como se ela ainda estivesse disparando rua acima. Ela sorriu de volta.

— Quer que eu te leve pra biblioteca mais tarde?

Algo perpassou o rosto de Lara, uma expressão mais complicada do que o sorriso sem peso. Mesmo assim, ela assentiu.

— Me encontra na esquina umas duas horas? — sugeriu Lara.

E Duda fez que sim com a cabeça, sem palavras para dizer que a encontraria onde e quando ela quisesse, sempre.

Lara

Lara estava mais esperançosa ao chegar à biblioteca do centro cultural, com o rosto quente e o cabelo bagunçado pelo vento. Não havia motivos concretos para a esperança: as últimas tardes que ela, Duda, Mari, Gabriel e Felipe tinham passado lá, juntos ou alternados, tinham preenchido mais do caderno de Mari com informações sobre a história de Catarina e simpatias duvidosas, mas dado poucos indícios claros do que fazer. Mas o sol estava forte, o céu, claro, e Duda a tinha convencido a andar de carona na bicicleta, uma atividade surpreendentemente prazerosa. O vento no rosto, os braços de Duda a protegendo, a cidade passando como um borrão colorido, e aquele movimento constante que lembrava voar; uma leveza inesperada, como se livre das raízes que a atavam à terra. Conduzida por Duda e com os pés fora do chão, até o horizonte parecia mais amplo. Eram só ela e Duda na biblioteca naquela tarde.

Mesmo que não houvesse mais nenhum leitor ali, elas sentaram-se juntas, lado a lado no sofá empolado de veludo gasto que tinha se tornado seu preferido. Com o corpo todo ainda carregado pelo sopro suave da bicicleta, Lara ficou mais à vontade: em vez de sentar-se de costas eretas e tornozelos cruzados, tirou os sapatos e cruzou as pernas em cima da almofada. Seu joelho direito acabou apoiado no jeans meio esgarçado da coxa esquerda de Duda, sentindo o calor dela na pele.

Como Mari não estava lá, acompanhada de seu fiel caderninho de pesquisa, Duda pegara um bloco meio usado da mochila para tomar notas relevantes, acompanhando os comentários que Lara fazia durante a leitura de um volume esotérico sobre manipulação de energias. Estavam assim, Lara lendo e Duda anotando, quando a quietude da biblioteca foi interrompida.

Uma mulher entrou na sala, e Lara a olhou apenas de relance antes de voltar à leitura. Enquanto lia em voz baixa para Duda, escutou os passos da mulher, a voz dela chamando pela bibliotecária e uma rápida conversa entre elas sobre a devolução de um livro e a espera por um outro exemplar, ainda emprestado. Foi apenas quando a mulher se despediu e começou a se dirigir de volta para a porta que Lara, pelo canto do olho, a reconheceu. Ela parou de ler no mesmo instante, interrompendo a frase, paralisada.

A senhora idosa exibia uma vivacidade expressiva no rosto branco, marcado por rugas e sardas. Ela usava o cabelo grisalho comprido, em ondas pouco penteadas, afastado do rosto por um par de óculos de leitura apoiado na cabeça. Seu vestido, bem solto, era de um tom vibrante de verde, que destacava a alta estatura e o porte largo, a postura erguida apesar da idade. Lara a conhecia de vista: era a dona de uma loja de artigos esotéricos no centro, pouco distante dali — Cátia, a suposta exceção de que Nicole lhe falara no começo do ano, que tanto perturbara seus pensamentos, e que Lara tinha afastado da memória depois da decepção.

Ao vê-la ali, porém, Lara se questionou outra vez, com a mesma trepidação de quando ouvira a suspeita de exceção da boca da amiga. Ela tinha desconsiderado a veracidade daquela história, envergonhada pela esperança vã e desencorajada pela realidade que se fazia valer a seu redor. Mas tanta coisa tinha mudado — e, se Lara estava ali aninhada em um sofá ao lado de Duda, lendo e relendo tudo que encontrasse sobre maldições, magia e Catarina, se estava disposta a virar a vida de ponta-cabeça pela esperança que muitos diriam ser mais vã ainda, de acabar com a sina que acometia a cidade... Por que não acreditar que o rumor sobre Cátia poderia ser verdade?

Cátia, passando porta afora, virou o rosto para trás, provavelmente sentindo sua atenção. Ela encontrou o olhar de Lara, e, por um segundo, concentrou nela o foco dos olhos esverdeados, claros e brilhantes como o vestido. Antes que Lara reagisse, saísse do torpor causado por aquela presença e pela ficha caindo, Cátia se virou de novo e foi embora. Lara demorou mais um segundo para reagir a Duda, que a chamava, e contar a ela, aos cochichos, a nova informação.

Capítulo 39

Mari

Mari empurrou devagar a porta da loja, fazendo tilintar os sinos de cristal pendurados na entrada, e foi atingida em cheio pelo bafo quente com cheiro forte de incenso. Ela espirrou, cobrindo a boca com o braço, e pestanejou até os olhos se habituarem à meia-luz levemente esfumaçada do ambiente, em contraste gritante com o brilho quase ofuscante do mormaço na rua. Felipe entrou atrás dela, a passos cautelosos e olhar hesitante, e Gabriel veio por último, imediatamente mexendo nos produtos expostos mais próximos à porta, que nem uma criança que ainda não aprendeu a ver o mundo sem tocar em tudo.

Mari tinha ido munida de anotações. Em uma página do caderno dedicado à pesquisa sobre a maldição, escrevera a história contada por Lara e Duda na véspera, logo depois de encontrarem Cátia na biblioteca: a dona da loja era de uma antiga família de Catarina, e tinha nascido na cidade, mas vivia cercada pelo rumor de uma suposta excepcionalidade; passara décadas longe dali e voltara para contar a história, sem aparentes consequências negativas, indo contra tudo que se acreditava do destino ao qual estavam fadados os nascidos naquelas terras. O objetivo da visita era conversar com Cátia e, do modo mais direto que pudessem, perguntar sobre sua experiência e pedir encarecidamente pelo segredo que ela devia deter, o truque para escapar da maldição de Catarina.

O Legado das Águas **295**

Felipe, mesmo que seguisse apoiando a empreitada, estava tendo dificuldade de esconder a incredulidade. Ele podia até achar que escondia bem, mas Mari sempre notava. A verdade era que o apoio, apesar da ambiguidade, a comovia ainda mais do que se ele estivesse inteiramente convencido do resultado: era sinal de que, acima de tudo, ele acreditava *nela*, mesmo não acreditando inteiramente no que estavam fazendo.

Ela apertou a mão dele, o puxando para mais dentro da loja. O ambiente era maior do que parecia por fora: aquela sala abarrotada de coisas, pela qual soprava a suave fumaça de incensos e soava uma melodia instrumental quase hipnótica, dava lugar a um corredor de paredes revestidas de espelhos, panos coloridos e quadros, que por sua vez levava a mais uma sala cujos produtos eram dispostos de modo caótico. Foi nessa última sala que finalmente viram Cátia, que Mari teria reconhecido pelas descrições de Lara, mesmo se não estivesse ali com Gabriel e Felipe, que a conheciam de vista. A senhora, de cabelo grisalho preso em uma trança frouxa que descia pelas costas, usava um vestido de algodão muito largo, comprido e florido, além de colares e pulseiras mil. Apesar da falta de outros clientes, ela se mantinha ocupada organizando o conteúdo de uma estante repleta de chás e ervas.

— Bom dia — cumprimentou, os olhando apenas de relance. — Cuidado, se quebrar, tem que pagar — acrescentou, voltando a organizar a prateleira.

Mari olhou para trás e viu Gabriel devolver cuidadosamente para uma mesa a bola de cristal que tinha pegado para ver melhor.

— Bom dia — disse Mari, abrindo seu sorriso mais simpático para compensar a primeira impressão negativa. — A senhora é a Cátia?

Cátia se virou para eles com mais atenção, franzindo a testa por cima dos óculos redondos.

— Pois não — respondeu, pausadamente. — Posso ajudar?

Mari se aproximou, soltando a mão de Felipe para circular com mais facilidade pela passagem estreita entre as muitas mesas expositoras.

— Prazer, eu me chamo Mariana. Esse é o Felipe — apresentou, apontando para Felipe, que murmurou um "bom dia" —, e esse é o Gabriel — ao que Gabriel acenou —, e a gente está no terceiro ano do Santa Olga.

Cátia continuava a fitá-los com questionamento no olhar, em silêncio.

— A gente estava fazendo um trabalho sobre a história de Catarina — continuou Mari — e, hm, de algumas superstições locais, e uma amiga sugeriu conversar com a senhora.

A expressão de Cátia, já pouco receptiva, se fechou ainda mais. Ela voltou a mexer na prateleira de chás.

— Superstições locais — repetiu Cátia, desconfiada.

Mari aumentou o sorriso, decidida a equilibrar o ar contrariado de Cátia com uma inundação de simpatia e educação.

— Eu não sou daqui — explicou —, e quando me mudei percebi que Catarina é uma cidade com uma história espiritual muito rica, né? Meus amigos são catarinenses e me contaram um pouco das tradições daqui, mas achamos que seria bom, para fazer um trabalho mais completo, entrevistar uma pessoa da comunidade que tivesse envolvimento mais direto com esse lado… místico.

Cátia voltou-se para Mari, e seu olhar aguçado mostrava que não tinha acreditado em quase nada do que ela dissera. Olhou para Gabriel e para Felipe em seguida, e Mari se permitiu um olhar de relance para trás, vendo que os dois estavam tentando manter-se o mais quietos e respeitosos possível.

— Como anda seu pai, Felipe? — perguntou Cátia, então, e Mari foi pega de surpresa.

Felipe se sobressaltou igualmente.

— Hm — hesitou. — Vai bem, sim, senhora.

Cátia olhou dele para Gabriel, e depois para Mari de volta.

— Sei que você não é daqui, porque nessa cidade todo mundo sabe da vida de todo mundo. O que você certamente já percebeu também, se foi informada sobre, como é mesmo?, as *ricas histórias espirituais* de Catarina — continuou, pesando na ironia. — Eu conheço Antônio, e conheço Rebecca, e vi esses dois moleques aí crescerem de longe. E não sei por que sua amiga recomendou que você viesse falar comigo, mas tenho certeza de que não é por eu ser dona dessa loja.

Mari hesitou, com dificuldade de manter o sorriso cada vez mais falso. Cátia devia ter a idade da avó dela e impunha o respeito inato à pessoa mais experiente do grupo, intimidadora como se fosse ainda maior, mais forte e mais ágil. E claramente não tinha engolido nem um pingo da história que eles vinham usando como desculpa durante a pesquisa das últimas semanas.

Mari sustentou o olhar dela por mais alguns segundos, e finalmente se permitiu abandonar o sorriso e a simpatia efusiva exagerada. Com a voz mais calma e direta, decidiu ser sincera.

— A senhora sabe o que acontece com quem não é daqui, então sabe o que vai acontecer comigo. Mas não é por mim que estou aqui. Tenho uma irmã mais nova — contou, e viu um toque de emoção no rosto de Cátia, a compreensão passando em seu olhar. — Ela não está bem, e eu soube que, se alguém sabe alguma coisa para salvar ela, é a senhora.

Cátia continuou a encará-la, como se calculasse a verdade em suas palavras, e o que estava disposta a dizer.

— Eu não tenho como ajudar — declarou, enfim.

Mari sentiu a raiva borbulhar no peito. Cátia sabia do que ela estava falando, sabia o que estavam fazendo ali, sabia alguma coisa que se recusava a contar. Era nítido em sua expressão, assim como o desdém que ela sentia por eles, o desinteresse em ajudá-los mesmo em questão de vida ou morte.

— Não tem, ou não quer? — cuspiu Mari, a voz ardendo como peçonha na boca.

Cátia não se abalou.

— Minha história não é a mesma da sua irmã — respondeu, com calma. — Eu nasci aqui, e, se você não sabe, seus amigos sabem muito bem o que isso significa. Tudo que tenho é minha história, não tenho truques, nem segredos, nem receitas mágicas para resolver o seu problema. Se eu só não me importasse, te recomendaria uma poção, um ritual, uma benção qualquer, e te cobraria uma fortuna em produtos da minha loja. Mas eu imagino o que você pode estar sentindo, e não vou fazer pouco caso da sua dor. Então repito o que disse: não tenho como ajudar. Você sabe, e eu sei, e eles dois ali sabem, e sua irmã, se não sabe, saberá, o destino que espera todos nós. Minha história é só minha, e não vai te salvar.

Mari avançou um, dois passos, movida pela dor e pela fúria, abandonando qualquer fingimento de simpatia, qualquer tentativa de convencimento. Não sabia o que estava prestes a fazer, até que Felipe a alcançou e segurou sua mão, a puxando de leve para trás antes que ela agredisse fisicamente aquela senhora que, em um piscar de olhos, perdera a aura imponente e voltara a parecer apenas uma mulher da idade de sua avó.

— Vem, vamos embora — murmurou Felipe, e Mari escutou a frustração na voz dele também.

Mari se voltou para ele, a raiva queimando na pele, os olhos ardendo de vontade de chorar. Ela tinha criado esperanças, e a decepção ia destruí-la.

— E se a gente comprar uma coisa dessas aqui? — sugeriu Gabriel, de repente, com aquela voz altiva de quem despreza tudo a seu redor, a calma tranquila de quem nem cogitava ser contrariado.

Mari o olhou, confusa, sem saber por que ele estava propondo compras naquele momento, se ele estava mesmo tão alheio às questões em jogo ali que preferia comprar uma tralha qualquer. Ele tinha levantado de novo a bola de cristal que Cátia mandara ele soltar mais cedo.

— Ou alguma outra coisa que esteja igualmente encalhada nessa loja — continuou Gabriel, e Mari seguiu seu olhar, notando que ele não se dirigia a ela e Felipe, mas sim a Cátia. — Ou, enfim, uma poção, um ritual qualquer, uma besteira que não adianta de nada e custa dinheiro demais. Se a gente comprar umas coisas dessas, a senhora pode aproveitar e contar sua história, mesmo que não salve ninguém, enquanto embala os produtos?

Cátia olhava para ele, pouco impressionada, em silêncio. Ele sustentou o olhar dela e acrescentou:

— Ou posso só pagar a senhora mesmo, a gente nem precisa levar nada. Se o suborno já bastar.

A expressão de Cátia se contorceu, desdenhosa, antes de ela responder:

— Você é mesmo filho dos seus pais.

Gabriel deu de ombros, passando a bola de cristal de uma mão para a outra.

— Já me disseram coisa pior — retrucou.

Por mais alguns segundos, a oferta pairou no ar. Até que, milagrosamente, Cátia assentiu.

— Essa bola não serve para nada, é uma ótima compra — declarou, sem abandonar o desprezo na voz. — Se quiser aumentar o clima de vidência inútil, combina com um daqueles panos coloridos para botar na mesa.

Gabriel sorriu, triunfante, como se tudo que quisesse fosse uma bola de cristal inútil e um pano colorido de estampa cafona. Ele pegou um dos panos que ela indicara, pendurado em um gancho na parede, e estendeu para Cátia.

— Pode embalar com bastante cuidado, bem devagar, por favor — pediu.

A raiva de Mari deu lugar a uma estranha gratidão inesperada, que a deixou até um pouco zonza. Antes que soubesse como reagir, porém, Cátia começou a falar, e Mari se voltou para ela.

— Eu fui embora de Catarina aos dezessete anos — contou a senhora, pegando das mãos de Gabriel a bola de cristal e o pano roxo. — Nasci aqui, e sabia o que ir embora significava para mim, mas não tinha outra opção.

300 sofia soter

Ela apoiou a bola de cristal e o tecido em uma mesa, e estendeu a mão para Gabriel outra vez.

— Fica quatrocentos e dez reais, por favor — declarou, com tranquilidade. — Aceito cartão, e parcelo em até cinco vezes sem juros.

Mari, vidrada pela raiva que continuava a sentir daquela mulher — que, ainda assim, talvez fosse sua única salvação —, nem olhou para Gabriel, nem ofereceu para pagar parte do valor, nem reclamou do preço. Escutou ele resmungar alguma coisa e pegar a carteira do bolso, finalmente entregando um cartão de crédito para Cátia.

— Pode parcelar — pediu.

— Com prazer — respondeu Cátia, com a voz falsamente simpática de vendedora, antes de retomar a história que contava. — Vejam bem, era inviável eu continuar em casa. Eu estava apaixonada por uma garota da minha turma no Santa Olga que eu encontrava em segredo sempre que possível, uma garota que eu beijava na cachoeira e com quem eu trocava juras de amor, mesmo sabendo que viver com ela assim não poderia durar. E não durou. Um belo dia, a mãe dela encontrou cartas que a gente tinha trocado, e ela contou tudo: que estávamos juntas, que era eu quem escrevera aquelas cartas, que íamos nos encontrar aquela noite mesmo. Ela não conseguiu, ou não tentou, me avisar... A mãe dela chegou primeiro, contou para meus pais, e minha vida acabou.

Cátia pigarreou e estendeu a máquina do cartão para Gabriel botar a senha. Mari observou o rosto da senhora, tentando decifrar se aquela pausa era apenas por ganância, ou porque a história era difícil de contar. Felipe apertou a mão de Mari e ela o olhou de relance. Quer a história fosse difícil de contar ou não, para ele, era visivelmente difícil de ouvir. Mari apertou a mão dele de volta em um gesto quieto de carinho.

Quando Gabriel pôs a senha na máquina e guardou o cartão, Cátia voltou à história, embalando os produtos:

O Legado das Águas **301**

— Meu pai me espancou tanto que eu achei que não fosse sobreviver. Isso faz mais de sessenta anos, e tenho sequelas que nunca foram embora. Eu tenho certeza de que só não morri porque minha mãe, que tinha encorajado a surra até então, decidiu que já estava de bom tamanho. Ela fez meu pai parar e, enquanto eu chorava, sangrando, encolhida no chão da cozinha, me olhou e disse para eu ir embora. Disse que, se me visse ali de novo, ia deixar meu pai continuar.

Cátia embrulhou a bola de cristal em plástico bolha, e Mari viu suas mãos tremerem um pouco. Apesar da raiva que sentira da mulher, era inevitável sentir pena dela também. Aquela história, contada tão diretamente, com uma voz tão seca, lhe causava calafrios, apesar do calor abafado da loja.

— Então eu fui embora — concluiu Cátia, pontuando a frase com o barulho plástico da fita adesiva fechando a embalagem.

Fez-se silêncio por um momento. Qualquer coisa dita depois daquilo seria insuficiente, qualquer palavra de compaixão ou dó, qualquer fórmula pronta para indicar que aquela narrativa causava dor neles também, que ecoava medos tão presentes. Era uma história de décadas antes, ocorrida com uma moça de dezessete anos, e não com aquela senhora carrancuda à sua frente, mas, enquanto a ouvia, Mari conseguira sentir o pavor inescapável de uma Cátia mais jovem.

Infelizmente, Cátia não contara o mais importante.

— Mas como a senhora sobreviveu? — perguntou Felipe, dando voz à dúvida de Mari.

Cátia olhou para ele por um momento, talvez analisando a voz um pouco trêmula, a expressão um pouco comovida. Desceu o olhar do rosto dele para as mãos dadas com Mari e, por fim, olhou de relance uma última vez para Gabriel, parado atrás do casal. Ela voltou à embalagem, cortando mais um pedaço de fita para fechar as camadas de plástico bolha.

— Eu precisei — respondeu ela. — Eu precisei fugir, e eu precisei viver, porque aqui não sobreviveria. Eu sou daqui, sim, mas essa cidade também não me quis. Eu nasci nessas terras, e essas terras tentaram me criar, mas tentaram me matar também. Então eu fui embora e, enquanto arrumava uma bolsa com os poucos pertences que encontrei nos cinco minutos que meus pais me deram, enquanto mancava pelas ruas em direção à estrada, enquanto rangia os dentes para suportar a dor física do espancamento e a dor no peito da rejeição, eu negociei com Catarina. Eu fiz algo muito mais próximo de orar do que todas as rezas que tinha aprendido na igreja, e pedi para sobreviver. Eu jurei que voltaria um dia, quando morressem meus pais e os pais do meu amor, e devolveria minha alma a essas terras, se Catarina me deixasse partir, já que não me queria, já que não tinha lugar para mim aqui. E eu sobrevivi. E, quando recebi uma carta me informando que minha mãe finalmente se fora, e que eu deveria voltar para tratar da herança, cumpri minha parte do acordo.

Mari sentiu os olhos marejarem, atordoada pela amargura da história e da voz de Cátia.

— Eu falei que minha história não ia te salvar — disse Cátia para Mari, por fim, com um olhar quase de dó, que fez a raiva voltar a arder dentro dela.

E, após a frase conclusiva, Cátia estendeu para Gabriel a sacola contendo o resultado de seu suborno: objetos com tão pouco propósito quanto tudo que saíra da boca daquela senhora.

O olhar de Mari ficou embaçado de lágrimas, a frustração ameaçando inundá-la. Felipe apertou a mão dela de novo, mas, quando ela o olhou de relance, viu que não estava apenas abalado com a história, ou frustrado por Mari, como também furioso.

— Vamos — murmurou Mari, então, e o puxou de leve.

Felipe deu as costas para Cátia, brusco, e os conduziu loja afora. Gabriel deixou eles passarem e os seguiu.

— Obrigada pela compra, voltem sempre! — se despediu Cátia, e Mari só não empurrou uma mesa para ver tudo cair e quebrar em sequência porque não teria dinheiro para pagar.

O Legado das Águas 303

Capítulo 40

Lara

— Então é só *pedir*? — perguntou Lara, incrédula, no domingo. Mari deu de ombros com irritação visível. Estavam as duas e Duda na praça, no final da tarde, dividindo um saco de sonhos da padaria.

— Foi mais ou menos o que aquela velha falou — reclamou Mari. — Mas eu sei lá, né? Ela pode ter mentido, ou pode só não saber de nada e estar inventando história pra boi dormir.

Lara repassou mentalmente a história que Mari lhe narrara da conversa com Cátia: a tragédia, o amargor, a raiva, e, no fundo, a mais simples das explicações. Não fazia sentido. Na verdade, mais do que isso, chegava a magoá-la. Se bastava odiar as próprias circunstâncias, temer os próprios pais, desejar fervorosamente se ver livre, Lara poderia sair dali no mesmo instante. Mas não era assim. Ou era?

— Mas ela só... ela só *foi*? Não teve ritual nenhum, não teve nenhuma, sei lá, palavra mágica, não...

— Como eu já disse, pode ser pura mentira. E a gente nem sabe se é verdade que ela é uma exceção, né? Afinal, ela voltou pra Catarina. A vida dela lá fora pode ter sido horrível, ela pode ter adoecido ou enlouquecido, ela pode ter decidido voltar porque sentiu que estava chegando ao fim.

— Mas depois de décadas? — retrucou Lara. — Ela é algum tipo de exceção, sim. Que eu saiba, ninguém sobrevive *décadas* à maldição.

— Que você saiba — concordou Mari. — E, mesmo que a gente aceite a história dela, ela não só pediu... Ela negociou. Foi um pacto, ela precisou voltar. E ela não tem como saber as consequências.

Duda, que até então estava quieta, mastigando um doce, se manifestou.

— E o que seria o equivalente no nosso caso? Eu pediria para poder ficar em Catarina mais um pouco, prometendo que um dia iria embora? Que diferença faria isso, em relação ao que já é verdade?

— Exatamente — disse Mari, enfática. — Não adianta de nada.

Lara mastigou devagar um pedaço do sonho, remoendo também os pensamentos. A história de Cátia não adiantava de nada para Duda, nem para Mari. No entanto, talvez adiantasse para *ela*. Talvez, se aquilo fosse verdade, se fosse possível negociar com a cidade um período de fuga, um intervalo para viver até sua alma voltar ao lugar devido... Talvez ela pudesse ir embora. Talvez um mundo novo pudesse se abrir para ela, longe do jugo da mãe e das limitações de Catarina, mesmo que o preço fosse retornar.

— Não — concordou, mesmo que por dentro outras crenças ganhassem força —, não adianta de nada.

Duda

Quando Duda e Mari entraram em casa no fim do dia, encontraram os pais na sala. Não estavam lá simplesmente descansando — estavam esperando pela chegada delas, fato que ficou claro quando os dois se levantaram um pouco abruptamente do sofá, desligaram a televisão e as chamaram para sentar.

— Eu tô meio cansada... — começou a reclamar Duda, sinceramente tomada pela vontade de se aninhar na cama e tirar um cochilo, sentindo a cabeça recomeçar a latejar.

— Por favor, filha — pediu a mãe, com aquela voz que disfarçava autoridade com calma. — Sentem aqui com a gente um pouco.

Duda olhou para Mari, em dúvida. Mari deu de ombros de leve, indicando não saber do que se tratava, mas logo levou a mão às costas de Duda para dar um suave empurrão de encorajamento. Quando as duas se instalaram na sala, uma em cada poltrona, os pais voltaram a sentar-se no sofá.

A cena se parecia estranhamente com a conversa que as levara até Catarina: a posição deles na sala, o cansaço escondido nas feições exageradamente tranquilas dos pais, a mão de Oscar em um gesto apaziguador no joelho de Julia. Duda sentiu a ansiedade subir à garganta, o medo da reviravolta transformadora que aquela cena prenunciava.

— A gente estava agora no telefone com o doutor Fábio — começou a mãe —, para conversar sobre a situação da Duda.

Doutor Fábio era seu médico desde pequena, um pediatra que ainda não tinha parado de acompanhá-la. Era, portanto, seu médico *no Rio*, e ela não sabia que ele estivera envolvido com nenhum dos exames, tratamentos e consultas nos últimos tempos, todos ocorridos em Penedo. Duda franziu a testa, confusa.

— Teve alguma novidade? — perguntou Duda.

Talvez fosse aquele o motivo da conversa: finalmente um diagnóstico concreto, a revelação de alguma grande tragédia em sua saúde, a manifestação física da maldição que devorava sua energia pouco a pouco.

Julia e Oscar se entreolharam antes de se voltarem para a filha, e a ansiedade ameaçou sufocar Duda.

— Não exatamente — disse Oscar.

— Na verdade, o problema é exatamente esse — explicou Julia. — E o doutor Fábio deu uma sugestão que se alinha com uma coisa que a gente andava conversando… Que a gente andava cogitando, caso fosse necessário.

Duda olhou para Mari mais uma vez, procurando na irmã um sinal de compreensão, mas ela parecia igualmente perdida.

— Sabemos que vocês conseguiram se adaptar bem em Catarina — prosseguiu Oscar, apertando suavemente o joelho

306 sofia soter

da esposa. — E nosso trabalho em Penedo anda bem, e tudo tem sido como a gente previa. Mas... Bem, mas no Rio a gente tinha, a gente *teria*, mais estrutura para cuidar de você, Duda. Tem mais médicos, e mais especialistas, e mais gente da família para vocês não terem que ficar tão sozinhas.

A ansiedade que esmagava o peito de Duda subiu, fazendo seus ouvidos tinirem também.

— Então talvez seja hora de a gente considerar voltar para o Rio — concluiu Julia, no lugar do marido. — Seja temporariamente, até a Duda melhorar, ou mais permanentemente, se... Se a Duda precisar de cuidados mais constantes, ou... A gente ia precisar de um tempo para organizar as coisas aqui, mas pensamos que a Duda poderia voltar antes, comigo ou com o Oscar, enquanto o outro fica aqui com a Mari, para não desestabilizar completamente o terceiro ano, e para não ficarmos os dois desempregados ao mesmo tempo.

Eles tinham pensado em tudo. Se fosse como a mudança para Catarina, eles tinham se decidido. Duda esperou sentir o alívio absoluto que deveria acompanhar aquela notícia. Era tudo que ela queria, não era? Se voltassem para o Rio, o problema estaria resolvido. Se fossem logo, fugiriam da maldição a tempo, e talvez os sintomas de Duda fossem revertidos, ou talvez ela vivesse eternamente como estava, talvez já fosse tarde demais para ela, mas Mari e os pais seriam poupados. Era a solução que Lara sugerira logo no início, a saída garantida para que Catarina não os devorasse.

Mas, se fossem embora, a maldição em Catarina continuaria, mesmo que eles não estivessem lá para vivê-la. Duda sabia que não poderia mais voltar. Lara continuaria amaldiçoada, presa naquela serra, a horas de distância de Duda. Duda provavelmente nunca mais veria Lara, nunca mais daria carona de bicicleta para ela, nunca mais sentiria o calor no peito de quando a fazia sorrir. A verdade, Duda percebeu, era que ela não queria ir embora.

O Legado das Águas **307**

— Eu acho uma ótima ideia — foi a resposta de Mari, enfática.

Duda a olhou, boquiaberta.

— Mas e... — começou Duda, gaguejando. — Mas e o Felipe? E a escola?

Mari a olhou de volta, com a expressão rígida e decidida.

— O mais importante é você melhorar, Dudinha. Se no Rio isso for mais possível, eu acho que a gente tem que voltar para o Rio.

— Mas e se eu não quiser? — retrucou Duda, se voltando para os pais, sabendo que a voz saía mais esganiçada e infantil, como sempre acontecia quando estava nervosa. — Eu tenho a escola, e tenho amigos também — justificou, mesmo sabendo que o que tinha era uma amiga, singular —, e a mudança para cá deu tanto trabalho, e vocês já querem outra? E o trabalho? Como vocês vão arranjar outro no Rio assim de repente? E onde a gente ia morar? E eu não quero ficar no Rio enquanto a Mari fica aqui, não quero que a gente se separe desse jeito, não...

— Não é a situação ideal para ninguém — cortou o pai —, mas foi o que a Mari falou, Duda. A prioridade é cuidar de você, e no Rio a gente vai ter mais recursos.

— O médico não disse que o que eu tenho é ansiedade? — retrucou Duda. — Que é para me manter em uma rotina tranquila? Me mudar de cidade outra vez não é nada tranquilo! Eu estou com *muita* ansiedade agora, muita mesmo, e me deixar com ansiedade *não* é cuidar de mim...

— Duda — interrompeu Julia, a voz seca como se batesse um martelo. — Não precisa se exaltar. Sei que é uma mudança grande, e que mudanças não são fáceis, mas a gente está esgotando as possibilidades aqui. Você precisa de mais estrutura, de médicos melhores e mais especializados, de mais cuidado do que a gente pode oferecer aqui, agora. E, quando a questão é sua saúde, não dá para fazer barganha. A prioridade é cuidar de você, e ponto final.

Lágrimas encheram os olhos de Duda, e a pressão que as acompanhou disparou uma crise de dor de cabeça insuportável.

Sentiu as têmporas latejarem, a visão se embaralhar, pontadas penetrantes como se de repente fosse esfaqueada no crânio inteiro, e a pulsação do sangue do corpo todo subindo ao mesmo tempo. Ela fechou os olhos com força, esperando que a onda de dor baixasse, e logo sentiu que estava sendo abraçada. O perfume adocicado da mãe acompanhava o abraço quente, e o carinho do gesto fez as lágrimas transbordarem finalmente de seus olhos, enquanto a mãe murmurava palavras para tranquilizá-la.

Quando Duda conseguiu abrir os olhos, encontrou o rosto da mãe próximo ao seu. E, mesmo enxergando o mundo embaçado pelo choro e distorcido pela dor, conseguiu ver com clareza o efeito que seu adoecimento tivera na mãe: as olheiras fundas, o vinco na testa permanentemente franzida, o rosto mais magro, a vermelhidão da dermatite nervosa no queixo, e o olhar de constante pesar e preocupação.

Outro sentimento se mesclou então à ansiedade: culpa, afiada e cortante, rasgando seu peito. A mãe estava assim por causa dela. E se Duda insistisse naquela birra, se recusasse a decisão de voltar ao Rio, se convencesse os pais a mudarem de ideia, ela estaria arriscando não só o próprio bem-estar, como a sobrevivência de todos eles. Tudo em nome de um sentimento que ela ainda não sabia discernir, por uma pessoa que ela conhecia fazia pouco tempo.

Duda não conseguiu falar nada disso. Quieta, se permitiu chorar mais, e retribuiu o abraço da mãe, desejando que a solução fosse tão simples quanto a que Cátia dera, e que ela pudesse simplesmente pedir para não precisar tomar aquela decisão.

Capítulo 41

Felipe

O dia ensolarado e abafado não combinava com a época do ano, nem com o humor de Felipe. A conversa com Cátia tinha sido, mais do que inútil, ultrajante. Era a versão espiritual de qualquer lenga-lenga motivacional sobre força de vontade — o mesmo argumento que dizia que seu pai se curaria do alcoolismo caso assim desejasse agora confirmava também que sua mãe poderia ter ficado com eles sem consequências caso assim escolhesse. Felipe não conseguia deixar de pensar naquilo, não no sábado, enquanto tentava passar algumas horas tranquilo com Mari, nem no domingo, enquanto limpava a casa e preparava comida para a semana, nem na segunda, durante as aulas.

Aquele processo de investigar a maldição, de buscar uma saída, tinha germinado dentro dele um broto de esperança que a conversa com Cátia apodrecera. O amor por Mari, a preocupação por Duda, a energia delas tão direcionada a resolver um problema, a transformar a realidade, o tinham enganado. A sina de Catarina era inescapável, o sufocamento da cidade e da sua vidinha insignificante ali, fosse por magia e maldições, fosse apenas pelo azar tão humano. No que ele tinha acreditado, afinal? Que havia curas mágicas para doenças, e Duda sairia incólume daquela? Que Mari não iria embora correndo de Catarina assim que pudesse, não voltaria à vida tão mais plena que tinha antes de ser obrigada a morar ali? Que Gabriel não se

310 sofia soter

entediaria logo da novidade trazida por aquele novo equilíbrio, que não voltaria a ignorá-lo como sempre? Que ele se veria livre para encontrar a mãe, ou para chamá-la de volta, que a doença do pai deixaria de ser um problema?

— Quer almoçar lá em casa? — convidou Mari, no fim do dia de aulas, pegando a mão dele para sair da escola.

Felipe tentou engolir o amargor que não saía do fundo da boca. Uma sensação nova e desagradável vinha com a desilusão: o ressentimento por Mari tê-lo convencido a ter esperanças. Fazia anos que ele se fechava para as elucubrações do pai, mas a ladainha cruel tinha entrado em sua memória e não iria embora tão facilmente. Era a voz do pai que escutava na mente, ralhando por ele ter cometido o mesmo erro, por ter se apaixonado por uma forasteira.

— Acho melhor eu dar um pulo em casa para ver meu pai.

Mari pareceu decepcionada, apesar de esconder a emoção em uma expressão compreensiva.

— Ah, claro — murmurou. — Mas a gente pode se encontrar depois?

— Marcou mais uma reunião pra pesquisar alguma coisa? — perguntou Felipe, tentando não deixar o cansaço transparecer na voz.

— Não, não. Queria encontrar você, só nós dois, um pouco — explicou ela, parando na saída do colégio. — Tem umas coisas que eu queria conversar.

Felipe desviou o olhar um segundo, avançou alguns passos para se afastar da porta e pegou um cigarro do bolso, soltando a mão de Mari.

— Não sei...

— Eu te encontro onde você quiser — insistiu Mari. — Por favor, é importante.

— Me encontra depois do almoço na praça, então?

— Combinado — disse ela e, entre ele soprar uma baforada e voltar o cigarro para a boca, se despediu com um beijo rápido.

O Legado das Águas **311**

Mari

Mari estava uma pilha de nervos. O alívio que sentira pela proposta dos pais — um alívio misturado a medo, à dor de perder Felipe, à vergonha de deixá-lo para trás, assim como Lara e Gabriel, depois de convencê-los àquela missão tola de lutar contra maldições — tinha dado lugar à ansiedade quanto à conversa com Felipe. Ela precisava contar para ele que provavelmente voltaria para o Rio, mesmo que não de imediato. E sabia qual seria o resultado: eles não teriam como continuar a namorar, e mesmo a manutenção da amizade seria difícil à distância, uma distância intransponível e muito além da geografia. Ainda mais do que a conversa, o que a angustiava era pensar nos meses seguintes, no tempo até a mudança se efetuar, no resto do ano que, se o plano corresse como previsto, provavelmente passaria em Catarina com a mãe ou o pai. Meses e meses a fio em que ainda estariam suscetíveis à maldição, e meses e meses a fio em que ela e Felipe viveriam em contagem regressiva para o fim.

Para tentar contornar a ansiedade, se arrumou o melhor que podia depois do almoço. O dia estava quente, ensolarado, e, com o otimismo exagerado que a carregara pelas últimas semanas, foi caminhando até a praça, prendendo o cabelo no meio do caminho para controlar um pouco do suor que imediatamente começou a escorrer pelo pescoço.

Ao se aproximar, avistou Felipe fumando um cigarro com gestos nervosos, encostado no chafariz que respingava gotas refrescantes nas costas dele. Ela lembrou, de repente, de quando estivera na posição oposta, esperando Felipe encontrá-la naquele mesmo lugar, na tarde em que foram à cachoeira e se beijaram pela primeira vez. Ela se perguntou o que Felipe tinha pensado enquanto se aproximava, se o coração dele batia com o mesmo nervosismo do dela, por motivos inteiramente opostos.

Quando o alcançou, eles se cumprimentaram com um selinho, um abraço rápido e grudento de calor. Mari sentiu vontade de chorar, mas engoliu as lágrimas.

— Vamos sentar um pouco? — propôs, apontando um banco um pouco mais à sombra.

Felipe concordou, dando de ombros. Ele evitava olhá-la, e sua postura não estava apenas reservada, como era comum, mas também distante. Mari se esforçou mais ainda para segurar o choro, supondo que ele pressentia o que estava por vir. Sentaram-se no banco, lado a lado, e, angustiada com a distância, Mari se aproximou mais um pouco, até a perna encostar totalmente na dele, até conseguir pegar a mão dele no colo, mesmo que ele demorasse alguns segundos para entrelaçar os dedos nos dela. Ela abaixou o rosto, mantendo o olhar fixo em suas mãos dadas, sem coragem de encará-lo.

— Meus pais querem voltar para o Rio — contou, sem preâmbulo, e viu Felipe tensionar a mão. — Eles ainda estão organizando as coisas, mas sugeriram de eu ficar aqui até o fim do ano, enquanto um deles voltaria para o Rio com a Duda. Falaram de ser só temporário, até ela melhorar, mas a gente sabe que voltar pra cá é má ideia, né. Então...

Fez-se silêncio. Felipe apagou o cigarro, largou no banco ao seu lado. Mari arriscou olhar para ele, mas logo se arrependeu. Ele mantinha o rosto erguido, o olhar ao longe, e sua expressão se fechara completamente, todas as emoções trancadas muito além do alcance dela.

— Que bom — respondeu Felipe, por fim, com a voz de quem queria dizer o completo oposto. — Problema resolvido. Fico feliz por vocês.

Mari se encolheu um pouco, sentindo as palavras de Felipe como um tapa. Ele não estava sendo sarcástico, mas sua voz era congelante e seca.

Ela não sabia como responder. Tinha preparado justificativas, explicações racionais e emocionais, e considerado como acolher a mágoa de Felipe. Mas não tinha esperado aquilo: a mão soltando a dela para coçar o pescoço, o olhar para o lado contrário.

O Legado das Águas **313**

— Lipe... Eu sei que não é fácil, mas a gente pode pensar em como manter contato, e...

— A gente sempre soube que seria assim — interrompeu ele. — No melhor dos casos, se a gente desse muita sorte, você iria embora depois de formada, né? Não tinha outro jeito. E mesmo essa história de quebrar maldições, de ir contra tudo que essa cidade inventou... Não estava dando em lugar nenhum. É melhor assim. É melhor pra Duda, e é melhor pra você.

A vontade de chorar voltou, e ela não conseguiu engolir. Tudo que Felipe dizia era verdade, era o que ela própria vinha pensando e treinando dizer, mas na voz dele doía do mesmo modo. Doeu mais ainda quando ele se levantou, brusco, secando as mãos na bermuda e pegando o maço de cigarro outra vez.

— Você não precisa ir agora — disse Mari, envergonhada da súplica em seu tom. — A gente não precisa... A gente pode continuar juntos até...

Felipe a olhou, finalmente, e as lágrimas contidas em seu olhar gélido fizeram Mari se calar.

— Depois dessas últimas semanas, estou um pouco cansado de adiar o inevitável — disse ele, com mais sinceridade do que em toda aquela conversa. — Vou nessa, preciso resolver umas coisas.

Ele se abaixou um pouco e deu um beijo leve, suave, lento, em Mari. Ela tentou aprofundar o beijo, segurar o braço dele e puxá-lo para perto, sentindo o gosto de lágrimas nos lábios, mas ele se afastou com a mesma rapidez e deu meia-volta.

Gabriel

Gabriel estava na frente da padaria, rindo de uma história de Makoto, quando viu, ao longe, Felipe atravessar a rua. Ele andava de cabeça baixa, a passos rápidos, fumando.

— Opa, peraí que vou resolver um negócio, já volto — falou para os amigos, distraído, e apertou o passo para alcançar Felipe.

Ele chamou por Felipe, que não respondeu, então precisou acelerar ainda mais, e chegou a ele quase correndo, na esquina seguinte. Quando o alcançou, tocou seu ombro, para chamar a atenção.

— Porra, que pressa é essa? Não me escutou?

Felipe se sobressaltou de leve, mas então parou. No entanto, não olhou para Gabriel.

— O que você quer, Gabriel? — perguntou, com raiva incontida na voz.

Gabriel franziu a testa. Não estava desabituado àquele tom vindo dele, mas, que soubesse, não tinha feito nada recentemente para merecer aquilo. Ele avançou mais um passo, até parar na frente de Felipe e enxergar o rosto crispado e molhado de lágrimas.

— Ei, o que rolou? — perguntou Gabriel, com uma pontada incômoda de preocupação sincera no peito. — Aconteceu alguma coisa com a Duda? Ou com seu pai? Com a Mariana?

À menção de Mariana, Felipe desviou o olhar. Gabriel sentiu o peito apertar, ainda mais preocupado.

— Ela está bem? Ou...

— Ela está ótima — respondeu Felipe, com a mesma rispidez de antes. — Ela vai voltar pro Rio.

— Ah.

Gabriel não sabia o que dizer, nem mesmo o que sentir. Ele já tinha imaginado um momento como aquele e, em sua imaginação, o que sentia era alívio: Mariana iria embora, sã e salva, e Felipe estaria ali, novamente disponível, pronto para ser resgatado da carência e solidão. Porém, sob o sol escaldante que fazia a nuca suar, não era aquilo que Gabriel sentia. Ele sentia, primeiro, uma estranha dor empática, uma lembrança da própria rejeição quando Felipe tinha decidido acabar com a relação deles. E, depois, uma dor diferente, a dor da perda — uma fraca saudade antecipada de Mariana, cuja companhia ele aprendera a apreciar nos últimos tempos, cujo sorriso aprendera a admirar sem inveja, cuja determinação de enfrentar o mundo ao seu redor nunca deixara de impactá-lo, desde sua primeira conversa em sala de aula.

Movido pelo impulso, Gabriel se aproximou em um passo e puxou Felipe para um abraço. Era um toque novo entre eles, nada de sedução ou provocação, nem de ameaça. Apenas um abraço, a mão forte nas costas de Felipe para segurá-lo no lugar, a tensão inicial de Felipe dando lugar à entrega, os óculos do garoto meio tortos pela posição encostada no ombro de Gabriel.

— Quando ela vai? — perguntou Gabriel, depois de passar-se um tempo incalculável, um tempo em que a respiração de Felipe ia mudando, transformada pelo choro e pelo cansaço.

— Sei lá — murmurou Felipe, ainda encostado nele. — A Duda vai embora daqui a pouco, parece, mas a Mari deve ir só no fim do ano. Eu não perguntei muito. Não vai fazer diferença.

Gabriel segurou Felipe pelos ombros e o afastou um pouco do abraço, para encará-lo.

— Como assim, não faz diferença? Se ela ficar até o fim do ano, é mais tempo em que ela vai ficar vulnerável a Catarina, né?

Felipe fungou e sacudiu a cabeça em negativa, deu de ombros como se para se desvencilhar.

— Então qual é o plano? — insistiu Gabriel. — Sei que o papo com aquela velha sovina não foi lá essas coisas, mas será que a gente não tem mais com quem conversar? Ou mais um livro chato pra ler?

— Não tem plano, Gabriel. O problema delas foi resolvido. A Duda vai embora logo, e vai melhorar. A Mari só tem que segurar a onda mais uns meses, e…

— Então não foi resolvido de jeito nenhum! — insistiu Gabriel, incrédulo. — Vocês me arrastaram para a biblioteca um monte de vezes, e eu ainda gastei uma nota pra comprar uma bola de cristal inútil, só pra vocês desistirem? E por quê? Só porque não vão ficar juntos pra sempre?

Felipe recuou um passo, se desvencilhando de vez do toque de Gabriel.

— Você nem tem nada a ver com isso — disse ele, trocando mais uma vez a vulnerabilidade pela raiva. — Ninguém pediu pra você ir pra biblioteca, nem pra você subornar a Cátia, nem pra você se meter. Nada disso faz diferença nenhuma na sua vida. E foi só a Mari terminar comigo que eu já estou aqui aceitando seu abraço, então tá tudo andando como você queria, né?

— Ei!

Gabriel estava um pouco ofendido, mas não tinha defesa. Era verdade, em certo grau. Ou tinha sido verdade um dia, ao menos. Mas o pedido de desculpas, a tentativa de amizade, tudo aquilo que tinha começado como um plano para superar de algum modo a obsessão irritante pela rejeição que sentira... Tinha funcionado. Gabriel não olhava mais para Felipe e pensava em como reconquistá-lo, nem olhava para Mariana e se mordia de ciúmes. Na verdade, a proximidade das últimas semanas tinha transformado aquele ressentimento em outra emoção, em um afeto sincero pelos dois. Ele não negaria que a atração por Felipe continuava viva, não negaria que ao abraçá-lo tinha sentido vontade de não o soltar tão cedo, não negaria que ainda sentia certo prazer ao provocá-lo e vê-lo corar, mas ultimamente o que ganhava era a vontade de continuar por perto e compartilhar daquela felicidade, em vez de roubá-la inteiramente para si.

— Não é isso que eu quero. Eu quero que você fique feliz, e você é visivelmente feliz com ela, tá? E ela com você! E eu não... — tentou, se debatendo com as palavras para expressar aquele sentimento novo. — Olha, eu quero ser feliz também, não vou negar. Mas a parada é que eu fico feliz de ver vocês felizes! Porque... eu gosto de você, Felipe. Eu não consegui dizer isso direito em nenhum outro momento em que isso importava, mas acho que agora importa também. Eu gosto muito de você. E você gosta muito da Mariana. E tudo bem! Tudo bem, sabe.

Gabriel passou a mão no cabelo, incomodado com o calor. Nenhuma frase que saía de sua boca fazia o sentido que ele desejava, e era visível na expressão confusa de Felipe que ele não

O Legado das Águas **317**

estava sendo nada claro. Respirou fundo e segurou o braço de Felipe, querendo que o toque transmitisse tudo que ele não sabia transmitir em palavras.

Felipe não se desvencilhou, mas também não reagiu. Parecia esperar que aquele estranho arroubo emocional de Gabriel passasse, como fazia tão frequentemente nos últimos tempos quando Gabriel se convidava para uma reunião de pesquisa ou se metia em uma conversa qualquer. Não era o maior encorajamento do mundo, mas a familiaridade da dinâmica fez Gabriel se sentir um pouco mais seguro.

— Se você quisesse me dar outra chance, eu aceitaria. Mas não queria que fosse assim, porque você está triste e frustrado, porque você e Mariana desistiram do que estavam fazendo. Eu não quero mais ter você a qualquer custo, sem que você tenha o que quer também, tudo o que quer. Eu não quero que a gente seja um jeito de você se distrair de não estar mais feliz.

Felipe olhou para Gabriel, e as expressões que tomaram seu rosto foram da raiva à dor, à vergonha, ao espanto. Gabriel, ainda incerto de estar comunicando o que queria, puxou Felipe para mais um abraço, aliviado quando Felipe o aceitou.

— Vamos resolver essa história, Felipe — murmurou, sentindo o peito esquentar com a confiança que só lhe vinha naqueles momentos em que tinha o corpo de Felipe junto ao dele. — E aí depois, quem sabe, a gente fala de novo do que eu quero.

Capítulo 42

Gabriel

Na volta do intervalo na terça-feira, Gabriel botou seu plano em prática.

Quando o professor de biologia entrou em sala e começou a escrever alguma coisa no quadro, ele se virou para trás na cadeira. Mariana estava com o rosto um pouco inchado e os olhos avermelhados de chorar, mas se arrumara como sempre: o cabelo preso em uma trança volumosa, os brincos grandes e dourados dando brilho ao rosto.

— Vamos voltar lá na loja da Cátia depois da aula — declarou Gabriel, se debruçando na mesa dela.

Mariana franziu a testa por um segundo, e abanou a cabeça de leve.

— Achei que talvez a Lara tivesse te dito... — murmurou, e olhou ao redor da sala antes de voltar a responder. — A gente vai deixar isso pra lá. Vamos voltar pro Rio.

Gabriel tamborilou os dedos na mesa dela.

— Eu soube. Mas isso não é motivo pra deixar pra lá.

Mariana cruzou os braços e desviou um pouco o rosto. Gabriel viu ela olhar de relance para Felipe, que estava decididamente voltado para o quadro, se recusando a olhar qualquer outra coisa.

— Eu gastei uma nota com aquela salafrária, quero ver se me dá um resultado melhor — insistiu Gabriel. — Vamos hoje, tá?

O Legado das Águas **319**

Mariana suspirou.

— Eu até posso ir, mas… — começou, e olhou de relance para Felipe outra vez.

— Deixa comigo. Vamos direto da escola?

Mariana hesitou mais um pouco. Finalmente, fez que sim com a cabeça, e Gabriel abriu um sorriso vitorioso que sabia ser irresistível antes de se voltar para o quadro.

Assim que o sinal tocou indicando o fim da última aula, Gabriel se levantou e andou até a mesa de Felipe. Ignorou o olhar de dúvida dos amigos; sabia que eles consideravam que Gabriel deveria estar armando alguma para andar falando com Felipe e Mariana tão frequentemente, mas não arriscavam questionar, o que lhe garantia tranquilidade o bastante.

— Você não tem nada pra fazer agora, né? — perguntou para Felipe, se apoiando na mesa enquanto ele arrumava o material na mochila.

— Quem disse?

Gabriel revirou os olhos.

— Vem comigo, vamos fazer um negócio.

— Que *negócio*?

Gabriel batucou com os dedos na mesa.

— Olha, eu quero tentar mais uma coisa naquela nossa *missão* — disse, enfatizando a palavra ridícula. — Se não der em nada mesmo, paro de encher o saco.

Felipe o olhou com secura.

— Parar de encher o saco é uma promessa e tanto.

Gabriel sorriu, sabendo que tinha conseguido.

— Então vai valer a pena — respondeu. — Vem, vamos logo.

Deu meia-volta e saiu da sala, esperando que Felipe e Mariana o seguissem.

Mari

O ar abafado desde o dia anterior finalmente cedeu à pressão da chuva, que começou a cair enquanto andavam o trajeto relativamente curto do colégio até a loja esotérica de Cátia em um silêncio constrangedor e carregado.

— Puta que pariu — resmungou Mari, quando as gotas pesadas começaram a molhar o cabelo. — Alguém trouxe guarda-chuva? — perguntou para os garotos, mesmo sabendo que a resposta seria aquela, os dois sacudindo a cabeça em negativa.

— Vamos correr, então.

Ela apertou o passo, mas, no fim da quadra, percebeu que era em vão. Já estava inteiramente encharcada, arrependida de ter se deixado enganar pelo sol que ainda brilhava forte pela manhã. Foi quase um alívio chegar à loja e entrar em seu abrigo seco.

A raiva que sentia de Cátia ainda causava nela um certo desejo de destruição, então não se incomodou de estar molhando a loja inteira. Assim que Felipe e Gabriel entraram e fecharam a porta, ela se virou para eles.

Felipe encontrou o olhar dela brevemente, deu de ombros e voltou a desviar o rosto. Gabriel, por sua vez, apenas sorriu como se não estivesse molhado dos pés à cabeça e avançou mais para dentro da loja.

— Cátia? — chamou, animado. — Como anda o estoque de bolas de cristal?

Antes de ele chegar ao meio da sala, ela surgiu na passagem do corredor, vinda da sala menor nos fundos.

— Ah — soltou ela, desanimada. — São vocês de novo. O que foi dessa vez?

— Então — disse Gabriel, cuja postura confiante era um pouco atrapalhada pelo cabelo que grudava na testa e pingava pelo chão. — Eu fiquei um pouco insatisfeito com a eficiência da minha compra semana passada.

— Não aceitamos devoluções — retrucou Cátia, seca, e apontou uma placa no balcão que dizia aquelas mesmas palavras.

O Legado das Águas **321**

— Não tenho intenção de devolver aquela belíssima bola de cristal — respondeu Gabriel —, mas acho que a informação que a acompanhou foi insuficiente.

Cátia os olhou por mais um segundo, e se virou para voltar pelo corredor.

— Sinto muito — falou, sem a menor sinceridade.

Mari estava muito tentada a agredir uma idosa.

— A senhora, como dona de uma loja dessa especialidade, deve ter muita informação sobre a história de Catarina, não deve? — continuou Gabriel, indo atrás dela. — Pensei que talvez pudesse contar um pouco pra gente. Não da *sua* história, essa acho que já escutamos o suficiente, mas da história daqui. De como nossas, digamos, tradições começaram.

A voz de Gabriel ia ficando mais distante conforme ele seguia pelo corredor, e Mari foi atrás dele a contragosto, sem querer perder a conversa.

— Tem mais algum produto do seu interesse no meu estoque? — perguntou Cátia, da saleta do outro lado. — Porque essa é uma loja, não uma praça pública, então, se não pretenderem comprar nada, podem ir circulando.

Mari alcançou a saleta e sentiu que Felipe vinha também, parando alguns passos atrás dela. Cátia estava passando um pano nas estatuetas de gnomos em uma prateleira, e Gabriel tinha se recostado em uma estante protegida por vidro que continha joias.

— Hmm — murmurou Gabriel, com ar pensativo que Mari reparou ser inteiramente fingido, enquanto olhava ao redor. — Na verdade, eu vi um serviço anunciado lá perto da entrada que me interessou. A senhora lê tarô, não é? Que tal uma sessão?

Cátia bufou, e olhou de relance para Gabriel.

— E seus amigos vão fazer o quê enquanto isso?

— A senhora pode ler as cartas pra nós três — respondeu ele, tranquilo. — Deve demorar um tempo, né? É bom que nos abriga da chuva.

Cátia arrumou a posição de uma das miniaturas na prateleira e deu as costas para eles mais uma vez.

— O preço é por pessoa — falou —, e normalmente eu só atendo com hora marcada. Então, se chegar algum cliente, vou interromper a sessão para atendê-lo.

— Perfeito! — exclamou Gabriel, como se não tivesse sido nem um pouco contrariado.

Mari admitiu para si mesma que a ideia de perguntar para Cátia sobre a história da maldição não era de todo ruim, mas não estava com a menor vontade de ouvir aquela senhora ranzinza ler as cartas para ela. Muito menos para ela, Felipe e Gabriel, logo naquele dia. Ela olhou de relance para Gabriel, tentando entender se ele estava propositalmente ignorando o clima nitidamente constrangedor entre ela e Felipe, ou se era tão egocêntrico que nem tinha reparado.

— Venham, então, que não tenho o dia todo — instou Cátia, e abriu uma porta estreita que Mari mal tinha reparado estar ali em meio à decoração caótica.

Cátia entrou primeiro, e Gabriel correu para segurar a porta e mantê-la aberta. Com um gesto de galanteio exagerado, sorrindo como se tudo aquilo fosse a mais pura diversão, indicou que Mari e Felipe entrassem na sua frente. Mari hesitou mais um instante, mas logo seguiu o caminho indicado, adentrando um espaço que talvez, na planta original da loja, fosse um armário de estoque: uma salinha apertada, contendo apenas uma mesa redonda coberta por uma toalha estampada com símbolos pseudomísticos e duas cadeiras de armar de madeira. O ar era ainda mais abafado e carregado de perfume de incenso do que o resto da loja, e não havia nenhuma lâmpada — a iluminação vinha de velas que Cátia ia acendendo em um castiçal no centro da mesa e duas arandelas na parede.

Mari sentiu Felipe entrar na sala, esbarrando nela e tentando recuar, apesar da falta de espaço. Logo depois dele, veio Gabriel, que deixou a porta fechar, tornando o ambiente ainda mais claustrofóbico.

O Legado das Águas **323**

— Só tem uma cadeira, então os outros dois vão precisar ficar em pé — disse Cátia, sentando-se na própria cadeira e começando a embaralhar um baralho de cartas grandes em cima da mesa.

Mari não fez cerimônia. Sentou-se na cadeira de armar desconfortável, cada vez mais ciente de que estava encharcada, e largou no chão a mochila, que, igualmente molhada, fez um som desagradável em contato com o piso acarpetado daquela sala-armário. Gabriel e Felipe se instalaram de pé, um de cada lado dela, Felipe tentando manter uma distância que o espaço não permitia e Gabriel apoiando a mão no espaldar da cadeira.

— A política da loja é o pagamento antes da sessão — disse Cátia, e apoiou o baralho na mesa para estender a mão para Gabriel.

Gabriel pagou o valor em espécie, sem pechinchar, e Cátia embolsou o dinheiro. Em seguida, voltou a pegar o baralho e misturar as cartas.

— Vamos fazer assim: às perguntas de vocês, respondo eu. As cartas vão responder às perguntas que vocês não fizerem.

Mari torceu a cara. Que besteira inacreditável.

— Então podem perguntar — continuou Cátia, e abriu as cartas em leque, voltadas para baixo, sobre a mesa.

— O que a senhora sabe sobre a origem da maldição de Catarina? — perguntou Gabriel, tropeçando um pouco na palavra "maldição".

— Vocês chamam de maldição? — perguntou Cátia, quase que para si. — Escolha três cartas — disse então para Mari.

Mari a olhou com irritação. Não queria participar daquele teatro.

— Posso escolher — se ofereceu Gabriel, estendendo a mão.

Cátia afastou a mão dele com um tapa.

— Quando for sua vez. Agora é a vez da… Mariana, não é? — perguntou Cátia, mas não esperou confirmação. — Escolha três cartas.

324 sofia soter

— Por que a senhora só não conta a história? — retrucou Mari. — Já foi paga, não precisa fazer esse serviço besta.

Cátia não demonstrou reação.

— Escolha três cartas — repetiu, indicando o leque do baralho.

Mari bufou e obedeceu, indicando três cartas ao acaso.

Cátia pegou cada uma e as virou na mesa.

— Hm, interessante — comentou Cátia, baixinho. — E interessante também vocês se darem a esse trabalho todo para me perguntar a história do que chamam de maldição de Catarina. Eu não sei mais do que ninguém.

— Ah, claro que ia ser inútil de novo — resmungou Mari, e começou a empurrar a cadeira para trás, para se levantar.

— Ainda não acabamos — interrompeu Cátia, e estendeu a mão em um gesto imperativo. — E eu não quis dizer que não sei nada. Apenas que todos aqui sabem da história, que o Antônio sabe — falou, com um breve olhar para Felipe —, e a Rebecca sem dúvida sabe — acrescentou, olhando também para Gabriel. — Você não sabe — continuou, voltando-se para Mari, que tinha se afastado, mas não se levantado —, porque os de fora nunca sabem, mas aqui... Vocês só não estão em idade de saber, talvez, mas, se tivessem perguntado aos seus pais, eles dessem a mesma resposta que eu darei.

Mari resistiu à vontade de olhar para Felipe, preocupada com a reação dele àquela mulher que falava com tanta familiaridade de seu pai.

— E as cartas? — perguntou Mari, então, querendo que o assunto saísse daquele ponto tão precário.

— Temos um embate constante, aqui, entre opções sem saída — disse Cátia, apontando para uma das cartas. — Uma dúvida entre quem salvar, quem escolher, quem priorizar, e a insegurança de quem não se sente priorizada nunca. Não é fácil.

O Legado das Águas **325**

Mari abanou a cabeça, irritada. Uma sequência de frases vazias e genéricas, que ela se recusaria a aplicar aos próprios sentimentos. Era tudo uma manipulação de Cátia, um jogo de sombras para disfarçar o que ela queria ou não queria contar sobre a maldição, para fingir que não estava apenas aceitando o dinheiro deles e se divertindo a suas custas.

— Catarina também não tinha saída — continuou Cátia, como se os dois assuntos fossem um só. — Vocês sabiam que Catarina, antes de ser o nome desta cidade, era o nome de uma mulher? Não de Santa Catarina, como gostam de ensinar na escola, e sim de uma moça comum, a filha de uma das primeiras famílias a ocupar essas terras e decidir que eram deles. O pai dela batizou o povoado que fundou com o nome da filha mais nova, e, sem saber, deu os primeiros passos para conjurar o que vocês agora chamam de maldição. Ele escolheu misturar a terra e a filha, duas almas tão diferentes, e foi assim que jogou o primeiro feitiço nesse lugar, um feitiço intrínseco ao nome.

A voz de Cátia se entrelaçava com o bruxulear das velas e a doçura do incenso no ar, dando a impressão de ser, também, um feitiço próprio. Mari precisou pestanejar para não se deixar hipnotizar por aqueles truques, para resistir ao encanto que a mulher devia ser especialista em criar para os clientes que a procuravam em busca de uma experiência mágica.

— Mais três cartas — ordenou Cátia.

Mari estendeu a mão para obedecer, mas Cátia fez um sinal para interrompê-la e se voltou para Felipe.

— Você agora.

Mari sentiu Felipe hesitar. Ela se perguntou se ele negaria a ordem e daria meia-volta.

Após alguns segundos de espera, Felipe estendeu a mão e puxou três cartas vizinhas do baralho em leque. Ele próprio as virou com um gesto só, ao lado das de Mari.

Cátia sorriu, e reposicionou um pouco as cartas na mesa.

— Muito bem. Eu também fui batizada Catarina, mas meus pais logo começaram a me chamar de Cátia, um apelido carinhoso de quando ainda havia carinho disponível em casa. Talvez seja assim que eu tenha me identificado com a Catarina original, que eu tenha me conectado com ela, que eu tenha começado a sonhar — continuou, com a voz mais pensativa, enquanto olhava bem as cartas. — Mas os sonhos perseguem muita gente aqui, especialmente quem carrega nos ombros a história de décadas nessas terras. Vocês não sonham, sonham? — perguntou, erguendo o rosto especialmente para Gabriel e Felipe. — É, senti que não seriam vocês — falou, com leve desdém. — Gabriel, você tem uma irmã, não tem? Ela provavelmente é quem carrega os sonhos, dá para ver naquela cara assombrada por aí. Ela me lembra a Catarina original, sabia?

— A senhora *conheceu* a Catarina original? — perguntou Mari, confusa, temendo de repente que aquela senhora fosse revelar uma história ainda mais elaborada, dizer que era imortal, que era a própria Catarina.

Cátia a olhou com incredulidade.

— Claro que não — respondeu, como se fosse a pergunta mais boba que ela já tivesse ouvido. — Mas há registros daquela época, registros que vocês, em sua pesquisa sobre a "rica história da cidade" — falou, sarcástica, parafraseando a desculpa que tinham dado inicialmente —, devem ter visto sem nem perceber. Faz sentido que sua irmã me lembre Catarina, porque acho que dá para traçar a linhagem da sua família até a família dela — continuou, de novo olhando para Gabriel. — E agora, voltando a essas cartas...

Mari estava ficando um pouco tonta, entre tentar acompanhar a conversa e respirar naquele canto abafado. Queria que Cátia pudesse apenas contar a história, deixar as cartas para lá, deixá-los ir embora; mesmo a chuva forte lá fora era melhor do que estar ali.

— Tem coisas interessantes nessas cartas — continuou Cátia, tamborilando os dedos na mesa. — Uma tensão interessante, especialmente. Contradições, contradições e mais contradições,

O Legado das Águas **327**

tantas vontades que não cabem em uma escolha só. Ir, voltar, escolher, mudar de ideia, um amor, outro amor. Se correr o bicho pega, se ficar o bicho come. Mas ainda tem alguma coisa faltando. Cátia mudou a posição das cartas abertas na mesa, as de Mari e de Felipe, como se montasse um quebra-cabeça, e franziu um pouco a testa.

— Catarina era uma moça difícil — retomou a história. — Eu também fui.

— Só *foi*? — murmurou Felipe, atrás de Mari.

Cátia o olhou bruscamente, com um sorriso de canto de boca como se achasse graça, e voltou a olhar as cartas.

— Catarina não fazia o que queriam que ela fizesse, mas eu não a culpo. Queriam tão pouco dela... E ela queria tanto. Porque, veja bem, os pais de Catarina decidiram que eram donos dessa terra, assim como decidiram ser donos dela, mas ela via outra coisa aqui. Ela via o correr das águas, o farfalhar das folhas, o calor do sol, e ela via nisso tudo a liberdade. Diferente das quatro paredes de casa, que a trancavam como os vestidos engomados, como a ladainha da igreja, como as ordens e as mãos duras do pai. E a gente sabe, no fim, o que acaba prevalecendo. Vocês sabem, né? — perguntou ela, então, voltando o olhar para Mari, depois para Felipe, depois para Gabriel.

Mari não soube confirmar nem negar, não entendia a pergunta mais do que entendia os meandros da narrativa de Cátia.

— Três cartas, você, agora — ordenou Cátia, acenando com a cabeça para Gabriel.

Gabriel, que os empurrara para aquela visita, selecionou as cartas com menos reticência do que Mari ou Felipe. Ele se inclinou um pouco para a frente, o braço quase roçando a lateral do rosto de Mari, e escolheu devagar três cartas diferentes, que puxou um pouco do leque. Cátia abriu as cartas igualmente devagar, uma a uma, e soltou um ruído que quase parecia uma risada.

— Catarina foi obrigada a casar — contou Cátia, cruzando as mãos sobre a mesa e parecendo ignorar as cartas. — E aqui a história fica mais confusa. Sempre fica, quando tem coisas que as pessoas querem esconder... Sabemos que ela não queria obedecer à ordem de modo algum. Tem quem diga que ela foi obrigada a casar porque engravidou do namorado, tem quem diga que foi um acordo de terras e ela nem conhecia o noivo, tem quem diga que ela conhecia o noivo muito bem e ele não era flor que se cheire. Eu, pessoalmente, vejo a história de outro modo. O noivo não importa, é uma distração. O que importa é que Catarina queria outra coisa, uma vida mais livre, o poder de amar quem ela amava, e que, sendo donos dela, os pais escolheram seu destino, o destino de ser esposa e mãe, de criar mais donos dessa terra. O que importa é que Catarina, no dia de seu casamento, de enxoval bordado e vestido posto, de flores colhidas para o buquê, fugiu sem avisar ninguém. Ela saiu pela porta de casa, e correu para a mata que ainda compunha tanto da região, correu para a liberdade.

Cátia se calou por um momento e voltou a olhar as cartas com a expressão surpresa de quem esquecera que estavam ali. Mais uma vez, soltou uma espécie de risada, e rearranjou as cartas abertas na mesa.

— O que minhas cartas disseram? — perguntou Gabriel, curioso.

Cátia o olhou com certa atenção, inclinando a cabeça de leve, forçando a vista, e voltou para as cartas.

— O caminho de vocês não está fixo — decretou ela. — Não, não é bem isso. O caminho de vocês é... maleável. Tem segredos aqui, segredos pro mundo e segredos para si — continuou, mudando mais uma carta de lugar. — E tem muitas — mudou mais uma carta —, muitas — e outra —, muitas — mais uma — bifurcações. Mas o fim é sempre o mesmo, porque aqui nessa cidade o fim é sempre o mesmo — concluiu, parando de movimentar as cartas.

Mari se perdeu no movimento das cartas. Parecia um truque de mágica, um baralho bem misturado até o mágico adivinhar a carta na qual você tinha pensado.

O Legado das Águas **329**

— Catarina fugiu e fugiu, mas não foi suficiente. Os pais foram atrás dela, e o noivo, e a família do noivo, e o padre, e pouco a pouco todos os poucos que aqui já moravam, todos os convidados do casamento, todos os preocupados não com Catarina, mas com sua obediência. Encontraram ela nos arredores da cachoeira, o vestido branco rasgado e sujo de lama, o cabelo solto e desgrenhado, os pés um pouco arranhados e batidos de terra. Mas, e eu arrisco dizer que foi isso que desencadeou todo o resto, que foi esse o motivo da fúria avassaladora que nos condenou todos, o rosto dela, normalmente tão pálido, tinha ganhado o rubor da emoção, e seus olhos, normalmente tão distantes, tinham tomado o brilho vibrante da vida. Começou a chover quando a encontraram, o tipo de aguaceiro que cai por aqui em dias como hoje, ensopando os corpos e o chão, tornando a cachoeira turva e revolta.

Cátia tirou, ela própria, mais uma carta do leque, e jogou em cima das cartas deles, praticamente sem olhar.

— Suplicaram para Catarina voltar, e ela recusou. Ordenaram que Catarina voltasse, e ela recusou. Ameaçaram Catarina para voltar, e ela recusou. Esbravejaram e choraram e xingaram, e Catarina, aquela moça cuja vida tinha sido misturada à dessa terra, não recuou. Então, e eu sei que é assim que muita gente conta essa história, com essas palavras fatais de quem acredita que faria o mesmo e não se envergonha totalmente, não tiveram outra opção: afinal, do que adianta uma ameaça que não vai ser cumprida? E que perigo representa alguém que se recusa a ceder diante de todos, que exemplo isso dá? Crueldade é melhor exemplo do que ousadia por aqui.

Cátia suspirou, começou a empilhar as cartas que Mari, Felipe e Gabriel tinham tirado.

— Catarina foi espancada pelo pai até perder a consciência, sob o olhar ora temeroso, ora conivente, ora encorajador, do resto daqueles que se proclamaram seus donos. Desmaiada, alquebrada e ensanguentada, Catarina foi jogada cachoeira abaixo, na esperança de que as águas a carregassem para longe

330 sofia soter

dali. Mas o que esqueceram, o que esquecem sempre, é que já tinham dado a vida de Catarina à terra de Catarina, um vínculo impossível de romper. Então Catarina, enquanto deixava de ser moça e virava terra, jurou retribuição e jogou a crueldade que jogaram nela de volta nos limites da cidade que chamaram por seu nome. Se ela não podia ir embora, quem ali nascesse também não poderia ir. Se ela não podia desejar o mundo lá fora, quem de fora viesse também não seria bem-vindo.

Mari sentiu um calafrio e, no mesmo instante, as velas do castiçal no centro da mesa se apagaram. Apenas as arandelas jogavam sua luz bruxuleante na silhueta de Cátia à meia-luz, nas cartas selecionadas, que ela empilhara e embaralhara antes de abrir em novo leque, mas cujos desenhos Mari não distinguia mais.

— O fim nessa cidade é sempre o mesmo — repetiu Cátia, e, no escuro, sua voz contraditoriamente pareceu menos assustadora, mais gentil —, mas o que esquecem de nos ensinar é que podemos escolher outro meio.

Cátia soltou as cartas na mesa e empurrou a cadeira para trás, com o ruído arrastado dos pés no carpete.

— Obrigada pela preferência, foi um prazer atendê-los.

Ela se levantou e indicou a porta, mas eles demoraram um pouco para reagir. Apenas quando alguém abriu a porta atrás dela, Mari recobrou os sentidos o suficiente para se levantar também.

Saíram da sala em fila, do único modo possível, e foi como atravessar um portal. O ar da loja, mesmo abafado e pesado de incenso, era praticamente puro e leve se comparado com o daquela sala. As luzes, mesmo que abatidas pelos tons arroxeados da pintura, eram quase ofuscantes. Mari pestanejou até os olhos se habituarem ao mundo além daquela leitura confusa, daquela história que a transportara a outro século, a outra vida.

Cátia os enxotou pelo corredor, até o primeiro salão da loja, e abriu a porta para saírem. Lá fora, a chuva tinha parado, deixando o chão brilhante de poças e o céu branquíssimo de nuvens.

O Legado das Águas **331**

— Um último conselho das cartas, se me permitem — falou Cátia, quando os três já estavam passando pela porta.

Mari se virou para ela, deixando de enxergar a velha mística daquela leitura de tarô e vendo apenas uma senhora comum, com o rosto delineado por rugas de expressão.

— Dramas amorosos de jovens são a maior fonte de renda de uma taróloga, e também a menos interessante — continuou Cátia, com leve desdém. — Não sei a história de vocês três, e não me interessa, porque as perguntas são sempre as mesmas, e as respostas também. Triângulos amorosos são um desperdício — declarou, olhando para Gabriel —, o medo da rejeição é outro — continuou, se voltando para Felipe —, e nada nunca é para sempre — acrescentou, se voltando para Mari. — Não percam tempo com a dúvida das bifurcações, com ir ou ficar, com deixar ou ser deixado... Se houver interesse, se interessem. Se houver amor, se amem.

E, antes que Mari pudesse reagir à aceleração repetida em seu peito, Cátia bateu a porta na cara deles, fazendo tilintar os muitos sinos.

Capítulo 43

Gabriel

Na opinião dele, a visita a Cátia tinha sido um sucesso. Não só tinham conseguido informações relevantes sobre a maldição — informações que ele precisaria contar para Lara assim que chegasse em casa —, como tinham passado um tempo juntos, dedicados àquele problema, e ainda por cima saído com um recado motivacional.

Gabriel inspirou fundo o ar fresco com cheiro de chuva, e sorriu. Felipe e Mariana caminhavam ao lado dele, visivelmente atordoados, mas a estranheza da situação na loja de Cátia parecia ter ao menos quebrado o gelo. Já era alguma coisa. Chegaram a uma esquina e Gabriel olhou para os dois lados. Sua casa, assim como a de Mariana, ficava para a direita, e a de Felipe, para a esquerda. Pensou no que Cátia dissera sobre bifurcações, deu de ombros e virou para a esquerda.

Felipe e Mariana o acompanharam mais alguns passos, em silêncio, até Felipe parar de repente, como se reparasse o caminho.

— Vocês moram pra lá — declarou, com um quê de acusação na voz, apontando o lado oposto.

— Mas você mora pra cá — respondeu Gabriel, apontando na direção pela qual seguiam.

Felipe olhou para Gabriel com o ar de quem tentava desvendar uma charada, e depois olhou para Mariana. Ela deu de ombros, abanou a cabeça de leve, desviou o rosto.

O Legado das Águas **333**

— Eu sei, por isso *eu* estou vindo para cá — retrucou Felipe, devagar.

Gabriel suspirou, sem entender por que aquela complicação toda. Eles não tinham escutado nada do que Cátia dissera?

— E por isso estamos indo junto — explicou Gabriel —, para fazer companhia.

Sem esperar resposta, Gabriel voltou a caminhar.

— Nem me pergunta — disse Mariana, atrás dele, provavelmente em resposta a mais um olhar de Felipe. — Melhor não contrariar.

Alguns segundos depois, ouviu Felipe acelerar para alcançá-lo. Felipe remexeu o bolso em busca de um cigarro, mas tirou o maço e fez um muxoxo ao reparar que estava molhado. Gabriel passou a mão no cabelo, afastando uma mecha do rosto, lembrando também que ainda estava ensopado, mesmo que suas roupas tivessem secado parcialmente, de um jeito incômodo, no calor da loja. Olhou para trás de relance, e viu que Mariana os acompanhava também, a passos um pouco mais lentos.

— O que vocês acharam do que a Cátia falou? — perguntou Gabriel, então, cansado do silêncio.

— Triste a história, né — respondeu Mariana, depois de leve hesitação, com pesar sincero na voz. — E a Cátia não é lá muito otimista.

Gabriel se virou para ela, sem parar de andar.

— Não achei ela tão pessimista assim — respondeu.

— Ela garantiu que estamos todos fadados à tragédia desde o século xix — retrucou Felipe, e mais uma vez tirou o maço molhado do bolso, e dele um cigarro.

Mariana reagiu com algo semelhante a uma risada.

— Mas não é porque estamos fadados à tragédia que a tragédia *já* está acontecendo! — argumentou Gabriel. — É tipo… *carpe diem*, etcetera e tal. Vamos todos morrer, então melhor aproveitar a vida.

— Que inspirador — retrucou Mariana, sarcástica.

334 sofia soter

— Olha, é assim. — Gabriel voltou a tentar, gesticulando e andando meio de costas. — Você talvez volte pro Rio, e talvez eu e o Felipe acabemos morrendo sozinhos aqui daqui a sei lá quantos anos. Ou talvez eu e ele assumamos um caso tórrido e escandalizemos a cidade toda. Ou talvez vocês passem o resto da vida em um relacionamento à distância. Ou talvez a gente consiga acabar com essa maldição ridícula e você nem precise voltar pro Rio. Não dá pra saber ainda, né? Mas, enquanto a gente não sabe, não é besteira perder tempo com enrolação? — insistiu, mais exaltado. — Vocês dois brigados porque *no futuro* vão ter que terminar, talvez, quem sabe? Tanta dúvida quanto ao que fazer, o que pesquisar, em quem acreditar, enquanto a bomba-relógio dessa cidade continua tiquetaqueando?

Gabriel estendeu a mão e roubou de Felipe, a meio caminho da boca, o cigarro meio murcho que ele tinha conseguido acender a muito custo. Tragou com uma careta — ele às vezes esquecia que não gostava tanto de cigarro, muito menos com aquele gosto bolorento de chuva — e devolveu para Felipe. Pensar naquelas questões tão existenciais, no contraste de vida e morte que o acompanhara em Catarina desde sempre, exigia pelo menos uma dose de nicotina.

— Se tem uma vingança centenária jurada sobre nossas cabeças, por que a gente não se diverte um pouco mais, pelo menos, sabe? — concluiu.

Felipe e Mariana continuaram quietos, mas Gabriel percebeu que seu discurso, por mais atrapalhado que fosse, tinha surtido efeito. Felipe desviou o rosto um pouco, concentrado no cigarro insatisfatório, e Mariana acelerou os passos, caminhando mais próxima deles, com algo que se assemelhava a um sorriso no rosto, abanando a cabeça.

Felipe

Felipe olhou de Mari para Gabriel e de Gabriel para Mari, soltou uma baforada do cigarro com gosto mofado e continuou a

O Legado das Águas **335**

caminhar. Andaram mais umas duas quadras em silêncio outra vez, e Felipe terminou de fumar o cigarro, que ocasionalmente era roubado por Gabriel. Pegou o maço para puxar mais um, procurando algo para fazer, para distrair da confusão gerada por aquela tarde de chuva, pela fome do almoço que não comera, pela estranha sessão de tarô cheia de informações, pelo ainda mais estranho discurso de Gabriel, pela caminhada aparentemente sem propósito.

Não adiantava perguntar de novo por que Gabriel tinha decidido acompanhá-lo no caminho até em casa, nem por que Mari tinha aceitado o trajeto, porque, de certa forma, sentia que o próprio fato já era a resposta, ou então, no máximo, as palavras confusas que Gabriel proferira com tamanha decisão. Sinceramente, ele não sabia se queria uma resposta mais clara — ou, melhor, não conseguia pensar em uma resposta que quisesse ouvir. No entanto, o retorno ao silêncio ia ficando insuportável, os passos levemente descompassados dos três ocupando a calçada vazia, chapinhando nas poças de chuva e ecoando pela rua desocupada, o caminho automático até uma casa na qual ele sabia que ninguém poderia entrar, perto da qual não queria que ninguém chegasse.

Terminou o segundo cigarro e puxou o maço para pegar um terceiro, um exagero que acabaria deixando ele com dor de cabeça, mas Gabriel interrompeu o gesto, colocando a mão sobre a dele, pegando o maço, puxando e acendendo um cigarro e guardando o maço no próprio bolso. Felipe estendeu a mão para pegar o maço de volta, mas Gabriel interrompeu seu gesto mais uma vez e segurou sua mão, entrelaçou seus dedos. Felipe não se afastou. Também não ousou levantar o olhar, e seguiu andando, encarando o caminho à frente, contando mentalmente quantas quadras faltavam no trajeto, sentindo o encontro da sua mão com a de Gabriel como uma fonte elétrica intensificada pela umidade no ar, espalhando descargas pelas suas veias.

Sentiu mais do que viu Gabriel jogar o cigarro, que mal fumara, no chão e pisar para apagar, tentando não descompassar a caminhada. E sentiu mais do que viu — mesmo que tenha ousado, no susto, um olhar de soslaio para o lado — Gabriel passar o braço pelos ombros de Mari, puxando-a para mais perto. Uma pontada de algo que se assemelhava a ciúmes, mas que ao mesmo tempo era completamente diferente, atingiu seu peito ao ver que Mari, apesar de surpresa, não se desvencilhou.

Aquele gesto descompassou tanto o andar do grupo que os três pararam por um segundo, uma risada suave de Mari estourando a fragilidade do silêncio, as descargas de eletricidade dos dedos de Gabriel se tornando mais erráticas (e faiscariam também do outro lado, no contato da mão dele com o ombro de Mari?), o coração de Felipe acelerado, sua mão tremendo com a vontade de pegar mais um cigarro apenas para sentir o papel na boca, inspirar o tabaco e focar no ar quente e imundo entrando nos pulmões na tentativa de ignorar o que estava ao seu redor, o que estava acontecendo, fosse lá o que fosse.

O discurso de Gabriel parecia o preâmbulo, e a mão dada à de Felipe, o braço apoiado em Mari, a pergunta. Um segundo depois, estavam andando de novo, o silêncio se restabelecendo ao redor deles como uma bolha, em algo que talvez fosse uma espécie de resposta, em uma língua que Felipe não sabia decifrar. Estavam chegando à casa dele, e a distância era marcada em sua mente como uma contagem regressiva, como a bomba-relógio de sua vida que Gabriel mencionara entre outras metáforas confusas.

Na urgência que crescia, com o movimento os impelindo na direção de um clímax que para Felipe ainda era em parte misterioso, o que Cátia dissera ganhou uma clareza límpida em seus pensamentos. Tanto de seus conflitos com Gabriel, tanto de seus medos com Mari, eram pequenos se comparados com a história antiga que estavam se dispondo a enfrentar.

Finalmente, chegaram o mais perto da casa de Felipe que ele arriscaria chegar acompanhado. Ele parou de andar, a contagem regressiva em três, dois, um, na batida do coração

O Legado das Águas 337

acelerado. Gabriel e Mari pararam também, e Gabriel soltou sua mão devagar, deixando os dedos deslizarem pela palma dele.

Felipe suspirou, um suspiro involuntário e inesperado, uma reação ao vazio de ar ao se desconectar das descargas elétricas dos dedos entrelaçados. Olhou para o lado, para Gabriel, que continuava com o braço apoiado no ombro de Mari, mexendo distraidamente na ponta do cabelo dela, frisado pela umidade. Olhou para Mari, que parecia estar em sua própria versão de uma contagem regressiva mental, mordendo o lábio como fazia quando estava nervosa.

Ficaram parados assim pelo que pareceu uma potencial eternidade, mas que provavelmente não durou nem dez segundos. Felipe podia simplesmente manter o silêncio, andar para casa, deixar que Gabriel e Mari seguissem seu caminho, e não pensar no que aquele momento prenunciava. Podia fingir que tudo aquilo tinha sido perfeitamente normal, dizer "tchau" e "até amanhã" e sorrir, entrar em casa torcendo para o pai estar bem, se trancar no quarto, acordar no dia seguinte como se nada tivesse acontecido.

Mas algo do niilismo de Cátia tinha mexido com ele, ou talvez fosse efeito dos incensos exageradamente fortes que ela queimava sem parar na loja, ou mesmo o resultado quase inevitável da mão de Gabriel entrelaçada na sua, do sorriso já satisfeito dele como se soubesse desde o início o que iria acontecer, do rubor no rosto de Mari e da respiração entrecortada dela como se preparasse o coração para o que viria por aí. Fosse o que fosse, Felipe queria seguir um impulso, um desejo, sem se preocupar com as consequências. Queria ver no que daria, antes de tudo dar errado.

Olhou uma última vez ao redor, a hesitação final para confirmar que estavam a sós, e, sem dizer nada, deu um passo brusco na direção de Gabriel, segurou seu rosto com as duas mãos e o beijou, derramando de volta toda a eletricidade que tinha roubado de seus dedos, os olhos fechados, as bocas abertas, as mãos segurando com força. Com um pequeno atraso, sinal de surpresa que faria Felipe sorrir se ele não estivesse envolvido demais com outra emoção naquele momento, Gabriel levou a mão livre à nuca de Felipe e o puxou para mais perto. No entanto, Felipe se afastou.

Respiraram, ofegantes, se olhando. Gabriel mantinha a mão na nuca de Felipe, mesmo conforme ele se afastava, até precisar deixar o braço cair. O outro braço não soltara Mari; na verdade, a puxara para mais perto, tão perto que, quando Felipe se virou para ela, se viu a meros centímetros do rosto corado, da expressão boquiaberta. Ele não precisou nem de mais um passo para estender a mão, mais suave, e apoiá-la em seu ombro, ao lado de onde a mão de Gabriel também a segurava, nem para abaixar um pouco o rosto e beijá-la. Com carinho, com mais um pouco de temor, um tipo diferente de eletricidade que o iluminava da cabeça aos pés, sem ameaçar um curto-circuito. Ela retribuiu o beijo por um instante, roçando a mão em seu rosto, e ele se afastou.

Mari

Mari sentia aquele momento como uma nuvem carregada, como a sensação de caminhar em meio à neblina, como o risco de ser atingida por um raio. O mundo enevoado e embaçado, irreal, e o ar elétrico. O braço de Gabriel em seu ombro e a mão de Felipe junto à dele a ancoravam na realidade, mas era uma realidade distinta, desprendida do mundo ao redor, uma realidade em que existiam apenas eles, ali, naquela rua tão vazia, naquele dia tão estranho.

Felipe se afastou um pouco depois do beijo, e o silêncio voltou.

Um segundo. Dois. Três.

— Ah, foda-se — murmurou Gabriel, parecendo tomar uma decisão, como se a decisão já não tivesse sido tomada antes dele.

O Legado das Águas **339**

De perto — tão perto que sentia o hálito de cigarro, escutava o sopro entrecortado da respiração, enxergava a pulsação batendo forte nas veias do pescoço —, Mari viu Gabriel agarrar o braço de Felipe com a mão livre, puxá-lo com vigor e beijá-lo com um fervor de tirar o fôlego. A imagem era de dar vertigem, mas algo da realidade voltou à mente dela, e ela recuou um pouco.

Gabriel, provavelmente sentindo ela se desvencilhar, interrompeu o beijo com tanta rapidez quanto o começara, e Felipe levou meros segundos para se recompor também, abaixando a mão que antes estava em seu ombro. Os dois se viraram para ela, de boca avermelhada, olhar um pouco vidrado, perdidos na mesma névoa.

— Espera um segundo — pediu Mari, levantando a mão, sem saber bem o que faria depois daquele segundo.

Ela não sabia identificar o que sentia. Não era ciúme, nem rejeição — seria besteira sentir-se rejeitada quando estava ali tão perto, quando seu ombro era ponto de contato entre os três —, mas era alguma coisa. Um estranhamento no fundo do peito, a aceleração da adrenalina que dava frio na barriga, mas também insegurança quanto ao que vinha pela frente.

Os dois obedeceram ao seu pedido de espera. Felipe a fitava, com a pele mais avermelhada no rosto, o sinal sutil de seu rubor, e um olhar de dúvida, quase de vergonha. Gabriel, por sua vez, abriu devagar um sorriso, imune a qualquer constrangimento, visivelmente mais à vontade naquela situação do que em tantas outras.

— Desculpa, eu não planejava te deixar sobrando — murmurou Gabriel.

Mari levantou a mão espalmada e recuou mais um passo. A voz de provocação de Gabriel não era de todo desagradável, mas não era àquilo que ela se referia. Mas ela também não sabia bem ao que se referia.

— Não acho que isso vai funcionar assim — disse ela, sem pensar.

Felipe abaixou o rosto imediatamente, metendo a mão no bolso em um gesto nervoso, mesmo que seus cigarros nem

340 sofia soter

estivessem mais ali. Gabriel, por sua vez, fechou a cara em uma expressão mais sóbria e fria, mas não desviou o olhar.

— Não agora, não ainda — acrescentou ela, falando antes dos pensamentos se cristalizarem em sua mente nebulosa. — Vocês dois já têm toda uma história. E eu e você — continuou, se dirigindo a Felipe, que ainda evitava seu olhar — temos outra. Mas a gente — seguiu, dessa vez indicando Gabriel — tem meio que nada ainda. Um início de amizade, se isso. Então o que quer que esteja rolando aqui — disse, com um gesto para indicar o espaço entre os três — tem que ir em outro ritmo, se for pra qualquer lugar. Tá?

Parte dela se arrependia do que dizia mesmo enquanto as palavras saíam de sua boca. Estava interrompendo o que poderia ser um momento de sincera diversão, de entrega a um desejo impulsivo e inconsequente, tudo que Cátia e, em suas próprias palavras, Gabriel pareciam propor. Mas havia tanto afeto misturado ali — seu amor por Felipe, machucado pela discussão da véspera, e a relação de Felipe com Gabriel, que se reconfigurara tanto desde que ela os conhecera — que ela simplesmente não tinha coragem de jogar tudo pelos ares.

Felipe fez que sim com a cabeça, um pouco rápido demais, ainda olhando para os pés. Ela esperava que Gabriel, sendo quem era, fosse reagir apenas com uma cantada exagerada, com uma piadinha, ou, no pior dos casos, com o desdém no qual se refugiava quando se sentia rejeitado. Porém, se surpreendeu ao ouvir sua resposta, séria e sincera:

— Claro, você está certa.

Mari o encarou por um instante antes de se voltar para Felipe, que ainda parecia querer se encolher, escapar da vulnerabilidade daquele momento. Ela se aproximou de novo e pegou a mão dele, aliviada quando ele entrelaçou os dedos nos dela.

— Lipe, pra isso funcionar, seria bom se você conseguisse olhar para a gente, e não só para o chão — murmurou ela, acariciando a palma da mão dele com o polegar.

O Legado das Águas **341**

Felipe soltou algo entre um suspiro e uma risada, e ergueu o rosto, encontrando o olhar dela. Não era fácil sustentá-lo: tinha perguntas e dúvidas e inseguranças transbordando de seus olhos, e Mari sabia que o mesmo era verdade dos próprios. Mas ela o amava, e estar de mãos dadas com ele sempre a fazia se sentir mais confiante.

— Então, só pra ter certeza de que estamos na mesma página — interrompeu Gabriel, com o tom quase irônico de costume —, isso *vai* rolar, né?

Mari olhou de soslaio para ele, que levantou as mãos em sinal de rendição.

— Não precisa ser agora, já entendi, vamos com calma! — disse ele. — Mas vamos com calma significa que *vamos*, não significa?

Mari abanou a cabeça, rindo de leve, e escutou Felipe fazer o mesmo. A eletricidade em seu peito tinha tomado novos contornos, um carinho diferente, com toques de esperança. Ela sorriu para Felipe e, quando virava o rosto para se permitir sorrir um pouco para Gabriel também, o mundo ao seu redor se apagou.

Mari acordou de repente, inspirando fundo pela boca, como se quisesse engolir todo o ar disponível depois de ser resgatada do fundo do rio. Tentou se sentar, desnorteada e zonza, e tentou catalogar as dores, uma ardência na coxa, o tornozelo latejando, a pressão nos ouvidos. Sentiu um toque nas costas e ouviu vozes antes de entender de quem eram, Felipe e Gabriel falando um por cima do outro, olhando para ela, preocupados, ambos agachados na calçada ao seu lado. Mari abriu a boca para perguntar alguma coisa, mas não escutou a própria voz, nem distinguiu palavras no que eles diziam.

Estava acordada, mas se sentia pesada, como se a gravidade estivesse mais forte, como se o sono fosse uma ameaça, uma promessa da terra que queria engoli-la. Só quando Gabriel cobriu seus braços com uma jaqueta, ela notou que estava tremendo, suando, com frio. Depois de um tempo indeterminado, tentou ficar em pé, apoiada por um garoto de cada lado, mas o movimento parecia em câmera lenta, como se precisasse descolar cada milímetro de pele do chão que se recusava a soltá-la.

Piscou e estava em outra rua, na dela, do outro lado da cidade. Piscou de novo e estava sentada no chuveiro de casa, e Duda tentava ajudá-la a lavar o cabelo. Piscou de novo e estava na cama, enrolada no cobertor e no abraço de Felipe, Gabriel sentado ao pé da cama, Duda em uma cadeira na cabeceira, Lara de pé perto da porta, e a sensação de vigília lhe deu calafrios. Fechou os olhos mais uma vez e dessa vez adormeceu profundamente, a terra voltando para chamá-la em sonho.

Capítulo 44

Duda

Duda cuidou de expulsar Felipe e Gabriel de casa antes dos pais voltarem, depois de eles contarem o que tinha acontecido na loja e o que tinham ouvido de Cátia, enquanto Mari dormia. Ela ficou mais um tempo sentada à cabeceira da irmã, se perguntando se tinha sido assim que Mari se sentira quando era ela naquela posição. Se o que movia Mari era aquele mesmo desespero incontido no peito, aquela mesma vontade de chorar, aquele mesmo desamparo.

Lara fez companhia a ela, silenciosa e pálida, perdida nos próprios pensamentos. E, quando ouviram a porta de casa abrir, saíram de fininho do quarto de Mari, fecharam a porta e foram para o quarto de Duda, fingir que estavam apenas fofocando, que nem meninas normais.

— Oi, querida — disse a mãe de Duda, aparecendo na porta do quarto. — E oi, Lara — acrescentou, com um sorriso. — Está tudo bem hoje? Cadê a Mari?

— Tudo bem, sim, mãe — respondeu Duda, com todo o esforço que mentir lhe exigia. — A Mari pegou no sono estudando, fechei a porta pra deixar ela cochilar.

Ela se forçou a manter a voz neutra e a expressão desinteressada, sem deixar transparecer o incômodo de corpo inteiro de mentir descaradamente para a mãe.

344 sofia soter

— Ah, tudo bem — disse a mãe, tranquila, aquela voz de quem nunca percebia nada. — Acorda ela daqui a pouco pra gente jantar? E Lara, você fica pra jantar aqui?

— Não posso, dona Julia. Agradeço a senhora pelo convite. Julia riu um pouco, como sempre fazia quando Lara se dirigia a ela de modo tão formal.

— Eu já falei que aqui em casa não precisa chamar ninguém de senhora. Mas fica pra próxima o jantar.

Quando escutaram Julia seguir para tomar um banho, Lara e Duda voltaram ao silêncio pensativo.

— Você acha que a Mari foi afetada porque Catarina sabe que vocês vão embora? — perguntou Lara, por fim. — Que ela não quer que vocês consigam sair daqui?

Duda cruzou as mãos para conter a vontade de roer as unhas. Sempre que voltava o assunto de ir embora, voltava também aquela ansiedade devastadora, e a culpa subsequente. Se Mari estivesse adoecendo também por causa disso — porque ela adoecera primeiro, porque ela precisava ir embora, porque a urgência piorava para Mari quando Duda ameaçasse sair de cena... A culpa doeu ainda mais.

— Eu queria que a gente pudesse resolver isso logo — confessou Duda, torcendo os dedos. — Pra não ter que ir embora.

Lara concordou com a cabeça. Ela abriu a boca, fechou. Fez-se de novo o silêncio entre elas, cada uma refletindo por conta própria, mas sentadas lado a lado na cama. Duda ouviu alguém se aproximar da porta e se preparou para fingir tranquilidade para a mãe outra vez, mas, quando ergueu o rosto, se surpreendeu: era Mari, de cabelo amassado por ter dormido com ele molhado e camiseta um pouco amarrotada, um pouco manchada de suor. Mesmo assim, parecia realmente desperta, com os olhos mais vivos do que horas antes, quando chegara em casa no que era quase um transe. E ainda forçava um sorriso, mesmo que a tensão na boca deixasse transparecer o cansaço.

O Legado das Águas 345

— Mari, você tá bem? — perguntou Duda, se levantando de uma vez da cama.

— Acho que suei e preciso de outro banho — respondeu Mari, cheirando discretamente a própria blusa —, mas tô bem, sim.

Duda hesitou, sem saber se a irmã estava mentindo.

— Mas você... — começou, ainda incerta quanto ao que perguntar, a de que acusá-la.

— Acho que foi só pressão baixa. Aquela velha fez a gente ficar em uma salinha tão abafada e com um fedor de incenso tão forte que a surpresa é mais ninguém ter passado mal, sinceramente. E eu ainda tava toda molhada da chuva, não deve ter feito bem pra mim.

Duda olhou atentamente para Mari. Ela estava falando com a tranquilidade de sempre, apenas mais lenta, como ficaria depois de um cochilo comum. E a explicação não era de todo inacreditável. Mas, em uma cidade amaldiçoada, não era mais provável que fosse a maldição? E Duda não sabia exatamente como era desmaiar de repente, passar mal daquele jeito, ser carregada para aquela terra confusa de pesadelos e memórias?

— Sério, Duda, não se preocupa. A gente logo volta pro Rio, né? Vai ficar tudo bem.

Duda engoliu as perguntas e abraçou a irmã.

Capítulo 45

Lara

Naquela noite, a mãe de Lara estava de bom humor. Quando Lara voltou da casa de Duda, encontrou a mãe na cozinha, acabando de preparar o jantar. Música saía de um toca-cd velho e pouco usado, uma melodia instrumental e agradável, enquanto Rebecca mexia nas panelas.

— Boa noite, Lara — disse Rebecca, sem a ironia que poderia acompanhar o cumprimento. — Foi boa sua tarde? Conseguiu estudar o que precisava?

— Boa noite, mãe. Consegui, sim, senhora.

Rebecca sorriu, uma expressão radiante que iluminava não apenas seu rosto, como a cozinha inteira.

— Que bom. Vai botando a mesa pro jantar, faz favor? E chama seu irmão.

Lara assentiu sem pestanejar. A memória física da dor treinara Lara para rápida obediência. Mesmo que as ordens viessem com "faz favor", mesmo que, quando Rebecca estava assim, fosse quase difícil lembrar seu outro lado, mesmo que a doçura alegre da mãe fizesse Lara respirar de outro jeito, um alívio do peso carregado do ar daquela casa.

O bom humor continuou pelo resto da noite: no jantar, enquanto Lara e Gabriel lavavam a louça, até mesmo depois, sentados juntos na sala, vendo na televisão algum romance histórico que Rebecca sentira vontade de assistir. Lara tentou se

O Legado das Águas **347**

lembrar de uma época em que aquele tipo de noite fosse mais frequente, em que ela queria sinceramente passar o tempo ao lado da mãe, e não o fazia apenas por medo da ameaça sempre velada, mas não conseguiu; não confiava na própria memória quando o assunto era aquele. Lara foi dormir ainda sentindo a estranheza da noite, da doçura que mascarava o azedume constante. Dormiu e despertou de sonhos inquietos no meio da madrugada: os pesadelos de sempre mesclados àquela noite e à história de Cátia, o afogamento onírico constante ganhando novos contornos de realidade com o contexto, a imagem da mãe empurrando sua cabeça para o fundo da água e a segurando ali com força sobre-humana, as pedras e a correnteza tomando o cheiro específico da água da cachoeira.

Ela se levantou, arfando, e o relógio marcava quatro da manhã. Teria que acordar dali a poucas horas para ir à aula, mas ainda era cedo demais para começar o dia. Foi ao banheiro e decidiu pegar um copo d'água, acalmar a respiração agitada, antes de tentar voltar a dormir um pouco que fosse. Desceu a escada devagar, a passos leves para não acordar ninguém, e se incomodou com os pés descalços ao entrar na cozinha e pisar no chão de azulejos. Ainda no ritmo lento do sono, encheu um copo d'água e, ao sair da cozinha, levou um susto tão grande que o deixou cair.

Rebecca estava sentada à mesa da sala, o rosto envolto pelo vapor com cheiro floral da xícara de chá que tomava. Ela estava distraída, o olhar voltado para a janela mesmo que não se visse nada lá fora além do breu da noite, e não devia ter percebido Lara passar, assim como Lara não a vira. O som do copo se estilhaçando no chão, porém, chamou sua atenção. Ela se virou abruptamente para a origem do barulho, e Lara prendeu a respiração, preparada para a bronca que viria por ter quebrado um copo. No entanto, a reação da mãe lhe aliviou e assustou em igual medida: em vez da raiva, seu rosto foi tomado por espanto e, depois, preocupação.

348 sofia soter

— Lara, você se machucou? — perguntou, se levantando da mesa e indo até a filha, parando pouco antes de chegar aos cacos, provavelmente ao perceber que também não estava calçada. — Espera, não se mexe, vou pegar um chinelo.

Lara esperou imóvel, mais uma sombra entre as tantas que se espalhavam pela casa, tentando não mexer os pés nem um milímetro. Felizmente, a mãe não demorou a voltar e trouxe outro par para Lara.

— Vem, com cuidado, se calce — pediu Rebecca, enquanto acendia a luz.

Lara piscou algumas vezes para se reorientar com a luz acesa, e finalmente ergueu um pé após o outro, com cautela, e calçou os chinelos. Via, com aquela luz, que a mãe ainda estava vestindo a roupa, a maquiagem e as joias do jantar, tendo tirado apenas os sapatos, esquecidos debaixo da mesa. Ainda um pouco atordoada pela estranheza quase onírica daquela cena — e do pesadelo da noite, que lhe voltou —, Lara se sentou em uma cadeira para verificar se tinha machucado os pés, enquanto a mãe buscava uma vassoura para recolher o vidro. Felizmente, o estrago fora pouco: apenas um corte fino e superficial, quase um arranhão, no tornozelo, provavelmente feito por um caco que saíra voando.

Rebecca se voltou para Lara, ainda com a vassoura e a pá na mão.

— Tudo bem? Se machucou? — perguntou.

— Não, tudo bem — respondeu Lara, passando a mão no corte para garantir que não estava sangrando, e abaixou os pés. — Obrigada.

— O que você está fazendo acordada essa hora, afinal? — perguntou Rebecca, e Lara tentou achar a acusação na pergunta, o ponto que a mãe pressionaria até causar reação, mas a voz dela soava apenas curiosa, apenas preocupada.

— Só tive um pesadelo — murmurou Lara, em tom de desculpas. — Já vou voltar a dormir.

O Legado das Águas **349**

A resposta inócua teve efeito em Rebecca. A expressão dela se crispou por um momento quando ouviu Lara falar do pesadelo, mas logo relaxou. Lara lembrou do que Gabriel tinha contado para ela sobre Cátia, o que ela tinha dito sobre sonhos.

— Vá deitar — disse Rebecca, a ordem leve e tranquila, que na boca de outra mãe poderia ser vista apenas como cuidado. — Senão vai se atrasar pra aula.

Lara se levantou, obedecendo antes mesmo de pensar, mas parou depois de alguns passos. Virou-se de volta para a mãe.

Aquela parecia a melhor oportunidade para o que antes lhe parecia impensável: perguntar para ela da maldição. Cátia não dissera que todos os adultos da cidade sabiam, que sua mãe sabia com certeza? Não dissera que a família de Lara e a família de Catarina eram, com muitos anos de distância, a mesma? Não sugerira que aqueles pesadelos de Lara não eram só dela, que muita gente por ali, que talvez sua própria mãe, sonhava com aquilo também?

Em outro momento, Lara teria rejeitado imediatamente a ideia de conversar sobre aquilo com a mãe, como rejeitaria a ideia de conversar sobre qualquer coisa com a mãe. Não era seguro, não era previsível. Porém, eram quatro da manhã, a luz fluorescente da cozinha a destacava com um brilho irreal da casa escura, a noite fora tranquila e alegre, um corte latejava no tornozelo de Lara, e ela não conseguia esquecer os fios do pesadelo ainda puxando sua mente — *o corpo leve, o corpo entorpecido, o corpo carregado até não ser mais corpo*. Era um pequeno intervalo da realidade, no qual tudo parecia mais possível.

Por isso, Lara abriu a boca.

— Mãe — começou, hesitante —, a senhora também tem pesadelos às vezes?

A pergunta, tão simples e sussurrada na calada da noite, transformou o ar com a clareza de um relâmpago e o estrondo de um trovão. A leveza doce de Rebecca deu lugar, em um piscar de olhos, ao furor frio que lhe tomava nos piores momentos.

A voz com que respondeu a Lara não se parecia em nada com a que usara para se preocupar com ela, mas Lara a conhecia tão bem que, mesclado ao terror de corpo inteiro, havia uma pontada de alívio: ali estava a mãe de verdade, sem pretensões de carinho.

— Não sei do que você está falando — declarou Rebecca, mas o tom de ameaça da frase era uma admissão.

Lara deveria deixar por isso mesmo, abaixar a cabeça, se desculpar e ir dormir, mas pensou em Duda e suas dores de cabeça, em Mari e seu desmaio, na mudança iminente das duas para o Rio. Pensou em sua vida, prolongada eternamente naqueles confins, sem perspectiva de mudança ou graça. Pensou na história de Cátia, na aura astuta e amargurada da senhora, no preço que Catarina cobrava de todos. Fez todo o esforço para manter os pés firmes no chão, o rosto erguido mesmo que sentisse o queixo tremer.

— Por que a senhora nunca me contou a história de Catarina? — perguntou, e dessa vez a voz saiu um pouco mais forte, com menos do sussurro temoroso, mesmo que o medo a invadisse por inteiro. — Por que nunca contou que não só somos da linhagem dos fundadores daqui, como da própria Catarina que deu nome à cidade? Por que nunca disse o que fizeram com ela?

O rosto de Rebecca se fechou, e ela largou a pá, que caiu no chão, espalhando outra vez alguns dos cacos que tinha acabado de varrer.

— Isso não é coisa para criança saber. De onde tirou essas ideias? — perguntou, subindo a voz. — Quem anda enfiando coisa na cabeça da minha filha?

— Eu não posso saber mais da minha própria família? — retrucou Lara, também mais alto. — Não posso saber o motivo de nunca poder ir embora, de precisar passar o resto da vida *aqui*, nesse mausoléu, nesse inferno, com a senhora?

O tapa veio sem aviso. Forte, ardido e quente, a mão espalmada no rosto de Lara com impulso suficiente para ela sentir o impacto até o pescoço. Seus olhos começaram a arder também, lágrimas que ela não queria soltar, uma reação tão involuntária quanto o passo que deu para trás.

— Não fale assim com a sua mãe! — vociferou Rebecca, com a mão ainda no ar.

Lara resistiu ao impulso de recuar mais um passo, jogando toda a força nos tendões tensionados do tornozelo para manter-se firme. Reergueu o rosto, queimando do tapa, e encarou a mãe: os olhos claros, límpidos e transbordando fúria, o rosto manchado de vermelho irado, as rugas da contorção de raiva, o cabelo fino e claro escapando do coque bem-feito, a pulsação vibrando no pescoço.

— Se eu estou presa aqui, a senhora também está — respondeu Lara, tentando esconder o tremor na voz, a dificuldade de cada um daqueles gestos de desafio. — Eu vou ter que viver as próximas décadas com a senhora, mas lembre que a senhora terá que vivê-las *comigo* — cuspiu, despejando todo o ódio que não conseguia mais conter —, e não há nenhuma ameaça, nenhuma agressão, que vá mudar isso. É o destino de todo mundo aqui, não é? Nascer e morrer no mesmo lugar, tudo sempre igual.

Por um segundo, um breve e milagroso segundo, Rebecca se desestabilizou. Pestanejou, entreabriu a boca, e passou por seu rosto a possibilidade de entender o que Lara dizia, de recuar e tentar viver de outro modo. Porém, sua escolha foi outra. Ainda vidrada na expressão da mãe, na esperança de ter acabado com aquele confronto com o argumento derradeiro da infelicidade garantida para as duas, Lara esqueceu que, com a mão que não lhe estapeara, Rebecca ainda segurava uma vassoura.

Lara mal teve tempo de reagir antes de Rebecca empunhar a vassoura com as duas mãos e golpeá-la com o movimento e o asco que usaria para esmagar uma barata subindo pela parede. O primeiro golpe não doeu tanto, mesmo com o arranhão das cerdas duras, mas Rebecca não parou. Lara tentou se defender com os braços na frente do corpo, mas o segundo ataque a fez tropeçar e cair no chão, e a queda sobre o quadril direito fez uma pontada de dor ressoar pela perna.

Quando tentou segurar a vassoura, que Rebecca não parava de descer, sentiu a pele da palma da mão direita rasgar — era um caco de vidro ainda misturado ao pó nas cerdas. Por instinto, ela recolheu a mão, soltou um grito, tentou recuar, se arrastar até a parede, até a porta, não sabia mais onde estava, e a mãe não parava de atacá-la com a vassoura, acertando às vezes com as cerdas, às vezes com o cabo de madeira rígida, no tronco, nos braços, no rosto, nas pernas. Lara perdeu a conta das dores e machucados, desesperada apenas pelo fim, e demorou para perceber que estava chorando, que estava implorando à mãe em uma voz agoniada que nem sabia ser dela, enquanto rastejava pelo chão tentando encontrar fuga ou esconderijo, de olhos fechados para proteger-se de um possível golpe ali.

Se a mãe não parasse, ela iria morrer, constatou. Como Catarina. Como Cátia quase morrera. Mais uma gota de sangue para empapar a terra da cidade.

Mas algo aconteceu: um grito da mãe, um grunhido de outra pessoa, e os golpes com a vassoura se interromperam por um instante, o objeto se movimentando acima dela sem atingi-la. Ela tentou rastejar mais rápido, se afastar, e com alguma distância ousou abrir os olhos, entender o que acontecia. Gabriel estava ali, de pijama e descalço, se debatendo com a mãe, claramente querendo desarmá-la sem machucá-la. Encontrando seu olhar, Gabriel gritou:

— Foge!

E Lara, reunindo todas as forças que ainda tinha, fugiu.

Gabriel

Gabriel perdeu a conta do tempo necessário para arrancar a vassoura da mão da mãe, para segurar os braços dela até ela parar de tentar atingi-lo, para garantir que Lara tinha ido embora e estaria bem longe. No fim do embate, Rebecca caiu nos braços do filho, em um acesso de choro que frequentemente se seguia a seus ataques de fúria. Mesmo com o pé cortado por cacos de vidro, que nem sabia como tinham ido parar ali, com o rosto latejando por causa de uma pancada do cabo da vassoura, com os olhos ardendo de lágrimas que segurava havia anos demais, Gabriel cedeu ao impulso de abraçar a mãe por um segundo.

No segundo seguinte, porém, a soltou. Ele precisava encontrar Lara. Deixou a mãe na sala, onde ela caíra em uma cadeira e chorava desolada, em meio aos cacos de vidro e ao caos da briga, e subiu para se agasalhar e se calçar. Na pressa, nem tirou o pijama: vestiu por cima uma jaqueta, meteu os pés na bota mais perto da porta, catou o celular e as chaves e saiu de casa sem nem olhar no espelho. Ainda fazia noite alta, o breu do céu apenas começando a tomar ares um pouco mais azulados, interrompido pelos poucos postes amarelados da rua e borrado pela neblina baixa que fez Gabriel sentir um calafrio.

Ele olhou de um lado da rua para o outro, se perguntando para onde Lara teria fugido. Ela estava machucada, não teria conseguido correr muito, a não ser que a adrenalina a tivesse carregado, mas Gabriel não enxergava nenhum rastro, nenhuma pegada ensanguentada ou trecho de grama esmagado, como notaria um detetive de cinema. Estava debatendo se faria mais sentido ir para o lado que levava ao centro ou para o que levava à mata quando parou o olhar na casa da frente.

Enquanto atravessava a rua, pegou o celular do bolso e ligou para Mariana.

Mari

Mari acordou com o celular tocando.

— Alô?

A resposta veio entrecortada pelo sinal fraco, mas a voz de Gabriel não era o que ela tinha esperado naquele breve instante entre ler o nome dele na tela e apertar o botão para atender; em vez do tom exagerado de charme, talvez um pouco bêbado, que ela imaginava de um telefonema àquela hora, ele soava urgente e afobado.

— Oi? Mari? A Lara tá aí?

Mari se endireitou na cama com pressa, um pouco tonta. O desmaio da tarde a tinha deixado fraca pelo resto do dia e da noite, e ela acabara dormindo cedo, apesar do longo cochilo. A sensação era do início de uma gripe, ou do final de uma intoxicação alimentar, o corpo alertando que não era hora de se exaurir.

— A Lara? — perguntou, ainda confusa. — Não, ela voltou pra casa pra jantar, né? Não voltou?

— Voltou, é que… — começou Gabriel, seguido de um ruído que ela não entendeu. — Espera aí, eu acho que…

A voz dele ficou mais distante do telefone enquanto ele chamava pela irmã. No entanto, apesar de se afastar do fone, a voz parecia ecoar. Mari afastou o telefone da orelha, tentando prestar atenção, questionando se era mais um efeito da tontura, mas não: a voz de Gabriel chegava aos ouvidos dela pela janela. Ela correu para entreabrir o vidro, estremecendo ao sentir o vento frio que invadiu o quarto.

Não enxergava nada direito lá embaixo, então acendeu a lanterna do celular, que também não tinha alcance suficiente. Ela pegou o celular de volta.

— Gabriel? Você tá no meu quintal?

— Lara, Lara, sou eu. — Ela o ouviu dizer em estéreo, um pouco distante no telefone, e um pouco pela janela, definitivamente do quintal. — O que você falou? — perguntou ele ao telefone, mais sussurrado.

— Você tá no meu quintal.

— É a Lara — disse ele, e se seguiu mais um ruído. — Desce aqui.

Assim, ele desligou.

Mari tentou forçar a vista pela janela mais um pouco, mas estava muito escuro. Voltou para dentro do quarto e se agasalhou por cima do pijama, com um moletom e tênis por cima das meias felpudas e coloridas que usava para dormir. Foi prendendo o cabelo em uma trança a caminho do quarto de Duda, cuja porta abriu com cuidado.

— Duda — chamou, sacudindo o ombro da irmã, e continuou a falar enquanto Duda ainda despertava. — Duda, se agasalha e vem. É a Lara. Acho que aconteceu alguma coisa.

Duda se levantou de sobressalto ao ouvir o nome de Lara e fez o que Mari mandara, vestindo um casaco grosso por cima do pijama e os tênis sem meia. Mari ofereceu um elástico de cabelo para ela prender enquanto desciam a escada, tomando cuidado para não acordarem os pais, e saíram porta afora, com uma careta quando a dobradiça rangeu.

Mari seguiu para o quintal imediatamente, e avançou a passos largos na direção das silhuetas que finalmente enxergava com cada vez mais nitidez: Gabriel, agachado, e Lara sentada, recostada na cerca. Quando chegaram, Mari reparou que eles também estavam de pijama: Gabriel, como ela e Duda, com um agasalho por cima e sapatos, mas Lara, apenas de camisola de flanela, descalça. E havia algo de estranho que a escuridão não lhe permitia enxergar.

Enquanto Duda corria para mais perto da amiga, Mari se agachou devagar ao lado de Gabriel e acendeu a lanterna do celular. Lara se encolheu sob a luz, e Mari levou um susto tão grande que deixou o aparelho cair, a lanterna virada para cima e jogando sobre eles o brilho enviesado. Lara estava horrível: tinha cortes e arranhões nas mãos, nos joelhos, nas pernas, nos pés, e manchas vermelhas começavam a arroxear em seus braços, seu colo, seus ombros. O rosto, então, estava ainda pior.

Quando conseguiu parar de olhá-la, notou que Gabriel também estava machucado, mas nem se comparava ao estado da irmã. Duda superou o choque mais rápido do que Mari, pois

356 sofia soter

imediatamente abraçou Lara e a puxou para junto do peito, para sob o casaco grosso.

— O que aconteceu? — Mari perguntou, por fim, com a voz mais baixa que conseguia, que ainda assim soou como um grito naquele silêncio.

Lara abriu a boca para falar, mas o que saiu foi algo entre um gemido e um sopro rouco, e Duda apertou mais o abraço.

— Nossa mãe — respondeu Gabriel, com a voz distante.

Mari ficou atônita. Já tinha entendido por Lara e Gabriel que a mãe deles era complicada, mas... Mas aquilo... Mari abriu e fechou a boca algumas vezes, sem saber o que dizer.

— Lara, vem, vamos entrar? — falou, por fim, recobrando suas funções de irmã mais velha, momentaneamente interrompidas pelo susto. — A gente dá uma olhada nesses machucados, que a Duda tem um kit de primeiros-socorros de responsa de tanto que já se acidentou de bicicleta — continuou, usando a voz que usava quando Duda se machucava na infância, e, no mesmo embalo, foi tirando os próprios sapatos para calçar Lara, apesar do pé dela ser muito menor do que o seu, para que pelo menos não continuasse a andar descalça. — Você dorme um pouco, e de manhã a gente... A gente fala com meus pais, chama a polícia, ou...

— Não — respondeu Lara, quase sem voz, e tentou recuar, apesar de estar já encostada na cerca e em Duda. — *Não.*

— Lara, mas isso... — insistiu Mari.

Gabriel a interrompeu com a mão suave em seu braço, e abanou a cabeça em negativa. Mari engoliu o ultraje, tentando se colocar no lugar de Lara. Do que adiantavam pais, do que adiantavam autoridades, se era aquilo que pais faziam, se todas as ordens de todos ao seu redor fossem baseadas em vergonhas e temores tão antigos?

Lara tossiu, cuspiu alguma coisa — bile, sangue, Mari não identificou — na grama, e voltou a falar, pausada e com a voz arranhada:

O Legado das Águas **357**

—A gente tem... Tem que acabar... Hoje.

—Acabar o quê? — perguntou Mari.

— Com a maldição — Duda respondeu por Lara, em voz baixa. — Mas você pode... Você pode fazer que nem Cátia, tentar fugir, negociar sua alma. Vir com a gente para o Rio.

Lara abanou a cabeça em negativa com vigor.

— A gente... A gente tenta juntos. Por todo mundo — insistiu, fazendo um gesto para englobar os quatro.

Mari sentiu um calafrio, o vento mudando de direção de repente. O céu aos poucos ia ficando mais azulado, a cor do fundo do mar.

— Mas como... — começou. — Onde...

— Pega aquele seu caderno — pediu Duda, mais decidida a cada palavra. — A gente tenta de tudo.

— Na cachoeira — acrescentou Lara, com mais um acesso de tosse. — Foi lá que começou.

Mari assentiu, se levantando.

— Eu vou buscar o Felipe — disse Gabriel, e se levantou também. — A gente encontra vocês lá.

Mari assentiu de novo, olhando para Duda e Lara abraçadas no chão, para a fragilidade daquele momento, para a magnitude do que estavam prestes a fazer. Gabriel deu um beijo distraído no topo da cabeça dela em despedida, gesto que ela mal teve tempo de processar antes de se virar para entrar na casa o mais rápido e silenciosamente que pudesse.

Capítulo 46

Duda

O caminho até a cachoeira não foi fácil. O céu ia clareando lentamente, e entre as árvores da mata as três precisavam se guiar apenas pela lanterna do celular de Mari. A neblina deixava entrar o frio sorrateiro e úmido pelo tecido do pijama e pelo tornozelo exposto pelo tênis sem meia. Lara andava vagarosa, e Duda, tentando ajudá-la, vez ou outra acabava esbarrando em algum machucado. Pelo menos Mari tinha descido de novo não só com o caderno, como com uma calça de moletom para Lara, que se vestira no quintal e continuava a tropeçar vez ou outra com os tênis de Mari. Duda não lembrava que aquela trilha era tão longa. Não tinha voltado tantas vezes à cachoeira depois daquela primeira, quando deslizara e vira Lara na margem, uma imagem que se tornara estranhamente familiar em sua memória, como se repetida inúmeras vezes em um recanto distante da mente. Mari, porém, parecia ter alguma confiança no caminho, e ia na dianteira, apontando a luz para a trilha e esperando Duda e Lara quando elas se atrasavam nos passos.

Finalmente, Duda reparou que estavam chegando, pois o som forte da água a atingiu em cheio, invadindo o ar todo, ecoando entre as árvores. Dali, sentiu que conseguiria guiar-se sem a orientação de Mari, sem nem abrir os olhos, seguindo o chamado da correnteza. Os últimos passos exigiram menos esforço, Mari, Duda e Lara tropeçando em direção às pedras.

O Legado das Águas **359**

Sem a cobertura da copa das árvores, o céu se revelava mais claro. Um resquício de luar refletia na piscina natural e cintilava no constante movimento das quedas d'água, e o ruído da cachoeira engolia todos os outros sons da mata, entre o vento e os animais. Duda parou um instante, admirando a vista, e virou o olhar um pouco de lado para englobar também Lara: mesmo ensanguentada, inchada e machucada, de cabelo desgrenhado e vestida em uma combinação de camisola e roupas que não cabiam nela, havia algo de etéreo em sua imagem pintada pelo azul-prateado do céu.

Mari foi a primeira a interromper o momento quieto, sentando-se em uma das pedras e abrindo o caderno no colo, folheando com uma das mãos enquanto, com a outra, iluminava as páginas. Lara começou a se abaixar para sentar também, mas fez uma careta e cambaleou, então Duda ofereceu seu braço como apoio e, logo depois, sentou-se bem ao lado dela, compartilhando o calor dos corpos encostados.

— Tá, então, tem umas coisas que a gente pode tentar, mas eu sei lá — disse Mari, e Duda notou a falha em sua voz normalmente confiante. — Eu nunca fiz nada disso. A gente podia ter experimentado antes, ensaiado, preparado…

— Agora já foi — interrompeu Duda. — Lê aí o que a gente tem que fazer.

— Eu não sei! — exclamou Mari, gesticulando com a mão da lanterna, o que fez a luz oscilar. — Tem, tipo, umas orações, uns rituais que envolvem ingredientes que a gente não tem, umas simpatias… Nada parece *verdade*, nada parece relevante.

— Começa a ler uma oração aí — insistiu Duda, começando a se exaltar. — Qualquer coisa. Vai que funciona! Nada disso parece verdade, mas aqui estamos.

Ela fez um gesto amplo, tentando incluir não apenas elas, aquela noite estranha e interrompida, a mata e a cachoeira, nem mesmo os últimos meses em que sua vida fora tomada por reviravoltas, mas as décadas e os séculos que se faziam valer.

Mari folheou o caderno outra vez, parou em uma página aleatória e começou a ler.

— Lutai, Senhor, contra os que me atacam, combatei meus adversários. Empunhai o broquel e o escudo, e erguei-vos em meu socorro... O que é um broquel?

— Mari, sem questionar! — retrucou Duda.

— Tem outro aqui, peraí. Tu que habitas sob a proteção do Altíssimo, que moras à sombra do Onipotente, dize ao Senhor...

Duda e Lara ficaram quietas enquanto Mari lia. Quando ela chegou ao fim, esperaram um instante. Nada.

— Se rezar salmo ajudasse — tentou Lara, com a voz um pouco mais audível do que quando Duda a tinha encontrado —, eu já teria quebrado a maldição em casa.

Mari continuou folheando.

— Tem uma oração aqui pra quebra de maldição hereditária. Peço ao Senhor Pai que desfaça toda maldição hereditária que existe em mim e minha família, do lado paterno e do materno. Que desfaça qualquer palavra, atitudes, pactos, feitos por mim ou por qualquer antepassado — leu, e parou. — Isso tá dando em alguma coisa? Alguém tá sentindo uma mudança? Como a gente sabe se tá funcionando?

— Por que tudo isso aí é cristão? — perguntou Duda.

— Porque a gente tá no interior do Rio de Janeiro e nessa cidade praticamente só tem católico! — exclamou Mari, na defensiva. — Achei que fazia mais sentido.

O desespero angustiado de Mari estava começando a contagiar Duda.

— Bom, mas não está servindo de nada — reclamou Duda, percebendo que a discussão parecia uma briga qualquer quanto a quem ia lavar a louça depois do almoço.

— Acho que o caminho não é esse — disse Lara, devagar, e Duda se calou para escutá-la bem. — Mari, o que a Cátia falou não foi que fez ritual, nada disso, né?

O Legado das Águas **361**

— Não, ela disse que meio que rezou *pra* Catarina, movida pelo desespero, mas...

— A gente está aqui movida pelo desespero — disse Lara.

— A gente está aqui pra conversar com Catarina.

A voz de Lara, tão rouca que era quase um sussurro, ecoou nos ouvidos de Duda com a força de um tambor, carregada pelos ventos para preencher o ar inteiro à volta delas, ressoando no farfalhar das folhas e no rumor da corrente, invadindo a própria Duda como o frio da neblina que se dissipava devagar.

Antes que Duda pudesse olhar para Lara ou para Mari, confirmar que elas tinham sentido o mesmo, a tontura a tomou, um turbilhão devastador como o de quando desmaiara aquele dia no quarto. O que se seguiu, entretanto, não foi o mesmo sono profundo de pesadelos subterrâneos. Duda não perdeu consciência do ambiente ao seu redor. Em vez disso, foi como se todos seus elementos fossem parte dela: seus olhos não enxergavam mais apenas o que estava à sua frente, mas também os torrões de terra quebrados pelas raízes das árvores, as asas dos minúsculos insetos voando no ar, as copas de folhas vacilantes, o limo escorregadio das pedras; seus ouvidos escutavam o rastejar de vermes na terra molhada, o sonar dos morcegos, a água do orvalho; seu tato, seu paladar, seu olfato, seus sentidos inteiros invadidos pela terra de Catarina.

Mari

O ar ao redor de Mari estremeceu como se as palavras de Lara causassem ondulações na neblina em si e, em instantes, algo aconteceu com Duda. Ela se tensionou inteira, as mãos contorcidas e as pernas em um ângulo brusco estranho, e ergueu o rosto com um estalo do pescoço. Quando Mari jogou a luz da lanterna sobre ela, viu que seus olhos tinham se revirado para trás, deixando ver apenas a parte branca.

Mari se levantou de repente, correndo até Duda, deixando cair o celular e o caderno. Ela hesitou antes de alcançá-la, sem saber se seria mais perigoso despertá-la ou esperar aquele acesso passar, com a mão pairando a milímetros do ombro da irmã. Dali, escutava o som suave que saía da boca entreaberta de Duda, uma espécie de murmúrio, uma ladainha, um zumbido, sincronizado com o tom do vento.

— O que aconteceu com ela? — perguntou Mari, se voltando para Lara, tentando ao máximo não soar acusatória.

— Foi Catarina — disse Lara, que se afastara um pouco de Duda para olhá-la, em choque e fascínio.

E o nome da cidade-mulher causou mais uma ondulação no ar, como o toque sutil de um instrumento de cordas reverberando pelo espaço.

— Catarina — repetiu Mari, sentindo um gosto diferente na boca ao pronunciar o nome, o gosto do ar antes da chuva.

— Catarina — disse de novo, um vocativo dessa vez —, o que você quer? Eu te dou. Eu te dou agora, sem reservas, sem hesitação — continuou, a súplica em seus lábios tomando ares de melodia. — Eu te dou o que precisar, o que desejar, o que pedir, te dou o que eu tiver e não tiver, o que já tive e vier a ter. Se soltar a Duda, se soltar a minha irmã, eu te dou minha vida, minha morte e meu além, eu te dou tudo em que acredito e de que duvido, te dou meu corpo e minha alma — prosseguiu, e caiu de joelhos diante de Duda, encostou as palmas no chão, enfiou os dedos na terra encharcada e fria entre as pedras. — Por favor.

Mari ergueu o rosto para Duda, a silhueta contorcida e petrificada da irmã destacada contra o céu, que pintava uma extensão de azul vivo e arroxeado, as estrelas aos poucos se apagando no firmamento. A seus pés, Mari via o quanto Duda tinha perdido peso naquelas últimas semanas, uma mudança aparente nas mãos, na parte das clavículas que aparecia sob a gola do casaco, e principalmente no rosto, cujas novas

O Legado das Águas **363**

reentrâncias eram marcadas pelas sombras daquela iluminação fantasmagórica da madrugada.

Suas palavras não tinham sido em vão, pois ela sentia a verdade formigar até a ponta dos dedos, o peso cair com as lágrimas que pingavam na terra, mas não significava que seriam úteis. O murmúrio tênue que saía continuamente da boca de Duda se transformou em voz, uma voz que não era dela, uma voz que parecia ser muitas, ao declarar diretamente:

— Não.

E foi em meio a um grito de revolta que Mari se viu derrubada pela gravidade de repente mais forte, a terra chamando-a de volta. Perdeu a noção dos arredores, sentindo apenas à distância que se contorcia, os músculos tensionados e relaxados por forças além de seu controle, emanando dor em ondas por todos os nervos.

Ela deixou de enxergar a mata, a cachoeira e o céu, deixou de enxergar Duda e seu estado assombrado, e, com a visão da memória, enxergou outras coisas: a cidade ainda diferente, chão de terra e casas esparsas, a igreja recém-pintada, passando em um borrão pela velocidade da corrida; pés descalços e sapatos na mão, um vestido branco e rendado esvoaçando e prendendo o ar sob a saia, pétalas caídas e flores esmagadas; a mata viva e verdejante, estonteante sob o sol da tarde, um refúgio úmido e fresco; o rosto de tanta gente que não sabia nomear, mas que sua memória — não, aquela memória que apenas temporariamente era sua — reconhecia com toda a carga da familiaridade, rostos de choque, de horror, de pranto, de ira, de ódio; a chuva encharcando o mundo, tão forte que descia em cortinas, separando as fileiras de gente como as coxias de um teatro; a água, tanta água, a água do céu se mesclando à da terra, à das profundezas, à nascente entre as pedras, ao cascalho do chão, até não restar mundo, apenas a escuridão do fundo.

Duda

Duda não era mais Duda.
Duda era a espuma do quebrar da queda d'água nas pedras.
Duda era os galhos partidos sob os pés de quem corria por aquelas trilhas.
Duda era o perfume límpido do eucalipto na brisa.
Duda era a superfície lisa das rochas que deslizavam de limo.
Duda era a cobra se arrastando na grama alta.
Duda era o calor do sol do meio-dia.
Duda era a carne dos animais e dos humanos em decomposição no fundo da terra fofa.
Duda era o sangue derramado que escorria no curso do rio.
Duda era as almas sufocadas, devoradas, apagadas.
Duda era Catarina.

Mari

Aquilo que Mari tinha não era mais vida. Ou, se vida fosse, não era dela. O corpo tão distante ainda doía, se desmontando em ângulos improváveis, da pele à medula reagindo ao chamado do além. E a alma, ah, a alma, a alma não lhe pertencia mais. A alma soprava de fininho sobre a relva, evaporava das gotas ao sol, borbulhava do encontro das águas, se alastrava sob o concreto e as casas, sob as ruas e os passantes.

A vida de Mari, tão livremente cedida, fora aceita por Catarina de bom grado, sem contrapartida que lhe satisfizesse, pois seria sua, lhe estava prometida, desde que Mari tinha pisado pela primeira vez na calçada quente diante de sua nova casa.

O Legado das Águas **365**

Capítulo 47

Lara

Enquanto Duda e Mari se contorciam, perdidas ao mundo, Lara recebia uma visita.

Em sua própria voz, a voz cheia e plena de quando não tinha medo, a voz viva e confiante que sua garganta não conseguia mais formar, as palavras lhe vieram. *A vida delas já era nossa*, dizia a voz. *A vida delas já foi marcada.*

— Não — respondeu Lara, rouca e áspera, tão incomparável àquela voz decidida que invadia seus ouvidos. — Elas iam embora. Elas não iam...

A vida delas não importa, interrompeu a voz, quase cristalina. *Quem vem de fora não floresce nesta terra árida, não foram feitos para criar raízes tão profundas.*

Ao som daquelas palavras, Lara, movida por uma força maior do que a sua, tirou os tênis frouxos de Mari e pisou no chão os pés descalços. Deixou que afundassem no lodo entre as rochas, que acariciou a pele machucada como um bálsamo frio.

Não há fuga para quem aqui ousa pisar, não há escapatória das mãos do destino. A voz crescia, uma melodia harmoniosa que fazia dançar as nuvens. Seu canto envolvia Lara, e a fez se levantar, leve, tão leve, sem sentir as dores que momentos antes latejavam em toda a carne. *Eu ouço me chamarem de cruel, de gananciosa, de faminta, de justa, de vingativa, de bela, de bruxa.*

366 sofia soter

Eu ouço amaldiçoarem e benzerem meu nome, enquanto bebo o medo e devoro o brilho de quem aqui chega.

— Mas a culpa não é delas — argumentou Lara, escutando sua voz tão mais distante do que aquela outra —, não é deles, dos forasteiros, dos que vêm aqui... Não foram eles que fizeram isso com você.

Uma vibração dissonante reverberou na cabeça de Lara, e suas dores retornaram pelo mais curto dos segundos. Quando a voz voltou, o alívio também. *Quem tem culpa já partiu há tempos, mas esse tipo de mal impregna o solo, o ar, a água. Não é meu ódio que destilo, é o deles.*

A cada palavra, Lara dava um passo. Mergulhou os pés na água e avançou, encharcando a calça de moletom que colava na pele e pesava mais do que o corpo, ensopando a camisola que se encheu de ar e se abriu ao redor dela, na superfície da água. Quando a voz parou de falar, Lara estava mergulhada até as costelas, com os pés roçando os seixos lisos do fundo.

— A vida delas importa — disse Lara, sem tremer apesar da água gelada que começava a entorpecer suas extremidades. — Importa para *mim*.

Mais uma nota dissonante, dessa vez ondulando a superfície da água.

— O que eu posso oferecer?

Por elas?, a voz perguntou, e um calafrio percorreu Lara.

— Por elas — confirmou Lara, mas, no meio de uma piscina congelante, no meio do amanhecer azul, no meio da mata silenciosa, sem perspectiva da vida após aquela noite, decidiu ser ambiciosa. — Por todos.

A dissonância dessa vez foi mais longa, como se uma nota desafinada vibrasse por dentro de Lara, causando um espasmo simultâneo nela e no mundo ao seu redor.

Eu te vejo, voltou a voz, acusatória. *Eu te sinto. Tua dor, tuas chagas. Eu sei quem te fez isso.*

O Legado das Águas **367**

Lara caminhou mais alguns passos até seus pés se soltarem do chão.

Por todos, não, trovejou a voz. *Escolha.*

— Por nós — pediu Lara, então. — Por elas, e por meu irmão, e por nossos amigos. Pelo futuro. Por quem vive e chega aqui sem escolha, por quem ainda tem esperança de escapar. Por favor.

E o que me oferece?

— Tudo — disse Lara, e ouviu a própria voz tiritar. — Qualquer coisa.

Me oferece liberdade?

Lara assentiu, mesmo sem entender a pergunta plenamente. Ela estava disposta a entregar tudo a Catarina em nome do fim daquele ciclo. Ela não tinha mais nada a perder.

E quem vai alimentar essa terra?

O transe que a tomara se desfez em um piscar de olhos, e Lara voltou a sentir tudo: a dor entorpecida pela água gelada, o frio que deixava a pele toda roxa e fazia os dentes tremerem, o sangue seco no rosto, o movimento da corrente que a empurrava devagar, à deriva. E voltou a ver: sob o céu cada vez mais azul, manchado por lilás, Mari e Duda, que se contorciam ainda, caídas nas pedras, em convulsões incessantes. O medo invadiu Lara como nunca a tinha tomado antes, nem mesmo na infância, nem mesmo sob o jugo da mãe, nem mesmo naquela noite. Um medo tão visceral que rasgou seu peito, a sufocou, a sacudiu, um medo tão violento que ela faria tudo de imaginável e inimaginável para pará-lo.

— Eu — Lara tentou gritar. — Eu tomo o seu lugar.

Em resposta, a água a engoliu.

Gabriel

Gabriel chegou correndo à cachoeira, com Felipe em seu encalço, ofegante e suado do esforço, com o rosto ardendo pelo vento gelado. Chegou à cachoeira e, assim que irrompeu de entre as árvores, viu, à luz da aurora iminente, uma figura no meio da piscina natural: o rosto arroxeado pelo tom que o céu jogava em tudo; o cabelo fino e quase branco se espalhando pela superfície; todo o resto submerso.

— Lara — berrou, jogando toda a força que lhe restava em acelerar ainda mais, mas, antes que pudesse chegar à irmã, ela afundou.

Gabriel deteve os passos de repente ao perceber mais uma coisa: Duda, sobre uma pedra, esmorecida e com a pele reluzindo de suor frio, se contorcendo em ângulos improváveis. E, a seus pés, Mari, o corpo tomado por espasmos e choques, destituída daquele brilho de vida que a iluminava constantemente, que tanto chamava a atenção de Gabriel. Ele hesitou, dividido, cercado da inevitabilidade que passara a vida ignorando e fingindo não importar, que fora ensinado a tratar como brincadeira, de que desdenhara tão logo soubera de sua existência.

Foi paralisado e sufocado pela dor da compreensão, a dor das centenas de mortes desde o nascimento daquela cidade, um luto que ameaçava arrancar o coração do peito, tão forte que o fez cambalear. Ele começou a desabar, pronto para cair ali ao lado de Mari, pronto para se entregar àquela angústia irreparável, mas alguém o segurou.

Felipe.

Ele se apoiou em Felipe.

— Vai! — Felipe gritou, o empurrando de leve. — Vai salvar a Lara! Eu cuido delas!

A voz grave do garoto, rouca de cigarro e arfando de esforço, trouxe Gabriel de volta à realidade. Seguindo o impulso do empurrão de Felipe, voltou a correr e, tirando no caminho os tênis e a jaqueta, mergulhou atrás da irmã.

Felipe

Felipe caiu de joelhos ao lado de Mari e de Duda.

Estava atordoado, e o mundo ainda tinha ares de pesadelo: acordar com Gabriel batendo na janela, a corrida urgente pelo caminho longo até a cachoeira, o desespero do que encontraram ali. A adrenalina o deixava tonto, e os tons de azul e roxo que o céu derramava sobre a cena a deslocavam da realidade, uma pintura em sombras e borrões indistintos.

Ele segurou Mari primeiro, pensando no que tinha aprendido sobre convulsões, em forçá-la a abrir a boca, virá-la de lado. No entanto, parou em meio ao gesto. Se saíssem vivos dali e ele não salvasse Duda primeiro, Mari nunca o perdoaria. Com toda a dificuldade devastadora de dar as costas à garota que amava, à primeira pessoa que tinha estendido a ele sua amizade, à namorada que o compreendia mesmo quando ele não sabia o que dizer, à promessa de um futuro em que tentava acreditar, ele se virou para Duda.

Primeiro, a carregou para um trecho mais liso de terra. Ela já tinha batido a cabeça na pedra, o que Felipe percebeu ao segurá-la e sentir o sangue grudento no cabelo. Tentou abrir a boca da garota, mas ela tinha travado a mandíbula com tanta tensão que parecia impossível. Se a forçasse, corria o risco de quebrá-la. Repassou mentalmente o que sabia, pensou no medo do pai engasgar com vômito enquanto desmaiado, e virou Duda de lado para facilitar a respiração. Ela ainda tremia, mas a posição diminuíra o ruído apavorante e sufocado que ela soltava.

Felipe pegou Mari no colo, mesmo com a dificuldade de carregá-la com tanto movimento, e a levou para a mesma área mais plana. Ajoelhou-se no chão e deitou a cabeça dela, também virada de lado, em seu colo. Olhou para a água, nervoso, para o movimento que Gabriel fazia ao nadar, mergulhar, nadar mais, mergulhar outra vez. Acariciou o cabelo de Mari e murmurou uma ladainha de afago e desespero enquanto contava os segundos até algo acontecer.

Lara

Lara viu seu próprio corpo afundar na água, para nunca mais ser visto. Viu Gabriel mergulhar, tomar fôlego, nadar mais, mergulhar de novo. Viu tentativas desesperadas de encontrá-la, e soube que não adiantariam. Viu além dali. Viu a extensão da mata inteira, até a fronteira que margeava a estrada. Viu as ruas de calçamento de pedra, as casas mais novas e as mais antigas, o colégio, a igreja, a padaria, cada esquina em que já tinha parado para se proteger da chuva ou sentir um pouco de sol no rosto. Viu as trilhas que cortavam as árvores, as esparsas barracas de acampamento. Viu um ou outro carro que já, ou ainda, atravessava a cidade àquela hora. Viu sua própria casa, uma casa que nunca antes lhe pertencera tanto assim, e a mãe adormecida em meio aos escombros de uma briga da qual não haveria volta. Viu todos os moradores e visitantes daquela cidade, os que tinham ou não nascido ali, viu a vida de cada um pulsar no peito em ritmo sincronizado.

Lara sentiu os laços que conectavam tudo, o fluxo fluido da cachoeira que transportava a existência de todos. Lara agarrou aqueles fios nas mãos que não tinha mais e, em um só impulso, os soltou.

Lara viu Mari e Duda pararem de se contorcer, de se debater, de morrer. Viu a vida voltar a arder nelas com a força de antes.

Viu a liberdade que Catarina tanto tinha buscado, sem conseguir encontrar. Viu a mesma leveza de andar de carona na bicicleta da garota que ela amava.

E Lara, que não tinha mais olhos, não chorou.

Capítulo 48

Felipe

Mari parou de se mexer no colo dele de repente. Felipe pressionou os dedos no pescoço dela, em busca da pulsação, temendo o pior. Ele segurou o ar por um segundo de dúvida, até que Mari arfou, engolindo ar e tossindo água que ele não sabia quando ela tinha ingerido. Ela se sentou no impulso, e ele continuou a segurá-la, com medo de ela cair.

— O que aconteceu? — murmurou ela, e Felipe a apertou em um abraço, sem conseguir responder.

Mari

Assim que Felipe a abraçou, as lembranças voltaram a Mari e ela se desvencilhou, desesperada, olhando ao redor, em busca de Duda. O alívio que sentiu ao ver a irmã também se sentando na terra, com um braço ainda apoiado no chão para se sustentar, só não se comparava ao horror que sentira ao cogitar que ela não sobreviveria.

Sem nem pensar, Mari se jogou em Duda, a esmagou em um abraço, o riso escapando de sua garganta de alívio. Enterrou o nariz no cabelo desgrenhado da irmã, sentindo o cheiro um pouco bolorento daquele casaco de inverno que ela usava, e a familiaridade fez lágrimas transbordarem de seus olhos.

O choro rasgado de Gabriel demorou para chegar a ela. Quando Mari se virou, Felipe o estava puxando de volta da água, ensopado e tremendo. E Lara não estava em lugar nenhum.

Assim que entendeu o que via, Mari apertou o abraço em Duda, tentando esconder o rosto dela, a vontade que sentia em cenas assustadoras de filmes, um impulso tão ingênuo de protegê-la do mundo e acreditar que, se ela não visse, poderia se manter segura por mais tempo. Porém, o gesto não adiantou. Duda virou o rosto ainda um pouco atordoado, e Mari enxergou a sequência de emoções em sua expressão: a esperança, a dúvida, a confusão e, por fim, o desespero agudo do pânico em um grito rouco:

— Lara!

Gabriel

Gabriel voltou à margem tremendo por inteiro, tentando se desvencilhar do abraço de Felipe, querendo continuar na água até encontrar a irmã. Porém, seu corpo não suportava mais, as pernas cedendo sob o peso do cansaço, do frio e da dor, até ele acabar ajoelhado perto de onde Mari e Duda estavam abraçadas.

Lara tinha se perdido na água. Lara não voltaria mais. Ele chorou, os soluços tão sufocantes quanto o frio, o corpo inteiro sacudido.

Duda

Duda se soltou dos braços da irmã e meio tropeçou, meio engatinhou, tateando o espaço ao redor como se fosse encontrar Lara escondida em algum lugar. Ela não queria acreditar no que a cena indicava: no choro desesperado de Gabriel, na água revolta da cachoeira onde não se via ninguém.

— Lara — murmurou. — Lara! Lara, volta, deu certo, eu tô bem, deu certo, volta.

Sua voz foi ficando mais engasgada de choro, e mais alta também, uma súplica que jorrava dela aos borbotões e caía nos ouvidos daqueles ao seu redor, mas no de mais ninguém. A dor de cabeça tinha passado, o cansaço profundo também, e as visões irreais de antes. Duda implorava e implorava, mas Catarina não estava mais lá para ouvi-la.

Capítulo 49

Mari

O sol mal tinha começado a despontar no horizonte quando atravessaram a mata, em uma caminhada cambaleante e lenta, a vitória subindo como bile amarga na garganta.

Mari ia abraçando Duda, amparando-a em seu choro. Felipe dera a mão para ela do outro lado, entrelaçando seus dedos e os apertando com a força de quem temia nunca mais poder segurá-los. Com a outra mão, Felipe tocava as costas de Gabriel em um gesto de conforto e encorajamento, ou talvez apenas por medo de que ele fosse desabar. Gabriel andava um pouco descompassado, pingando água pela trilha a cada movimento.

E Mari, pensando em Lara, sentia a vergonha do seu alívio: mesmo que o custo fosse aquele, Duda estava ao seu lado. E, enquanto isso fosse verdade, haveria vida para ela.

Felipe

Saíram do limite da mata e o brilho do céu fez Felipe pestanejar. Já era manhã, e logo encontrariam movimento: gente que veria aquela procissão e faria perguntas, gente que os obrigaria a explicar o que tinha acontecido. A história, porém, começava a se formar na mente dele com deprimente clareza: Lara, aterrorizada pela mãe, fugira para a mata e se jogara no rio. Mais uma morte, mais uma tragédia, mais uma história para a longa conta de Catarina, que seria esquecida entre tantas outras.

O Legado das Águas **375**

Enquanto isso, a vida que se estendia à frente de Felipe era incerta. Sentia no fundo do corpo uma espécie de leveza exausta, a mudança da gravidade de quando mergulhava na cachoeira, o peso da cidade soltando todos ao mesmo tempo. A incredulidade que o acompanhara a vida toda, o misto de medo e dúvida da maldição, dava lugar a uma desconfiança do futuro: o que o mundo reservava para ele, se finalmente podia escolher outra coisa, se finalmente podia partir? Ele percebeu, no momento, que talvez nem quisesse ir embora. Tinha mais ali para ele do que antes, a mão de Mari apertando a sua, a promessa do que ainda poderia acontecer com Gabriel, que precisaria, como Duda, de apoio e cuidado para superar toda aquela noite. Todos eles precisariam. Mas pelo menos poderiam passar por aquilo juntos.

Gabriel

Gabriel deveria voltar para casa, mas ficou paralisado na esquina.

Aquela manhã em Catarina era atipicamente sonolenta, como se a cidade toda estivesse tão exausta quanto ele e tivesse decidido dormir mais, apesar do sol que derramava os raios rosados pelas ruas. Ainda não tinham encontrado ninguém. Ali, na calçada da esquina, sob um poste que demorava para apagar sua luz apesar da hora, Gabriel sentiu o corpo tremer, a mão de Felipe quente em suas costas geladas, e a presença quieta de Mari e Duda.

— A gente entra com você — ofereceu Mari, quebrando o silêncio sacro com a voz doce.

Gabriel mal conseguiu assentir, seus músculos todos exauridos pela tentativa fútil de salvar a irmã, sua cabeça turva de dor e luto. Com um passo decidido, continuou o caminho até o portão que deixara entreaberto e rangia sob a brisa leve.

Epílogo

Lara

Lara não tinha mais pesadelos quando chovia.

Lara, agora, era a própria nuvem escura que baixava no céu, as próprias gotas grossas que fustigavam os telhados, o próprio riacho que se formava na rua até empapar a terra no fim. Lara era o próprio calor que evaporava o orvalho da mata, o próprio sopro que fazia as árvores farfalharem, a própria névoa que embaçava as janelas.

Lara era os sonhos que se espalhavam pela noite, e os sussurros que se contava ao pé do ouvido, e as gargalhadas que ecoavam da praça. Era a melodia desafinada de um piano velho, o jorro constante do chafariz, e o tropeço no paralelepípedo solto.

Lara era o coração daquela cidade, e suas fronteiras agora eternamente abertas, o futuro que se estendia à frente de todos como a imensidão do horizonte.

Lara finalmente era livre.

Duda

Duda pegou a bicicleta acorrentada no portão de casa e olhou para o outro lado da rua.

A casa de Lara estava escura, as cortinas, fechadas, o portão, trancado, o jardim na frente crescendo sem poda. Ninguém sabia se a casa estava mesmo vazia, ou se a mãe dela se

O Legado das Águas **377**

enclausurara para sempre nos meses desde aquela noite — o mistério se juntara às muitas histórias que percorriam as bocas do lugar, em murmúrios e boatos, e, como o próprio fim de Lara, talvez ninguém nunca soubesse a verdade.

Duda começou a pedalar em direção ao centro. Era um sábado de sol, e a cidade estava alegre: pelas ruas que percorria, escutava música, risadas e conversas. O cheiro de almoço no fogão emanava de algumas casas, e Duda precisou desviar bruscamente de uma bola de futebol que veio rolando de um quintal.

Em pouco tempo, avistou quem procurava: Mari, encostada na vitrine da loja esotérica de Cátia, rindo de alguma coisa que Felipe dizia. Ele mexia distraidamente nos cachos dela com uma das mãos, enquanto na outra segurava um cigarro. Duda via em Felipe a mesma mudança que via em todos eles, o cansaço profundo nos olhos de quem guardaria na memória uma noite inexplicável. Porém, era inegável que ele também estava mais leve — pelas entrelinhas das conversas com Mari, ela tinha entendido que a situação com o pai não mudara, mas que ele estava fazendo planos de procurar a mãe.

A própria Cátia passou por eles ao entrar, de mãos dadas com uma outra senhora, uma turista hippie do Rio que, ao que diziam, tinha vindo para um passeio e desistido de voltar. Aproveitando a porta ainda entreaberta, Gabriel saiu da loja. Em questão de dias após aquela volta impensável da cachoeira, ele tinha feito as malas e se mudado para um quarto que Cátia alugava no segundo andar, pelo qual pagava em serviço de vendedor. Ele cumprimentou Mari com um beijo na cabeça e Felipe com um carinho no pescoço. Duda chegou a tempo de escutar ele dizer, enquanto pegava o cigarro e o amassava no chão:

— Achei que a gente estivesse parando de fumar.

Felipe não teve tempo de retrucar, porque foi então que Mari viu Duda, e veio correndo até ela. Duda parou a bicicleta um instante antes de ser envolta em um abraço apertado.

— Oi, Dudinha — Mari murmurou junto ao cabelo dela.

378 sofia soter

Mesmo que elas tivessem se visto meras horas antes, no café da manhã, desde aquela noite Mari a abraçava sempre como se estivesse com saudades. Duda não se incomodava, assim como não se irritava mais com o apelido.

— Vamos indo? — perguntou Felipe, indicando com a cabeça o sentido do centro cultural, onde tinham combinado de assistir a um show. Duda hesitou. Não por se sentir tímida naquela espécie de nova amizade que ia formando com os dois garotos mais velhos nos últimos meses de convivência, nem pela melancolia que ainda a derrubava de vez em quando.

Hesitou porque, de repente, o sopro do vento trouxe, junto com o perfume dos eucaliptos e uma garoa fina, o sussurro de uma voz, que vibrou no ar e na melodia do farfalhar das árvores. Trouxe uma voz que Duda conhecia, uma voz suave e altiva, uma voz que lhe confessara temores e perigos, uma voz que desafiara tudo por ela. Uma voz que se entregara para salvá-la. Uma voz que ela amava.

Sentiu um aperto no peito, aquela saudade não só da presença de Lara, mas do futuro que ela não tinha vivido. Do futuro que ela tinha trocado por aquele de Duda, por aquele de todos. Duda levantou o rosto, deixando a água do céu pingar na pele como um beijo que, nos últimos meses, se arrependia de nunca ter tido a chance de dar. A chuva, ganhando força, disfarçou as lágrimas que começavam a brotar em seu rosto, mas ainda assim ela abriu um sorriso suave quando a voz no vento soprou seu cabelo.

— Vou só dar mais uma voltinha, encontro vocês lá — ela respondeu.

Duda deu impulso na bicicleta, fechou os olhos, e se demorou para escutar.

Agradecimentos

Nenhum livro se escreve sozinho. *O legado das águas* percorreu um longo caminho entre as ideias na minha cabeça e o livro nas mãos de vocês, e foi um caminho trilhado junto a muita gente a quem devo agradecimentos incontáveis.

Muito obrigada a Taissa Reis, minha agente literária, que se apaixonou por esses personagens e conduziu essa história do começo ao fim. Também agradeço ao resto da queridíssima equipe da agência Três Pontos: Gih Alves, pela amizade, pelas leituras, e pelo carinho; Jackson Jacques, por todo o trabalho de bastidores; Dryele Brito, que chegou mais tarde e generosamente ofereceu sua leitura cuidadosa.

Muito obrigada também a Paula Drummond, da Alt, tão extraordinária como editora quanto é como amiga. A Agatha Machado, que acompanhou o processo todo de perto com entusiasmo. A Jéssica Leite pela dedicação no projeto de marketing, e a Giselle Brito, Mariana Gonçalves e toda a equipe da Alt que acreditou neste projeto e o transformou em um livro inteiro. A Bárbara Morais, por controlar minhas piores manias na preparação e me apresentar músicas perfeitas para esses personagens. A Maria Carvalho, por dar vida em imagem aos moradores e à cidade de Catarina na capa e no mapa belíssimos. A Guilherme Peres pela diagramação, e a Paula Prata e João Pedroso pela revisão, concluindo esse trabalho imenso que é aprontar um livro. Não posso deixar de agradecer também os outros profissionais editoriais que leram, avaliaram e comentaram *O legado das águas* em outras etapas de seu manuscrito: suas considerações foram inestimáveis.

Aos meus pais, Silvia e Ricardo, que me criaram cercada de livros, amor, e ideias. À minha irmã, Teresa, a quem dedico este livro, por deter o posto inalienável de minha pessoa preferida no universo. À minha avó, Edna, por estar sempre ao meu lado (inclusive literalmente, enquanto eu reescrevia boa parte deste romance na casa dela), e aos meus avós Marcos, Henriques e Lena, que continuam dentro de mim mesmo que não estejam mais aqui. Aos meus tios, Ana e Bruno, por completarem essa família tão afetuosa. E aos meus primos, João, Filipe, Pedro e Maria — escrevo pensando em vocês no futuro. A Ana, Bruna, Oliver e Mona, por sempre me acolherem no carinho dessa família.

Clara Browne, conversar, rir e pensar com você é dos maiores prazeres que tenho. Dani Feno, seu entusiasmo e sua confiança me fazem acreditar mais no que digo. Gabriela Martins, quem diria que trocar fanfics em um post aleatório no Livejournal nos traria até aqui? Obrigada a Lorena Piñeiro, que acompanhou tantas versões de mim ao longo dos anos. A Luisa de Mesquita, que me deu a honra de ser a primeira leitora da versão que todo mundo está lendo aqui. A Karla Costa, que, além da companhia e do apoio, ainda me alimentou com panquecas durante a revisão. A todos os amigos que não mencionei por nome: não é por falta de carinho, apenas pela pressão da memória na hora de listar todo o afeto que me cerca; podem reclamar comigo pelo esquecimento ultrajante, que prometo imprimir uma retratação no meu próximo livro.

Essa história não existiria sem Verônica Montezuma, e não só porque foi a primeira pessoa a ouvir minhas ideias e a ler minhas palavras. Aprendemos juntas muito do que os personagens deste livro aprendem ao longo das páginas, e eu nunca escolheria viver na realidade paralela em que não a conheço.

Laura Pohl: você me ensina tanto, todos os dias, sobre a escrita e sobre o amor. Obrigada por construir uma vida comigo, por mudar meus rumos e me apresentar tantas novas possibilidades. Te amo, e vou apontar para você toda vez que um leitor vier reclamar das lágrimas no final deste livro.

Preciso destacar que reescrevi esta história com a companhia fiel, caótica e amorosa da Pandora. Sendo um simples cachorro, ela não consegue ler o que escrevi aqui, mas, sendo uma ridícula mãe de pet, eu não ficaria satisfeita se não falasse dela. Também preciso dedicar palavras a Vina, que fez questão de se enfiar no meu colo debaixo do computador nos momentos mais inconvenientes, o que eu permiti com o mais puro prazer.

Por fim, a você, que leu esta história até o final. Obrigada por dar uma chance a Duda, Mari, Lara, Gabriel e Felipe, e às águas turbulentas de Catarina. Por tantos anos, eles foram apenas meus; que alívio e alegria saber que, agora, são seus também.

Este livro, composto na fonte Fairfield,
foi impresso em papel Lux Cream 60g/m² na gráfica Coan.
Tubarão, Brasil, maio de 2024.